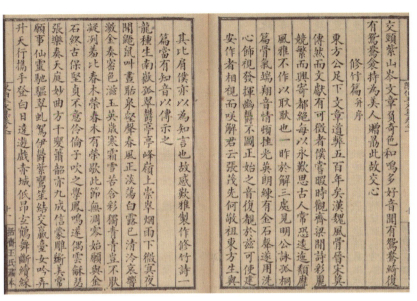

图 0-4　陈子昂《陈伯玉文集》卷一，哈佛燕京图书馆藏影钞明弘治中杨澄刊本

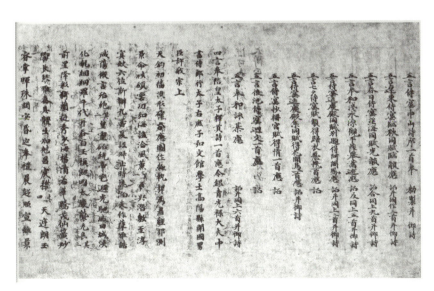

图 1-1　佚名《翰林学士集》，日本真福寺藏唐钞本（珂罗版）

图 2-3　陈子昂《故陈子昂集》卷末,法国国家图书馆藏敦煌写卷 P.3590 号(一)

图 2-4　陈子昂《故陈子昂集》卷末,法国国家图书馆藏敦煌写卷 P.3590 号(二)

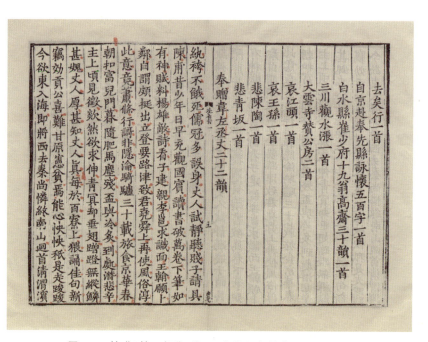

图 3-1　杜甫《杜工部集》卷一,上海图书馆藏北宋二王本

图 4-3　白居易《白氏文集》卷三《新乐府》，日本京都国立博物馆藏神田本

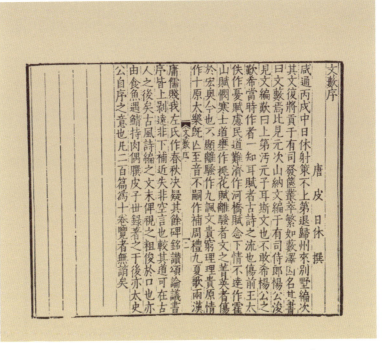

图 5-1　皮日休《皮子文薮·序》，中国国家图书馆藏明正德十五年袁表刻本

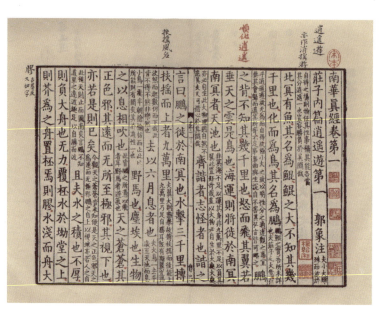

图6-2 庄子《庄子·内篇·逍遥游》第一,中国国家图书馆藏宋刻本

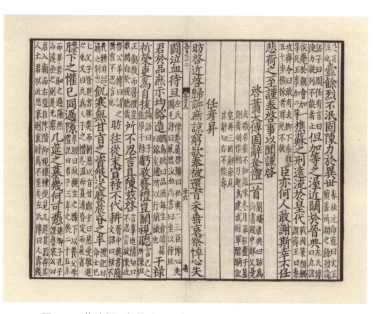

图7-4 萧统撰、李善注《文选》卷三九,中国国家图书馆藏宋淳熙八年池阳郡斋刻本

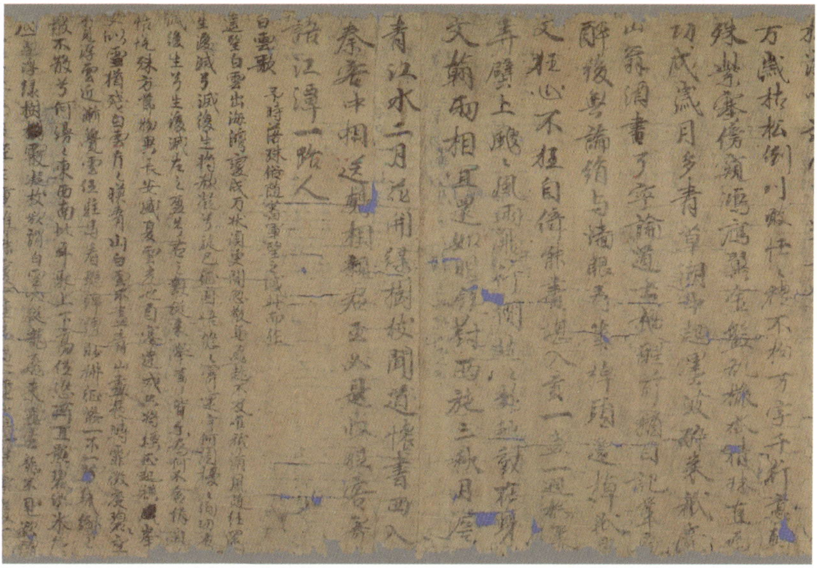

图 8-4　法 Pel. chin. 2555V《诗文集》(8-5)，敦煌写卷，法国国家图书馆藏

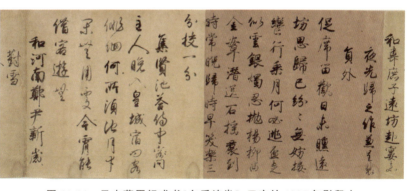

图 11-14　日本藤原行成书《白氏诗卷》，二玄社 1985 年影印本
（原迹藏日本东京国立博物馆）

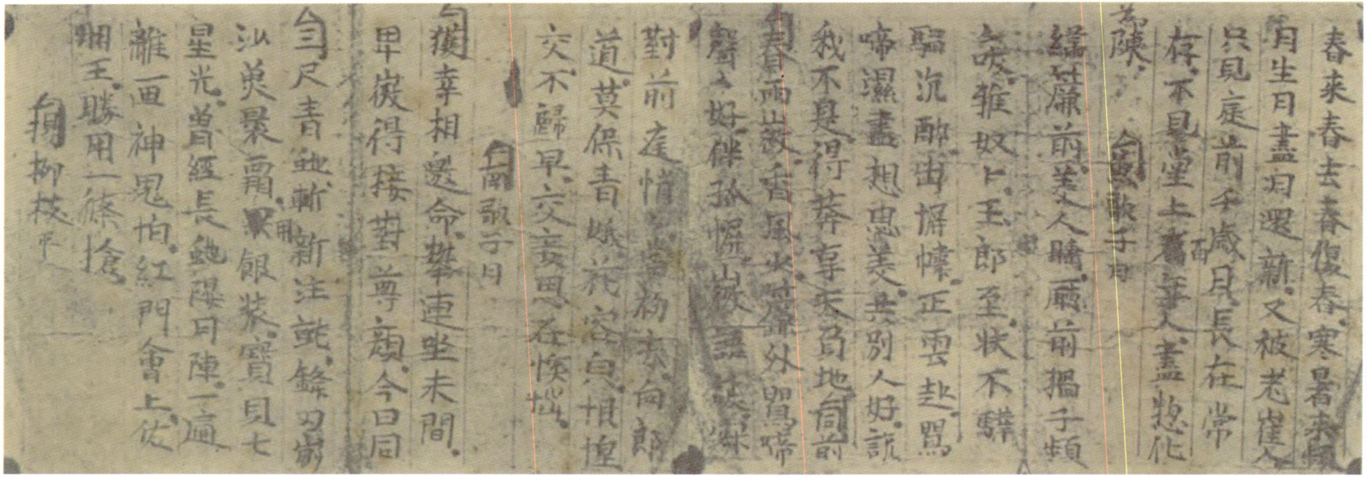

图 12-10　日本桥川时雄藏敦煌写卷，《北京画报》1930 年第 3 卷第 101 期

李成晴 著

唐集体例笺证

清华大学优秀博士学位论文丛书

清华大学出版社
北京

版权所有,侵权必究。举报:010-62782989,beiqinquan@tup.tsinghua.edu.cn。

图书在版编目(CIP)数据

唐集体例笺证/李成晴著. —北京:清华大学出版社,2024.2(2024.6重印)
(清华大学优秀博士学位论文丛书)
ISBN 978-7-302-53713-7

Ⅰ.①唐… Ⅱ.①李… Ⅲ.①古典文学研究—中国—唐代 Ⅳ.①I206.2

中国版本图书馆 CIP 数据核字(2019)第 185503 号

责任编辑:梁 斐 高翔飞
封面设计:傅瑞学
责任校对:赵丽敏
责任印制:刘 菲

出版发行:清华大学出版社
　　　　网　　址:https://www.tup.com.cn,https://www.wqxuetang.com
　　　　地　　址:北京清华大学学研大厦 A 座　　邮　　编:100084
　　　　社 总 机:010-83470000　　　　　　　　　邮　　购:010-62786544
　　　　投稿与读者服务:010-62776969,c-service@tup.tsinghua.edu.cn
　　　　质量反馈:010-62772015,zhiliang@tup.tsinghua.edu.cn
印 装 者:三河市少明印务有限公司
经　　销:全国新华书店
开　　本:155mm×235mm　印张:20.25　插页:3　字数:347 千字
版　　次:2024 年 2 月第 1 版　　　　　　　　　印次:2024 年 6 月第 2 次印刷
定　　价:88.00 元

产品编号:077398-01

本书得到国家社科基金"冷门'绝学'和国别史等研究专项"重大专项"敦煌写本、宋刻本所见中古文集的'唐宋变革'"(2018VJX069)、教育部后期资助"唐集诗题校证"(18JHQ031)、"清华大学优秀博士学位论文丛书"等项目的资助。

一流博士生教育
体现一流大学人才培养的高度（代丛书序）[①]

人才培养是大学的根本任务。只有培养出一流人才的高校，才能够成为世界一流大学。本科教育是培养一流人才最重要的基础，是一流大学的底色，体现了学校的传统和特色。博士生教育是学历教育的最高层次，体现出一所大学人才培养的高度，代表着一个国家的人才培养水平。清华大学正在全面推进综合改革，深化教育教学改革，探索建立完善的博士生选拔培养机制，不断提升博士生培养质量。

学术精神的培养是博士生教育的根本

学术精神是大学精神的重要组成部分，是学者与学术群体在学术活动中坚守的价值准则。大学对学术精神的追求，反映了一所大学对学术的重视、对真理的热爱和对功利性目标的摒弃。博士生教育要培养有志于追求学术的人，其根本在于学术精神的培养。

无论古今中外，博士这一称号都和学问、学术紧密联系在一起，和知识探索密切相关。我国的博士一词起源于2000多年前的战国时期，是一种学官名。博士任职者负责保管文献档案、编撰著述，须知识渊博并负有传授学问的职责。东汉学者应劭在《汉官仪》中写道："博者，通博古今；士者，辩于然否。"后来，人们逐渐把精通某种职业的专门人才称为博士。博士作为一种学位，最早产生于12世纪，最初它是加入教师行会的一种资格证书。19世纪初，德国柏林大学成立，其哲学院取代了以往神学院在大学中的地位，在大学发展的历史上首次产生了由哲学院授予的哲学博士学位，并赋予了哲学博士深层次的教育内涵，即推崇学术自由、创造新知识。哲学博士的设立标志着现代博士生教育的开端，博士则被定义为独立从事学术研究、具备创造新知识能力的人，是学术精神的传承者和光大者。

[①] 本文首发于《光明日报》，2017年12月5日。

博士生学习期间是培养学术精神最重要的阶段。博士生需要接受严谨的学术训练,开展深入的学术研究,并通过发表学术论文、参与学术活动及博士论文答辩等环节,证明自身的学术能力。更重要的是,博士生要培养学术志趣,把对学术的热爱融入生命之中,把捍卫真理作为毕生的追求。博士生更要学会如何面对干扰和诱惑,远离功利,保持安静、从容的心态。学术精神,特别是其中所蕴含的科学理性精神、学术奉献精神,不仅对博士生未来的学术事业至关重要,对博士生一生的发展都大有裨益。

独创性和批判性思维是博士生最重要的素质

博士生需要具备很多素质,包括逻辑推理、言语表达、沟通协作等,但是最重要的素质是独创性和批判性思维。

学术重视传承,但更看重突破和创新。博士生作为学术事业的后备力量,要立志于追求独创性。独创意味着独立和创造,没有独立精神,往往很难产生创造性的成果。1929年6月3日,在清华大学国学院导师王国维逝世二周年之际,国学院师生为纪念这位杰出的学者,募款修造"海宁王静安先生纪念碑",同为国学院导师的陈寅恪先生撰写了碑铭,其中写道:"先生之著述,或有时而不章;先生之学说,或有时而可商;惟此独立之精神,自由之思想,历千万祀,与天壤而同久,共三光而永光。"这是对于一位学者的极高评价。中国著名的史学家、文学家司马迁所讲的"究天人之际,通古今之变,成一家之言"也是强调要在古今贯通中形成自己独立的见解,并努力达到新的高度。博士生应该以"独立之精神、自由之思想"来要求自己,不断创造新的学术成果。

诺贝尔物理学奖获得者杨振宁先生曾在20世纪80年代初对到访纽约州立大学石溪分校的90多名中国学生、学者提出:"独创性是科学工作者最重要的素质。"杨先生主张做研究的人一定要有独创的精神、独到的见解和独立研究的能力。在科技如此发达的今天,学术上的独创性变得越来越难,也愈加珍贵和重要。博士生要树立敢为天下先的志向,在独创性上下功夫,勇于挑战最前沿的科学问题。

批判性思维是一种遵循逻辑规则、不断质疑和反省的思维方式,具有批判性思维的人勇于挑战自己,敢于挑战权威。批判性思维的缺乏往往被认为是中国学生特有的弱项,也是我们在博士生培养方面存在的一个普遍问题。2001年,美国卡内基基金会开展了一项"卡内基博士生教育创新计划",针对博士生教育进行调研,并发布了研究报告。该报告指出:在美国和欧洲,培养学生保持批判而质疑的眼光看待自己、同行和导师的观点同样非常不容易,批判性思维的培养必须成为博士生培养项目的组成部分。

对于博士生而言,批判性思维的养成要从如何面对权威开始。为了鼓励学生质疑学术权威、挑战现有学术范式,培养学生的挑战精神和创新能力,清华大学在2013年发起"巅峰对话",由学生自主邀请各学科领域具有国际影响力的学术大师与清华学生同台对话。该活动迄今已经举办了21期,先后邀请17位诺贝尔奖、3位图灵奖、1位菲尔兹奖获得者参与对话。诺贝尔化学奖得主巴里·夏普莱斯(Barry Sharpless)在2013年11月来清华参加"巅峰对话"时,对于清华学生的质疑精神印象深刻。他在接受媒体采访时谈道:"清华的学生无所畏惧,请原谅我的措辞,但他们真的很有胆量。"这是我听到的对清华学生的最高评价,博士生就应该具备这样的勇气和能力。培养批判性思维更难的一层是要有勇气不断否定自己,有一种不断超越自己的精神。爱因斯坦说:"在真理的认识方面,任何以权威自居的人,必将在上帝的嬉笑中垮台。"这句名言应该成为每一位从事学术研究的博士生的箴言。

提高博士生培养质量有赖于构建全方位的博士生教育体系

一流的博士生教育要有一流的教育理念,需要构建全方位的教育体系,把教育理念落实到博士生培养的各个环节中。

在博士生选拔方面,不能简单按考分录取,而是要侧重评价学术志趣和创新潜力。知识结构固然重要,但学术志趣和创新潜力更关键,考分不能完全反映学生的学术潜质。清华大学在经过多年试点探索的基础上,于2016年开始全面实行博士生招生"申请-审核"制,从原来的按照考试分数招收博士生,转变为按科研创新能力、专业学术潜质招收,并给予院系、学科、导师更大的自主权。《清华大学"申请-审核"制实施办法》明晰了导师和院系在考核、遴选和推荐上的权力和职责,同时确定了规范的流程及监管要求。

在博士生指导教师资格确认方面,不能论资排辈,要更看重教师的学术活力及研究工作的前沿性。博士生教育质量的提升关键在于教师,要让更多、更优秀的教师参与到博士生教育中来。清华大学从2009年开始探索将博士生导师评定权下放到各学位评定分委员会,允许评聘一部分优秀副教授担任博士生导师。近年来,学校在推进教师人事制度改革过程中,明确教研系列助理教授可以独立指导博士生,让富有创造活力的青年教师指导优秀的青年学生,师生相互促进、共同成长。

在促进博士生交流方面，要努力突破学科领域的界限，注重搭建跨学科的平台。跨学科交流是激发博士生学术创造力的重要途径，博士生要努力提升在交叉学科领域开展科研工作的能力。清华大学于2014年创办了"微沙龙"平台，同学们可以通过微信平台随时发布学术话题，寻觅学术伙伴。3年来，博士生参与和发起"微沙龙"12 000多场，参与博士生达38 000多人次。"微沙龙"促进了不同学科学生之间的思想碰撞，激发了同学们的学术志趣。清华于2002年创办了博士生论坛，论坛由同学自己组织，师生共同参与。博士生论坛持续举办了500期，开展了18 000多场学术报告，切实起到了师生互动、教学相长、学科交融、促进交流的作用。学校积极资助博士生到世界一流大学开展交流与合作研究，超过60%的博士生有海外访学经历。清华于2011年设立了发展中国家博士生项目，鼓励学生到发展中国家亲身体验和调研，在全球化背景下研究发展中国家的各类问题。

在博士学位评定方面，权力要进一步下放，学术判断应该由各领域的学者来负责。院系二级学术单位应该在评定博士论文水平上拥有更多的权力，也应担负更多的责任。清华大学从2015年开始把学位论文的评审职责授权给各学位评定分委员会，学位论文质量和学位评审过程主要由各学位分委员会进行把关，校学位委员会负责学位管理整体工作，负责制度建设和争议事项处理。

全面提高人才培养能力是建设世界一流大学的核心。博士生培养质量的提升是大学办学质量提升的重要标志。我们要高度重视、充分发挥博士生教育的战略性、引领性作用，面向世界、勇于进取，树立自信、保持特色，不断推动一流大学的人才培养迈向新的高度。

邱勇

清华大学校长

2017年12月

丛书序二

以学术型人才培养为主的博士生教育,肩负着培养具有国际竞争力的高层次学术创新人才的重任,是国家发展战略的重要组成部分,是清华大学人才培养的重中之重。

作为首批设立研究生院的高校,清华大学自20世纪80年代初开始,立足国家和社会需要,结合校内实际情况,不断推动博士生教育改革。为了提供适宜博士生成长的学术环境,我校一方面不断地营造浓厚的学术氛围,一方面大力推动培养模式创新探索。我校从多年前就已开始运行一系列博士生培养专项基金和特色项目,激励博士生潜心学术、锐意创新,拓宽博士生的国际视野,倡导跨学科研究与交流,不断提升博士生培养质量。

博士生是最具创造力的学术研究新生力量,思维活跃,求真求实。他们在导师的指导下进入本领域研究前沿,吸取本领域最新的研究成果,拓宽人类的认知边界,不断取得创新性成果。这套优秀博士学位论文丛书,不仅是我校博士生研究工作前沿成果的体现,也是我校博士生学术精神传承和光大的体现。

这套丛书的每一篇论文均来自学校新近每年评选的校级优秀博士学位论文。为了鼓励创新,激励优秀的博士生脱颖而出,同时激励导师悉心指导,我校评选校级优秀博士学位论文已有20多年。评选出的优秀博士学位论文代表了我校各学科最优秀的博士学位论文的水平。为了传播优秀的博士学位论文成果,更好地推动学术交流与学科建设,促进博士生未来发展和成长,清华大学研究生院与清华大学出版社合作出版这些优秀的博士学位论文。

感谢清华大学出版社,悉心地为每位作者提供专业、细致的写作和出版指导,使这些博士论文以专著方式呈现在读者面前,促进了这些最新的优秀研究成果的快速广泛传播。相信本套丛书的出版可以为国内外各相关领域或交叉领域的在读研究生和科研人员提供有益的参考,为相关学科领域的发展和优秀科研成果的转化起到积极的推动作用。

感谢丛书作者的导师们。这些优秀的博士学位论文,从选题、研究到成文,离不开导师的精心指导。我校优秀的师生导学传统,成就了一项项优秀的研究成果,成就了一大批青年学者,也成就了清华的学术研究。感谢导师们为每篇论文精心撰写序言,帮助读者更好地理解论文。

感谢丛书的作者们。他们优秀的学术成果,连同鲜活的思想、创新的精神、严谨的学风,都为致力于学术研究的后来者树立了榜样。他们本着精益求精的精神,对论文进行了细致的修改完善,使之在具备科学性、前沿性的同时,更具系统性和可读性。

这套丛书涵盖清华众多学科,从论文的选题能够感受到作者们积极参与国家重大战略、社会发展问题、新兴产业创新等的研究热情,能够感受到作者们的国际视野和人文情怀。相信这些年轻作者们勇于承担学术创新重任的社会责任感能够感染和带动越来越多的博士生,将论文书写在祖国的大地上。

祝愿丛书的作者们、读者们和所有从事学术研究的同行们在未来的道路上坚持梦想,百折不挠!在服务国家、奉献社会和造福人类的事业中不断创新,做新时代的引领者。

相信每一位读者在阅读这一本本学术著作的时候,在吸取学术创新成果、享受学术之美的同时,能够将其中所蕴含的科学理性精神和学术奉献精神传播和发扬出去。

清华大学研究生院院长

2018 年 1 月 5 日

导师序言

成晴在攻读硕士期间提出了一个"书体学"的研究计划，集体讨论时大家一向有话直说，我就给他泼了一些冷水，具体内容记不清了，大概是说这种题目太大，无从下手。话说完就过去了。其实细想起来，就像文有文体，书（著作）当然也有编纂之体；既然研究文体可成文体学，书体学的成立也就有一定的学理依据。早在古人采用七分或四分法编录图书时，除了着眼于内容的不同外，很可能就已注意到各类图书编纂形式上的特征。在这个意义上，书体学大概就是研究各类书的编纂形式特点（不是指印制特点）。是否采用这一名称并不重要（也许可以分属于文献学各部类），对各类文献的编纂形式进行专门深入的研究无疑是很有必要的。经、史、子部文献的编纂体例等问题，也已经有一些具有相当深度的研究。成晴的硕士论文后来可能换了其他题目，但他的思考并没有停止。进入博士阶段学习后，他的这个想法与学者曾经提出的"集部之学"接上榫，于是有了有关唐集体例的这一系列讨论。

正像各种文体随着内容、功用、时代习尚等的变化，乃至由于某些纯技术原因，而有一个演进发展过程，书体尤其是文集之体，也有一个明显的演变过程。唐代在这个过程中无疑是一个关键阶段。前代文集编纂中呈现的一些要求和体例规定，大概到唐代得以定形，有些文集则直接由唐人编定。尤其重要的是，唐代出现了一批诗文写作大家，其作品成为后人仿效的经典，各家文集也广泛传写，后又经多次翻刻，成为后人从事写作和编集的范本。不过，这些文献历经时代变化，也不可避免地发生很多变异。除了文字的缺失变异外，更多由人为因素造成的体例改动，同样会使文献面目失真，而且更不容易觉察。再加上由兵燹造成的文献大量毁损，以及由手写到刊刻给文献传播形式带来的革命性变动，更使后人难睹唐集真貌。对唐集及唐以前文集的调查，因此具有了某种"文献考古"的意义。学者所要做的工作，就是尽量恢复文集的早期面貌，如果不是原貌的话。

从事这项工作的意义，一是通过了解、复原唐集编纂的既有体例，帮助我们正确解读与文本文字相关的其他信息（讨论中所使用的"副文本"概念）。此前人们在文本阐释中出现的某些误解，往往与体例变动造成的副文本信息的丢失有关。再有就是比较清晰地梳理出由唐到宋文集编纂的历史演变过程，弄清演变中与体例本身相关的各种细节问题。可以这样说，对编纂体例的考察，既是唐集复原工作的重要部分，也是使复原得以实现的手段之一。本书的讨论对这项工作的意义有着清楚的意识，同时也通过一系列例证演示了如何进行这项工作，依赖哪些具体途径和手段。其中有不少地方对学界已有成说提出修正或补充，某些具体结论容或再商，但全书无疑对相关问题的讨论乃至在总体上对唐集阅读提供了很有价值的帮助。

阅读成晴和其他几位同学的研究使我感到，他们这一代学人接受了更好更完整的教育和学术训练，有相对更完整的知识储备和更开阔的文化视野、学术视野（更不用说在信息采集、掌握新技术手段等方面远胜于我辈），在进入某一学术领域时也显得更有自信，因此能够比较敏锐地发现一些可能被前人忽略的有意义的问题，或者对前人提出的问题做出新的思考，并进而采用合适的理论框架和方法，提出新的解决方案或导出更为合理的解释。比起其他任何事情，学术事业都更像是积薪，真正是后来者居上。你可以漫言后来者资历尚浅，也可以指责他们积累不足、学问还有欠缺，却不能否认他们做的工作正在超越你我。与本书讨论相关，成晴正在进行下一步的计划，我也期待他能照此方向稳步向前，持续努力，毋急毋躁，取得更多更优异的成绩。

谢思炜

公元二〇一九年清明前序于京西清华园

目　录

凡例 ……………………………………………………………… 15

引言　回向"集部之学" ……………………………………… 1
    一、"集部之学"的回望与省思 …………………………… 3
    二、体例之学在别集研究中的学术意义 ………………… 14
    三、唐人编唐集：观察唐代文集生成的本初视角 ……… 19
    四、余论 …………………………………………………… 25

第一章　篇序与并载例 ……………………………………… 26
    一、问题的提出 …………………………………………… 26
    二、"文帝集序" …………………………………………… 27
    三、被歧解遮蔽的别集古例 ……………………………… 30
    四、"文帝集序"与曹丕、曹植诗赋篇序的文本同构规律 … 34
    五、中古别集篇序、并载体例的"纸上考古" ………… 38
    六、篇序、并载的"副文本"功能 ……………………… 46
    七、余论 …………………………………………………… 50

第二章　叙录例 ……………………………………………… 51
    一、问题的提出 …………………………………………… 51
    二、中古之"录"的文本构成 …………………………… 55
    三、"序传"从合到分的文本衍变 ……………………… 61
    四、余论 …………………………………………………… 74

第三章　压卷例 ……………………………………………… 75
    一、问题的提出 …………………………………………… 75
    二、古书压卷之传统 ……………………………………… 78

三、压卷之文本呈现 …………………………………… 80
　　四、压卷体例的文本功能 ……………………………… 90
　　五、余论 ………………………………………………… 100

第四章　《诗经》例 ………………………………………… 101
　　一、问题的提出 ………………………………………… 101
　　二、"三百首菁英" ……………………………………… 101
　　三、源自《诗经》的编集体例 ………………………… 110
　　四、余论 ………………………………………………… 113

第五章　《太史公自序》例 ………………………………… 114
　　一、问题的提出 ………………………………………… 114
　　二、载系世次 …………………………………………… 115
　　三、小序明篇目之旨 …………………………………… 121
　　四、唐人集序"每篇各为之序"的体例传统 ………… 123
　　五、余论 ………………………………………………… 126

第六章　《庄子》内外篇例 ………………………………… 127
　　一、问题的提出 ………………………………………… 127
　　二、内外集本初功能及衍化 …………………………… 129
　　三、内外篇与内外集 …………………………………… 133
　　四、儒释道本位与内外集的分帙 ……………………… 139
　　五、余论 ………………………………………………… 144

第七章　"家集讳其名"例 ………………………………… 145
　　一、问题的提出 ………………………………………… 145
　　二、任昉"家集讳其名" ……………………………… 145
　　三、中古写本家集之"讳其名" ……………………… 150
　　四、从家集"题其字""题其官"推及写本时代文集之命名 … 155
　　五、宋人文集之"家集讳其名"问题释证 …………… 160

六、余论 ………………………………………………………… 180

第八章 李白集诗题、题注之"例校" ………………………… 181

一、问题的提出 …………………………………………………… 181
二、太白诗集"紊杂亦实出于宋" ………………………………… 183
三、副文本的变貌：李白集小字题注羼入大字诗题考 ………… 186
四、李白集"合题"之文本原貌 …………………………………… 199
五、余论 …………………………………………………………… 203

第九章 杜甫集诗题、题注之"例校" ………………………… 205

一、问题的提出 …………………………………………………… 205
二、杜甫诗题、题注文本体例考 ………………………………… 207
三、余论 …………………………………………………………… 226

第十章 刘禹锡集诗题、题注之"例校" ……………………… 227

一、问题的提出 …………………………………………………… 227
二、刘禹锡诗题、题注体例考 …………………………………… 228
三、余论 …………………………………………………………… 235

第十一章 元白集诗题、题注之"应然"与"例校" …………… 237

一、问题的提出 …………………………………………………… 237
二、变貌的"手集" ………………………………………………… 239
三、元白诗题结穴之文本体制 …………………………………… 241
四、元白诗题下子注之文本体制 ………………………………… 247
五、人物名物类诗题、题注之厘分 ……………………………… 260
六、余论 …………………………………………………………… 265

第十二章 词题之通例与变例 …………………………………… 268

一、问题的提出 …………………………………………………… 268
二、敦煌写卷、唐五代词集所见词题最初之文本体制 ………… 271
三、纪事需求动因下宋元词纪事题的"大字化"与"独立化" …… 278

四、词牌"告退"与明词之"缘事立题" …………………… 286
　　五、清代词题文本体制的经典化本位 …………………… 293
　　六、余论 ………………………………………………… 296
结语　承守"集部之学"的故有传统 ……………………… 298
　　一、重视大经大典 ……………………………………… 299
　　二、稔知集部文献的文本原貌 ………………………… 299
　　三、辨体例，明流别 …………………………………… 300
　　四、激活传统的集部之学著述体式 …………………… 301
　　五、提笔能写 …………………………………………… 302
后记 ………………………………………………………… 303

凡　例

一、"唐集"者，谓唐人别集，不旁涉总集。万曼《唐集叙录》始王绩《东皋子集》，终释元觉《永嘉集》，不阑入总集，其例可从。

二、"体例"者，涵外在体式、内在义例两重含义，全书凡用体例、义例字样处，皆循此界定。

三、"笺证"者，表识集例，援据校验。所论虽云唐集，然搜绍之时，势不得不上溯六朝别集，下探宋元明清别集，总之以问题意识为中心。

四、全书引言、结语外，计十二章，篇序与并载、叙录、压卷三章，论编次例；《诗经》《太史公自序》《庄子》三章，论四部流变例；家集讳名、李杜刘元白诗题、词题六章，论文本形态例。李杜刘元白大字诗题、小字题注之羼乱问题，语多重出，颇有黄茅白苇、叠床架屋之憾，然倘不一一讨论，则无以见唐写宋刻变貌如此之"触目惊心"。

五、征引古籍，或据影印本，或据点校本，有时则两本并用，视行文需要而定。

六、书首附书影照片，以引证之章节次第为先后。每章择取敦煌写卷、日藏写本、宋元明清刻本、抄本暨法书之书影若干，随文附入，以便于唐集体例及文本形态之覆覈。

七、凡古书原本之小字子注，皆呈现为小字宋体下标；凡本书例校认为载籍作大字而实际唐写卷原貌当为小字注者，呈现为小字仿宋下标。下标之法，略存古籍直排双行夹注之遗意。

八、既为专著，需遵学术通例。书中凡征引前贤及师长之论说时，不称先生，盖衷敬非必在文辞之间也。

九、参考文献俱在脚注，书末不再另附。

引言　回向"集部之学"

饶宗颐认为："魏晋南北朝文学的最大发展，是'集部'的形成和推进。"①作为集部的重中之重，别集在中古时期（魏晋—唐五代）的"形成与推进"问题，迄今尚未得到系统的清理。从事四部研究的学人，大概都会不同程度地认可体例研究对于中古别集探析的重要性。不过，学界既有的研究多是连带而及，目前尚缺乏从体例角度切入中古别集"文献生成"的专题论撰，因此可以说，中古别集体例研究仍是一个尚待深耕的学术方向。

钱大昕尝言："唐人集传于今者尟矣。"（图0-1）②非止谓唐集难觅，实亦叹惋存唐本原貌之集已鲜。也许同是有见于此，黄丕烈才在跋《李端集》时夫子自道曰："予于唐人集遇本即收。"③唐集上承六朝别集"草创期"，下启两宋别集"多元期"，是别集这一文献部类的"成熟期"，因此很具有学术研究的样本价值。当下唐代文学研究的深耕与演进趋势，内在地要求回归别集在唐代的"文献生成"现场，从而揭示唐集独特风貌的形成原因，抽绎唐集在唐代编撰过程中的理论性与实践性体例，并可进而为当下学界对唐集文献的"深度整理"工作提供参考。

民国时期，罗止园曾讨论"集部"曰："集之一门，……既有总集、别集之分，又有义例、体裁之异。"④谢无量亦谓："自别集盛行以后，他那编次的方法，也很有可以研究的。……他那体例同变迁，可以分三点观察：第一，编次时集名的取义。第二，编次时诗文先后的次第。第三，编次时诗文著述的

---

① 饶宗颐：《从对立角度谈六朝文学发展的路向》，《文化之旅》（增订纪念版），北京：中华书局，2018年，第135页。
② 钱大昕《潜研堂文集》卷三一《题跋》，清光绪十年长沙龙氏家塾重刻嘉定钱氏潜研堂全书本；另见钱大昕：《跋徐夤钓矶文集》，钱大昕撰，程远芬点校，杜泽逊审定：《潜研堂序跋》，上海：上海古籍出版社，2018年，第160页。
③ 黄丕烈撰，余鸣鸿、占旭东点校：《黄丕烈藏书题跋集·荛圃藏书题识》卷七，上海：上海古籍出版社，2015年，第405页。
④ 罗止园：《经史子集要略》，北京：三友图书社，1935年，第433页。

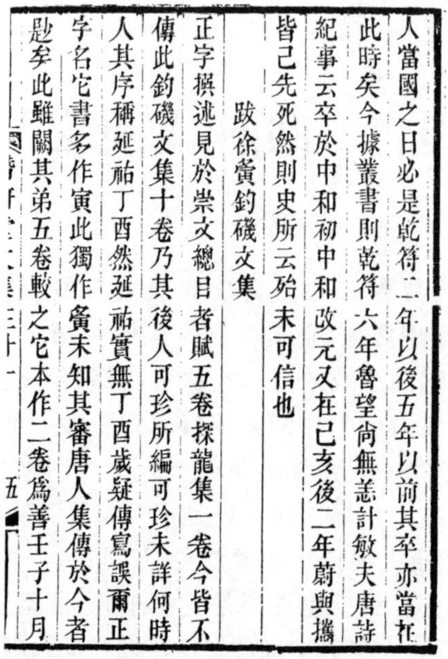
人當國之日必是乾符二年以後五年以前其卒亦當在此時矣今據叢書則乾符六年魯望尚無恙計敏夫唐詩紀事云卒於中和初中和改元又在己亥後二年蔚與攜皆已先死然則史所云殆未可信也

跋徐夤釣磯文集

正字撰述見於崇文總目者賦五卷探龍集一卷今皆不傳此釣磯文集十卷乃其後人可珍所編可珍未詳何時人其序稱延祐丁酉然延祐實無丁酉歲疑傳寫誤爾正字名宅書多作寅此獨作夤未知其審唐人集傳於今者尟矣此雖闕其弟五卷較之宅本作二卷為善壬子十月

图 0-1　钱大昕《潜研堂文集》卷三一《题跋》，清光绪十年刻本

去取。”[①]可见古人所谓“义例”，往往通于“体例”[②]，指的是文集编次的秩序和凡例（本书界定体例包含外在体制和内在义例）。即以诗集而言，在宋代便形成了分体、分门、编年三种基本编例，每一种编例都有自己的特质和优点，也伴生着文本功能上的不足，需要有他种文献体式进行补充。在传统社会，编集是具有实践性的现实操作，因此古籍中有关别集体例的讨论，不但志在辨章学术流变，也与历代相沿的编集、刻集活动有着密切的关系。

民国以来，文字、文体、文献制度发生了前所未有之变，古诗文写作已经式微不振。相应地，传统模式的文人别集编纂亦渐零落，只有在从事古代别集文献整理时，学人才会深入别集的体例问题，探寻别集深度整理的较优形式。不过，别集整理大都依循其旧例，甚至有时会抹掉别集古本的许多体例特点，故而在近现代学术视野中，别集的体例问题未得到充分讨论。随着敦

① 谢无量：《集部概论讲义》，民国商务印书馆函授学校国文科铅印本。

② 方宗诚《〈桐城文录〉序》：“余编《桐城文录》，义例多与存庄手订。”也是用“义例”代指“体例”。参见郭绍虞：《中国历代文论选》第三册，上海：上海古籍出版社，1980年，第410页。

煌、日本所出古抄本文集的影印刊布,加之近年文本学、文体学、中古写本文献学等学科分支蔚兴之影响,别集源流、体例问题已经越来越受学界关注。辨明别集体例,不但能作为当前历代别集整理的参考,也能在中古文献还原等领域建立起新的问题意识,从而助推"集部之学"在当下学术体系中的展开。

一、"集部之学"的回望与省思

(一)进入学术研究的第三条路径

钱基博尝曰:

> 儿子锺书能承余学,尤喜搜罗明清两朝人集,以章氏《文史》之义,抉前贤著述之隐,发凡起例,得未曾有。每叹世有知言,异日得余父子日记,取其中之有系集部者,董理为篇,乃知余父子集部之学,当继嘉定钱氏之史学以后先照映,非夸语也!①

后来,钱基博在《自传》中又加申说,且自评曰:

> 集部之学,海内罕对。②

张舜徽在回忆钱基博时也说:"他看的书,多属历代文集。在交谈中,他曾对我说:'我搞的是集部之学。'"③乍一读过,也许有人不详"集部之学"所指为何。在现代学术框架下,学人往往习知文学、史学、哲学(经学、子学),却很少听过"集部之学"的提法,并且学界也并不认为"集部之学"是一门学问,正如吕思勉《论读经之法》所言:"书籍之以记载现象为主者,是为史。就现象加以研求,发明公理者,则为经、子。固无所谓集也。"④详按钱基博"集部之学"的所指,落脚点主要是别集的体例和学术统系⑤,所谓"以章氏《文史》之义,抉前贤著述之隐,发凡起例"。此说既与民国重六朝"纯美不芯"泛文

---

① 钱基博:《读清人集别录》,《中国文学史》附录,北京:中华书局,1993年,第948页。
② 钱基博:《钱基博学术论著选》,武汉:华中师范大学出版社,1997年,第4页。
③ 周国林编:《张舜徽学术文化随笔》,北京:中国青年出版社,2001年,第380页。
④ 吕思勉:《经子解题》,上海:华东师范大学出版社,1995年,第1页。
⑤ 魏泉:《从钱基博的"集部之学"到文学史》,《读书》2013年第5期。

学之风气相印合[①]，也与中国故有的文章学的路径相接榫[②]。章学诚尝谓：

> 子史衰而文集之体盛，著作衰而辞章之学兴。……后世之文集，舍经义与传记、论辨之三体，其余莫非辞章之属也，而辞章实备于战国，承其流而代变其体制焉。（图 0-2）[③]

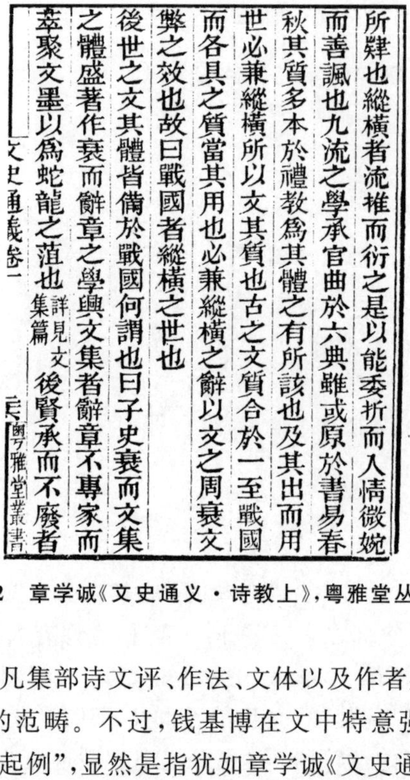
所肄也縱橫者流推而衍之是以能委折而入情微婉
而善諷也九流之學承官曲於六典雖或原於書易春
秋其質多本於禮教爲其體之有所該也及其出而用
世必兼縱橫所以文其質也古之文質合於一至戰國
而各具之質當其用也必兼縱橫之辭以文之周衰文
弊之效也故曰戰國者縱橫之世也
後世之文其體皆備於戰國何謂也曰子史衰而文集
之體盛著作衰而辭章之學興文集者辭章不專家而
萃聚文墨以爲蛇龍之菹也（詳見文集篇）後賢承而不廢者
文史通義卷一　粵雅堂叢書

图 0-2　章学诚《文史通义·诗教上》，粤雅堂丛书本

从广义而言，举凡集部诗文评、作法、文体以及作者生平史实之考订，皆可归入“集部之学”的范畴。不过，钱基博在文中特意强调钱锺书“以章氏《文史》之义”，“发凡起例”，显然是指犹如章学诚《文史通义·文集》，钱锺书在作品、作家之外，对别集体例应当多有论列。遗憾的是，钱基博的日记已经在批斗动乱中被悉数焚毁，而钱锺书的日记尚未整理出版，《管锥编》《谈艺录》更重在文心之打通，故而我们还没有足够的资料一探钱氏父子“集部

① “纯美不忒”一语见于章太炎《五朝学》，收入《太炎文录初编》，上海：上海人民出版社，2014 年，第 66—70 页。

② 徐建委：《文学的故事：被发现和重建的传统》，《求是学刊》2014 年第 5 期。

③ 章学诚：《文史通义·诗教上》，章学诚撰，叶瑛校注：《文史通义校注》卷一，北京：中华书局，1985 年，第 61 页。

之学"在别集体例层面的系统创获。

钱锺书曾有一个有趣的比喻:"研究作者生平,就是不研究他作品的防空洞。"①实际上,别集体例之学则是在生平、作品之外挖出的另一"防空洞",也可以看作"集部之学"的第三条路径。"集部之学",论其大要,约有三个方面。一是考证事实:如作家之行年,作品之典故真伪。二是评谈艺文:或疏通源流,如诗文评之职事;或观文学之风势,抉发文心流别,如钱基博之考文学史。三是明其体例:如文体之结撰,文集之编次。第一方面通于史学,第二方面通于文学,尤其是美学、文艺学,第三方面则堪称集部之学的"本位":历代别集编次的内在体例和文本处理传统,可谓"辨章""考镜"的核心。实际上,如同经史不重例学,别集体例在现当代学术话语体系中也处在颇为边缘的位置。究其原因,撰写诗词文赋之风,在现当代已经隔膜肤廓,学人文士已无传统意义上自编别集的动力和传统,自然对别集体例没有亲切有味的体会。不过,考别集而求其体例,犹如论史学而讲求史法(书法),都属于学术体系比较深微的思辨层面。刘咸炘曾说"史法至唐始晦"②,我们也可以接着说别集体例之法,从来大都日用而不察,讲求者已少,专门考论的著述则更是渺然无闻。以现代治学体系和逻辑方法而论,别集体例研究也能找到恰当的定位,正如姚苏杰所赐示的,古典文学的研究可以有新的展开形式:以文本为中心,将"句"作为节点区分传统语言学(文法学)与文学(文章学),以"篇"作为节点区分文学与书籍编辑学(或称文集学),在学理上形成"文法学—文章学—文集学"的三领域区分。以此向上展望,则应是书籍分类典藏的问题,接近图书馆学。其中所谓"文集学",有西方"书史学"的参照,与钱基博所标举的"集部之学"有着包含与被包含的关系。

(二)"集部之学"在别集体例层面的研究向度

如果对别集体例研究进行一番"知识考古"的话,可以发现,在清代以前颇有零星的论说。近年来学者们也对别集源流诸问题做出了诸多有意义的

---

① 赵武平:《"对过去写过的东西,我并不感兴趣"》,《中华读书报》2001年1月24日。傅璇琮、郭英德、谢思炜合撰的《关于中国古典文学学术史研究的思考》(《文学评论》1992年第3期),主要讨论古典文学史和古典文学学术史的范畴,在论述文学研究的范畴时,认为"一是考订和还原历史事实,二是对文学事实进行感受、理解、阐述、和评价"。这与钱锺书所论的内在理路是相通的。

② 刘咸炘:《治史绪论序》,刘咸炘撰,黄曙辉编校:《刘咸炘学术论集·文学讲义编》,桂林:广西师范大学出版社,2007年,第221页。

探讨,旨在探索"集部之学"的展开向度,进而拟测其问题边际。如徐有富、钱志熙、胡旭、张可礼、胡大雷等留心于先唐别集源流、称名、编纂途径,陆续问世了一些综合性论撰,而关于单部文集的细化研究更是缕述不尽。不过,援体例角度从事唐集研究的"正相关"成果,却相对稀少,杜晓勤《日藏旧钞本〈白氏文集·前集〉编撰体例论考》以日藏旧本白集卷首抄写格式为主要考察对象,结合前集所收作品内容、体式和创作时地,对白集的编撰体例和诗体分类进行了还原性探讨①。吴光兴《以"集"名书与汉晋时期文集体制之建构》着重探讨文集编集历史惯例之形成,以及魏晋之际以"集"名书的关键举措②,所考"文集体制之建构",已经关涉到中古别集的体例问题。倘若将正相关和间接相关的学术研究结合起来看的话,学界关注的"集部之学"问题,又可析分为以下三个向度。

第一,别集的源起问题。在《四库提要》以前,学人大都认可别集源于东汉。章学诚《文史通义》特撰有《文集》一篇,对别集起源、目录归属、子集之变等问题多有申说。总的来看,章学诚是学术史上第一位对文集的源流正变问题进行专题讨论的学者,他曾夫子自道说:

> 鄙著《文史通义》,有《繁称》《匡谬》《文集》《文选》《韩柳》诸篇,专论编次文集目录之事,深慨昔人编次集部目录,不达古人立言宗旨。③

章氏所谓"立言宗旨",主要是将别集部类的形成当作专门之学来探讨的。一般而言,现当代学人在讨论别集起源时,都会将前代论说进行归纳综述,在这方面最先着墨者当属《中国古典文学研究史》。该书第三章专节讨论了魏晋南北朝文集的编纂问题,认可章学诚《文史通义·文集》之说,主张真正意义上的别集后出于《文章流别集》性质的总集,并重点就《文章流别集》与集部成立之关系进行了探讨④。钱志熙认为学界对于齐梁之前集部的形成

---

① 杜晓勤:《日藏旧钞本〈白氏文集·前集〉编撰体例论考》,《唐代文学研究》第15辑,桂林:广西师范大学出版社,2014年,第574—587页。
② 吴光兴:《以"集"名书与汉晋时期文集体制之建构》,《文学遗产》2016年第1期。
③ 章学诚:《与胡雒君论校〈胡稚威集〉二简》,章学诚撰,仓修良编:《文史通义新编新注》外篇三,杭州:浙江古籍出版社,2005年,第702页。
④ 郭英德、谢思炜、尚学锋、于翠玲:《中国古典文学研究史》,北京:中华书局,1995年,第118—130页。

情况及推进历史,仍"未做出比较清晰的描述,许多问题处于模糊的认识之中"①。通览历代学者关于别集起源问题的讨论,有许多聚讼皆是落地于别集的实质起源以及"别集"称名的起源。尽管"别集"定名首见于阮孝绪《七录》之"别集部",实际具有别集之典型特征的文集则出现于曹丕、曹植的时代。这一层面的界定,只有从体例角度进行研究,才能提供信服于人的证据。下文在研究中古别集篇序、并载之体例及其副文本功能时,对此有系统的考述。

总的来说,历代关于别集源流正变问题的探讨还是不足的。民国学者李继煌曾编纂《古书源流》两册,分别辑录"经部源流""史部源流""子部源流"相关文献,而于"集部源流"则付之阙如②,由此也可看出别集源流深度讨论的缺乏。研究别集之起源,在逻辑上势必要考察集部和经史子部的衍生关系,在这方面,刘咸炘的《文集衍论》③做出了独到的阐释,限于篇幅,不再引述。

第二,"集"之来源与别集制名问题。刘师培认为"集名始于魏晋"④,古直据《晋书》之《挚虞传》《束皙传》亦得出近似的结论⑤。谢思炜认为:

> "集"这一名称,当是由动词"集"字转化而来。曹丕《与吴质书》:"顷撰其遗文,都为一集",是动词"集"用如名词的一个较早的例子。但这里还只是指将七子之文集为一观,"集"尚未指具体的文献纂集形式。《华阳国志》卷11《后贤志》陈寿:"又表令次定《诸葛亮故事》,集为二十四篇。时寿良亦集,故颇不同。"……"集"均作动词用。"集"字用于其他文献形式的,如杜预、殷畅《丧服要集》、杜预《春秋左氏经传集解》、潘岳《金谷集诗》等,也均是由动词"集"字转化而来。⑥

此论平正通达,可以作为探讨此类以集名书问题的原点,后来吴光兴《以

---

① 钱志熙:《早期诗文集形成问题新探——兼论其与公䜩集、清谈集之关系》,《齐鲁学刊》2008年第1期。
② 李继煌:《古书源流》卷二,北京:商务印书馆,1926年,第1页。
③ 刘咸炘:《校雠述林》卷一,《推十书》(增补全本)丁辑第1册,上海:上海科学技术文献出版社,2009年,第118页。
④ 刘师培:《中国中古文学史讲义》,上海:上海古籍出版社,2000年,第116页。
⑤ 古直:《班婕妤怨歌行辨证》,张燕瑾、赵敏俐主编:《20世纪中国文学研究论文选·汉代卷》,北京:社科文献出版社,2010年,第351页。
⑥ 郭英德、谢思炜、尚学峰、于翠玲:《中国古典文学研究史》第三章,第124页。

"集"名书与汉晋时期文集体制之建构》也通过这一思路,论证"文集"制名之自觉,以"西晋初《文章叙录》为关键证物"①。至于"别集"之得名,钱志熙认为以集名书很有可能受到了六朝公讌集、清谈集风气之影响,而"别集"即史官所谓"别为一集"的意思,并进而推出"集部其实是从史部派生出来的"②,这两个观点也很具有启发性。

如果从别集体例角度切入这一问题,会有怎样的发现呢?笔者将在《"家集讳其名"例》一章中,讨论中古至两宋时期家集的讳名体例问题。在考察唐代前后写卷文集的文本性、物质性以及保存制度的基础上,以吕延济"家集讳其名"(在家集中避作者的名讳)一语为问题生发点,结合《文选》李善注及五臣注、钱锺书《管锥编》等典籍对中古文集讳名体例的考述,厘清其避讳形式,然后基于手集、刻本文集的比较,对中古避集主名讳为"君""氏"、唐集之集名制作体例等文本变貌进行了释证。

第三,别集的编例问题。在文集受前代著述部类影响这一层面,章学诚多有论述,且举陈寿编《诸葛氏集》为例说明当时编集仍有子书之遗意。当代专论汉魏六朝别集编例者,首推傅刚《汉魏六朝著书编集体例考论》一文③,此外,曹之《中国古籍编撰史》以及马刘凤、曹之《中国古籍编例史》也有专章讨论中古别集的编例及文献制度。张巍认为"类编诗文集是类书与普通诗文集之间的一种中介形态",并就类编诗文集与类书的关系进行了探讨④。在本书第三章,笔者将取《杜工部集》以《奉赠韦左丞丈二十二韵》为压卷的问题作引子,探讨唐人文集的"压卷"体例。压卷,本义为开卷第一篇。压卷意识是中国古书通例之一,四部典籍的编次,皆需直面以哪一部分内容冠首的问题,而尤以排比单篇诗文而成的诗文集最具有代表性。在通行的先赋后诗、先古体后近体的文集编次体例之外,唐人往往会以诗文集中最特出的篇目冠于集首。唐代进士行卷或投谒的小集,尤其注意卷首的安排,以期先辈开卷即能看到作者的代表作。从文本秩序层面来看,压卷实质上是一种强化或是突破文集内在秩序的行为,是唐人文集体例研究中值得深入探讨的现象。笔者后文将论述皮日休《皮子文薮序》体现了古代文集"载系世次"以及文集序文中排比篇目小序以阐明篇目要旨的两种体例特

---

① 吴光兴:《以"集"名书与汉晋时期文集体制之建构》,《文学遗产》2016年第1期。
② 钱志熙:《早期诗文集形成问题新探——兼论其与公讌集、清谈集之关系》,《齐鲁学刊》2008年第1期。
③ 傅刚:《汉魏六朝著书编集体例考论》,《文学前沿》1999年第1期。
④ 张巍:《论唐宋时期的类编诗文集及其与类书的关系》,《文学遗产》2008年第3期。

点,进而认为这两种体例的源头可以追溯到司马迁《史记·太史公自序》等西汉典籍,在中古以降的文集编纂过程中则产生了一些变式。通过这一考察,可以了解经、史、子部古书体例对中古集部文集编纂所产生的一些影响,也能够通过这一视角对唐以后文集某些体例的新变有所把握。实际上,别集编撰过程中需要面对的分体、分类、编年、年谱、注释、附录等体例,皆可从中古别集体例衍生的考察中理出脉络。

近年来,经过后人整理的中古写本时代文献对古籍旧貌的改变与遮蔽已经被学人指出,这类新整理文献对文史研究的负面阻碍作用也受到越来越多的关注与警觉。正如林晓光所揭示的,建立在重辑编校的别集基础之上的六朝诗文研究存在源发性缺陷,"这样的文献处理方式本身就是在对文学问题进行消解与导向"[①]。对写本时代文献进行探原,需要就后世传承的此类文献所经历的"剪切拼贴、缩写改写、文句脱落、文体改造"等文本变异进行基于文献实证和体例规律的推断。在这方面,林晓光的《论〈艺文类聚〉存录方式造成的六朝文学变貌》[②]以及《〈闲情赋〉谱系的文献还原——基于中世文献构造与文体性的综合研究》[③]二文既是研究路径之探索,也是学术方法之范式。

不仅唐集,中古以后宋元、明清别集的编撰体例问题,也已经有多位学者关注,并有专论成果的发表。例如,刘秋彬《宋人别集制名考述》认为宋人"集名取径多端,成为有意义的'标识'"[④],其研究思路对中古时期尤其是唐人别集的制名规律之探索颇有参考价值。何诗海《作为副文本的明清文集凡例》《作为批评文体的明清文集凡例》[⑤],以明清文集为中心,探讨了编集凡例与诗文批评之间的内在关联,对明清别集编纂体例与文学观念进行研究;其新近出版的《古书凡例与文学批评:以明清集部著作为考察中心》[⑥]更是在明确的方法论基础上进行了多维度的研究探索。张德建《文体差序

---

① 林晓光:《文献重构与文本本位——探问六朝文学与文献综合研究的可能性》,《求是学刊》2014年第5期。
② 林晓光:《论〈艺文类聚〉存录方式造成的六朝文学变貌》,《文学遗产》2014年第3期。
③ 林晓光:《〈闲情赋〉谱系的文献还原——基于中世文献构造与文体性的综合研究》,《文学评论》2014年第3期。
④ 刘秋彬:《宋人别集制名考述》,《四川大学学报》(哲学社会科学版)2014年第6期。
⑤ 何诗海:《作为副文本的明清文集凡例》,《文学评论》2016年第3期,第204—212页;《作为批评文体的明清文集凡例》,《学术研究》2010年第10期。
⑥ 何诗海:《古书凡例与文学批评:以明清集部著作为考察中心》,北京:中华书局,2023年。

格局与别集编纂》则着重讨论了别集编纂中的文体"差序"①。在学理层面,学界也已经注意到挖掘民国以前旧学范畴的学术资源。桑兵在《民国学界的老辈》中认为,清季民国老辈学人的"理解旧籍之道","不失为回到历史现场去认识中国历史文化的重要门径"②。在这层意义上,体例之学实实在在的是旧学范畴中的一支。可以预见的是,当别集研究的体例学视角与方兴未艾的文本学相结合的时候,又能激发出一系列的问题意识和研究思路,从而使得体例之学引入别集研究具有别样的学术意义。

(三)"文献不足征"的现实与专题研究展开之可能

任何一个学术分支在开展学理思考时,都应当正本清源,研究别集体例同样如此。只有对六朝古集的体例源流有一宏观把握,才有可能通观其流别。实事求是地说,中古集部之学的研究重心及创获较多者,主要在作者、作品层面,近年文本研究蔚为大观,有可能深刻影响古代文学研究范式的转向,唯独别集体例的系列问题长时间晦而不明,在文本学的理路中也没有充分的拓展边界。究其原因,现代学术体系和传统学术门径的轨辙不合自然是影响因素,唐后期动乱导致的六朝及唐代文集的散佚,也深刻影响了后世对中古别集内在体例与外在物质性的把握:文献不足征,便无法一探六朝、唐代别集的体例状貌。

唐末陆希声尝叹曰:

> 自广明丧乱,天下文集略尽。予得元宾文于汉上,惜其恐复磨灭,因条次为三编,论其意以冠于首。(图0-3)③

孙光宪《北梦琐言序》也有相近的说法:"唐自广明乱离,秘籍亡散。武宗已后,寂寥无闻,朝野遗芳,莫得传播。"④就文献部类而言,这一时期的文献毁弃,尤其以别集之散佚最属煨尘琬琰。明儒陈山毓《别集序》便指出:"篇籍

---

① 张德建:《文体差序格局与别集编纂》,《中山大学学报》2023年第3期。
② 桑兵:《民国学界的老辈》,《历史研究》2005年第6期。
③ 陆希声:《唐太子校书李观文集序》,董诰:《全唐文》卷八一三,北京:中华书局,1983年,第8551页。
④ 孙光宪:《北梦琐言》,北京:中华书局,2002年,第15页。

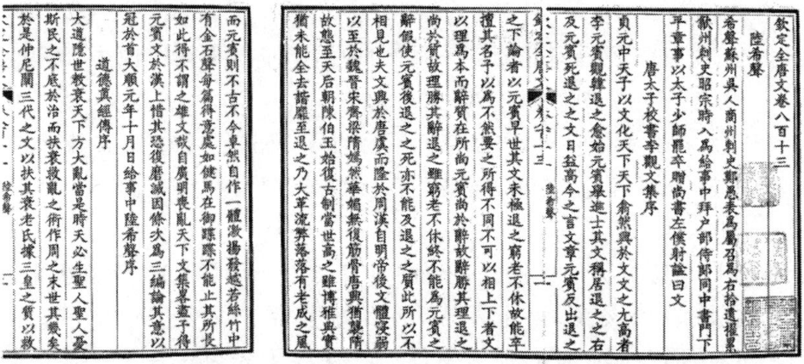
欽定全唐文卷八百十三
陸希聲
希聲蘇州吳人商州刺史鄭愚表爲屬召爲右拾遺擢累
歙州刺史昭宗時入爲給事中拜戶部侍郎同中書門下
平章事以太子少師罷卒贈尚書左僕射謚曰文
唐太子校書李觀文集序
貞元中天子以文化天下天下翕然興於文文之尤高者
李元賓觀韓退之愈始元賓舉進士其文稱居退之之右
及元賓死退之之文日益高今之言文章元賓反出退之
之下論者以元賓早世其文未極退之窮老不休故能卒
擅其名予以爲不然要之所得不同不可以相上下者文
以理爲本而辭質在所尚元賓尚於辭故辭勝其理退之
尚於質故理勝其辭退之雖窮老不休終不能爲元賓之
辭假使元賓後退之之死亦不能及退之之質此所以不
相見也夫文興於唐虞而隆於周漢自明帝後文體寖弱
以至於魏晉宋齊梁隋嫣然華媚無復筋骨唐興猶襲隋
故態至天后朝陳伯玉始復古制當世高之雖博雅典實
猶未能全去諧靡至退之乃大革流弊落落有老成之風
而元賓則不古不今卓然自作一體激揚發越若絲竹中
有金石聲每篇得意處如健馬在御躡躞不能止其所長
如此得不謂之雄文哉自廣明喪亂天下文集畧盡予得
元賓文於漢上惜其恐復磨滅因條次爲三編論其意以
冠於首大順元年十月日給事中陸希聲序
道德真經傳序
大道隱世教衰天下方大亂當是時天必生聖人聖人憂
斯民之不底於治而扶衰救亂之術作周之末世其幾矣
於是仲尼闡三代之文以扶其衰老氏據三皇之質以救

图 0-3　陆希声《唐太子校书李观文集序》，清嘉庆《钦定全唐文》本

中其最完善称近古者，诸子一种是也；其最残缺几无孑遗者，别集一种是也。”[①]李建国曾对先唐别集之亡佚进行过专题考论，认为梁元帝江陵焚书和安史之乱后的历次战乱是中古别集大量亡佚的重要原因[②]。至于流传后世的重要中古别集，大都经过了宋人的整理重编[③]，如今再去考证六朝及唐代文集的编纂体例及文本物质性，自是困难重重。清儒严可均为了编纂《全上古三代秦汉三国六朝文》，遍考群籍，断言先唐古集相对完整传承于后世者只有六部半：

> 唐已前旧集见存今世者，仅阮籍、嵇康、陆云、陶潜、鲍照、江淹六家。《蔡邕集》宋时得残本，重加编次。余无存者。[④]

他在《重编蔡中郎集叙》中又重申了这一看法：

> 汉魏六朝文集传于今世者，多近代新辑。其旧本仅嵇康、阮籍、陆云、陶潜、鲍照、江淹六家。《蔡邕集》则旧本残阙，北宋增补，前明又屡

① 陈山毓：《陈靖质居士文集》卷五，《四库禁毁书丛刊》集部第 14 册，北京：北京出版社，1997 年，第 625—626 页。

② 李建国：《魏晋南北朝别集亡佚时期考论》，《学术研究》2013 年第 2 期。

③ 关于宋人整理唐集之目录，详参曹之：《宋代整理唐集考略》，《古籍整理研究学刊》1997 年第 1 期。

④ 严可均：《全上古三代秦汉三国六朝文》卷首《凡例》，北京：中华书局，1958 年，第 2 页。

增补者也。①

逯钦立在《先秦汉魏晋南北朝诗·凡例》中沿承了严可均的说法,认为:

> 先唐旧集传世者,仅嵇康、阮籍、陆云、陶渊明、鲍照、江淹六家。旧集残存者,仅蔡邕、谢朓、萧统、何逊、阴铿、庾信等六家。②

诸人的统计与陈振孙的说法是一致的,《直斋书录解题》于《薛道衡集》提要曰:"大抵隋以前文集,存全者亡几,多好事者于类书中钞出,以备家数也。"③这六部半之中,有的别集确信大致保存了先唐古集之文本、体例旧貌,有的别集如阮籍之集,实际已经多有讹误和缺佚④,而更多的其他先唐别集则经过了宋人的重编⑤。

面对六朝文集的残篇断简,想要进行体例复原,其难度相当大,严可均曾感慨扬雄之集:

> 《蜀都赋》为集中钜制,校雠再四,从顺良难;《连珠》及《琴清英》皆不全;《覈灵赋》《与桓谭书》《为益州刺史作节度》,章段畸零,帨存崖略,将欲复隋唐本之旧,断断不能。⑥

与六朝集相比,唐人集状况会好一些。据浅见洋二统计,中古时期"能够断定进行过自我编辑或是以近乎这种方式编辑过别集的文人",有曹植、薛综、萧子显、江淹、王筠、江总、颜真卿、元结、权德舆、刘禹锡、李贺、李绅、元稹、白居易、许浑、刘蜕、孙樵、皮日休、郑谷、司空图、韩偓、罗隐等人⑦。这一归

---

① 严可均著,孙宝点校:《严可均集》卷六,杭州:浙江古籍出版社,2013年,第216页。
② 逯钦立:《先秦汉魏晋南北朝诗·凡例》,北京:中华书局,1983年,第3页。
③ 陈振孙:《直斋书录解题》卷十九,上海:上海古籍出版社,1987年,第557页。
④ 颜庆余《阮籍诗流传考》(《图书馆杂志》2012年第7期)从历代经籍志著录、《咏怀诗》之数量及次序等角度考证出明刊诸本阮籍集大都经过了后人重编,唯《六朝诗集》本阮籍集可能较多保留了古本的特征。
⑤ 晁公武、陈振孙均对此有所论述,详参李建国:《魏晋南北朝别集亡佚时期考论》,《学术研究》2013年第2期。
⑥ 严可均:《重编扬子云集叙》,《严可均集》卷六,第215页。
⑦ 浅见洋二撰,朱刚译:《"焚弃"与"改定"——论宋代别集的编纂或定本的制定》,《中国韵文学刊》2007年第3期。

纳有助于研究过程中对较多保留原貌的中古别集给予更多的关注，不过其中与原貌相对接近的，仅《张说之文集》《杜工部集》《白氏文集》《元氏长庆集》《皮子文薮》数种而已。

无论是自编还是他编，唐人文集尽管传世尚多，但也大都经过了宋人的重编：经过重编得以传世，自属其幸；经过重编而写本古集编次体例多有失落，又属不幸。比如颜真卿的文集，北宋已据唐写本刻版，南宋时改编重刻，唐卷古集的文本体例已大幅度缺位：

> 旧皆以诗居首，至南宋复有东嘉守某兼据宋、沈本、留本改编重刻，先奏议，次表，次碑铭，次书序与记之类，以诗终焉，补遗散入各类，卷仍十五。而年谱、碑状、列传附于后，此南宋本又与北宋不同也。①

可见，古本体例的失落，同时伴随着新一时代编集体例的羼入。当我们读到万曼《唐集叙录·韦苏州集》"宋人编订唐集，喜欢分类，等于明人刊定唐集，喜欢分体一样，都不是唐人文集的原来面目"等论断时②，便会自然而然地想去了解，"唐人文集的原来面目"到底是什么样子？在其之前的六朝古集又有什么体例特征？

援引体例思辨进入"集部之学"的研究，是属于作者、作品之外的第三条路径。这一路径所依托的方法，主要是传统目录学尤其是章学诚"辨章学术，考镜源流"的校雠学之方法。这一方法的系统性构建，尤其需要切实的专题研究之后才能渐次总结，正如傅璇琮评吴承学专著《中国古代文体形态研究》时所言：

> 先不作系统的概论，而是对过去长时期不受重视而实有文化涵义的包括文学文体和实用性文体，从文体体制、渊源、流变及各种文体之间相互影响等等，"作历史的描述和思考"。③

因此，当下很需要选取六朝、唐人别集有代表意义的问题样本，以点窥面，探

---

① 严可均：《书颜鲁公文集后》，《严可均集》卷八，第278页。
② 万曼：《唐集叙录》，北京：中华书局，1980年，第87页。
③ 傅璇琮：《开拓文学史研究之新境——〈古代文体形态研究〉序》，《学术研究》2000年第7期。

讨问题展开的可能性,从别集体例的角度观察,未始不能向上一层。

二、体例之学在别集研究中的学术意义

单篇诗文的撰写,有其内在的义法、体例,而裒聚一处形成别集,自然也当有体例存寓其中。别集体例反映别集编撰之传统,古人对这一规律特点有着清醒的认识,例如徐枋《居易堂集》卷首载《凡例》十一则,详论别集编次之体例,其中有言:

> 书法重义例,既操笔为文,必有其义,义之所在,例之所起也。①

又钱泰吉《跋徐俟斋居易堂集》评曰:"集首有目次凡例十一则,亦编辑文集者所宜取则也。"②所谓"义例",古今学界皆有共识,都认为起于《春秋》义例之法,牵涉所及,凡内在宗旨义法与外在范式体例皆有浸润。但学人也认可,"古无专门义例之学,书成而例自具,犹之文成而法自立也"③。总的来说,在专题个案释证的过程中追求义举而例至、例见而义出的效果,是援引体例之学的思辨逻辑进入别集研究的合适关口。如果要归纳这一研究的学术意义的话,笔者认为至少可以从以下几个方面进行说明。

(一)传统体例研究法在集部中的运用

杜预之于《左传》的一大贡献,便是拈"例"以解经,即其《春秋左氏传集解序》中所谓"发凡以言例"④。自此之后,以例说经者,蔚为大观,清儒朱景英在《春秋论(三)》中对历代言例之作进行了详尽的概括⑤。而章学诚则对文史体例颇有独得之悟,对于中古著述之变化的认识也很清醒。他反复强调:

---

① 徐枋:《论文杂语》,王水照编:《历代文话》第四册,上海:复旦大学出版社,2007年,第3301页。
② 钱泰吉:《甘泉乡人稿》卷六,《清代诗文集汇编》第572册,上海:上海古籍出版社,2010年,第68页。
③ 章学诚:《史考摘录》,《文史通义新编新注》外篇一,第460页。
④ 关于唐人之于春秋学的义例观念,可参刘宁:《论中唐春秋学的义例思想》,《中国哲学史》2011年第3期。
⑤ 朱景英:《畲经堂文集》卷一,《四库未收书辑刊》第10辑第19册,北京:北京出版社,2000年,第105—106页。

  后世专门学衰,集体日盛,叙人述事,各有散篇,亦取传记为名,附于古人传记专家之义尔。……古无私门著述,……是集部著录,实仿于萧梁,而古学源流,至此为一变,亦其时势为之也。呜呼！著作衰而有文集,典故穷而有类书。①

  这些说法,都有其一以贯之的方法论作支撑。章学诚特别讲求史学之演变,唐以后史学的"专家"之学(不同于史馆修撰)渐失,而文集中"传记志状"之类的纪事文章增多,在他看来这正是"著述之一大变"。有见于此,章氏的研究很注重对体例的思辨,正如其撰《辨例》所谓"特存大略,取明义例而已"②。史家论史书,尤重其"书法""义例",且往往上溯"出圣人手,义例精深"的《春秋》③,将其作为后世史法援据的根本。刘知幾《史通·序例》曾指出"史之无例,则是非莫准"④,同样,倘编集无例,则诗文统系编订也难。当然,今古有变,故而在抽绎别集体例时,也不必定于一尊,这也是体例之学运用到别集研究过程中应当守持的学术通则。

  探讨体例而成为专门学问的分支,在碑铭金石的研究中体现得最为明显。宋元明清探讨金石体例的著作多达几十种,张之洞《书目答问》将金石文献分为金石目录、金石图像、金石文字、金石体例四类,金石体例著录元潘昂霄《金石例》以降著述十种。清人的金石学研究极为深入,据梁启超总结,其中黄宗羲一派便专门"从此中研究文史义例"⑤。

  近代以来,疑古之风大行,不少学者起而与之商榷,比如吕思勉谓"古书自有其读法,今之疑古者,每援后世书籍之体例,訾议古书,适见其卤莽灭裂耳"⑥。余嘉锡著《古书通例》、孙德谦著《古书读法略例》也强调谙熟类例,推究古书宗旨⑦。其中,余氏著作论"秦汉诸子及后世之文集"以及"论编次"三篇,更是对古书体例学研究的成功实践。疑古派中也有学者自觉地运

---

① 章学诚撰,仓修良编：《文史通义》之《传记》《妇学》《文集》,《文史通义新编新注》内篇五、六,第 280、308、319 页。
② 章学诚：《与陈观民工部论史学》,《文史通义新编新注》外篇一,第 406 页。
③ 王鸣盛：《十七史商榷》卷九三"欧法春秋"条,上海：上海书店出版社,2005 年,第 865 页。
④ 刘占召评注：《史通评注·序例》,北京：中央编译出版社,2010 年,第 102 页。
⑤ 梁启超：《清代学术概论》,上海：上海古籍出版社,1998 年,第 58 页。
⑥ 吕思勉：《先秦史》,上海：上海古籍出版社,1982 年,第 6 页。
⑦ 余嘉锡：《目录学发微·古书通例》,上海：上海古籍出版社,2007 年；孙德谦：《古书读法略例》,上海：上海书店出版社,1983 年。

用体例学的方法反思疑古的方法论,比如傅斯年就曾撰写《战国文籍中之篇式书体——一个短记》①,论证了古书记言—成篇—系统的演进次第。信古、疑古学者关于古书体例的思考,无疑有助于引起当时及后来学人对体例方法的重视。

既然传统学术中经史之书莫不可以援体例之方法进行研究,那么集部是否可以取用此方法加以观照呢?其实前贤已经进行了尝试。四库馆臣论别集,尤重于别集中推求体例,《四库全书总目·别集序》关于先唐别集自制集名、区分部帙、一官一集等归纳,一言以蔽之曰"其体例均始于齐梁"②。而单篇提要中也随处可见论例之语。陈衍曾专门撰有《与姚君懿刘洙源论文集体例书》③,足见别集之有例,非凭空架构之论。朱次琦《朱氏传芳集凡例》曰:

> 古者著书,罕标义例。自汉有《春秋释例》(公车征士颖容撰)魏有《周易略例》(王弼撰),始以例言。至杜预序其《春秋经传集解》,谓经之条贯,必出于传,传之义例,总归于凡,遂有"发凡举例"之说。书标凡例,此为权舆。乃者家集编摩,何关著述,而抗希微尚,窃有别裁。约贡数端,用笺首简。④

这便是在家集编次实践中尝试归纳其体例的一个证据。理论层面,清末民初四川学者刘咸炘在其《文式》《文集衍论》中也归纳了别集的诸多体例,他的实践切实证明了将传统体例之学引入集部的研究是可行的,且大有拓展的空间。

(二) 发覆阐微的问题意识

晚清托名江藩之《经解入门》尝论读书有多种路径,但无论哪一条路径,对体例都不可不熟:

---

① 傅斯年:《傅斯年史学论著》,上海:上海书店出版社,2014年,第156—159页。
② 永瑢等:《四库全书总目》卷一四八,北京:中华书局,1965年,第1271页。
③ 郑逸梅、陈左高主编:《中国近代文学大系1840—1919》第9集第23卷《书信日记集1》,上海:上海书店出版社,1992年,第143—144页。
④ 朱次琦:《朱九江先生集》卷八,《清代诗文集汇编》第625册,第82页。

> 学者读时，必先知其例之所存，斯解时不失其书之文体。①

由此我们也能领悟到，读唐集而心存体例意识，很可能为我们打开一扇观察中古别集到宋集"形成和推进"的新窗口。具体而言，体例之学，往往能提供一种刺破混沌的问题意识，从而在文史研究习以为常的史料中发现新问题。比如《公羊疏》一书，清人皆称唐人徐彦撰，然而严可均通过对此书体例的分析，认为"疏先设问答，与蔡邕《月令章句》相似，唐疏无此体例"②。为考证徐彦非唐人提供了一条很有力的证据。同样，阐释别集的体例变例，也能有裨益于校雠。笔者曾据宋蜀本《司空表圣文集》所载，考证《旧唐书》所录司马承祯宠行诗集《白云记》当为《白云集》③；另据权德舆《权载之文集》卷四十之卷首目录和卷中篇目的文题对勘，提取出了唐人省称何晏《论语集解》为"何论"的有力证据，进而辨析了陆游《老学庵笔记》对"何论"的误解④。

（三）写本时代别集复原的蹊径

写本时代的文集，除却文本载体形制之差异，其编次体例同宋元之后的差异究竟有多大，也很值得加以探讨。比如《王粲集》结集很早，颜之推在《颜氏家训·勉学》中记载说：

> 吾初入邺，与博陵崔文彦交游，尝说《王粲集》中难郑玄《尚书》事。崔转为诸儒道之，始将发口，悬见排蹙，云："文集只有诗赋铭诔，岂当论经书事乎？且先儒之中，未闻有王粲也。"崔笑而退，竟不以《粲集》示之。⑤

胡旭引王应麟《困学纪闻》卷二云："《颜氏家训》云《王粲集》中难郑玄《尚书》事，今仅见唐元行冲《释疑》。"且谓"北齐时所传《王粲集》包罗甚广，疑王粲《尚书释问》亦在其中。"⑥这一推考是有理据的，同时也就证明了在六朝

---

① ［托名］江藩著，周春健校注：《经解入门》卷六，周春健校注，上海：华东师范大学出版社，2010年，第125页。
② 严可均：《书公羊疏后》，《严可均集》卷八，第262页。
③ 李成晴：《〈旧唐书〉"白云记"献疑》，《江海学刊》2019年第2期。
④ 李成晴："何论"考，《人文中国学报》（香港）2015年总第21期。
⑤ 王利器：《颜氏家训集解》卷三，北京：中华书局，2007年，第183—184页。
⑥ 胡旭：《先唐别集叙录》卷四，北京：中国社会科学出版社，2011年，第82页。

古集的编次中已经开始涵纳著述,遂启两宋以后大全集之滥觞。本书后章将以宋蜀本《李太白文集》、北宋二王本《杜工部集》、宋蜀刻本《刘梦得文集》、明董氏翻宋本《元氏长庆集》、南宋绍兴本《白氏文集》所反映的体例特点为样本,尝试追述唐人诗文集卷轴写本的原貌,进而对唐集诗题、题注、诗序文本形态的羼乱进行复原。从第八章到第十一章,笔者总结出唐集诗题、题注之体例有多种,比如凡有"时"字表追述者,例皆为题注;歌行引诗之标识词,例皆界分诗题与题注;事由叙述例皆为题注或诗序;补述时地人事者,例皆为题注;诗题出现尊长名讳者,例皆为题注;诗题后半系前半之解释者,后半当为题注;分韵得某字,例皆为题注,等等。并以诸体例比勘李杜、元白诗题,发现即使是号称存真的宋二王本《杜工部集》、宋绍兴本《白氏文集》,也多有题注羼于诗题的现象,远非卷轴装唐集文本体例之旧貌,需要对其进行初步斠理,以探索宋本向唐本复原的有效路径。

(四)考察别集制度"唐宋变革"的触媒

沈约《武帝集序》末曰:"谨因事立名,随源编次。"①此说与当日情实是相合的。中古时期,别集体例不会先于别集编撰而立,体例实际体现于别集编撰的传统之中,却也并非编集之矩矱。也就是说,体例的归纳可以反映前此别集的制度特性,且给后世编集以借鉴,却并非一成不变之定规,体例可以因不同人的创造性做法而发生演变,出现新例。

前代文献之创例,在后世往往成为师法的对象,所谓"有例可援"。钱大昕《溉亭别传》文末曰:"因仿魏、晋人别传之例,述其事目如右。"②赵翼《陔余丛考》卷四十"以官编集"条:

> 《南史》:"王筠文章以一官编一集,自洗马、中书、中庶、吏部、左佐、临海、大府各十卷,尚书三十卷,凡一百卷,行于世。"《宋史》:"王延德掌御厨则为《司膳录》,掌皇城则为《皇城纪事》,从郊祀则为《南郊录》,奉诏修内则为《版筑记》,从灵驾则为《永熙皇堂录》、《山陵提辖记》。"盖仿筠故事也。《宋史》又载,"王承衍喜为诗,所至为一集。"此则

---

① 陈庆元:《沈约集校笺》,杭州:浙江古籍出版社,1995年,第173页。按:"立"原作"之",据宋本《艺文类聚》改。
② 钱大昕:《潜研堂文集》卷三九,《嘉定钱大昕全集》第9册,南京:江苏古籍出版社,1997年,第681页。

不必有官,而以所处之地辄名其集。近日查初白编诗亦援此例。①

皆可从中窥见清代史家对别集体例有着清醒的观照意识。在这样的一种问题意识下,我们可以注意到,唐人诗文标题下出现的题注,实际是六朝别集诗文篇序的变式;明清人所指称的家集、小集,无论是从体例还是内涵上,都与中古士人所谓的家集、小集有别。诸如此类,都可以置于别集体例的考察视野下进行论述。这一学术视野与中国传统的笺证体式相结合,就如同推开一扇窗,所看到的并非一幅静态的画,而是兼具空间纵深和时序迁转的动态景观。

综上,中国传统的文本解析方法,在现代学术眼光看来,往往并不过时,反而能与新的研究思路相融合,从而打开别样的文本阐释格局。笔者在从事唐集的研究过程中,深感体例视角对审视别集文献的方法论价值。在2017年年末的"唐宋文学的会通研究"笔谈中,周裕锴也着重强调了体例研究在会通唐宋文学中的作用,提倡通过体例研究"发明形而上的义理(文学史、文化史的一般规律)"②。由中古别集的体例研究向外发散,重新审视"集部之学"的研究范式,必然会涉及与文体学、文本学、目录学等学科分支的融合与互补。那么,中古别集体例的研究范式究竟如何?这一研究与当前的古典诗文集深度整理的互动关系是怎样的?诸如此类的问题,还有待于学界的多方讨论,以期共同围绕这一学术生长点进行深耕。

三、唐人编唐集:观察唐代文集生成的本初视角

将唐集体例研究作为进入"集部之学"的门径,有一个必经的本初视角便是"唐人编唐集"。如前所引陆希声《唐太子校书李观文集序》"自广明丧乱,天下文集略尽"③,寥寥十一字,写尽了六朝、隋唐文集在唐末的命运。2007年,中日学者谢思炜、陈珊、神鹰德治、下定雅弘等曾在勉诚社举行过一次座谈,在论及唐写本时也指出这样一个遗憾:唐代诗人的诗集几乎都没有原样保存下来,遑论原物④。尽管我们可以乐观地说,整体或局部存留

---

① 赵翼撰,栾保群、吕宗力点校:《陔余丛考》卷四十,石家庄:河北人民出版社,1990年,第722页。
② 周裕锴:《通读细读、义例义理与唐宋文学会通研究》,《文学遗产》2017年第6期。
③ 董诰:《全唐文》卷八一三,第8551页。
④ 谢思炜:《唐诗与唐史论集》附录《日本与中国白居易研究的相互眺望》,北京:中华书局,2016年,第186—187页。

唐本面貌的唐集,尚有百种以上,但倘追问一句它们究竟和写卷本唐集相比有哪些变与不变,我们似乎又很难凿凿言之——根本原因便在写卷本唐集实物的缺失。文献的匮乏,也许转而会激发学者的责任感,使之发心在有限的传世文献中"纸上考古"①,从而尽可能地还原一些唐人文集的本来面貌。于是,回归"唐人编唐集"②的历史现场,便自然成为观察唐代文集生成的本初视角。

(一) 作为家集的唐集

在中国古代的宗法社会中,如果说文学是属于整个文明的,那么我们似乎同样可以说文集是属于家族的。家集的观念,源出六朝,被当作世家门第、家学授受的标志。《梁书·王筠传》载王筠尝"与诸儿书论家世集"曰:"史传称安平崔氏及汝南应氏,并累世有文才,所以范蔚宗云崔氏'世擅雕龙'。然不过父子两三世耳;非有七叶之中,名德重光,爵位相继,人人有集,如吾门世者也。"③在家集观念方面,唐人沿承六朝,喜将家族世代别集或一代子弟之别集萃为一编,号曰"家集",且别制集名,如《李氏花萼集》《韦氏兄弟集》《窦氏联珠集》等。在称述家集时,唐人喜欢矜夸其动辄数百卷的规模,如杜牧《冬至日寄小侄阿宜诗》:"家集二百编,上下驰皇王。多是抚州写,今来五纪强。"④皇甫松《古松感兴》:"我家世道德,旨意匡文明。家集四百卷,独立天地经。"⑤关于杜牧诗句"家集二百编",有学者认为指的是杜牧祖父杜佑撰写的《通典》⑥,如果按这种解释,我们反倒又能注意到唐人"家集"概念的另一重涵义,那就是大凡四部著述,只要是先人手墨,都可纳入"家集"这一个大的范畴中去指称。

家集关乎家学,唐代的家集,不但承载着某家某族的文学、学术传统,有

---

① "纸上考古"一语借鉴自北京大学考古文博学院图书馆公众号,参见段玉坤:《考古公众号的现状调查及发展策略探讨》,《文物鉴定与鉴赏》2019年第7期,第151页。
② "唐人编唐集"的提法,受到唐诗研究史上"唐人选唐诗"范畴(最早见于明嘉靖刻本佚名编《唐人选唐诗》)的启示。陈尚君:《述〈唐人选唐诗新编〉》,《文汇读书周报》第1717号第三版"书人茶话"。
③ 姚思廉:《梁书》卷三三,北京:中华书局,1973年,第486—487页。
④ 杜牧撰,吴在庆校注:《杜牧集系年校注·樊川文集》卷一,北京:中华书局,2008年,第81页。
⑤ 计有功撰,王仲镛校笺:《唐诗纪事校笺》卷五二,北京:中华书局,2007年,第1758页。
⑥ 吴在庆校注:"二百编:此指杜佑所著《通典》,凡二百卷。"杜牧撰,吴在庆校注:《杜牧集系年校注·樊川文集》卷一,第83页。

时还成为宗族内部进行"家学"著述的材料渊薮,比如唐柳珵有《家学要录》一卷,根据晁公武《郡斋读书志》的解题,此书即是"采其曾祖彦昭、祖芳、父冕家集所记累朝典章因革、时政得失"①而成。当然,在唐人语境中,更多的"家集"言说,仅仅指子孙所藏父祖辈的手集。唐人有一个共识,家藏先人之手集具有权威的"定本""正集"属性。樊晃曾纂集《杜工部小集》,"各以事类为六卷"。之所以制题曰"小集",是因为樊晃知道杜甫之子宗文、宗武"漂寓江陵",因此期待"求其正集"六十卷,"续当论次"②。

还有一重公案需要表出,即在唐人的观念中,家集不仅因诗文而表征家学文脉,更因其存留先人手泽的"宗器"属性而被子孙守护珍藏。可以说,别集的家族属性"型塑"了唐集的某些文献特性,比如避讳、附录家族谱系等,每一个问题背后都隐含着唐代文化传统的宏大背景。宋人王得臣曾在《麈史》中指出:"古人凡著文集,其末多载系世次一篇,此亦子长、孟坚叙传之比也。"③宋人去中古未远,论断每多发覆处,今考唐皮日休自编《皮子文薮》之序曰"《皮子世录》著之于后,亦《太史公自序》之意也"④,与王得臣之《麈史》若合符契,而"载系世次"这一做法恰是家集宗族属性的题中应有之义。

唐人家集的卷轴写本,很多时候会在家族后人间奕叶传承,甚至到了宋代才被裔孙出以问世。陈振孙《直斋书录解题》著录"《李推官披沙集》六卷"曰:"唐李咸用撰。其八世孙兼孟达居宛陵,亦能诗,尝为台州,出其家集,求杨诚斋作序。"⑤这也启示我们,考察唐人所编唐集的家集属性,需要兼顾宋代文献的记载,并在文本细读中离析哪些属性是唐卷本初的,哪些属性是宋代层累的,从而如《景德传灯录》所记哪吒那样"析骨还父,析肉还母"⑥。

(二) 体例:在规矩与自由之间

六朝别集的演进,形成了一些相对稳定的体例特点,包括通例与变例。

---

① 晁公武撰,孙猛校证:《郡斋读书志校证》卷十三,上海:上海古籍出版社,2011年,第570页。
② 樊晃:《杜工部小集序》,杜甫著,仇兆鳌注:《杜诗详注》附编,北京:中华书局,1979年,第2237页。
③ 王得臣:《麈史》,《丛书集成初编》,北京:中华书局,1985年,第51页。
④ 皮日休撰,萧涤非、郑庆笃整理:《皮子文薮》卷首,上海:上海古籍出版社,1981年,第2页。
⑤ 陈振孙:《直斋书录解题》卷十九,第580—581页。
⑥ 普济著,苏渊雷点校:《五灯会元》卷五,北京:中华书局,1984年,第299页。

唐人编唐集的过程中,对此规有所因继(如先赋后诗),也适时新创了一些体例。尽管唐集没有像明清别集那样专列一篇凡例对编集理念进行说明,但察其序跋目次,辅以各文集之间的平行比勘,仍可进行演绎和归纳。例如,六朝别集中通常附载他人的往来赠答诗和书信,"先成为次"①;唐人自编文集,有的沿承这一体例,有的则只是在诗题中记述来诗题目(如元白、刘柳的诗题)而不载原诗,有的则摘来诗之句附为子注,还有的则干脆另编一部酬唱集(如皮日休、陆龟蒙《松陵集》)——从中皆能看到唐人编集体例的"与时维新"。

与此同时,与宋以后刻本文集影响下编集体例的规矩化之外,唐人编唐集还独具一些自由化的体例特点,像《诗经》体的编集方式、"子、集之变"脉络中唐集对子书体例的借鉴等,皆有待发之覆。"子、集之变"最早由刘咸炘在《辞派图》中提出②,实际是学术史上的一个重要问题。随着子书在中古的式微,文集到唐代渐渐承担起士大夫"成一家之言"的理想,并将子书的理念和体例融会其中。在章学诚所谓"子史衰而文集之体盛"③的局面下,唐人便在自编文集中寄寓子书理想,如皮日休《文薮序》仿照中古子书"自叙传",刘蜕自编别集名《文泉子》且仿效《庄子》等子书分内、外、杂篇,皆呈现了典型的子书性特点。

至于唐人编唐集的具体个案,更能看出写卷本时代唐集编次的体例自由。即以某一篇具体的诗文而言,唐人集中便有两存之例。魏颢《李翰林集序》曰:"文有差互者两举之。"王琦注曰:"两举之,谓两存之。"④今见李白集中,《凤凰曲》与《凤台曲》即是同一作品,因内容略异而两存。这一编例,到宋人理董唐集时,还偶有借鉴沿承者,如乾道元年(1165)叶梃刊《柳河东集》,其《重刊柳文后叙》曰:"凡编次之殽乱、字画之讹误,悉厘正之。独词旨有互见旁出者,两存之。"⑤等到进入近世,编集者或择善而从,或以意酌定,尊重文本原貌的两存之例便不复可见了。对唐集两存例的探讨,有助于我们去重新认识传世文集中大量的异文现象。与两存例相近似的,即是编

---

① 谢朓诗题曰《同沈右率诸公赋鼓吹曲名先成为次》,谢朓撰,曹融南校注:《谢朓集校注》卷二,北京:中华书局,2019年,第160页。

② 刘咸炘:《辞派图》,刘咸炘撰,黄曙晖编校:《刘咸炘学术论集·文学讲义编》,桂林:广西师范大学出版社,2007年,第28页。

③ 章学诚著,叶瑛校注:《文史通义校注》卷一,第61页。

④ 李白著,王琦注:《李太白全集》卷三一《附录》一,北京:中华书局,1977年,第1453页。

⑤ 柳宗元撰,尹占华、韩文奇校注:《柳宗元集校注》"附录",北京:中华书局,2013年,第3571页。

集的细大不捐。王士源在为孟浩然编集时,采取了"诗或缺逸未成,而制思清美,及他人酬赠,咸录次而不弃"①的办法,这可以归纳为"编集存残篇＋并载"的体例。我们可以想象,在写卷本时代,唐集原本中存留残篇的情况是数见不鲜的,那么,唐人在编集时是如何予以整理润色使之不显得残缺?颇有探讨的必要。不止唐集,历代文献在传承的过程中,残篇原貌往往被后人以意补足。因此,在研读唐集时,也需要留心今天所看到的定本的衍生过程。在这个方面,陈寅恪《元微之遣悲怀诗之原题及其次序》一文进行了典范式的例析。

唐人编唐集的某些体例个案,有时会指向文学文献之外的文学史、文体学层面的问题。卢藏用编《故陈子昂集》,卷一《修竹篇》前以陈子昂《与东方左史虬书》充《修竹篇》之诗序(图0-4)②,这一编集现象颇值得关注。如所周知,在唐人交游过程中,多有寄书兼附诗作之例,书信内容会对诗歌的背景或本事有所申说,卢藏用的编次给我们以启示,以内容相关联为编排原则,很可能合于唐人"诗、书并投"的书启制度。再进者,这种"以书充序"的

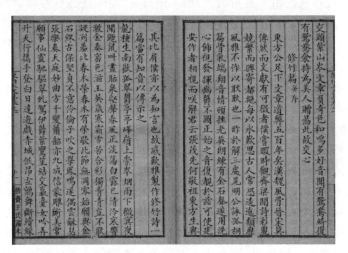

图0-4　陈子昂《陈伯玉文集》卷一,哈佛燕京图书馆藏影钞明弘治中杨澄刊本(见文前彩图)

---

① 王士源:《孟浩然集序》,孟浩然撰,李景白校注:《孟浩然诗集校注》"附录",北京:中华书局,2018年,第476页。
② 陈子昂:《与东方左史虬修竹篇·并书》,彭定求等编:《全唐诗》卷八三,北京:中华书局,1960年,第895页。

做法,会造成书体、序体之间的文体扰动乃至迁移,白居易《和梦游春诗一百韵并序》《和微之诗二十三首并序》、元稹《献荥阳公诗五十韵并启》等皆可在此视域下得到阐释。

(三) 从篇到卷到集的文本形态

唐集在唐代编撰生成的过程中,人(文集理念与集部目录学思想)、事(编集方法与具体操作)、例(唐集文本体例与文献制度)三要素同时发挥着重要的作用。唐人对"集部"的理解,深刻影响着其唐集编撰理念的形成;而唐代文集编撰理念、方法、体例的演进,又影响着"集部"这一文献门类在唐代"成熟期"的文本形态。因此,观察唐人编唐集问题,可能需要不仅仅止步于从见存唐集内部去抽绎,还需从人、事、例维度走向更广阔的唐集生成的书写现场、历史情境,考察篇、卷、集的动态生成图景,从而赋得全新的问题意识。

唐代的集部文献,无论是单篇还是文集,其生成的本初,都有着具体的因缘、情境乃至效用。换句话说,唐人的诗文写作,往往有着明确的、现实的用途。与之相伴生的,便是单篇、专卷在结集之前,有着诗板、诗碑、诗卷等多样化的物质性载体。既往研究,多关注于唐集诗文自身的文本性、文学性研究,而对诗文的物质性则关注不足。实际上,回归唐人诗文撰作的现场及其历史情境之中,可以发现,物质性载体影响甚至决定着诗文的书写、格式、体例等多重要素。这种研究视角的转换,或许不会只局限于研究材料的拓展、具体考证的商榷、个别理论的纠偏等,还可能涉及问题意识、研究范式的更新。例如,从唐诗"寄题"入手,可以梳理名胜题诗的文献生成次第,进而探讨不同载体诗文之间以及题诗与堂室记、序之间的文体互动,进而理解唐集诗题的加长,很重要的动因便是唐诗在物质性载体上呈现时,需要有叙事性文本对诗作的缘起、本事加以纪录。通过研究唐诗石刻文献可发现,唐人凡于寺观亭台题诗,往往在诗前详述作诗背景,这个阶段他们并不制题;但当此类单篇收入别集时,原本作为诗歌副文本的叙述文字便被当作诗题,从而助推了诗歌长题的发展。

倘欲进入唐代文学文献之文本形态的研究,可能需要改变以往单部唐集历时性垂直研究的范式,而是选取唐人编唐集这一共时性横切面的新视角,同时关注这一横切面内部具有近似文本形态的微型切面,由文本形态勾勒文本现象,由文本现象导出对其背后文学社会学层面的追问。因此,对唐人编唐集文本形态的研究,恰恰需要走出纯文本解析,将考察范围推广到写卷、版刻、抄本、墓志、诗碑、诗板、瓷器等多重的物质性文本载体。当然,此一研究范式的更新,并不是说只在唐集领域适用,近年来的宋代乃至明清文学研究,也在"集部之学"领域进境远大,"突破了过去以小说、戏剧为主体的格局","在研究方法上,也突破了过多关注经典作家和经典文本的阉割式研究,更加注意从更广泛的作家队伍和更丰富的文本形态来理解文学"①。

四、余论

王国维《〈乐庵写书图〉序》尝论曰:"余昔览元、明以来写本书,时时得佳处,而舛误夺落,乃比坊肆劣刻为甚。既而见六朝、唐人所写书,其佳处尤迥出诸刊本、写本上,而舛误夺落,则与元、明以来写本无异。盖古代写书,多出书手,其为学士大夫手钞如郑灼之《礼记义疏》者,百不一见也。"②近现代学术史中关于唐集的认识,其文献基础很多是流传到今天已经变貌的"宋型化""明型化"的唐集文本,因此所得结论即便看起来板上钉钉,实际也有再反思的余地。近年来,唐代的文学与文献研究,已经进入到唐写本、宋刻本唐集的文集体例、文本形态、文献生成等层面,学界对唐集的透视也变得越来越深入:不但注意对唐集从写卷本到宋刻本、明清整理本的抄写、刊刻流变进行深度呈现,也开始关注唐宋、明清因编集理念、编撰方法及体例、文献载体转化导致的唐集文本变貌,从而促进了学人对学术史上诸多成说的再思考。如果深入到唐人"现时现地"的别集编撰世界之中,观澜索源,观风察俗,便可能在唐集的"家集"属性、文集体例、文本形态层面有所推进。

---

① 张剑:《主持人语:明清文学研究专辑》,《华南师范大学学报》2021年第2期。
② 王国维:《王国维文集》,北京:线装书局,2009年,第167页。

第一章　篇序与并载例

一、问题的提出

日本尾张国真福寺所藏唐写卷《翰林学士集》一卷（图 1-1、图 1-2），学界已经对其进行了充分的探究。其中一个聚讼的焦点，即是此卷的集部属性究竟为总集还是别集。有学者因其中诗序下有多人作品，断为总集，称曰《翰林学士集》或《贞观中君臣唱和诗集》《弘文馆学士诗集》等；另有学者则主张此集为许敬宗别集之残卷，陈尚君认为："此集每一题下皆有许敬宗诗，且目录亦皆以许诗列目。其中诗多为太宗首唱，诸臣奉和，而目录则均作'同上某首并御诗'，即御诗在此集中仅处于附收的位置。如为敬宗所编总集，自应尊君抑己，断不至如此。对此种处理较恰当的解释是，以此卷为许敬宗子孙为其所编别集，敬宗自然即处于集子的中心位置。唐人别集中多有附收唱和诗作之例，如《张说之文集》、《会昌一品集》

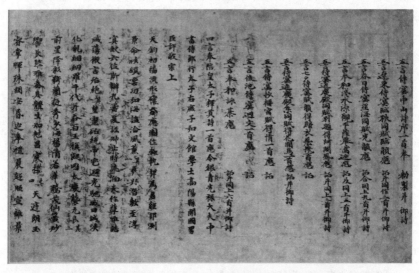

图 1-1　佚名《翰林学士集》，日本真福寺藏唐钞本（珂罗版）（见文前彩图）

皆如此。"①所论确当可信。笔者无意置喙于有关此写卷性质的讨论,但写卷中的诗序、并载之文本形态确实是探讨唐集体例需要重点关注之处。并且,唐集类似体例,与六朝别集一脉相承,也许我们可以上溯至别集生成的源头,来一窥篇序、并载的体例源流。

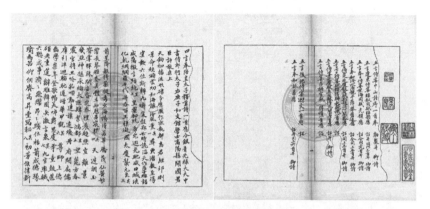

图1-2　佚名《翰林学士集》,天津图书馆藏贵阳陈氏《灵峰草堂丛书》影抄本

二、"文帝集序"

萧统《文选》卷四十收繁钦《与魏文帝笺一首》,"繁休伯"名下李善注:

> 文帝集序云:上西征,余守谯,繁钦从。时薛访车子能喉啭,与笳同音。钦笺还与余而盛叹之,虽过其实而其文甚丽。②

又《文选》卷四一收陈琳《为曹洪与魏文帝书一首》,"陈孔璋"名下李善注:

> 文帝集序曰:上平定汉中,族父都护还书与余,盛称彼方土地形势,观其辞,如陈琳所叙为也。③

---

① 陈尚君《〈翰林学士集〉前记》,佚名编,陈尚君点校:《翰林学士集》,傅璇琮、陈尚君、徐俊编:《唐人选唐诗新编》(增订本),北京:中华书局,2014年,第4页。
② 萧统编,李善注:《文选》卷四十,景印清胡克家重刻宋淳熙本,北京:中华书局,1977年,第564页。
③ 萧统编,李善注:《文选》卷四一,第585页。

以上两则，检宋淳熙八年(1181)池阳郡斋刻本，文字正同（图1-3、图1-4）。详按两则材料的文义，"上"自指曹操，"余"则为曹丕自称，显系曹丕所自撰。

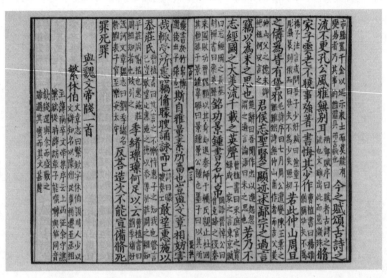

图1-3 萧统撰，李善注《文选》卷四十，中国国家图书馆藏宋淳熙八年池阳郡斋刻本

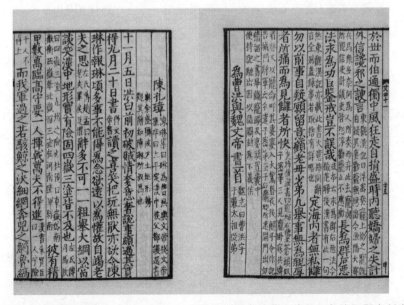

图1-4 萧统撰，李善注《文选》卷四一，中国国家图书馆藏宋淳熙八年池阳郡斋刻本

不过,"文帝集序"四字当如何理解呢？李培南等《文选》李善注点校本①以及俞绍初等《新校订六家注文选》②于繁钦、陈琳二处皆标作《文帝集序》,俞绍初辑校《建安七子集》于《陈琳集》亦标作《文帝集序》③。如此标点,只能理解为文帝自编个人文集后撰写的集序。而明张溥《汉魏六朝百三名家集·魏文帝集》在辑录这两则材料时分别拟题作《繁钦集序》《陈琳集序》④,据此则张溥认为两处"文帝集序"当皆标点作"文帝《集序》",理解为曹丕为《繁钦集》《陈琳集》所作的序言。近现代学人在整理、征引这两条材料时,大都标作《文帝集序》⑤,偶或标作《繁钦集序》《陈琳集序》⑥,更有学者在二说之间更张改辙⑦,迄无定谳。

刘勰尝论序体之法度,关键在于"师范于核要"⑧。以上两种标点皆无法给出解释的是,中古时代别集之序与著作之序的文体具有内在一致的规律性,行文皆应当是精炼"核要"的"序传"(述作者生平+"序作者之意"),何以曹丕会在文集自序或给他人撰序中断断于繁钦、陈琳给自己写的某一封书信的背景呢？通观中古集序,并没有在序文中就别集具体某一篇文章展开笔墨的例证。严可均可能意识到了这一疑窦,故而当《全三国文》收两则材料入曹丕卷时,严氏参考了张溥所编《魏文帝集》,却并未以张溥拟题《繁钦集序》《陈琳集序》为是,并且也没有将两则材料缀合总题作《文帝集序》,而是另制篇题作《叙繁钦》《叙陈琳》⑨。不过,《叙繁钦》《叙陈琳》究竟何指,颇不易言。严可均所拟篇题之含混,正可以看出他对这两则文献确切性质

---

① 萧统编,李善注,李培南等点校:《文选》卷四十、卷四一,上海：上海古籍出版社,1986年,第1821、1880页。
② 萧统编选,李善、吕延济等注,俞绍初等点校:《新校订六家注文选》卷四十、卷四一,郑州：郑州大学出版社,2013年,第2642、2742页。
③ 陈琳:《陈琳集》,俞绍初辑校:《建安七子集》卷二,北京：中华书局,2005年,第56页。
④ 曹丕:《魏文帝集》目录,张溥辑:《汉魏六朝百三名家集》,光绪己卯信述堂重刻本。
⑤ 夏传才等《曹丕集校注》、郭预衡《中国散文史》、穆克宏《文选学研究》、高华平《繁钦〈与魏文帝牋〉的写作时间和相关问题》、刘明《魏晋文人集的形成路径及文体辨析的关系》等论撰皆同。
⑥ 魏宏灿《曹丕集校注》、岳麓书社点校本《三曹集》、易健贤《曹丕年谱》等皆同。
⑦ 比较有代表性的是陆侃如《建安文学系年》初发表时,引作"文帝《(繁钦)集序》""文帝《(陈琳)集序》",而到《中古文学系年》修订出版时则改作《文帝集序》。见陆侃如:《建安文学系年(192—219)》,《清华学报》1941年第13卷第1期；陆侃如:《中古文学系年·上》,袁世硕、张可礼主编:《陆侃如冯沅君合集》第10册,合肥：安徽教育出版社,2011年,第349页。
⑧ 刘勰撰,范文澜注:《文心雕龙注》卷六《定势》,北京：人民文学出版社,1958年,第530页。
⑨ 严可均:《全上古三代秦汉三国六朝文》之《全三国文》卷七,北京：中华书局,1958年,第1091页。

的疑惑。迄今为止,学界对这三种并行的理解模式还未作出应有的辨析与厘清。

三、被歧解遮蔽的别集古例

"文帝集序"四字应如何理解,两则序文的文献性质应如何界定,远不止是标点问题,其深层关涉到了别集这一文献门类成立初期的文献制度及文本体例,故不可不加以深究。

首先,两则"文帝集序"的语意指向有极强的针对性,俨然是对繁钦、陈琳二笺所作的解题。先看繁钦《与魏文帝笺一首》。繁钦《笺》中曰"顷诸鼓吹广求异妓,时都尉薛访车子,年始十四,能喉啭引声,与笳同音。白上呈见,果如其言。即日故共观试,乃知天壤之所生,诚有自然之妙物也"①,后文大段描述薛访车子"喉啭引声"如何"潜气内转,哀音外激",是整篇书信的主体内容。而《文选》卷四十李善注所引"文帝集序"之"时薛访车子能喉啭,与笳同音。钦笺还与余,而盛叹之"诸语,正是对繁钦此《笺》的撮述②。巧合的是,曹丕对繁钦《与魏文帝笺一首》的答函主体部分仍传世,以《艺文类聚》卷四三为最早之出处。宋本《艺文类聚》先录"魏繁钦与太子笺曰"云云,后空格录"魏文帝答曰"云云(图1-5)。曹丕答函对繁钦盛赞薛访车子不以为然,而举"守土孙世有女曰瑱",歌唱时"扬蛾微眺,芳声清激","固非车子喉啭长吟所能逮也"③。这与《文选》卷四十"文帝集序"的"过其实"之评正相吻合。

由《艺文类聚》同时收录繁钦、魏文帝往来函札可推断,欧阳询等人在纂修《类聚》时,所见二笺很可能写载于同一文献,《文选》只录繁钦笺而未选曹丕答笺,实非《类聚》所本。复考《太平御览》卷五九五:

> 《魏文帝集》曰:上平定汉中,族父都尉还书与余,盛称彼方土地形势,观其词,知陈琳所为。④

---

① 萧统编,李善注:《文选》卷四十,第565页。
② 繁钦写给曹丕的这封书信,当是彰显其文采的代表作,连《典略》为繁钦作传时也特意记上一笔:"其所与太子书,记喉转意,率皆巧丽。"见《三国志·魏书·王粲传》裴松之注引《典略》,陈寿:《三国志》卷二一,北京:中华书局,1959年,第603页。
③ 欧阳询:《艺文类聚》卷四三"歌",上海:上海古籍出版社,1999年,第778页。
④ 李昉:《太平御览》卷五九五,景宋本,北京:中华书局,1966年,第2683页。

第一章　篇序与并载例　　　31

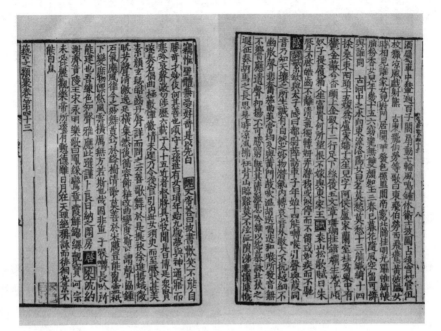

图 1-5　欧阳询《艺文类聚》卷四三,上海图书馆藏宋绍兴刻本

明白指出了"上平定汉中"这则"文帝集序"出自《魏文帝集》。综合前揭资料便可推断,《艺文类聚》同时收录的繁钦、曹丕往来函札,其文献来源应是秘府所藏六朝写本《魏文帝集》,且可校勘《文选》所引"如"字应是"知"字之讹。

《隋书·经籍志》对繁钦、曹丕文集的著录情况如下:

> 后汉丞相主簿《繁钦集》十卷(梁录一卷,亡)。……《魏文帝集》十卷(梁二十三卷)。①

可证至隋代唐初,《繁钦集》《魏文帝集》尚存,只不过相较阮孝绪《七录》所著录而言,《繁钦集》亡佚了"录"一卷,《魏文帝集》则佚失了十三卷。又《艺文类聚》同处载录"繁钦与太子笺""魏文帝答","与太子笺"四字很可能是当时所据写本古集的原题,而后面"魏文帝"为构拟,所以才会在同一文本中出现"太子""魏文帝"这样歧异的指称现象。

---

① 魏徵等:《隋书》卷三五《经籍志·集》,北京:中华书局,1973 年,第 1058、1059 页。

陈琳《为曹洪与魏文帝书一首》则更具意味,曹丕"文帝集序"中的"族父都护还书与余"与《魏书》述曹洪"累从征伐,拜都护将军"事迹正相印合①。曹丕的答函有两个片段保存在李善注中。《文选·为曹洪与魏文帝书一首》"来命陈彼妖惑之罪"后李善注:

> 文帝《答洪书》曰:今鲁包凶邪之心,肆蛊惑之政,天兵神拊,师徒无暴,樵牧不临。②

又"窃又疑焉"下李善注:

> 文帝《答曹洪书》曰:今鲁罪兼苗桀,恶稔厉莽,纵使宋翟妙机械之巧,田单骋奔牛之诳,孙吴勒八阵之变,犹无益也。③

这两则材料揭示一个共同的信息,即李善注《文选》时所看到的曹丕《魏文帝集》(或所依据的《文选》旧注)中,于此函题作《答洪书》或《答曹洪书》。也就是说,尽管曹丕在自己文集中写定了篇题的答函对象为曹洪,但他的"文帝集序"实际关注点是通过"观其辞"来进行实际作者之甄别④,指出这封信其实是陈琳所代拟的。宋本《六臣注文选》"陈孔璋"名下注:"向曰:'文帝从父,琳为之作书报文帝。文帝观其辞,知琳所为。'"⑤由此可见曹丕此则"文帝集序"亦有明显的针对性,既交代此函之时地人事背景,又着重于真实作者(陈琳)的确认。换一个角度来看,正是由于曹丕自编别集时题作《答(曹)洪书》,但他又知道真正的撰拟者是陈琳,这才客观上需要有一段注释型"副文本"⑥对此加以说明。这种针对具体某一篇文章展开述说的序引,与整部著作或文集的大序相比,其文本展开模式是扞格不入的。

建安黄初时期著作序言尚有留存,曹丕有《典论·自叙》,先述建安乱世之局,后缕述学射、骑马、击剑、习戟、弹棋、为学、著书等事,体同自传⑦。曹

---

① 陈寿:《三国志》卷九《曹洪传》,第 278 页。
② 萧统编,李善注:《文选》卷四一,第 585 页。
③ 萧统编,李善注:《文选》卷四一,第 586 页。
④ 萧统编,李善注:《文选》卷四一,第 585 页。
⑤ 萧统编,六臣注:《六臣注文选》卷四一,景印宋刻本,北京:中华书局,2012 年,第 778 页。
⑥ "副文本"(paratext)概念最早由法国学者热拉尔·热奈特(Gerard Genette)提出,可参其《广义文本之导论》《隐迹文稿》《门槛》《副文本入门》等论撰。
⑦ 魏宏灿:《曹丕集校注》,合肥:安徽大学出版社,2009 年,第 300—302 页。

植有自编赋集曰《前录》,其中《自序》残存序末两节,分别述"君子之作"的理想境界以及"删定别撰"《前录》的始末①。二序文体性质、文本模式仍具有史、子著述"自序(叙)传"之意,即前部分系作者自传或他人拟传,如《典论·自叙》,后部分序"作者之意",如《前录·自序》——这是自司马迁《太史公自序》经典文本范式以降的同构化书写。直到梁任昉作《王文宪集序》,仍存此法,前半"公讳俭,字仲宝,琅邪临沂人也"至"谥曰'文宪',礼也"为王俭之别传,后半对王俭平生"述作不倦"及编集始末进行描述②。诸文献背后,其实隐含着一个悠久的文本体例传统,那就是"序中含传"的"自序(叙)传"书写模式。

将开篇所举两则"文帝集序"与传世曹丕、曹植、嵇康、陆云、陶渊明等人存留了魏晋古集某些原貌的单篇诗文篇序作平行比勘,可知两则"文帝集序"实际是曹丕将繁钦、陈琳两封书信并载于自己文集中时所拟的解题性质的篇序。曹丕在自编文集时,以写作时间为次第,先以"副文本"的形式并载繁钦、陈琳的来信,然后分别编入自己的答函,且撰一小序来说明这一组书信往还的时间、地点、人事背景,这实际是别集初立时代便形成的比较合理的篇章编次方法,恰如周中孚所总结的:

> 凡诗集中载他人赠倡之作,当列于本人答和诗之前。他人答和诗之作,当坿于本人赠倡诗之后。③

后来嵇康、陆云、陶渊明、谢朓等中古别集的并载皆具有相同的编次体例④。关于曹丕编集并载的判断,不仅基于中古别集体例规律,也有史料层面的支持。宋李昉《太平御览》"饮食部"曰:

> 《魏文帝集》载锺繇书曰:属赐甘酪及樱桃。⑤

---

① 赵幼文:《曹植集校注》卷三,北京:人民文学出版社,1998年,第434页。
② 萧统编,李善注:《文选》卷四六,第652—658页。
③ 周中孚:《郑堂札记》卷二,《丛书集成初编》第358册,上海:商务印书馆,1937年,第11页。
④ 由《陆士龙文集》可以看出,并载之作,答书皆次于后,符合撰作的时间次第。宋版重雕《谢宣城集》卷四,先编次工秀之《卧疾叙意》,接着编次谢朓《和王长史卧疾》,先编次谢朓《在郡卧病呈沈尚书》,接着编次沈约《答谢宣城》,亦以唱酬诗作的撰作时间为编次依据。
⑤ 李昉:《太平御览》卷八五八,第3812页。

这是曹丕《魏文帝集》并载锺繇来函的一个有力的证据,《魏文帝集》中自然会有曹丕答书,只可惜已经散佚不可考①。概言之,传世文献中并没有曹丕撰《繁钦集序》《陈琳集序》的任何记载,中古史注、类书中也没有只言片语的留存。退一步讲,假使曹丕果真曾给繁钦、陈琳作过集序,他在集序中也不可能就集子里的具体某一封书信的背景辞费——两则"文帝集序"如果作为单篇书信前之篇序,则笔墨省净,恰为得体;如果置于文集卷首书序之中,则显得骈拇枝蔓。无论是李培南等所主张的《文帝集》之曹丕自序还是张溥等所主张的《繁钦集》《陈琳集》之曹丕编者序,抑或是严可均所拟定的含混篇题《叙繁钦》《叙陈琳》,两则"文帝集序"的文本结构都使其无处安放,这是笔者推证两则"文帝集序"为两封书信前解题性质篇序的逻辑出发点。前述三种解释模式的存在,以文献整理的形式模糊了古本文集的体例真容,消解了问题意识生发的可能,也遮蔽了两则"文帝集序"背后真正的学术史价值。其实,通过两则"文帝集序"与曹丕、曹植诗赋篇序的对读,我们可以进窥建安黄初这一段个人别集滥觞时代的编集体例,并可进而为曹丕、曹植是否曾经自编文集这一学术公案提供有力的肯定性证据。

四、"文帝集序"与曹丕、曹植诗赋篇序的文本同构规律

《文选》李善注所引两则"文帝集序"具有极富规律性的内部文本结构,这一点可以在曹丕、曹植的诗赋篇序处得到印证。为明晰起见,本节就二人诗赋篇序进行文本结构分析,酌分时间【A】、地点【B】、人际【C】、事由【D】四个文本结构元素。于是,两则"文帝集序"可解析为:

1.《文选》卷四十:

文帝集序云:【A】上西征,【B】【C】余守谯,繁钦从。【D】时薛访车子能喉啭,与笳同音。钦笺还与余而盛叹之,虽过其实而其文甚丽。

2.《文选》卷四一:

文帝集序曰:【A】上平定汉中,【C】族父都护还书与余,【D】盛称彼方土地形势,观其辞,如陈琳所叙为也。

---

① 据张溥、严可均、魏宏灿辑佚,共于《魏文帝集》辑得曹丕致锺繇函五通,分别是《与锺繇谢玉玦书》《与锺繇五熟釜书》《与锺繇九日送菊书》《与锺繇书》《答锺繇书》。

据此可见曹丕的两则"序"文皆围绕四个结构元素而撰写,并且元素次第也有大致规律。材料二缺失地点【B】元素,但"族父都护还书与余"一语已经隐含着曹丕居守监国的地点邺城。再来比照曹丕、曹植多篇诗赋篇序在传世文献最早出处中的文本形态:

3.《初学记》卷九"书鞭击蔗"条:

> 魏文帝《临涡赋序》曰:【A】【B】上建安十八年至谯,【C】余兄弟从,上拜坟墓,【D】遂乘马游观,经东园,遵涡水,高树之下驻马书鞭,为《临涡赋》。①

4.《艺文类聚》卷三〇:

> 又(魏文帝)《感离赋》曰:【A】建安十六年,上西征,【B】【C】余居守,【D】老母诸弟皆从,不胜思慕,乃作赋曰……②

5.《艺文类聚》卷六二:

> 魏文帝《登台赋序》曰:【A】建安十七年,【B】【D】春游西园,登铜雀台,【C】命余兄弟并作,其词曰……③

无论从序文元素、长度、模式还是文气上,五则材料都颇为近似,具有内部封闭的四元素文本结构。再来看曹丕、曹植主题相近且原始文献出处相同的两则赋序:

6.《艺文类聚》卷五九:

> 魏文帝《述征赋》曰:【A】建安之十三年,【D】荆楚傲而弗臣,命元

---

① 徐坚:《初学记》卷九,北京:中华书局,1962年,第211页;又《初学记》卷二二"李铭曹赋"条所引起止同,微有异文。虞世南《北堂书钞》卷一二六"书鞭为赋"条引作"魏文帝《临涡赋》"云尔,起止同,"高树之下"有"相伴"二字。宋李昉《太平御览》卷三五九、宋乐史《太平寰宇记》卷十七亦引。曹植《临涡赋》已失传,但其《郿生序颂》曰:"余道经郿生之墓,聊驻马书此文于其碑侧。"其中"驻马书此文"与曹丕《临涡赋序》"驻马书鞭"同构,仍能看出遣词句式之共同点。

② 欧阳询:《艺文类聚》卷三十"别下",第528页。

③ 欧阳询:《艺文类聚》卷六二"台",第1120页。

司以简旅,【B】【C】予愿奋武乎南邺。①

此下为赋文,阮瑀、徐幹有同时同主题之作,阮瑀《纪征赋》云:"惟蛮荆之作雠,将治兵而济河。"徐幹《序征赋》云:"沿江浦以左转,涉云梦之无陂。"②"蛮荆""云梦"皆与建安十三年(208)七月曹操征荆州事相符合。这也再次为前揭所推证的《艺文类聚》文献来源可能是《魏文帝集》且集中并载阮瑀、徐幹同题之作提供了佐证。此外,曹植亦有题材近似之赋曰《东征赋》:

7.《艺文类聚》卷五九于魏文帝《述征赋》后引曰:

  魏陈王曹植《东征赋》曰:【A】建安十九年,王师东征吴寇,【C】余典禁兵,【B】卫宫省。【D】然神武一举,东夷必克,想见振旅之盛,故作赋一篇。③

8.《文选》卷十九录曹植《洛神赋并序》曰:

  【A】黄初三年,【BC】余朝京师,还济洛川。【D】古人有言,斯水之神,名曰宓妃,感宋玉对楚王神女之事,遂作斯赋,其辞曰……④

据此可证,不仅曹丕赋序的行文模式如此,曹植也是以极为近似的四元素文本模式结撰了《东征赋序》《洛神赋并序》。由诸序的时间【A】元素的追述语气还可以推断,曹丕、曹植赋序并非作赋时所撰,而是后来补撰之序。有时,二曹篇序还会出现与"文帝集序一"同构的以"时"为追述标识词的赋序文本:

9.《艺文类聚》卷二一曰:

  魏陈王曹植:【A】建安十六年,大军西讨马超,【B】【C】太子留监国。【C】植时从焉,【D】意有怀恋,遂作《离思》之赋。⑤

---

① 欧阳询:《艺文类聚》卷五九"战伐",第1069页。
② 费振刚、胡双宝、宗明华辑校:《全汉赋》,北京:北京大学出版社,1997年,第618、621页。
③ 欧阳询:《艺文类聚》卷五九"战伐",第1069页。
④ 萧统编,李善注:《文选》卷十九,第270页。
⑤ 欧阳询:《艺文类聚》卷二一"友悌",第390页。

下引材料十、材料十二的"时"字文本模式亦同。"时"字标识词这一线索给我们以启示,即曹丕、曹植在人生后期曾对自己的作品进行过整理,而这一整理行为在别集成立史上实有标志性意义,堪称别集文献生成之"自觉"。

当然,曹丕赋序不尽是追述补撰,有时赋序与赋文为同时之作,而这类作品在系年时可推知显然是作于建安后期:

10.《艺文类聚》卷八九曰:

魏文帝《柳赋》:【A】昔建安五年,上与袁绍战于官渡。【C】时余始植斯柳,自彼迄今,十有五载矣。【D】感物伤怀,乃作斯赋。①

据赋序则知《柳赋》作于建安二十年(215),五年后曹丕称帝,为黄初元年(220)。赋序中"昔""时""今"时间标志词的跳跃,可证本条赋序与赋文同时而作,然其文本模式却与上引追述性质的补序如出一辙。

材料七、材料九曹植二序事由近似,而赋序几乎是在同一文本模板下的"完形填空"。至此,我们再来平行比勘开篇所举两则"文帝集序",便会确然意识到"文帝集序"与曹丕、曹植赋序具有极为一致的文本模式同构规律。当然,不止曹丕、曹植赋序内部文本结构如此,他体诗文也有其证:

11.《文选》卷二四录曹植《赠白马王彪一首》李善注曰:

《集》曰:于圈城作。又曰:【A】黄初四年五月,【C】【B】白马王、任城王与余俱朝京师,会节气,日不阳,任城王薨。【A】至七月,【C】【B】与白马王还国。【D】后有司以二王归蕃,道路宜异宿止,意毒恨之。盖以大别在数日,是用自剖,与王辞焉,愤而成篇。②

此篇诗序视前引诸序加长,可能是由于曹植内心愤懑,故缕述原委,以序存史,然其内在文本结构不过是"文帝集序"类四元素篇序的扩展版。值得注意的是,此则诗序,萧统《文选》在选《赠白马王彪》诗时删汰未录,倘无李善之注,我们很可能永远不会知道曹植此诗的古本实际是有诗前篇序的。颇疑曹丕、曹植别集古本之中,诗文包括函札前当多有解题性质的篇序,而不

---

① 欧阳询:《艺文类聚》卷八九"杨柳",第 1533 页。
② 萧统编,李善注:《文选》卷二四,第 340 页。

像今天我们所看到的那样,唯有一小部分存留篇序,其余则阙如。只是年湮世远,二人别集又无完帙传世①,故各体诗文之篇序或存或不存之情实,已无法进行相对精准的复原性考察了。

需要注意的是,曹丕篇序也有与前揭十一例并不同构的行文模式,如《戒盈赋序》:"避暑东阁,延宾高会,酒酣乐作,怅然怀盈满之戒,乃作斯赋。"②《迷迭赋序》:"余种迷迭于中庭,嘉其扬条吐香,馥有令芳,乃为之赋。"③《艺文类聚》引"魏文帝《寡妇诗》曰:友人阮元瑜早亡,伤其妻子孤寡,为作此诗。"④《寡妇诗序》仅见人际、事由,实则时间、地点亦寓其中。笔者认为,这类篇序有可能是创作诗文同时便撰写完成的篇序,与二曹在后来整理诗赋时追补之篇序本来即非同类。通检建安七子留存至今的诗文,唯陈琳《神武赋并序》"建安十有二年,大司空、武平侯曹公东征乌丸。六军被介,云辎万乘,治兵易水,次于北平,可谓神武奕奕,有征无战者已"⑤具有同构的文本模式,其余则大抵个性化书写,无一定之规。于此更可窥见,曹丕、曹植十一例同构的篇序很有可能是二人在整理编撰个人文集时进行的系统性"副文本"补撰。

基于前揭材料的考察分析,已足证明,曹丕、曹植诗文篇序的文本模式中确实独立存在着这样一个富于规律性的四元素文本结构,而两则"文帝集序"恰好又从属于这一文本结构模式。也就是说,两则"文帝集序"只能是单篇书信之前的篇序,而不可能是《魏文帝集》或《繁钦集》《陈琳集》书首"录一卷"中集序的一部分。

五、中古别集篇序、并载体例的"纸上考古"

唐末五代的动乱,对中古写卷本典籍的摧损极为严重,汉魏六朝和唐代的文集,能以接近原貌的状态留存后世的,可谓少之又少,宋陈振孙言"隋以

---

① 曹丕集古本已佚,传世有明张溥《汉魏六朝百三名家集》辑本,已无复宋本文集之体例。曹植集尽管有宋本系统传世,但据《四库全书总目》考证,宋本多据《艺文类聚》《玉台新咏》等书采择,"残篇断句,错出其间","不得谓之善本"。永瑢等:《四库全书总目》卷一四八,北京:中华书局,1965年,第1273页。

② 魏宏灿:《曹丕集校注》,第107—108页。

③ 魏宏灿:《曹丕集校注》,第132页。

④ 欧阳询:《艺文类聚》卷三四"哀伤",第595页。

⑤ 俞绍初辑校:《建安七子集》卷二,第44页。

第一章　篇序与并载例

前文集,存全者亡几"①,明陈山毓谓"(篇籍中)最残缺几无孑遗者,别集一种是也"②,皆传达出了历代对中古别集散佚飘零的直观印象。如引言所引及的,严可均为了编纂《全上古三代秦汉三国六朝文》,遍阅群籍,总结出先唐古集相对完整传承于后世者只有六部半:

> 唐以前旧集见存于今世者,仅阮籍、嵇康、陆云、陶潜、鲍照、江淹六家。《蔡邕集》宋时得残本,重加编次,余无存者。③

严可均在《重编蔡中郎集叙》中又重申了这一看法④。逯钦立在《先秦汉魏晋南北朝诗·凡例》中沿承了严氏之说,认为:

> 先唐旧集传世者,仅嵇康、阮籍、陆云、陶渊明、鲍照、江淹六家。旧集残存者,仅蔡邕、谢朓、萧统、何逊、阴铿、庾信等六家。⑤

这六部半或十二部之中,有的集子确信大致保存了先唐古集之文献制度、文本体例旧貌,但有的集子如阮籍之集,实际已经多有讹误和缺佚⑥,更多的它种先唐别集则通卷经过了宋人的重编⑦。至于唐集,见存唐人别集有名目者凡300多种,但其成书又有着不同的文本层次⑧。诚如"副文本"理论所揭示的,无论是作者还是传抄者,对正文本、副文本的处理态度是不同的:

---

① 陈振孙《直斋书录解题》于《薛道衡集》提要曰:"大抵隋以前文集,存全者亡几,多好事者于类书中钞出,以备家数也。"陈振孙:《直斋书录解题》卷十九,上海:上海古籍出版社,1987年,第557页。
② 陈山毓:《陈靖质居士文集》卷五,《四库禁毁书丛刊》集部第14册,北京:北京出版社,1997年,第626页。
③ 严可均:《全上古三代秦汉三国六朝文》卷首,第2页。
④ 严可均:《铁桥漫稿》卷六,《续修四库全书》第1489册,第23页。
⑤ 逯钦立:《先秦汉魏晋南北朝诗·凡例》,第3页。
⑥ 颜庆余:《阮籍诗流传考》,《图书馆杂志》2012年第7期。
⑦ 晁公武、陈振孙均对此有所论述,见李建国:《魏晋南北朝别集亡佚时期考论》,《学术研究》2013年第2期。
⑧ 承陈尚君教授教示,唐集主要的成书层次有:第一,唐人编唐别集原貌留存,如日本正仓院《王勃集》写本残卷,敦煌P.3590号《故陈子昂集》残卷等。第二,唐人原编别集以刻本形式留存,如张说《张说之文集》、权德舆《权载之文集》、皎然《吴兴昼上人集》、皮日休《皮子文薮》、陆龟蒙《笠泽丛书》等。第三,经宋人整理但部分留存唐人编唐别集旧貌,如陈子昂、李白、杜甫、韩愈、柳宗元、元稹、白居易、刘禹锡等名家别集。

在文本流传的时空序列里,副文本较正文本具有着更大的不稳定性,可增可删,可前可后。职是之故,我们今天所看到的许多中古别集,都是篇序、并载、小注等副文本大量剥落后的文本状貌。除非有沉埋的文献被发现,我们今天研究中古别集的资料体系已然固化。不过,即便面临"文献不足征"的困难,我们仍可在保存文献制度和文本体例旧貌的中古别集中,对篇序、并载这两种编集传统作推理式体认。同时,在古集原貌羼乱的情况下,通过对史料进行"纸上考古",仍可窥见今传文本已经"失落"的篇序、并载体例特点与流变规律。

别集单篇诗文前有自撰篇序,并非前揭曹丕、曹植二集的个别现象,建安之前的东汉诗文,篇序便已经形成了成熟的文本模式。即以别集开卷的第一文类"骚赋"而言,自东汉起,赋前撰序已经蔚成风气,典型者如桓谭《仙赋·并序》、杜笃《论都赋·并序》、傅毅《舞赋·并序》、崔骃《反都赋·并序》、张衡《应间·并序》《舞赋·并序》、王延寿《鲁灵光殿赋·并序》、赵岐《蓝赋·并序》、边让《章华台赋·并序》、蔡邕《笔赋·并序》,皆是其例。究其体例之原型,实本于《毛诗》《尚书》诸单篇诗文之小序。另如《陶渊明集》中《停云一首并序》《时运一首并序》《荣木一首并序》皆是典型的《毛诗》小序行文模式①,陈寅恪在论白居易《新乐府》篇序时也指出了这一体例之经学渊源②。

篇序的文本模式成熟后,会对后世的文集编撰者施加影响:文集编撰者手持一份无"序"的单篇文本,会按捺不住完形补足的冲动,想办法为此文本追补篇序,尽管所追补的文本其实并非本来所有。这一追补副文本的活动在六朝已经展开,最有代表性的便是《文选》从《汉书》钞录汉赋时摘史文为赋序的系统性文本"制造"③,王观国所言"昭明摘史辞以为序"④,正为此而发。

---

① 陶渊明:《宋刊陶靖节诗》,福州:福建人民出版社,2008年,第11—15页。
② 白居易《新乐府》总序、小序结构完整,陈寅恪论其规仿《毛诗序》曰:"乐天《新乐府》五十首,有总序,即摹《毛诗》之大序。每篇有一序,即仿《毛诗》之小序。又取每篇首句为其题目,即效《关雎》为篇名之例。全体结构,无异古经。质而言之,乃一部唐代《诗经》,诚韩昌黎所谓'作唐一经'者。"陈寅恪:《元白诗笺证稿》第五章《新乐府》,北京:生活·读书·新知三联书店,2001年,第124页。
③ 本章采用孙少华、徐建委著《从文献到文本:先唐经典文本的抄撰与流变》(上海:上海古籍出版社,2016年)中的看法:"制造"一词借用郝明玮所译《制造路易十四》的汉译术语,但并不取原书题fabrication的意义,而是对应于宇文所安《中国早期古典诗歌的生成》(The Making of Early Chinese Classical Poetry)一书所用的making一语。
④ 王观国:《学林》卷七,北京:中华书局,1988年,第221页。

第一章　篇序与并载例

与篇序类似,并载的文本体例也非别集首创,其渊源可追溯至周秦子书的附载模式。《韩非子·存韩》篇末附李斯《驳议》,《商子》以《更法》为第一而并载孝公《垦令》,《公孙龙子·迹府第一》叙赵穿与公孙龙相辩难之语,诸例实为别集并载之先河。余嘉锡在《古书通例》中称引各条子书附载的书证,且论曰:

> 古书既多后人所编定,故于其最有关系之议论,并载同时人之辩驳,以著其学之废兴,说之行否,亦使读者互相印证,因以考见其生平,即后世文集中附录往还书札、赠答诗文之例也。①

这一论断勾勒出了别集编次体例与子书编次体例深层的渊源关系,揭示了子集同源理论在古书制度层面的耦合,可以启发我们进而思考目录学史上重要的学术命题——"子集之变"——的衍生理路。

平心而论,篇序与正文的文本黏合度比并载他人往来诗文要高,故而其迭经传写版刻,犹能多所呈现。并载的诗文,在传写过程中很容易被删略,也留存不下明显的文本缺失痕迹。因此,唯有接近原貌的别集古本方能较为忠实地呈现并载的体例。就六朝别集而言,较好保存卷轴时代文集面貌的,首推《嵇康集》和《陆云集》②。二集有写卷系统或影写宋版系统之文本传世,且体例篇次未错乱,皆为十卷,正合卷轴装一帙十卷之古制。今按《嵇康集》目录:

卷一:《兄秀才公穆入军赠诗十九首》,《秀才答四首(附)》;《郭遐周赠三首(附)》《郭遐叔赠四首(附)》,《答二郭三首》。
卷四:《黄门郎向子期难养生论一首(附)》,《答难养生论一首》。
卷七:《张辽叔自然好学论一首(附)》,《难自然好学论一首》。
卷八:《宅无吉凶摄生论一首(附)》,《难宅无吉凶摄生论一首》。
卷九:《释难宅无吉凶摄生论一首(附)》,《答释难宅无吉凶摄生论一首》。③

---

① 余嘉锡:《目录学发微·古书通例》,第 227 页。
② 二陆之集,陆机《陆士衡文集》在宋代已经广佚,今见本乃宋人据总集、类书掇拾而成;陆云《陆士龙文集》所载多不见于唐宋类书,或类书节选,而集本载其全文。详参杨明:《论〈陆士衡文集〉之〈宛委别藏〉本》,《中华文史论丛》2012 年第 1 期。
③ 嵇康著、戴明扬校注:《嵇康集校注》目录,北京:中华书局,2014 年,第 1—3 页。

据此则《嵇康集》中即并载向秀等人往来赠答诗以及辩难论文,并且以撰作时间作为嵇康诗文或他人并载诗文排序前后的依据。姚振宗认为这种并载体例犹存旧貌,故而在并载诸文后加子注曰:"合前正符宋本六十八首之数,其相传本集所有如此也。"①姚振宗此说是有根据的,《嵇康集》最早著录于荀绰《冀州记》,《三国志》裴松之注引荀绰《冀州记》云:"钜鹿张貔,字邵虎,祖父泰,字伯阳,有名于魏。父邈,字叔辽,辽东太守。著名《自然好学论》,在《嵇康集》。"②与传世本《嵇康集》卷七相合。《冀州记》乃荀绰为石勒参军、居留冀州时所作③,时为东晋初年,距嵇康被杀仅约六十年,足证《嵇康集》的编次是很及时的,由此例亦可窥见《嵇康集》祖本即已援用并载他人诗文之体例。

又考中国国家图书馆藏宋本陆云《陆士龙文集》,卷二先载《兄平原赠》,而后接以己之答诗,其后为《赠郑曼季往返八首》,陆、郑赠答分别四首,诗作部分此例尚多。尤其值得注意的是,宋本《陆士龙文集》卷十"书集"中载录两组往来书翰,其编次顺序也是以写信时间为次第,可与本章论题"文帝集序"相印证:

> 卷十:《与严宛陵书》《严宛陵答》;
> 《车茂安书》《答车茂安书》《车茂安又答书》。(图1-6)

由此可见,别集并载与己作有关的他人诗文,尤其是赠答诗、往来书信,应是写本时代古集之通行撰次体例。刘咸炘在《文式附说》中认为:

> 唐以前文集多载酬答之词及和韵之原文,并题同作者,悉载无遗,如宋本《张说之集》《窦氏联珠集》是也。始于《谢朓集》中附载王融。④

---

① 姚振宗:《隋书经籍志考证》卷三九之三,《二十五史补编》第4册,北京:中华书局,1955年,第5719页。
② 陈寿:《三国志》卷十一《邴原传》,第354页。
③ 荀绰《冀州记》原书久佚,然《三国志》裴注、《文选》注、《世说新语》刘注、《太平御览》多引之。
④ 刘咸炘:《文式附说·编集》,刘咸炘:《推十书(增补全本)》戊集"未刊稿",上海:上海科学技术文献出版社,2009年,第876页。按此说本于四库馆臣,《四库提要》于《窦氏联珠集》提要曰:"集中附载杨凭、韩愈、韦执中、李益、武元衡、韦贯之、刘伯翁、韦皋平、元稹、白居易、裴度、令狐楚诸诗,盖《谢朓集》中附载王融之例。庠诗一首,常诗一首,亦附载牟集之中,不入本集。"永瑢等:《四库全书总目》卷一八六,第1691页。

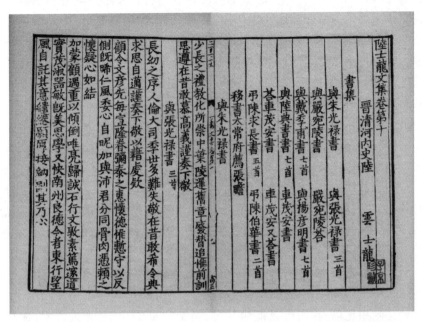

图 1-6　陆云《陆士龙文集》卷十，中国国家图书馆藏宋庆元六年华亭县学刻本

此说有当有不当，比如认为并载始于《谢朓集》，盖未深考，前文已经讨论在曹丕自编文集时已用并载之例。其他唐集如张说《张说之文集》、皎然《昼上人集》等，皆保留了并载文本体例的原貌。

值得一提的是，也有史料可证六朝人在编撰别集时，已经有意识地援用并载体例。陈寿奉旨编《诸葛氏集》，是较早见诸正史的一例文集编次事件。姚振宗《隋书经籍志考证》引武威张澍辑本序，认为陈寿编《诸葛氏集》"非独裒其文，并其言与事而亦载之。"谢思炜征引此语，且附注考论曰：

> 《三国志·诸葛亮传》裴注："《亮集》曰：是岁魏司徒华歆……各有书与亮"，是《诸葛亮集》载有记事；又《李严传》裴注："《诸葛亮集》有严与亮书"，是该集并载引他人之文。①

---

① 谢思炜：《文集编纂与文学范围的划定》，郭英德等：《中国古典文学研究史》第三章第二节，北京：中华书局，1995 年，第 125 页。

裴松之《诸葛亮传》注所引"是岁魏司徒华歆"云云,实际是陈寿对华歆与诸葛亮往来书信的解题篇序,《李严传》注则又明言《诸葛亮集》中并载李严书信。别集编撰的体例个案,很可能反映着一个时代别集编撰的通行风气。综合六朝古集诸例可以窥见,在陈寿时代的前后,编次文集而撰解题性质的篇序、在集主诗文前后并载他人往来诗文(赠答诗、函札、论难文),应是士人别集编撰常采用的体例。

更多的传世先唐别集,在今天所呈现的单篇诗文文本状貌中,并无篇序、并载的痕迹,但综合各种文献予以"纸上考古",却可发现其原初状貌确实具备两种体例特点。以下钩沉篇序、并载例证各一条,并加以申说。

先看篇序钩沉一例。陆机文集经过宋人重编,因此严可均、逯钦立没有将其归入"古集"的行列。陆机集卷五《皇太子宴玄圃宣猷堂有令赋诗》已无诗序,然考《艺文类聚》引诗题作《侍皇太子宣猷堂诗》,《太平御览》载:

> 陆机四言诗序曰:太子宴朝士于宣猷堂,皇遂命机赋诗。①

三处文献相比勘,我们可以推知其实《类聚》《御览》所录更近古本,而传本《陆机集》之诗题显然是撮略小序而成,由此例也启示我们应当关注中古别集诗文题目和小序的文本互动关系。又《皇太子宴玄圃宣猷堂有令赋诗》后接以《皇太子赐讌》诗,《陆机集》传本此诗并无小序,然《北堂书钞》卷六六、《太平御览》卷五三九存此诗小序曰:

> 元康四年秋,余以太子洗马出补吴王郎中,以前事仓卒未得宴。三月十六,有命清宴,感圣恩之罔极,退而赋此诗也。②

此序显然是陆机所自撰,其文本模式同前论曹丕、曹植诗文小序若合符契。陆机去二曹未远,当习知篇序这一别集体例,故而在自作诗时加以承用。

再看并载钩沉一例。曹丕曾与王粲同题作《浮淮赋》,传世文本中两赋共用了曹丕的一篇赋序。此例既可以为前揭论述曹丕、曹植单篇诗文前小序四元素文本结构之规律增添一个例证,同时也能为本节有关中古别集并载"往返"(《陆士龙文集》语)之作的"纸上考古"补充论据:

---

① 李昉:《太平御览》卷一七六,第858页。
② 逯钦立:《先秦汉魏晋南北朝诗》之《晋诗》卷五,第676—677页。

第一章　篇序与并载例

十二、唐徐坚《初学记》卷六"魏文帝浮淮赋"条：

【A】建安十四年，王师自谯东征，大兴水运，泛舟万艘。【BC】时余从行，始入淮口，行泊东山，【D】睹师徒，观旌帆，赫哉盛矣！虽孝武盛唐之狩，舳舻千里，殆不过也。乃作斯赋云……①

"浮淮"本事见于陈寿《三国志》："(建安)十四年春三月，军至谯，作轻舟，治水军。秋七月，自涡入淮，出肥水，军合肥。"②曹丕《浮淮赋》前为王粲同题赋③，其文本模式可佐证本章第二节所推论《艺文类聚》载文曾参考曹丕《魏文帝集》这一观点。其实，就现存史料来看，魏晋时期已经形成了相对成熟的宴会诗赋结集的传统。宴会之上，主宾各撰诗赋，然后都为一集，并推选一位文士撰写序引，于是便编撰成了一部总集，文学史上著名的"邺中集""金谷集""兰亭集"皆是其例。这类总集，往往又被编入宴集文士的个人别集之中，篇序、并载的同步应用，便也是题中应有之义了。

通观以上所考，已可见先唐别集篇序、并载体例的运用之广。到了中古后期的唐代，两种体例在一部分唐集中得到忠实的沿承，但在另一部分唐集中却产生了新变。就篇序体例而论，随着唐代诗题的长题化趋势，唐代长诗题已经可以承担起篇序的叙事功能；就并载体例而论，唐代如张说、李白、杜甫、王维、白居易等人之集多有留存，余嘉锡尝论曰：

《王维集》附裴迪诗，《杜甫集》附严武等诗，盖欲人比而观之，以尽其意也。然此犹无与辩驳之事。若《柳宗元集》附刘禹锡《天论》三篇（《柳集》为禹锡所编，此即刘所附入），韩愈《集》附张籍书二篇（见《韩文五百家注》。此注者所附入），则相与辩驳矣。虽不必尽关系其生平，然使人得因以考其说之当否，亦《韩非子》附李斯《驳议》之类也。④

在揭示唐集并载例证的同时，对并载体例的文本功能也有所申说，本章拟于下节再进行讨论。从体例流变的视角来看，唐集的并载有两点新变值得关注。一是随着诗人间赠答诗数量的增大，频次的加密，专门唱和集应运而

---

① 徐坚：《初学记》卷六，第128页。
② 陈寿：《三国志》卷一《武帝纪》，第32页。
③ 徐坚：《初学记》卷六，第128页。
④ 余嘉锡：《目录学发微·古书通例》，第228页。

生,比较典型的如刘禹锡与白居易的《刘白唱和集》、皮日休与陆龟蒙的《松陵集》等;二是诗人在别集编撰时不再将来诗并载,而是改为题中录题或题下小注标识来诗的诗题、诗句,今举数例:

> 颜真卿:谢陆处士杼山折青桂花见寄之什
> 姚合:奉和前司封苏郎中喜严常侍萧给事见访惊斑鬓之什
> 白居易:重答和刘和州 来篇云:"苏州刺史例能诗,西掖今来替左司。"又云:"若共吴王斗百草,不如唯是欠西施。"
> 白居易:酬梦得比萱草见赠 来篇云:"唯君比萱草,相见可忘忧。"

这类"精简化"的并载处理方式,语境显然是"现在时"的,默认诗题、题注的并载标识能够起到索引作用,同时代的唐人如果要参读的话,可以取对方的集子来比对。但是,这种"精简化"的并载显然忽视了时间的侵蚀作用,后世之人实际上很难将各家完整的别集文本收拢一处,像《嵇康集》那样将"往返"诗文一一排比出来。"精简化"的并载,遗落了诗文创作"现场"的诸多文本信息,对后人的征信考实来说,无疑是一种体例上的退步。当然,"精简化"的并载,也有其合理性。唐人自撰诗文的卷帙已经浩繁,倘再并载他人往来诗文,那样编次起来的别集很可能显得臃肿且更像总集。因此,精简到仅在诗题、题注中存留并载的标识性短语文本,的确能够保持一家别集相对的简明和纯粹。这一体例新变对后世别集的编次也产生了深远的影响,从宋集以后,如果摒除刻意效仿中古别集的个案不论,文士的别集编撰已经很少援用并载的体例了。

六、篇序、并载的"副文本"功能

西方学界的"副文本"理论,在中国古典文学文本的研究领域具有普适性。古诗文的标题、序录、小字注等,实际皆属于副文本的范畴,并且可进而细分为文内副文本和文外副文本两类。副文本是正文本的"互文本",热奈特在《门槛》书末有一个生动的比方:

> 没有副文本的文本有时候像没有赶象人的大象,失去了力量;那么,没有文本的副文本则是没有大象的赶象人。[①]

[①] 转引自金宏宇:《文本周边——中国现代文学副文本研究》,武汉:武汉大学出版社,2014年,第6—7页。

第一章　篇序与并载例

本章所考论的中古别集篇序与并载，作为典型的副文本，其文本功能如何，很值得进行检视。

在中古时期，正如本章考证的"文帝集序"那样，一组文本中同时出现篇序、并载两种副文本的情况是很多的。在这种复杂的文本共同体中，作者意图、本文意图、他者意图存在着一圈圈的文本环带，而副文本正是文本"内部研究"和"外部研究"的过渡地带。构建史事秩序以及互文、完形的文本功能，使得别集初创时期确立的两种文本体例具有了深远的生命力。

如前节所论，别集每篇诗文前撰解题性质的篇序，实为建安时代文集成立初期便已经创设的一个善例。篇序对正文本"杼泄其实宣见之"①的功能以及并载对正文本互文、完形的功能，都宜引起学界的重视。中古时期很多标题副文本只是撮题或沿用古题，对篇内正文本的意义阐释和建构并无太多的参与。循名察实，"标""题"之内涵规定着自身雅洁简净的属性，也容不下太多的诗歌本事信息，因此也就天然地具有了一种对于多层次"副文本"的期待——要求诗序、题注或诗文子注等副文本对诗文的"本事"进行补充。吴曾祺论小序曰：

> 古人每有所作，必述其用意所在，以冠一篇之首。②

"述其用意所在"一语，精准概括出了解题小序的"副文本"功能。实际上，诗文或藻采而设，或缘事而发，尽管作者自己明白其"本事"，但倘欲传于后世，只有详细叙述诗文产生的背景，才能使后人有考信的余地。由于史传意识的存在，中古以降的诗文篇序不只如吴曾祺所说"述其用意"，还同时承担着纪事的功能，如前引曹丕、曹植诗文、函札之序，皆详细交代此篇的时间、地点、人事等背景。布鲁姆曾表示，阅读"是一种延迟、几乎不可能的行为"，时间、地域、文化心理的隔膜，使得"阅读总是一种误读。"③篇序的体例设计，恰是为"本事"的附着提供一处文本区位，从而对抗可能出现的误读（即便是理性的"误读创造"）、文本碎片多义性等问题。

在众多类型的副文本之间，篇序很可能是最为完整、最有体系性的副文

---

① 刘熙《释名》卷六，《四部丛刊初编》景印明嘉靖翻宋本。
② 吴曾祺《涵芬楼文谈》附录，王水照主编《历代文话》第7册，上海：复旦大学出版社，2007年，第6636页。
③ ［美］哈罗德·布鲁姆撰，朱立元、陈克明译《误读图示》，天津：天津人民出版社，2008年，第1页。

本建构。单篇诗文之撰序,始见于两汉之际,主要是赋、文之序①。不过正如前揭所及,汉代的文学文本,在魏晋时便已迥非善本,故而当时出现了系统地整理前代别集的现象。这类的别集编撰,显然受同时代编集体例传统的影响,编撰者所做的努力之一,便是尽力"修正"②一种近似作者自撰篇序的副文本。余嘉锡曾在《古书通例》中专门探讨了中古时期为前人编集而撰写小序的作用,他认为:

> 古书中所载之文词对答,或由记者附著其始末,使读者知事之究竟,犹之后人奏议中之录批答,而校书者之附案说也。③

严可均也曾在《全上古三代秦汉三国六朝文总叙》中论"唐已前旧集"之篇序的功能有"所以识其缘起""所以竟其事"两点④。无论在文章前后识缘起、竟其事,还是归并到小序之中,都发挥出了"使读者知事之究竟"的作用。

与篇序相比,并载的副文本,有着区别于其余副文本的独特属性,那就是其本身具有反转成为正文本的动能。很容易理解,并载的诗文,在此一别集中是副文本,但在作者自己的别集中却是不折不扣的正文本。《陈书·姚察传》中有一则江总史料,很能引发我们对并载这一编集体例所具有的文本功能的思考:

> 总为詹事时,尝制登宫城五百字诗,当时副君及徐陵以下诸名贤并同此作。徐公后谓江曰:"我所和弟五十韵,寄弟集内。"及江编次文章,无复察所和本,述徐此意,谓察曰:"高才硕学,庶光拙文,今须公所和五百字,用偶徐侯章也。"察谦逊未付,江曰:"若不得公此制,仆诗亦须弃本,复乖徐公所寄,岂得见令两失。"察不获已,乃写本付之。⑤

江总、徐陵、姚察同"制登宫城五百字诗",这一唱和行为与建安二曹七子常有的同题写作极其相似,前揭曹丕制《浮淮赋》而"命粲同作"即是相同的诗文撰作路径。既然是同题之作,那么自己在编集时唯有将诸人之作一同并

---

① 钟涛:《试论魏晋南北朝诗序的文体演进》,《北京大学学报》2008年第1期。
② 刘小枫编,丰卫平译:《西方古典文献学发凡》,北京:华夏出版社,2014年,第150页。
③ 余嘉锡:《目录学发微·古书通例》,第228页。
④ 严可均:《铁桥漫稿》卷六,《续修四库全书》第1489册,第22页。
⑤ 姚思廉:《陈书》卷二七,北京:中华书局,1972年,第354页。

载,方能见出自己作品的背景、史实甚至是当时场景的再现,这与并载往来赠答诗、书信的内在逻辑是一致的。徐陵所谓"寄弟集内",意即江总编集时将徐陵同题之作并载。江总为求不阙典,特意向姚察索取"察所和本"。姚思廉《陈书》录此事之本意在突出其父姚察"为通人推挹,例皆如此"①,我们却能通过这则材料看出江总对中古别集中并载他人同题之作这一古集体例的自觉遵守。

语言文字一旦形成表述,从作者角度而言,就存在着特定的意义指向。赠答诗、往来辩难、函札等文本,其意义指向是相互的。也就是说,答诗的意义,有着赠诗参与其间,赠答互补,才能呈现完整的意义表达。并载的体例,约束着也成全着两个或多个"互文"文本的展开空间。中古时期,赠答诗很重"往来"的法度,"盖古人倡和,意皆相答,不似后来之泛应,必聚而观之,乃互见作者之意"②。并载往还函札、同题文赋,在文本阅读体验上能够取得"比而观之,以尽其意"的效果。倘并载往来辩难之作,像《嵇康集》那样,则可以"使人得因以考其说之当否"③。

并载的副文本,存录了文学史节点上人事信息的"原态历史",与正文本共同结络成文体演进的文本路径、文学史展开的史料语境,"副文本的内容甚至形式本身就是遗留态的文学历史"④。尽管在文本呈现形式上,并载的副文本同正文本一样被录作大字,但其本位功能只是"文本周围的旁注或补充资料"⑤,在与正文本的"编织"中交错成文。通过并载的体例,可以回到"历史现场",感知两位或多位文本撰作主体的"关系场"⑥。在这个"关系场"中,正文本作者与并载副文本作者,相互助推彼此在文学史中的经典性地位,大有"一荣俱荣"的心理预期存寓其中。

中国传统的知识分类,依照事物之"秩序"⑦形成七略、四部,把人、事、作品等放在特定的时空坐标,尤其注重的是"史"的记述。别集的初创期,需要面对单篇诗文的编次问题。也就是说,如何对"一地散钱"式的单篇诗文形成某种"秩序",是别集成立史上一个中轴性的问题。别集在自我成立、演

---

① 姚思廉:《陈书》卷二七,第354页。
② 永瑢等:《四库全书总目》卷一八六,第1691页。
③ 余嘉锡:《目录学发微·古书通例》,第228页。
④ 金宏宇:《文本周边——中国现代文学副文本研究》,第19页。
⑤ 转引自刘桂兰:《论重译的世俗化》,武汉:武汉大学出版社,2015年,第164页。
⑥ 金宏宇:《中国现代文学的副文本》,《中国社会科学》2012年第6期。
⑦ [法]福柯撰,莫伟民译:《词与物:人文科学考古学》,上海:上海三联书店,2001年,第8页。

化的过程中,具备了编年性、史事完整性的内在动因,其外部呈现便是依托于副文本进行叙事表达。篇序和并载,恰是别集叙事表达的两种展开方式,在参与文本呈现的过程中,完善着文本意义的生成以及别集体例的自洽。

七、余论

临末总结一下本章的推证与结论：首先,通过两则"文帝集序"极强的针对性以及与文集序、著述序文体属性、文本模式之不合来反证"文帝集序"并非《魏文帝集》自序或曹丕撰《繁钦集序》《陈琳集序》；继而,通过分析两则"文帝集序"与曹丕、曹植单篇诗文小序内部结构四元素的一致性规律,来论证"文帝集序"实为《魏文帝集》并载两封书信前解题性质的小序；然后,通过"纸上考古"的方法,探究中古别集篇序、并载编次方法的普适性及体例特点；最后,结合"副文本"理论,探讨篇序、并载这两种别集副文本的文本功能。

集部的文献形成,有一个颇为内核的要素便是体例的抽绎与生成,这关乎别集、总集能否在史、子二部之外完成文献制度的独立和文本体例的"自觉"。从这一视角重新思考集部的形成和演进问题,进而反思我们对中古集部文献相对固化的文本形态认知和文本观念,可能会在习以为常的史料中提出诸多"未发之覆"。需要强调的是,尽管明清迄今的中古别集编撰搜罗诗文比较完备,但囿于认知边界,必然会刊落许多较早文献出处的上下文、编排次第、子注等辅助文献信息。因此,研究中古写本时代别集的材料基础,只能回归相对来说最接近古集原貌的唐宋类书等文献,并且"如简牍学或书画修复学一样,先探索出将文献予以修复重构的系统方法"[①]。

[①] 林晓光：《文献·历史·文本——汉魏六朝文学研究的三种基本范式再思》,刘跃进、程苏东主编：《早期文本的生成与传播——周秦汉唐读书会文汇》,北京：中华书局,2017年,第59页。

第二章 叙 录 例

一、问题的提出

林纾评点刘禹锡《唐故相国赠司空令狐公集纪》(图 2-1)曰:

> 梦得每为钜公作序,叠兼叙官阀,如行状体。若韩欧之文,则断不为此。①

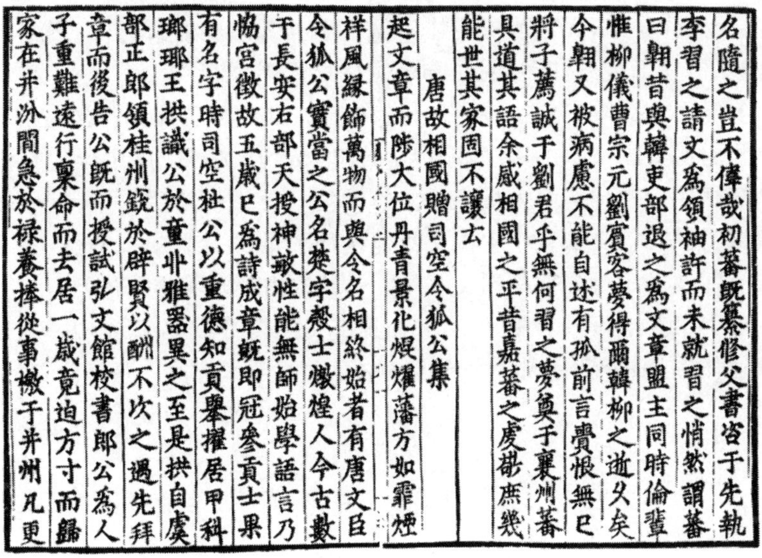

图 2-1 刘禹锡《刘梦得文集》卷二三,《四部丛刊初编》景董氏景宋本

刘禹锡本篇集序主体内容是令狐楚的生平传记,林纾对此不解,针砭之意形于辞色。其实在林纾之前,王士禛已表达过类似的不满:

---

① 林纾:《林氏选评名家文集·刘宾客集》,上海:商务印书馆,1924 年,第 32 页。

> 唐人作集序,例叙其人之道德功业,如碑版之体,后则历举其文,某篇某篇,如何如何,不胜更仆。如独孤及、权德舆诸序及《英华》《文粹》所载皆然,千篇一律,殊厌观听。①

"碑版之体"同"行状体"的概括若合符契,皆指出了唐人集序具有传记的文本功能。陈寅恪对林氏之评、王氏《笔记》有不同看法,他在读《刘宾客集》时亦加批语曰:

> 古人序集之文,必叙其生平事迹,梦得正用古法也。②

平心而论,陈寅恪的看法更具有洞察力。林纾之所以对梦得集序行状体表达不满,是因为他尚未窥见古人集序、别传的文本源流,故论述唯从刘禹锡单篇文章而发,见解就显得肤廓。近人高二适在批校《刘禹锡集》时也说:"宾客为人作集纪,大似取史传体。偏重于其人之功业言行,文章则次焉者也,故不曰序而名纪。"③所见正与陈寅恪批语耦合。

实际上,林、陈、高三人所言"行状体""古法""史传体",隐含的学术问题便是作为文集副文本的集序"序中含传"之传统。所谓"序中含传",指的是集序涵括序引和传记两大板块的文本功能。要系统辨明这个问题,需要将刘禹锡《集纪》等文献置于中古文集体例源流的大背景中去考察,核心要点关涉到写本卷子时代文集副文本"录一卷"的内容及其排布体例。

序引、别传、目录等副文本,并非集部文集类所独有,而是中古四部典籍的共通体例,前贤已有人注意到了其中隐含的学术价值。龚自珍《家塾策问二》曰:

> 古书自有旧式,凡序目皆当一篇,不可以后世坊刻俗式乱之也。能言其要例欤?④

刘咸炘《文式》也指出:

---

① 王士禛:《香祖笔记》卷六,扬州:江苏广陵古籍刻印社,1983年,第28页。
② 陈寅恪:《读书札记二集》,北京:生活·读书·新知三联书店,2001年,第188页。
③ 高二适:《高二适批校〈刘禹锡集〉》卷二三,南京:凤凰出版社,2011年,第409页。
④ 龚自珍:《龚自珍全集》第一辑,上海:上海人民出版社,1975年,第122页。

> 《隋志》所载诸集,多有录一卷。录,即目也。而古之为目,必叙论编次之意,惜乎皆不传也。[①]

龚自珍重点关注周秦汉唐古书叙目的"旧式""要例",并在家塾策问的发题中提出来,足见他对这一问题思考已久。当然,古书的叙目并非如定庵所说"皆当一篇",很多时候都是涵括了一卷、两卷之多的丰富文本。翻开《隋书·经籍志》"别集类"之著录,我们会注意到一个有别于其他部类的显著特点便是条目后常见的"录一卷"——定庵、鉴泉二人的问题意识在此重合,他们不约而同地觉察到了古书"录一卷""叙目"编次的背后似有未发之覆。刘咸炘以私淑章学诚为职志,于校雠之学颇具心得,故而论及目录体例时说"古之为目,必叙论编次之意"也有着于细微处见大文章的敏感。《隋志》所标"录一卷",经史子部各有十数条,而集部文集类则有近300条,为何"录一卷"在集部文集类应用得最为广泛?其性质究竟如何?迄今文史学界尚未见有专门的讨论。

就现存六朝旧集来看,都在一定程度上改变了中古文集"序录"的原貌[②]。但其他部类尚有完整的保留,比如陆德明的《经典释文》(图2-2),卷一题下便标类目曰"序录",全卷包含的文本板块如下:

> 序＋条例＋次第(易→尔雅)＋注解传述人(易→尔雅)＋目录(上帙十卷、中帙十卷、下帙十卷)

可见,"序目""序录"一语并非序和目录的简单叠加,"录一卷"中还含有与此书有关的诸多副文本。这类副文本在不同典籍中当是各有特色,文本构成也可能各有详略增减。此外,这一总标类目的标注方式也给我们以启发,在研究中古写本文献时,宜对常见的"录"字有一个基调性认知:"录"在中古士人的语境中,可能是典籍一系列外围副文本的统称。

就可考史料而言,《经典释文》之《序录》被编于卷一,很有可能是唐宋之

---

① 刘咸炘:《文式附说·编集》,刘咸炘:《推十书(增补全本)》戊集"未刊稿",上海:上海科学技术文献出版社,2009年,第876页。
② 本书《引言》已谈及,严可均为编纂《全文》,遍考群籍,断言先唐文集相对完整传承于后世者仅有六部半:"唐已前旧集见存于今世者,仅阮籍、嵇康、陆云、陶潜、鲍照、江淹六家。蔡邕集宋时得残本,重加编次,余无存者。"参见严可均《全上古三代秦汉三国六朝文》卷首,北京:中华书局,1958年,第2页。

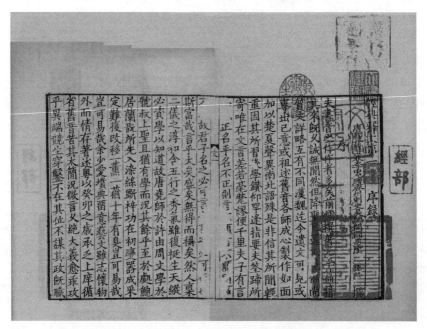

图 2-2　陆德明《经典释文》卷一"序录",中国国家图书馆藏宋刻本

间产生的文本板块之迁移,因为先唐时期文本体例的通则是序录殿于全书之后,像《太史公自序》那样被编于书尾。梁代慧皎所编《高僧传》,《序录》一卷即被编于卷十四(最后一卷),其文本板块构成则是:

序+十科目录+尺牍+题跋

《晋书·曹志传》曾载曹志查阅曹植"手所作目录",从而确定《六代论》并非曹植的作品[1]。姚振宗《三国艺文志》便认为"此《自撰目录》,盖即所作诗文杂著之录,自为一编,当时或编入集后者"[2]。可见,中古文集"录一卷"在写本卷子中被"编入集后",是前代学者就已经具有的知识储备。江淹集等传世文本,《自序》仍置于集末,犹是这一体例的留存。不过,建安黄初时期与

---

[1] 房玄龄等:《晋书》卷五十,北京:中华书局,1974年,第1390页。
[2] 姚振宗撰,朱莉莉整理:《三国艺文志》卷二,王承略、刘心明主编:《二十五史艺文经籍志考补萃编》第9卷,北京:清华大学出版社,2012年,第245页。

徐幹同时的佚名氏所撰《徐幹中论序》却刷新了我们的认知。《中论序》中自述"余数侍坐,观君之言"云云,知是徐幹同时代的人,其后又谓:

> 先目其德,以发其姓名,述其雅好不刊之行,属之篇首,以为之序,其辞曰:"世有雅达君子者,姓徐名幹,字伟长,北海剧人也。其先业以清亮臧否为家……"①

可证建安黄初之时,也有了置书序于书端卷首的编次方式;厥后《颜氏家训》,内文开卷即为《序致》篇。六朝文集史料不足考,到了唐代,写本文集的集序,通例也是置于集首,比如传世敦煌写本《故陈子昂集》的集末唯《陈氏别传》,即可反推卢藏用所撰集序编于集首;他如入唐僧人空海所撰《文镜秘府论》,序文亦在卷首。文本个案的体例安排,往往能够反映出当时通行的风尚。广义上的先唐典籍"录一卷",大都编于书末,但也有编于书首的例证。到了唐代,"录一卷"的总体规律是移居书首,并渐成定则。

历览学界的副文本研究,一个基本观点便是副文本较正文本具有着更大的不稳定性。在探讨中古文集体例的过程中,我们能够注意到,文集正文本(正集)之外的副文本确实经历了更多更广的演变。下文拟就中古典籍"录一卷"的性质进行"纸上考古",并进而就载籍所述序传、目、录、序录等纷繁名目中的文本板块进行"文本辨析与格式比勘"②,以期揭示中古文集序录、序传等副文本由合到离的衍化规律。

二、中古之"录"的文本构成

在汉魏六朝的文本传统中,目是目,录是录,二名各有所指。例如,《隋书·经籍志》著录郑玄"《论语孔子弟子目录》一卷"③,倘卷中仅列孔子诸弟子名目,远不足一卷之容量,是知郑玄列"目"之外,应当有"录"的文字对孔子诸弟子生平行止进行叙录。程苏东通过对日本京都大学所藏刘炫《孝经述议》残卷征引《家语序》《家语录》与传世本《孔子家语》之《后序》对勘,也指出《家语录》可能是东汉后期至魏初孔氏族人在"录"之风气下的撰拟④。

---

① 徐幹撰,孙启治解诂:《中论解诂》附录一,北京:中华书局,2014年,第393页。
② 陈爽:《出土墓志所见中古谱牒探迹》,《中国史研究》2013年第4期。
③ 魏徵等:《隋书》卷三二,北京:中华书局,1973年,第936页。
④ 程苏东:《今本〈孔子家语〉所附〈后序〉考——以日藏〈孝经述议〉引文为参照》,杜晓勤主编:《中国古典学》第一卷,北京:中华书局,2020年,第281—307页。

另，唐张彦远《法书要录》卷一著录有南朝齐王僧虔《古来能书人名》，其体例即为人名下加数语介绍：

> 秦丞相李斯。
> 秦中车府令赵高。（右二人，善大篆。）
> 秦狱吏程邈，善大篆。得罪，始皇囚于云阳狱。增减大篆体，去其繁复，始皇善之，出为御史。名书曰"隶书"。
> 扶风曹喜，后汉人，不知其官。善篆、隶。篆小异李斯，见师一时。①

王僧虔在上奏启文中说："羊欣所撰录一卷。寻案未得，续更呈闻。"②可证他对羊欣所撰《采古来能书人名》的体例是有了解的，由此也可佐证，名物类目录的"录一卷"，很有可能都是类似的叙录文本模式。查检《隋书·经籍志》，其对"录"的记载有多种形式，兹先例举《隋志》中标"目录一卷"者如下：

> 纬书类：《河图》二十卷（梁《河图洛书》二十四卷，目录一卷，亡。）
> 正史类：《史记》一百三十卷，目录一卷，汉中书令司马迁撰。③

今传建安黄氏刻《史记》，已不见"目录一卷"的内容，不过可以肯定的是，《太史公自序》为正文本第一百三十卷，并不在《隋志》所载"目录一卷"副文本之内。又《隋志》中标"叙录一卷"者如下：

> 正史类：《三国志》六十五卷，叙录一卷，晋太子中庶子陈寿撰，宋太中大夫裴松之注。④

不过，今传宋刻本《三国志》并无"叙录"二字之总题。开卷先是裴松之所撰《上三国志注表》，其后才是《三国志目录》，合起来正与"叙录一卷"相当。当代学者已经注意到此类"叙录一卷"蕴含着丰富的文献信息，例如中华书局点校本《三国志》前言谓："按《隋书·经籍志》著录裴注《三国志》，除本书六

---

① 张彦远辑，洪丕谟点校：《法书要录》卷一，上海：上海书画出版社，1986年，第9页。
② 张彦远辑，洪丕谟点校：《法书要录》卷一，第9页。
③ 魏徵等：《隋书》卷三二、三三，第940、953页。
④ 魏徵等：《隋书》卷三三，第955页。

十五卷外,还有《叙录》一卷。可惜唐以后《叙录》失传,使我们对于作者的意旨不能得到更深刻的了解。"①

具体到《隋书·经籍志》所著录的集部文献而言,或称"张敞集一卷,录一卷""郎中苏顺集二卷,录二卷",或称"晋给事中徐乾集二十一卷,并目录",或称"宋北中郎长史江智深集九卷,并目一卷",或称"梁国子博士丘迟集十卷,并录",或称"徐勉后集十六卷,并序录"②。参考其他部类的著录来看,《隋志》不同的著录表述并非别有深意,主要原因是由于《隋志》所依据的原始史料对目、录、目录、序录等概念缺乏严谨的界定意识所致。先唐典籍所谓"目录",并不仅仅具列篇目,实际也包括序、传、录等一系列副文本。正因如此,当我们看到前揭《郎中苏顺集》二卷,录二卷,又《隋志》谓梁有"《郦炎集》二卷,录二卷"③,便不会惊诧为什么"录"会有两卷之多。查检传世保存相对完好的中古文集,可在《嵇康集·目录》处得到有关古集"录一卷"旧貌的更实证的体认。

(一) 释《嵇康集·目录》

兹据严可均《全三国文》之《嵇康集目录》,参酌戴明扬《嵇康集校注》,择录《嵇康集·目录》逸文如下:

> 《康集目录》曰:"登字公和,不知何许人,无家属,于汲县北山土窟中得之,夏则编草为裳,冬则被发自覆,好读《易》鼓琴。见者皆亲乐之,每所止家,辄给其衣服饮食,得无辞让。"(《魏志·王粲传》注)
> 《康集叙》曰:"嵇康字叔夜,谯国铚人。"(《世说新语·德行》注。)
> 《康集序》曰:"孙登者,不知何许人,无家,于汲郡北山土窟住,夏则编草为裳,冬则被发自覆,好读《易》,鼓一弦琴,见者皆亲乐之。"(《世说新语·栖逸》注。)
> 《晋嵇康集序》曰:"孙登于汲郡北山土窟中住,夏则编草为裳,冬则被发自覆。"(《太平御览》二十七。)
> 《嵇康集目录》曰:"孙登字公和,于汲郡北山中为土窟,夏则编草为裳,冬则被发自覆。"(《太平御览》百九十六。)

---

① 陈寿:《三国志》"出版说明",北京:中华书局,1982年,第3页。
② 魏徵等:《隋书》卷三五,第1056—1081页。
③ 魏徵等:《隋书》卷三五,第1058页。

  《嵇康集序》曰:"孙登夏尝编蒲为裳,冬则被发自覆。"(《太平御览》九百九十九。)

  《嵇康文集录》注曰:"河内山嶔守颍川,山公族父。"(《文选·与山巨源绝交书》注。)

  《嵇康文集录》注曰:"阿都、吕仲悌,东平人也。"(同上。)[①]

通过《魏志·王粲传》注与《世说新语·栖逸》注所引文本相比勘,可发现虽文字少异,文本则是同源的,所谓《康集目录》实即指《康集序》。也就是说,先唐流传的《嵇康集》"录一卷",不只是列出《嵇康集》诗文的篇目,还包含了一篇《嵇康集序》。又由《魏志·王粲传》注及《世说新语》《太平御览》所引,可证先唐写卷本《嵇康集》中的《序》,文本模式相当于嵇康的一篇传记,因嵇康与孙登有交集,遂又在序中交代了孙登的生平行止[②]。另外值得重视的是,根据两则"《嵇康文集录》注"揭示的文献信息,古本《嵇康集》篇目的大字正文下还包含着小字注,这类注释大多是整理嵇康集的人添注的《嵇康集》所涉及的人物(如山嶔、阿都)等信息,文笔雅洁——这类小字副文本其实就是我们对其体例、文本模式都已很陌生的"录"。

  由戴明扬所辑"目录"一门,我们可以推证出先唐古集的"录一卷",至少包含三部分内容:集序、篇目汇总、篇题之叙录。这一卷"录",和正集相比较,具有文本物质性层面的独立地位。在著录文集卷数时,这一部分并不计入正集卷数,而是单独另提"录一卷",正如上文据《隋志》所举例证。从文献独立性角度来看,这卷包含序传、目录的"录一卷",往往会自我闭合而成独立的文本板块。中古时代的文士,在诗文编集前,会有自觉的著录存目意识,习惯将自己全部作品的篇题编为详目,学界熟知的曹植撰定《前录》一事,便可窥见一斑。《晋书·曹志传》记载:

  帝尝阅《六代论》,问志曰:"是卿先王所作邪?"志对曰:"先王有手所作目录,请归寻按。"还奏曰:"按录无此。"帝曰:"谁作?"志曰:

[①] 嵇康著,戴明扬校注:《嵇康集校注》附录,北京:中华书局,2014年,第566、567页。

[②] 六朝集序多类似传,其中不仅叠叙集主及他人事,也会像史传那样,在叙事中摘录诸体文章,例如《北堂书钞》卷五七引《陆机集序》云:'机与吴王表曰:臣以职在中书,诏命所出,而臣本以笔札见知。'"是《集序》中征引陆机谢表,洵为史传笔法。虞世南:《北堂书钞》卷五七,北京:中国书店,1989年,第184页。

"以臣所闻,是臣族父冈所作。以先王文高名著,欲令书传于后,是以假托。"①

姚振宗《三国艺文志》认为:"此《自撰目录》……自为一编……又按《魏志·王粲传》注引《嵇康集目录》曰'孙登字公和,不知何许人'云云,知当时撰著繁富者,皆各自为目录。"②姚振宗的看法是,曹植手书目录、《嵇康集目录》有可能"各自为目录",亦即别裁单独行世。至于唐集,今存史料则有了明确的记载,可以证明"录一卷"具有了完全的独立性。独孤及《检校尚书吏部员外郎赵郡李公中集序》曰:

> 自志学至校书郎已前八卷,并《常山公主志文》《窦将军神道碑》《崔河南生祠碑》《礼部李侍郎碑》《安定三孝论》《哀旧游诗》《韩幼深避乱诗序》《祭王端员外、沈起居兴宗、裴员外腾文》《别元旦诗》,并《杨骑曹集序》《王常山碑》,并因乱失之,名存而篇亡。③

独孤及撰写集序之时李华诗文集尚未得编次,抑或虽有编次而因乱失其八卷,仅存目录。若无诗文目录的留存,则诸体文之篇题焉能得知?所谓"名存而篇亡",正可见李氏家中有专门别裁的"目录",包含李云文章的篇目汇总。

(二)"录"与"集录"

黄侃曾说:"详夫文体多名,难可拘滞,有沿古以为号,有随宜以立称,有因旧名而质与古异,有创新号而实与古同,此唯推迹其本原,诊求其旨趣,然后不为名实玄纽所惑,而收以简驭繁之功。"④中古时期对目、录、目录、序录等名相指称的任意化,有时会遮蔽后世对中古文本制度的体认。详考中古典籍,我们尚能从零星资料碎片中推知,"集录"一词,浑言即指"录一卷",析言则主要指的是集序。刘孝标于《世说新语》卷上之上"蔡洪赴洛"条注曰:

---

① 房玄龄:《晋书》卷五十,北京:中华书局,1974年,第1390页。
② 姚振宗撰,朱莉莉整理:《三国艺文志》卷二,第245页。
③ 李昉:《文苑英华》卷七〇二,北京:中华书局,1966年,第3619页。
④ 黄侃撰,周勋初导读:《文心雕龙札记》"颂赞第九",上海:上海古籍出版社,2000年,第71页。

《洪集录》曰：洪字叔开，吴郡人，有才辩，初仕吴朝。太康中本州从事，举秀才。①

其引文的传记性质，与前揭《世说新语·德行》注引《康集叙》若合符契，显然即是《蔡洪集》之集序。类似的例证，赖刘孝标丰富的"合本子注"，我们尚能略窥一斑。《世说新语·品藻》篇"桓玄问刘太常"条注："《刘瑾集叙》曰：'瑾字仲璋，南阳人。祖遐，父畅。畅娶王羲之女，生瑾。瑾有才力，历尚书、太常卿。"②又《世说新语·轻诋》篇"高柔在东"条注："孙统为《柔集叙》曰：'柔字世远，乐安人。才理清鲜，安行仁义。婚泰山胡毋氏女，年二十，既有倍年之觉，而姿色清惠，近是上流妇人。柔家道隆崇，既罢司空参军、安固令，营宅于伏川，驰动之情既薄，又爱玩贤妻，便有终焉之志。尚书令何充取为冠军参军，俛僶应命，眷恋绸缪，不能相舍。相赠诗书，清婉辛切。"③无论称集叙（序）还是集录，都是文体一致、文本功能一律的集主传记。

　　参稽《旧唐书·经籍志》，"杂传"类曾著录王孝恭撰《集记》一百卷④，可知在中古，"集记"是"集序"的异名，在唐代也称作"集纪"，比如本章开篇所引刘禹锡《唐故相国赠司空令狐公集纪》，便是一证。王孝恭能够将集序编作一百卷之多，这自然直观证明了当时文集编纂之盛行；但考虑到《集记》一书在《旧唐书·经籍志》传记类书目中的位置，前为《孔子弟子传》《先儒传》《杂传》，后为《东方朔传》《李固别传》等，又可证王氏《集记》所收集序的核心内容实为文集作者的传记。由此，我们反观本章开篇徵引的林、陈、高三位学者所言"行状体""古法""史传体"，实际都是对中古集序之史传功能的精准把握。由中古文士的"集录""集序"称谓的不分，也可证中古文集的序、目录被默认为是"录一卷"的基础性文本构成。"集录"之所以多指"集序"，其文献基础实际是序、录联属，不可分割。

　　中古士人去世后，编次其集的人，也会同时撰写序录，载籍常见所谓"集而录之""集录"，便指编集且作序录。《梁书·处士传·诸葛璩传》云诸葛璩所著文章二十卷，门人刘瞰"集而录之"⑤，《魏书·程骏传》称其"所制文笔，

---

① 余嘉锡撰，周祖谟、余淑宜整理：《世说新语笺疏》卷上之上《言语》，北京：中华书局，1983年，第83页。
② 余嘉锡撰，周祖谟、余淑宜整理：《世说新语笺疏》卷中之下《品藻》，第546页。
③ 余嘉锡撰，周祖谟、余淑宜整理：《世说新语笺疏》卷下之下《轻诋》，第837页。
④ 刘昫：《旧唐书》卷四六，北京：中华书局，1975年，第2003页。
⑤ 姚思廉：《梁书》卷四五，北京：中华书局，1973年，第744页。

并有集录"①,《魏书·邢昕传》略谓"所著文章,自有集录"②,皆可参证。尤其是《魏书》,"有集录"凡八见。至于《陈书·陆从典传》则谓:"从父瑜特所赏爱,及瑜将终,家中坟籍皆付从典,从典乃集瑜文为十卷,仍制集序,其文甚工。"③或称"集录",或称"集序",是由于"录一卷"与"序传"有着包含与被包含的关系。

由上考论,我们再反思丘渊之《晋义熙已来新集目录》,便可印证章宗源《隋书经籍志考证》之说,此书实际是汇集义熙以降新编文集的集序而成一书,典型的佐证见于《世说新语》卷上之下"谢灵运好戴曲柄笠"条注:

> 丘渊之《新集录》曰:"灵运,陈郡阳夏人。祖玄,车骑将军。父涣,秘书郎。灵运历秘书监、侍中、临川内史。以罪伏诛。"④

此条史料,学界多处征引,但皆未解释何以《新集录》中有谢灵运传记的内容。实际上,这段文字应是来自《谢灵运集》之集序,核其文本体式,实际也是传记之体,只不过刘孝标系摘引,有所删略而已。又如荀勖《新撰文章家集叙》,载籍或称《文章家集序》《新撰文章家集》《杂撰文章家集叙》《文章叙录》等,显然是汇纂当时新编文集之集序而成,从而作为与《中经新簿》簿目体相雁行的著作。

据此,我们还可以思考中古时期"传录体"书目的解题,其文献来源究竟如何。学界公认"传录体"之创始为王俭《七志》,《隋书·经籍志》总序称此书"但于书名之下,每立一传",那么,所立之传是否王俭独立撰写的?笔者认为,此类"传录",当皆从各书"录一卷"的史料中征引或择取而来,因为各书"录一卷"中本来就载有作者之传记性质的文本内容。这一问题的进一步探究,可以取中古四部书序"序中含传"的体例作参证。

三、"序传"从合到分的文本衍变

在经史子三个部类中,也存在着"序中含传"的"史传体"书序这样的文本模式。东汉初孔通所撰《左氏传义诂序》⑤,开篇先述该书作者孔奇之家

---

① 魏收:《魏书》卷六十,北京:中华书局,1974年,第1350页。
② 魏收:《魏书》卷八五,第1874页。
③ 姚思廉:《陈书》卷三十,北京:中华书局,1972年,第398页。
④ 余嘉锡撰,周祖谟、余淑宜整理:《世说新语笺疏》卷上之上《言语》,第159页。
⑤ 傅亚庶:《孔丛子校释》卷七,北京:中华书局,2011年,第456页。

世及其兄追随刘歆游学的情况,"官至武都太守、关内侯,以清俭闻海内"之前,实际是孔奇的一篇略传。而后叙述孔奇撰《义诂》的过程及目的。这类文本模式与后文将论及的以《太史公自序》为代表的"序中含传+目录"的书序文本若合符契。

传世至今的先唐集序屈指可数,其中曹植《前录自序》、江淹《自序传》、江总《江总集序》三篇属于自序。他人之序有萧统《陶渊明集序》、沈约《梁武帝集序》、萧纲《昭明太子集序》、刘孝绰《昭明太子集序》、宇文逌《庾子山集序》等。他人为集主撰写集序,无论是集序乃"序中含传"之合体(如《王文宪集序》),抑或集序与传记各自独立成篇而联排(如《陶集》萧统之《序》《传》),就其编次体例而言皆是"录一卷"的核心文本板块。下文拟先观察中古序、传编次体例的源流,从而在"录一卷"的框架中,描述"序传"由合到分的流变轨迹。

(一) 中古集序之"序中含传"

《文选》卷四六《王文宪集序》题下李周翰注曰:

> 集者,录其文章;序者,述集之所由。[①]

刘勰《文心雕龙·论说》也说"序者次事"[②],精准地指出了序言所承载的记事功能。中古时期,士人去世之后,友人可为其做的事有两类,一类是缀次其遗文著述,使之流传;一类是为其撰写传记碑铭,以显扬其德行。萧纲曾在写给刘孝仪的书信中悼念刘遵曰:"吾昨欲为志铭,并为撰集。吾之劣薄,其生也不能揄扬吹嘘,使得骋其才用,今者为铭为集,何益既往?"[③]便是在刘遵去世之后同时在这两方面有所作为。唐人卢藏用为陈子昂编集且撰《陈氏集序》《陈氏别传》,内在理路亦同。卢藏用《陈氏别传》称陈子昂:

> 其文章散落,多得之于人口,今所存者十卷。……君故人范阳卢藏用,集其遗文,为序、传。[④]

---

① 萧统撰,李善等注:《六臣注文选》卷四六,北京:中华书局,2012年,第874页。
② 刘勰撰,范文澜注:《文心雕龙注》卷四,北京:人民文学出版社,1958年,第326页。
③ 姚思廉:《梁书》卷四一,第594页。
④ 董诰:《全唐文》卷二三八,北京:中华书局,1983年,第2414页。

第二章　叙录例

卢藏用《陈氏别传》这一段话实际是照应集首的《陈氏集序》。所谓"为序、传",自然指撰《陈氏集序》《陈氏别传》。但笔者拟在此强调的是,卢藏用自觉地为陈子昂文集撰写"序、传",却有隐含着的文化史心理在起作用,而这一心理在司马迁《太史公自序》处实已导夫先路。《史记·太史公自序》历来被认为是书序的大手笔,在目录学上更被尊为"目录"之圭臬。今按司马迁《史记》卷六一《伯夷列传》"圣人作而万物睹"下张守节《正义》曰:

《太史公序传》云:"先人有言,自周公卒五百岁而有孔子。"①

张守节所引太史公此语见于《史记》卷一三〇《太史公自序》,张守节称"太史公序传"而不称"太史公自序",并非引证笔误,他处多有其例,比如张守节于《史记》卷一引作"自叙传",卷二引作"太史公自叙传",皆指《太史公自序》。又《史记》卷七《项羽本纪》之司马贞《索隐》:"按:下《序传》籍字子羽也。"② 卷七四《孟子荀卿列传》篇题下司马贞《索隐》曰:"按:《序传》《孟尝君》第十四,而此传为第十五,盖后人差降之矣。"③ 皆把"太史公自序"称为"太史公自序(叙)传"。详察司马迁《太史公自序》的文本结构如下:

司马氏之世系＋司马谈《论六家要指》＋著作之缘起及志愿＋著作之体例及编次之意＋篇目叙录。

考《方苞集》卷二《又书太史公自序后》说:"惟是篇'先人有言',与上不相承,盖按之本二篇也。其前篇,迁之家传也。其父欲论次史记,而迁为太史令,紬石室金匮之书;其先世,世掌天官,而迁改天历,'建于明堂',则传之辞事毕矣。后篇,则自述作书之指也。'自黄帝始'以上,通论其大体,犹《诗》之有《大序》也;百三十篇各系数言,犹《诗》之有《小序》也。"④ 司马迁的这样一次融会贯通之举,对后世著书的史子二部,都产生了范式性的影响,几近成为一种著书体例。

---

① 司马迁:《史记》卷六一,北京:中华书局,1982年,第2128页。
② 司马迁:《史记》卷七,第295页。
③ 司马迁:《史记》卷七四,第2343页。
④ 方苞著,刘季高校点:《方苞集》卷二,上海:上海古籍出版社,1983年,第60—61页。

刘知幾《史通·序传》开篇曰：

> 盖作者自叙，其流出于中古乎？案屈原《离骚经》，其首章上陈氏族，下列祖考；先述厥生，次显名字。自叙发迹，实基于此。降及司马相如，始以自叙为传。然其所叙者，但记自少及长，立身行事而已。逮于祖先所出，则蔑尔无闻。至马迁，又征三闾之故事，放文园之近作，模楷二家，勒成一卷。①

刘知幾称司马相如"以自叙为传"一语颇堪留意，盖汉魏之时，序、传各自的文体自觉尚明而未融，一部书后还没有形成一篇独立书序加一篇独立传记的文本结构模式，故而序中包含传的内容，实际是卢藏用《陈氏集序》《陈氏别传》一类"序""传"各自分篇文本模式之滥觞。非但自序传如此，即如前揭建安黄初时期与徐幹同时期的佚名氏所撰《徐幹中论序》谓"先目其德，以发其姓名，述其雅好不刊之行，属之篇首，以为之序"云云②，亦是以序为传、序中有传。复据《史通·论赞》篇曰："马迁《自序传》后，历写诸篇，各叙其意。"③于是，司马迁《太史公自序》实际包含了"自序＋自传＋篇目小序"三个部分。

《太史公自序》影响所及，在汉代，尤其显明的即是班固《汉书·叙传》和王充《论衡·自纪》，皆是"传＋序"的"序中含传"模式。汉唐之间，类似《太史公自序》那样自传生平兼序作者之意的序文多被命名作"自序（叙）"或"自序（叙）传"，如马融《自叙》、郑玄《自序》、阴长生《自叙》、曹丕《典论·自叙》、曹髦《自叙始生祯祥》、杜预《自述》、傅玄《自叙》、傅畅《自叙》、华峤《谱叙》、赵至《自叙》、皇甫谧《自序》、陆喜《自叙》、梅陶《自叙》、萧子显《自序》、江淹《自序传》、刘峻《自序》、王筠《自序》、江总《自叙》等，厥例甚多。一系列子史著作《（自）叙传》"序中含传"的书写模式也影响到了集部。在文集肇始之初，便已经具备了序、传合一的文本体例。《后汉书·李固传》曰：

> 固所著章、表、奏、议、教令、对策、记、铭凡十一篇。弟子赵承等悲叹不已，乃共论固言迹，以为《德行》一篇。

---

① 刘知幾撰，浦起龙通释，王煦华整理：《史通通释》卷九，上海：上海古籍出版社，2009年，第238页。
② 徐幹撰，孙启治解诂：《中论解诂》附录一，第393页。
③ 刘知幾撰，浦起龙通释，王煦华整理：《史通通释》卷四，第77页。

李贤注引谢承《后汉书》曰:"谢承《书》曰:固所授弟子颍川杜访、汝南郑遂、河内赵承等七十二人,相与哀叹悲愤,以为眼不复瞻固形容,耳不复闻固嘉训,乃共论集《德行》一篇。"①余嘉锡将此事与杜恕《笃论》之末篇《杜氏新书》"述叙家世历官"相联类,认为"此皆自为一篇附之卷末,不杂入书中,体例较明"②。从余嘉锡此处推论可以看出,他明显是在子集同源的理论框架下进行研究,正所谓"古书之附纪行事,与文集之附传状、碑志,体虽异而意则同"③。《德行》篇同时担当了书序和作者传记双重的文本功能。

中古士人习惯将文集目为"一家之言",认为文集可以作为著书立说的替代,故而也有意识地将史、子部的文献体例移植到集部。"自序传"体例在集部的移植,比较典型的文本便是江淹文集的《自序传》④。江淹的文集至今犹部分存留了先唐古集旧貌,不单文集存十卷合于"一帙十卷"的古制,其《自序传》之置于集末,亦是《太史公自序》以降的传统。在江淹《自序传》中,开篇至"寻迁正员散骑侍郎、中书侍郎"是江淹的自传,后一部分则述"淹之所学",交代文集编纂情况。由此可见,江淹的《自序传》实际也包含"传+序"的内容。颇为巧合的是,唐韦滔《孟浩然诗集重序》曰:"天宝中,忽获浩然文集,乃士源撰,为之序传。"⑤也是默认王士源为孟浩然所撰《集序》为"序传"。此点除了揭示史子集三部文本体例的内在关联外,也为我们提供了中古文集之序、传联属而不可分割的文本实证。

有的先唐集序尽管未标"序传"之篇题,但文本体例之规律同此一揆,常具集序兼包"传"之功能,例如虞炎《鲍照集序》三分之二强的内容仍是鲍照生平之记述,三分之一乃是真正的序引。任昉的《王文宪集序》自开篇至"谥曰文宪,礼也"为王俭的完整传记,"直是一篇四六行状"⑥,之后则论其志行、文才,结以"是用缀缉遗文,永贻世范,为如干秩如干卷,所撰《古今集记》《今书七志》,为一家言,不列于集,集录如左"⑦。可证任昉《王文宪集序》列

---

① 范晔:《后汉书》卷六三,北京:中华书局,1965年,第2089页。
② 余嘉锡:《古书通例》卷四,《目录学发微·古书通例》,上海:上海古籍出版社,2013年,第226页。
③ 余嘉锡:《古书通例》卷四,第226—227页。
④ 江淹撰,胡之骥注,李长路、赵威点校:《江文通集汇注》卷十,北京:中华书局,1984年,第378—381页。
⑤ 孟浩然著,佟培基笺注:《孟浩然诗集笺注》附录,上海:上海古籍出版社,2000年,第434页。
⑥ 何焯著,崔高维点校:《义门读书记》卷四九,北京:中华书局,1987年,第963页。
⑦ 萧统编,李善注:《文选》卷四七,北京:中华书局,1977年,第658页。

于文集总目之前,且与之联属,而《集序》本身实际是王俭传与王俭集序的合体,文本结构与《太史公自序》若合符契。何焯曾评柳宗元《西汉文类序》曰:"序后复系一序,文之变体,从史书中来。"① 这句话正可移评"序中含传"文本模式的集序。余嘉锡《目录学发微》也有近似的陈述:"叙录之体,源于书序。刘向所作书录,体例略如列传,与司马迁、扬雄自叙大抵相同……盖叙录之体,即是书叙,而作叙之法略如列传。"② 受史、子书序"序中含传"体例的影响,中古集序所形成的"序艺文+作传记"的文本模式与功能很值得关注。孙梅《四六丛话》论集序文体曰:

> 彦昇述文宪之作,既大类颂文,载之弁宣公之言,又全成传体。③

孙氏所指的,实际是集序兼含序艺文(序)、充传记(传)两种文本功能。正如刘知幾《史通·序传》中论汉以后著述书序所谓"文兼史体,状若子书","史体"谓书序的列传功能,而"子书"则又指出书序中有议论的成分。

到了唐代,集序在评定集主的艺文成就之前,一般会先缕述文学史,唐人称作"文变",卢藏用《陈氏集序》"故粗论文变而为之序"一语正是当时集序本职功能的体现④。序"文变"较为典型之例为刘禹锡《唐故尚书礼部员外郎柳君集纪》"八音与政通,而文章与时高下。三代之文至战国而病,涉秦、汉复起。汉之文至列国而病,唐兴复起"⑤云云。夷考《刘禹锡集》可知,刘禹锡在为他人作集纪时,不专论析"文变",有时则如前文所述很像"史传体",本章开篇所引高二适批校《刘禹锡集》曰:"宾客为人作集纪,大似取史传体。"⑥便是有见于此的。兹通览刘禹锡《刘禹锡集》卷一九"集纪"的文本结构如下:

《唐故相国李公集纪》:文变+传记+编集制序始末。
《唐故中书侍郎平章事韦公集纪》:文变+传记+编集制序始末。
《唐故相国赠司空令狐公集纪》:传记+编集制序始末。

---

① 何焯著,崔高维点校:《义门读书记》卷三六,第635页。
② 余嘉锡:《目录学发微》卷二,《目录学发微·古书通例》,第31、34页。
③ 孙梅著,李金松校点:《四六丛话》卷二十,北京:人民文学出版社,2010年,第399页。
④ 李昉:《文苑英华》卷七〇〇,第3611页。
⑤ 刘禹锡撰,卞孝萱校订:《刘禹锡集》卷十九,北京:中华书局,1990年,第236页。
⑥ 高二适:《高二适批校〈刘禹锡集〉》卷二三,第409页。

《唐故尚书主客员外郎卢公集纪》：传记＋编集制序始末。

《唐故尚书礼部员外郎柳君集纪》：文变＋编集制序始末＋交代韩愈撰《墓志铭》《祭文》编于第一通之末。①

我们可以注意到，唯有最后一篇《唐故尚书礼部员外郎柳君集纪》，由于有韩愈的《墓志铭》《祭文》充当传记的功能，刘氏在集序中便不再加入传记部分。除此之外，刘氏之集序皆有"序中含传"的文本功能。

前文曾引述，唐韦滔《孟浩然诗集重序》称王士源所撰孟浩然《集序》为"序传"②，覆按王士源《孟浩然诗集序》，开篇"孟浩然，襄阳人也"至"虽屡空不给，自若也"③，述孟浩然生平可纪之事，约占全序三分之二。序末则讲述编撰孟浩然集之始末。如此，则韦滔称王士源"为之序传"，实就王《序》"序文变＋充传记"之文本模式而发。"序文变＋作传记"的集序模式会形成一种心理机制，使得撰写集序的人会不自觉地在行文中印证且套用这一模式。权德舆《唐故尚书右仆射赠太子太保姚公集序》曾自道集序功能曰："粗举公之所履，与为文之旨，而叙之云尔。"④他在撰《唐赠兵部尚书宣公陆贽翰苑集序》时又说："今以类相从，冠于编首。兼略书其官氏景行，以为序引。"⑤皆是这一心理机制的自觉呈现。

（二）中古集序之"序、传离析"

前文已考，中古文集的集序一篇实际包含着序、传两部分文本板块，影响所及，直到唐代，集序仍多效仿这一文本模式。与之并行的是，随着序、传各自文本功能的明晰化，两种文体也渐呈独立分列之势。文集"录一卷"中，集序和集主传记分列，成为各自独立的两篇文章。中古写本时代文集中，"序中含传"模式与"序、传离析"模式实际在很长一个时间段中并行流衍。在"子史衰而文集之体盛"（章学诚语）的六朝，能文之士去世之后，立德立功存诸传记（官传、杂传），而立言则存诸文集，故而传记与文集也天然地具有联属特性。梁简文帝《上昭明太子集、别传等表》曰：

---

① 刘禹锡撰，卞孝萱校订：《刘禹锡集》卷十九，第224—237页。
② 孟浩然著，佟培基笺注：《孟浩然诗集笺注》附录，第434页。
③ 孟浩然著，佟培基笺注：《孟浩然诗集笺注》附录，第432—433页。
④ 董诰：《全唐文》卷四八九，第4995页。
⑤ 董诰：《全唐文》卷四九三，第5034页。

> 谨撰昭明太子别传、文集,请备之延阁,藏诸广内,永彰茂实,式表洪徽。①

便是在萧统身后着重为其撰写别传、比次文集。又萧统生前颇爱陶诗,其《陶渊明集序》唯留心论文谈艺,而于《序》末曰:

> 余爱嗜其文,不能释手,尚想其德,恨不同时。故更加搜求,粗为区目。……并粗点定其传,编之于录。②

萧统所谓点定,实际是以前代文献为基础而替陶渊明重新撰写一篇别传。这则材料反映出萧统所编次《陶渊明集》的体例为《序》《传》皆编于"录"中,此处的"录"即是《隋书·经籍志》常见的某集"录一卷"。北齐阳休之所撰陶渊明集《序录》曰:"萧统所撰八卷,合序目谏传,而少《五孝传》及《四八目》,然编录有体,次第可寻。"③合萧统《序》及阳休之《序录》观之,知萧编《陶渊明集》的"录一卷"当含"序目谏传"四部分,但具体的序、目、谏、传之次第,阳休之当是随意言之,实际次第则是序、传、谏联属,最后才是目,证据见于宋庠为陶集撰写的《私记》:

> 有八卷者,即梁昭明太子所撰,合序传谏等在集前,为一卷,正集次之,亡其录。④

宋庠所说的"录",相当于六朝用语"录一卷"中的目,亦即篇目。如果说陶集古本卷首次第为"序+目+谏+传"的话,怎么可能亡佚的是一卷中部的内容呢?只有当"目"的文本板块置于"录一卷"的卷末时,方才能释此疑惑。其实唐以后文集多存"序+传+目"的遗制,"目"之后再联属赋、诗等正集正文本,其体例皆可溯源至此。

在唐人处,仍多沿承"序、传离析"的这一传统。敦煌遗书 P.3590《故陈子昂集》残卷(图 2-3、图 2-4),恰存留有最后一卷(卷十)部分,而卷十集尾正为卢藏用所撰《陈氏别传》。

---

① 欧阳询撰,汪绍楹校:《艺文类聚》卷一六,上海:上海古籍出版社,1982年,第301页。
② 陶潜著,龚斌校笺:《陶渊明集校笺》附录一,上海:上海古籍出版社,1996年,第470页。
③ 陶潜著,龚斌校笺:《陶渊明集校笺》附录一,第470页。
④ 陶潜著,龚斌校笺:《陶渊明集校笺》附录一,第471页。

图 2-3 陈子昂《故陈子昂集》卷末,法国国家图书馆藏敦煌写卷 P.3590 号(一)(见文前彩图)

图 2-4 陈子昂《故陈子昂集》卷末,法国国家图书馆藏敦煌写卷 P.3590 号(二)(见文前彩图)

今传本明弘治四年(1491)杨澄校刻本《陈伯玉文集》以《陈氏集序》置于集首、以《陈氏别传》置于集末,应当是保留了卢藏用编《陈氏文集》的本初体例。也就是说,在初唐时期,类似萧统编陶集那样文集序、传分列的文本模式已经非常成熟,且"别传"部分已经脱离卷首"录一卷",单独被编排于卷尾的位置。

孙逖的"同时台省"编次孙逖文集二十卷,请颜真卿撰序传,颜真卿曾"荷公之奖擢",故以门生自居,遂慨然撰《尚书刑部侍郎赠尚书右仆射孙逖文公集序》以及《别传》,今《集序》存于《文苑英华》,而《别传》则佚。考颜真卿《集序》,全篇论文变及孙逖所造诣,末曰:"至若世系阀阅,盖存诸别传,此不复云。"①颜真卿所撰孙逖《别传》虽不可考,但李都《唐故御史中丞汀州刺史孙公墓志铭并序》中曾述颜真卿《别传》之内容,今考李都《墓志铭并序》曰:"派系官族,文儒德业,连环如繁星,有门徒生鲁国公真卿已录存焉,故不书。"②综上可知颜真卿为孙逖撰《集序》《别传》与卢藏用为陈子昂撰《集序》《别传》十分相似,二人皆有意识地序、传分工,并在《集序》中提醒读者集主之家世行止见于《别传》。可惜的是,颜真卿以及李都皆没有交待编次别传的位置,文集不传,便无从考知了。

① 李昉:《文苑英华》卷七〇二,第 3621 页。
② 周绍良、赵超主编:《唐代墓志汇编续集》咸通〇八九,上海:上海古籍出版社,2001 年,第 1102 页。

通过上文梳理"序传"体例之源流,可内证中古文集"录一卷"序、传联排具有内在理路的必然性,其联排又有两种类型:

其一,"序中含传"结构:接续古书"(自)序传"传统。

其二,"序、传分列"结构:序、传单独成篇。大多数情况下序、传同在集首,有时则序在集首、传在集尾,传文既与集序分列又互相照应。

据上所考,在唐人所编本朝文集中,序、传已经有了明确的分工意识,这可以看作副文本"录一卷"中序、传的首度分野。余嘉锡《古书通例》卷四曰:

> 至初唐人作序,犹多用列传之体。其后遂取墓志、行状之类附入之,明标作者,而序乃不复及行事。如刘禹锡作《柳先生集序》云:"凡子厚名氏,与其纪年,暨行己之大方,有退之之志若祭文在,今附于第一通之末云。"……是墓志、祭文犹可杂入卷中。至宋以后人编集,于此类多别为附录,不使与原书相杂,体例益为谨严矣。①

此段其实揭示了"序""传"的第二度、第三度分野。据刘禹锡《唐故柳州刺史柳君集纪》所述,柳宗元临去世,致书刘禹锡曰:"我不幸卒以谪死,以遗草累故人。"②刘禹锡不负所托,遂编次柳集为"三十通"。在编集期间,韩愈撰柳宗元墓志铭及祭文,刘禹锡便将其编入第一通之末,并在序文末专门交代说:"凡子厚名氏与仕与年暨行己之大方,有退之之志若祭文在,今附于第一通之末云。"③柳集的第一通,实际就是前文考论的"录一卷"。这样的序末交代传记位置的笔法,沿承了萧统等人《集序》的写法,这在写本时代有其实际作用,因为刘禹锡没将韩愈的墓志铭、祭文编于序后,而是置于第一卷"录一卷"之末,其顺序可能是序+篇目+墓志铭+祭文,倘不专门提示的话,也许是担心会被读者忽略。宋人李石《河东先生集题后》尝谓:"如刘宾客序云,有退之之志并祭文附于第一通之末,盖以退之重子厚,叙之意云尔也。"④倘于今日重新揣摩刘禹锡编集之意,自然可以认识到墓志、祭文这类广义的"传"置于卷首,不仅是以退之重子厚,而且符合古集卷首"录一卷"序+传文本功能的内在规律。

---

① 余嘉锡:《古书通例》卷四,第 226 页。
② 柳宗元:《柳宗元集》附录,北京:中华书局,1979 年,第 1443 页。
③ 柳宗元:《柳宗元集》附录,第 1443 页。
④ 柳宗元:《柳宗元集》附录,第 1449 页。

第二章　叙录例

顾炎武也曾注意到这一文本功能的分野趋势,《日知录》卷一九"古人集中无冗复"其二便举刘禹锡《柳先生集序》例,且曰:"古人之文不特一篇之中无冗复也,一集之中亦无冗复。且如称人之善,见于祭文,则不复见于志;见于志,则不复见于他文。后之人读其全集,可以互见也。"①然亭林并非专就集序与碑传志铭关系立论,相比较而言,余嘉锡之说更为切要:一方面抓住了中古文集"序传"由合到分的脉络,另一方面也察觉到了宋人编集"附录"文本之体例雏形。

从唐集体例流变中,我们已经能够感受到明确的序、传分工意识。并且,卷帙厚重的附录板块在卷轴写本唐人集中也已现出端倪。柳宗元《濮阳吴君文集序》曰:

因奉其先人文集十卷,再拜请余以文冠其首,余得遍观焉。……武陵又论次志传三卷继于末,其官氏及他才行甚具云。②

柳宗元的时代,集序冠于集首,墓志铭、别传等文献编于集末,反映出了中唐"序""传"文本已呈首尾呼应之势。可能由于"志传"内容卷帙比较大,故厘为三卷。何焯引柳宗元此数语而评柳氏集序曰:"已有此,故可与《王文宪集序》之体异。"③详何焯所谓,盖指已经有了他人的墓志铭及传记,故而柳宗元《集序》便可以不必像任昉《王文宪集序》那样用大段篇幅作一篇传记。何焯之评正点出了写本时代文集集序"序+传"模式的由合到分。

前揭刘禹锡将韩愈所撰柳宗元墓志铭、祭文提到首卷,仍是萧统编陶渊明集"序目谏传"并载于"录一卷"的文本体例之遗留。与此同时,写本文集沿承《文选》的体例,在正集文体编排上形成了"先生后死"的规律:

赋、诗、骚、七、诏、册……箴、铭、诔、哀、碑文、墓志、行状、吊文、祭文④

在《文选》体例的影响下,唐代写本文集也一般将集主所撰哀吊诸体文编于

---

① 顾炎武著,黄汝成集释,栾保群、吕宗力校点:《日知录集释》卷一九,上海:上海古籍出版社,2006年,第1104页。
② 柳宗元:《柳宗元集》卷二一,第581—582页。
③ 何焯著,崔高维点校:《义门读书记》卷三六,第635页。
④ 萧统编,李善注:《文选》目录,第4—20页。

文集末尾数卷。同理，受此类文体排布心理之影响，唐人文集中，他人为集主所撰的墓志铭、祭文等副文本，便渐渐以附录的形式编次于集末。墓志铭、祭文尽管含有柳宗元"名氏与仕与年暨行己之大方"等承担了别传功能的信息，但毕竟是丧葬诸体文，不等于别传。因为柳宗元集中没有别传（或者是刘禹锡认为韩愈墓志铭等足以传述柳州之事迹），故而刘禹锡将韩愈诸文提前，编于卷一之末。他如独孤及之《毘陵集》，系由门生梁肃"缀其遗草三百篇为二十卷"而成，由李舟作序。李舟在《独孤常州集序》中特意提到了对独孤及神道碑文的安排："比葬，博陵崔贻孙又为神道碑，悉载行事，而痛其不登论道之位……今亶录崔氏之作，缀于篇末云尔。"①便可看出此时已经有了将碑志祭诔等"别传"性质的文本系于集末的鲜明意识。自从墓志收入文集后，墓志的功能便开始由"为陵谷迁变而设"扩展到"书大事略小节"的传记功能②。这一功能恰与别传在文本体例上承载的功能相通，从而也使得碑志祭诔天然地具有别传传记文本之可能性。

在唐人文集处，还出现了一种新的副文本形式，即后序。如裴延翰《樊川文集序》所述，唐人集序通例是"近代或序其文，非有名与位，则文学宗老"③，故唐人对冠首之序作者的身份选取首先看重的是名望地位。不过，出于各种原因，唐集会于集首之序以外，再请人制一序，称作后序。对于后序的排布，唐人的通例是缀于集末。例如，僧贯休因对吴融所撰集序不甚满意，于是在去世前命弟子昙域再撰《禅月集后序》：

> 吴公文藻赡逸，学海渊深，或以揖让，周旋异待矣。或以文害辞，或以辞害志，或以诞饰饶借，则殊不解我意也。子可于余所著之末，聊重叙之。④

后序作为对前序（正序）的补充，一般侧重于集主生平史事的记录，其功能与同处集末的碑志诔铭诸体文相通。魏颢《李翰林集序》主要承载"述文变"的文本功能，而在序末曰："其他事迹，存于后序。"⑤如果说"序""传"各自独立成篇是"序、传离析"的第一阶段的话，那么"序、传离析"的第二阶段，可概括

---

① 李昉：《文苑英华》卷七〇二，第 3622 页。
② 洪迈撰，孔凡礼点校：《容斋随笔·四笔》卷二，北京：中华书局，2005 年，第 649 页。
③ 杜牧撰，吴在庆校注：《杜牧集系年校注》卷首，北京：中华书局，2008 年，第 5 页。
④ 贯休撰，陆永峰校注：《禅月集校注·后序》，成都：巴蜀书社，2012 年，第 527 页。
⑤ 李白著，王琦注：《李太白全集》卷三一，北京：中华书局，1977 年，第 1453 页。

为墓志诔铭、后序诸体文充当了"别传"的使命。

(三) 年谱、附录率先见于宋编唐集的内在理路

中古文集"录一卷"序、传分职的功能,在宋人处又出现了新的文本承载形式,可以看作序、传的第三次分野。宋人理董唐集,多替唐人叙次年谱,此又"别传"类文本功能之拓展。元丰七年(1084),吕大防校雠韩文杜诗毕,"又各为年谱,以次第其出处之岁月,而略见其为文之时"①。此为年谱之滥觞。年谱之所以率先在宋编前人文集中出现,主要动因就是在前代传记缺失或尚嫌未详的情况下,通过集主诗文细读以缕述集主行止这一"作传"意识的存在。

宋绍兴间,王远《贾长江集后序》曰:"以旧传墨制及苏绛所撰《墓志铭》、《唐书》本传与韩公昌黎《送行诗》并刻之,本末备具,可为无穷之传。"②所谓"本末备具",实际已经具有了资料汇编的附录性质。到了宝祐五年(1257)叶茵为邑贤陆龟蒙编集,《〈甫里陆先生文集〉序》则曰:"凡可助此书以流行者,聚于卷末,名曰《附录》。"③今按其书卷二十,首《新唐书》本传,次《集序》《后序》以及皮日休等诗序,实际是广义的"附录"资料集。"附录"这一体例的出现,使得原本无处附益安放且并非与传记正相关的资料皆有了"容身之处",一方面完善着中古文集的体例,一方面也使得文集愈发如章太炎所谓"集品不纯"④,趋向丛杂。附录扩充到极致便是一种新的著述体例的出现,尤以樊汝霖辑《韩文公志》为代表,其《韩文公年谱跋》曰:

> 予既集公行状、墓志、神道碑、新旧《传》、祭文、诗、配飨书、辩谤文、潮州庙记、文录序、集序、后序、欧、吕所书,与夫汲公所谱,分为五卷,目曰《韩文公志》。⑤

宋绍兴间,樊汝霖纂辑《韩文公志》,搜罗了当时能见到的所有与韩愈有关的资料,而序、传之文本分野,也把"附录"这一广义"记事之史"拓展到了边际

---

① 曾枣庄:《宋代序跋全编》卷一〇五,济南,齐鲁书社,2015年,第2912页。
② 曾枣庄:《宋代序跋全编》卷一二九,第3652页。
③ 曾枣庄:《宋代序跋全编》卷六一,第1647页。
④ 章太炎撰,庞俊、郭诚永疏证:《国故论衡疏证》中之一《文学总略》,北京:中华书局,2008年,第273页。
⑤ 吕大防撰,徐敏霞校辑:《韩愈年谱》,北京:中华书局,1991年,第89页。

的极限——"志"①。基于前文对中古文集"录一卷"文本从合到离的体认,我们或能意识到,宋人采用"附录"一词,并非凭空杜撰,制名之缘起与中古"录一卷"之"录"有着深广的内在联系:"序中含传"的集序分化,衍为序、别传分列;"录一卷"分化,则衍为集首序目＋集尾"附录"。

至此,可梳理一下中古文集"录一卷"暨"序传"的文本制度的演变脉络:《太史公自序》类的"自序传"形成了"传、序"并书之模式;六朝为前人编集者或以"序中含传",或如萧统编《陶渊明集》一般分撰两篇各自独立的集序、别传;唐人沿承了六朝的这两种模式,刘禹锡多篇集序从属于"序含序传"模式,而卢藏用《陈氏集序》《陈氏别传》则从属于萧统编陶集模式。中唐以后,"序、传离析"。在这一阶段,墓志诔铭、后序逐渐充当了别传功能,但却不再编于集首"录一卷",而是被编入集末作为附缀,而这一改变也最终衍生为宋编中古文集"年谱""附录"类副文本体例的产生。

四、余论

先汉古书,无论体式还是义例,大都纯粹。到了中古,文献门类纷变歧出,我们在窥探中古文献与汉代以前典籍内在关联的同时,也应在问题意识层面注重思考经史子集四部典籍成书体例的并行交叉影响。从辨章学术角度看,四部典籍有着较为明晰的分野;但从文献制度、文本体例层面出发,又可发现各部类之间的互通之处。

本章试图对林纾、陈寅恪、高二适等学者有关唐集集序文本性质的论断加以释证,从而在中古目与录、书序与别传的纷繁关系中理顺出一道脉络,并期待能尽量描述其动态的流变过程。中古文集"录一卷"的演变,实际反映了古书文本功能的自我定位以及文本序列的自我调适。中古文集之序、传、目、录编次规律的探讨,有助于我们从深层机制去理解中古文集与他部著述若《史记·太史公自序》、子书"自序传"的关联,并进而对先贤文献传承的生生不息保有亲切有味之体会。

---

① 参见张海波:《先秦志书篇名、体例问题补证》,《中国史研究》2016年第4期。

第三章 压 卷 例

一、问题的提出

"压卷",唐宋典籍有时也称作"开卷""引卷""引编",本指卷帙开端第一篇。近现代学人受"压阵""压轴"等词汇的影响,有时会认为"压卷"指某书的最后一篇,实属误解。宋范温《潜溪诗眼》曾讨论为什么《杜工部集》以《奉赠韦左丞丈二十二韵》(图3-1)作为开卷第一篇,他认为:

> 此诗前贤录为压卷,盖布置最得正体,如官府甲第,门堂房室,各有定处,不可乱也。①

又陈师道诗集开卷第一组《妾薄命》二首,宋任渊《后山诗注》及明刻《后山先生集》皆留存题下自注:"为曾南丰作。"任渊注引《年谱》曰:

> 后山学于南丰曾巩子固,今以压卷,亦推本其渊源所自。②

范温、任渊用"压卷"一词的语义颇为明白,后来则渐渐衍变,借"压卷"指代

---

① 何溪汶撰,常振国、绛云点校:《竹庄诗话》卷五,北京:中华书局,1984年,第93页。朱熹评议吕祖谦所编选的《宋文鉴》时说:"此书编次篇篇有意,每卷首必取一大文字作压卷,如赋取《五凤楼》之类。"则扩展为每卷卷首第一篇皆称作"压卷"。见陈振孙:《直斋书录解题》卷十五,上海:上海古籍出版社,1987年,第448页。宋黄仲元《郑云我孔子年谱叙》曰:"是谱也,首以聊大夫二事压卷,前书之所未有。"以"压卷"指卷首,见黄仲元《有宋福建莆阳黄仲元四如先生义稿》卷二,四部丛刊二编明嘉靖刻本。元陈栎《批点古文序》曰:"或曰:'今选古文,即以李斯上秦皇逐客书次之《楚辞》,其文虽美,如其人何?'曰:'不可以其人废其文也。且以《离骚》压卷,以忠臣为万世劝也;以此书次之,以奸臣为万世戒也。'劝戒昭然,读古人而首明此,岂无小补云。"(陈栎《陈定宇先生文集》卷一,清康熙陈嘉基刻本)亦以"压卷"指卷首第一篇。

② 冒广生:《后山诗注补笺》卷一,北京:中华书局,1995年,第4页。

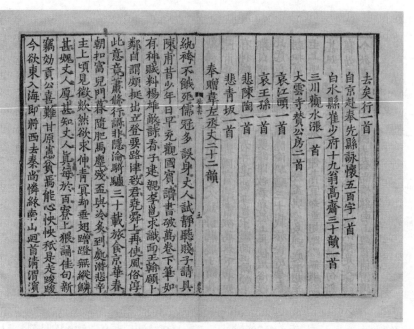

图 3-1　杜甫《杜工部集》卷一，上海图书馆藏北宋二王本（见文前彩图）

经史子部著作或文集的最佳篇目①。从内容上来看，开卷第一篇的义理词章应当是文集中的上乘佳作，足以代表全书的精华；从文献形制上来看，首篇置于卷端，在卷册位置的重要性上也要压住以下各篇。就如同一首诗中要有警策之句，"立片言而居要，乃一篇之警策"②，开卷第一篇，往往承担着一部书警策之篇的重任。

压卷的心理机制，实际与中古卷轴装书籍的文献载体制度有很大关系。唐张彦远《历代名画记》谓："凡图书本是首尾完全著名之物，不在辄议割截改移之限，若要错综次第，或三纸五纸，三扇五扇，又上中下等相揉杂，本亡

---

① "压卷"指称某一篇诗文为文集中最佳之作，例如黄震《黄氏日钞》卷六五"读文集"："《胡宗诗集序》《王定国文集序》《小山集序》，皆山谷文之畅达变化、可压卷者也。"王世贞《曲藻》："北曲固当以《西厢》压卷。"王士禛《带经堂诗话》卷四："昔李沧溟推'秦时明月汉时关'一首压卷，余以为未允。必求压卷，则王维之'渭城'，李白之'白帝'，王昌龄之'奉帚平明'，王之涣之'黄河远上'，其庶几乎！"厥例尚多，不烦备举。

② 陆机：《文赋》，陆机撰，金涛声点校：《陆机集》卷一，北京：中华书局，1982年，第3页。

诠次者,必宜以好处为首,下者次之,中者最后。"①这一记载的史料背景是,宋孝武帝时曾将王羲之、王献之书法数十幅裱褙为长长的一卷,虞龢在《论书表》中认为这种做法很是不妥:"以数十纸为卷,披视不便。……以二丈为度。"②日本学者兴膳宏、川合康三对虞龢的观点加以释证说:

> 面对这种似乎看不到尽头的长卷轴,鉴赏者的注意力当然不可能始终如一,会时而专注,时而倦怠。针对这种注意力的松紧变化,虞龢在作品的排列方式上下了功夫。他把最好的"上品"之作放在卷首,紧接其后的是最差的"下品",而"中品"则置于卷末。其理由为:"人之看书,必锐于开卷,懈忌于将半,既而略进,次遇中品,赏悦流连,不觉终卷。"③

虞龢的这个事例尽管着眼于编次二王法帖,但他把上品置于卷首的做法却带有某种共通性。在上古简帛形制、中古卷轴形制都不便于像册装那样随意展阅的时代,这种编排考虑到了文本呈现的内在逻辑以及读者的阅读心理。

经史子集四部之中,与虞龢编次二王书法在模式上最为相近的,应当就是文集。经部典籍的文本秩序早已固化,哪怕细微的改动,都会被视为唐突悖乱之举,因此也不必在古本之外寻求另一种编次方法。史书、子书有其内在的篇章组织逻辑,孰先孰后,自有著述的宏观思路相约束。只有文集,乃是由众多单篇诗文组成,相互之间除作年、文体因素外,并不存在太大的关联性,这也就为文集以哪一篇压卷这个问题提供了腾挪空间。刘咸炘尝论曰:"古人自编之集,前后皆有意旨。"④又在论《文选》类目时说:"京都之体最后,而乃以为首,此盖文士之见爱其篇体广博耳。"⑤皆是有见于中古集部书对篇目次第等差的斟酌裁定。实际上不止自编之集,他人代为编集也往

---

① 张彦远撰,俞剑华注释:《历代名画记》,上海:上海人民美术出版社,1964年,第57页。
② 严可均:《全上古三代秦汉三国六朝文・全宋文》卷五五,北京:中华书局,1958年,第2730—2731页。
③ 兴膳宏、川合康三:《隋书经籍志详考・解说》,东京:汲古书院,1995年,第6页。
④ 刘咸炘:《文式・编集》,刘咸炘:《推十书(增补全本)》戊集"未刊稿",上海:上海科学技术文献出版社,2009年,第876页。
⑤ 刘咸炘:《文学述林》,《刘咸炘学术论集・文学讲义编》,桂林:广西师范大学出版社,2007年,第23页。

往有深意存焉,其中一个比较重要的"意旨"就是卷首压卷一篇的安排。压卷实际是唐宋文集编纂过程中一个自觉的通例,背后隐含着深厚的文化心理。压卷传统自然有先唐古书重冠首的影响,同时也通过开卷首篇承载起了明学问之渊源、重出处之大节、尊重王事、纪念家学与交游等文本功能,是研究中古文集体例流变应当关注的要素之一。

需要说明的是,古人文集首卷之前,常会冠以序引、传记、年谱、敕诰、题赞等文献,通常称作"冠集""集首"①。这类文献,其实可看做文集前端之附录,与文集末端之行状、墓志铭等遥相呼应,属于文集的附缀成分,也就是"副文本"(paratexts),故而并非本章所拟讨论的"压卷"问题。略识于此,以明断限。

二、古书压卷之传统

简帛时代,著书已经很讲究篇章行布,哪些内容冠首,哪些殿后,皆有义例寄托其中。即以经传而论,《周易》以乾坤象天地,故取为六十四卦之首。《诗经》有"四始"之说②,对后世的"诗经学"影响深远③。《礼记》开篇"'毋不敬'四句,冠四十九篇之首,此微言大义,非但制度而已"④。《论语》首篇为什么要安排"学而"章,历代也多有揣摩,有人便认为"学而"章言"学"言"时习"言"不愠"等,皆有义理,"此理则通,《论语》所言皆可以尽。故此句冠一书之首,深有意也"⑤。中古以降,各家注疏对于经传的发凡起例都很下功夫,某篇某章之所以压卷,原因何在,实际也是经传义例中颇为重要的一条。

---

① "冠集""集首"诸词,有时指集序弁言,如宋吴潜《宣城总集序》曰:"凡得诗千余首,赋、颂、杂文二百篇,分为二十有三门,合为二十有八卷,名曰《宣城总集》……后轩乞吾文以冠集首,此吾宣盛典也,吾又奚辞?"见吴潜《履斋遗稿》卷三。唐皇甫湜《唐故著作左郎顾况集序》:"有曰顾非熊生者在门,讯之即君之子也。出君之诗集二十卷,泣请余受之。凉公适移莅宣武军,余装归洛阳,诺而未副,今又稔矣。生来速文,乃题其集之首为序。"宋陆游《吕居仁集序》:"今得托名公集之首,岂非幸欤?"故词意采择,当视具体语境而决定。
② 《史记·孔子世家》曰:"《关雎》之乱以为'风'始,《鹿鸣》为'小雅'始,《文王》为'大雅'始,《清庙》为'颂'始。"司马迁:《史记》卷四七,北京:中华书局,1959年,第1936页。
③ 当然也有认为"四始"编排不当者,例如宋陈埴《木钟集》卷六:"四始之诗,不应以乱世之作冠于风雅之首。"但这正从另一层面显示出古人对于一部典籍以何者冠首的重视。
④ 陈澧:《东塾读书记》卷九,北京:生活·读书·新知三联书店,1998年,第160页。
⑤ 陈耀文:《经典稽疑》卷上"时习"条,《景印文渊阁四库全书》第184册,台北:商务印书馆,1986年版,第817页;雷鋐《读书偶记》卷二曰:"沈闇斋先生云:'周子教人寻孔颜乐处,某谓当从《论语》开篇第一章寻起。'按此言最确实,盖学之正,习之熟,说之深,由此而乐而不愠,孔颜之乐在其中矣。"

就史、子二部而言，史部典籍因多有时代、地理等因素制约，故其篇章次第具有以时间、区位、门类等条目为准绳的自然规律性。不过，涉及诸多篇章的排比时，编撰者仍需面对哪一篇章压卷的问题，例如史部政书类的唐代成文法典《唐律疏议》，就很重视压卷第一篇的名正言顺，《律音义》谓"主物之谓名，统凡之谓例""命名即刑应，比例即事表，故以《名例》为首篇"①。吴兢纂《贞观政要》，以《君道》篇压卷，首载太宗问"理国之要"，元人戈直《贞观政要集论》便谓："惜乎太宗能言之而不能行之，魏徵能赞美之而不能发明之也。吴氏编是书，置此于开卷之首，其有所取也夫，抑有所感也夫？"②前例，编者对首篇之所以如此安排的原因进行了说明；后例，注释者对置于开卷之首的原因进行了拟测。

子部的周秦汉唐诸子之书，其性质与集部个人文集有着相近的编次特点。子部著述大抵集合众篇以相先后，为了标识核心思想，往往还有内外杂篇之别。子书内篇中的第一篇，往往是一部子书的核心思想之所在。刘禹锡《唐故衡州刺史吕君集纪》曰：

> 古之为书者，先立言，而后体物。贾生之书首《过秦》，而荀卿亦后其赋。……故余所先后视二书，断自《人文化成论》至《诸葛武侯庙记》为上篇，其它咸有为而为之。③

正点出了子书压卷篇目以思想价值为首要的衡量标准。《庄子》何以置《逍遥游》于内篇第一，历代学者更是多有论列，不烦备引。他如李轨注杨雄《法言》，于开篇《学行》题下注曰："夫学者，所以仁其性命之本，本立而道生，是故冠乎众篇之首也。"④也是压卷文化心理的表现。由于周秦汉唐诸子之书多系后学编定，"故于其最有关系之议论，并载同时人之辩驳，以著其学之废兴、说之行否，亦使读者互相印证，因以考见其生平"⑤。这一编次过程中，首篇的安排更是具有深意。余嘉锡据《战国策·秦策》推考，《韩非子》第一篇《初见秦》乃张仪之说，实际应以《存韩》篇压卷，且《存韩》篇末并载李斯

---

① 长孙无忌撰，刘俊文点校：《唐律疏议》附录，北京：中华书局，1983年，第597页。
② 吴兢撰，戈直集论：《贞观政要集论》卷一，《四部丛刊续编》景明成化刻本。
③ 刘禹锡撰，卞孝萱校订：《刘禹锡集》卷十九，北京：中华书局，1990年，第235页。
④ 汪荣宝著，陈仲夫点校：《法言义疏》卷一，《新编诸子集成》第一辑，北京：中华书局，1987年，第1页。
⑤ 余嘉锡：《目录学发微·古书通例》，上海：上海古籍出版社，2013年，第227页

《驳议》,是因为"后人编非之书者,悼非之不得其死,故备书其始末于首篇,犹全书之序也"①。他如商鞅《商子》以《更法》为第一,《公孙龙子》以《迹府》为第一,皆是通过压卷篇目纲领全书②,《难经》开篇论脉而先言寸口,"著之篇首,乃开卷第一义也"③。"开卷第一义"五字,大致能概括子部书篇首的安排原则。

由以上诸例可见,压卷意识实际是讨论古人著述时无法绕过的一个问题,这一问题在集部别集类同样存在,且问题意识本身的学术价值未遑多让。与文集体例的衍生、完备相并行的,是中古时期子书撰著等"一家之言"的式微,这就使得文士转而将著书之意寄托于文集,进而在编集体例中斟酌法度,将其当作自己"一家之言"的新载体。章学诚论中古学术之变,拈出"子史衰而文集之体盛,著作衰而辞章之学兴"的观点④,也是有见于此。

三、压卷之文本呈现

先唐时代,尚未出现关于文集压卷问题的理论探讨,但六朝古集卷首对篇目的安排仍隐约有命意可求。以流传至今且保存了六朝古集编次原貌的几部魏晋文集来观察,嵇康集卷一以《兄秀才公穆入军赠诗十九首》冠首⑤,或是由于这是嵇康数量最多的一组五言诗;陆云《陆士龙文集》以《逸民赋》及《逸民箴》冠首(图 3-2),一则见志,同时也是对大将军掾何道彦由《反逸民赋》引发的文字酬答之纪念;陶渊明集以四言诗编入卷一,特别将归隐之后同时写成的《停云》《时运》《荣木》冠于首三篇⑥,模仿《诗经》以明志,无论在诗体的经典性上还是诗义的思想性上,都可看作陶渊明人生态度的总结。当然,先唐古集的压卷状况只能约略推测,毕竟六朝时期缺乏有关压卷的明确史料记载,集序的传世也很少,故而我们今天所能推知的先唐文集压卷意识似亦处于云烟不清的状态。

从唐代开始,史料记载便注意将文士编集的首篇布置形诸笔端。归纳

---

① 余嘉锡:《目录学发微·古书通例》,上海:上海古籍出版社,2013 年,第 227 页
② 商鞅《商子》以《更法》为第一,详载商鞅与甘龙、杜挚关于变法相辩难之语,且附孝公《垦令》,"盖亦编者著其变法之事于首,以明其说之得行也。"《公孙龙子》以《迹府》为第一,述公孙龙白马非马之论,"盖亦后人著之于首编,以为全书之纲领也。"见余嘉锡《目录学发微·古书通例》。
③ 滑寿:《难经本义》卷上,《丛书集成初编》,北京:中华书局,1991 年,第 2 页。
④ 章学诚撰,叶瑛校注:《文史通义校注》卷一,北京:中华书局,2004 年,第 61 页。
⑤ 嵇康撰,戴明扬校注:《嵇康集校注》卷一,北京:中华书局,2014 年,第 1 页。
⑥ 陶渊明著,龚斌校笺:《陶渊明集校笺》卷一,第 1—13 页。

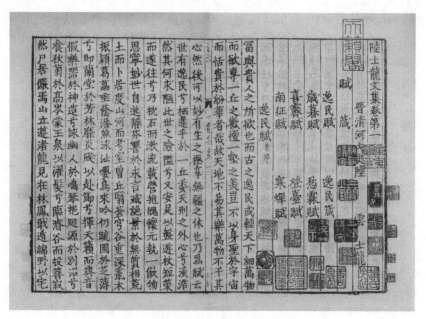

图 3-2　陆云《陆士龙文集》卷一，中国国家图书馆藏宋庆元六年华亭县学刻本

来看，许多文集是在固有的文集编排体例内部来寻求压卷篇目的安排，比如唐宋文集多以赋或古体诗排在各文体之前①，编集者因势利导，从赋或古体诗中捡择最佳篇目以作压卷。卢照邻文集之祖本系生前自编，其《穷鱼赋》并序曰：

> 余曾有横事被拘，为群小所使，将致之深议，友人救护得免。窃感赵壹《穷鸟》之事，遂作《穷鱼赋》。常思报德，故冠之篇首云。②

很显然，卢照邻自编文集二十卷是以《穷鱼赋》压卷，其中深有寄托。不过，传世《卢照邻集》皆列《穷鱼赋》于《秋霖》《驯鸢》二赋之后，已经失去了卢照

---

① 唐人文集，多绍续《文选》之义例，以赋冠首。今虽无完整的唐人文集写本传世，但在载籍中尚能考见唐人的这一冠首传统。例如李昉《文苑英华》卷一四九载舒元舆《牡丹赋序》曰："吾子独不见张荆州之为人乎？斯人信丈夫也，然吾观其文集之首有《荔枝赋》焉。"是为例证。

② 李云逸：《卢照邻集校注》卷一，北京：中华书局，1998年，第9页。

邻自编文集之原貌①。有的文士在编集时,会不惜变更通行的文集体例,从而以最得意(或知名)的作品压卷。例如南唐刘吉曾有《赠隐者》诗曰"一箭不中鹄,五湖归钓鱼"之句,人多诵之,嗣后其编诗集曰《钓鳌集》,捡择三百首,即以《赠隐者》一诗压卷②。此外,在对唐人文集压卷问题展开研究的时候,作为文集一个类型的进士行卷也颇值得关注。

在宋代,由于六朝隋唐古集大量散佚,宋人在自编文集的同时,也注重整理或重辑前人文集,这一整理的过程同样需要面对如何处理前人文集压卷排布的问题。例如宋人重辑陆机《陆士衡文集》,以《文赋》冠首③,便是因为《文赋》乃陆机一生中的大手笔,且这一编次同时也符合唐代以来先赋后诗的编集通例。

(一) 先赋后诗,先古体后近体

在唐代,尽管编集体例尚未完全定型,但受遐迩流布的《文选》之影响,先赋后诗、先古体后近体等文本体例还是约定俗成的。因此,唐集的编纂往往在这一体例框架内寻找堪当压卷大任的篇目,这也就解释了为什么唐集的压卷篇目多为赋或古体。即以唐代诗坛的双子星座而论,李白集的传世尚有清晰的脉络④,后世李白集以宋敏求编《李太白文集》三十卷为祖本,此本压卷为《大鹏赋》⑤,这既合于先赋后诗的文集通例,又把李白最知名且"时家藏一本"的《大鹏赋》置于首位,洵为通行文集体例框架内以名篇压卷的典范。

唐人集往往文集与诗集分帙行世,在这样的情况下,诗集的压卷则习惯选取古体、乐府诗的名篇。仍以李白集为例,李阳冰编李白《草堂集》以《远别离》压卷,很可能是源出于李白的意愿。宋王铚《题洛神赋图诗并序》曰:

---

① 《四库提要》曰:"又《穷鱼赋序》称'尝思报德,故冠之篇首。'则照邻自编之集,当以是赋为第一。而此本列《秋霖》《驯鸢》二赋后。其《与在朝诸贤书》亦非完本。知由后人掇拾而成,非其旧帙矣。"见永瑢等:《四库全书总目》卷一四九,北京:中华书局,1997年,第1278页。
② 江少虞:《宋朝事实类苑》卷五五,上海:上海古籍出版社,1980年,第725页。
③ 陆机撰、金涛声点校:《陆机集》卷一,第1页。
④ 王永波:《李白诗在宋代的编集与刊刻》,《吉林师范大学学报》(人文社会科学版)2014年第2期。
⑤ 瞿蜕园、朱金城:《李白集校注》卷一,上海:上海古籍出版社,1980年,第1页。

李太白作《远别离》亦云"九疑连绵皆相似,重瞳孤坟竟何是",李当涂编次,以此诗为谪仙文集第一篇,亦以祖屈原悲英皇本意耳。①

而宋敏求重编李白集以《古风·大雅久不作》压卷,升古风(卷二)于乐府(卷三)之前②,亦有可说。后人在论李白诸诗时,也认识到李白此篇不止诗风醇雅清壮,且是表达诗学理想的旗帜。《朱子语类》记朱熹语曰:"李太白诗不专是豪放,亦有雍容和缓底,如首篇'大雅久不作',多少和缓。"③又杜甫《杜工部集》以《奉赠韦左丞丈二十二韵》压卷,亦是从唐代卷子本到宋刻本皆相沿如此。本章开篇引范温《潜溪诗眼》讨论何以杜集以《奉赠韦左丞丈二十二韵》压卷曰:"此诗前贤录为压卷,盖布置最得正体,如官府甲第,门堂房室,各有定处,不可乱也。"④布置得正体外,此诗之所以能堪当压卷重任,尚有另外几方面特质:其一,本诗主体为杜甫的生平自述,在诗集中发挥着以诗代序的功能;其二,在艺术上,本篇"全篇陈情"⑤,是杜集中颇具代表性的性情发抒之作;其三,诗中直陈"致君尧舜上,再使风俗淳"的儒家情怀,而这一点正符合钱锺书分析压卷篇目特质时所概括的"安身立命之所在"的功能,详参后文所论。

王安石曾选李杜韩欧诗为《四家诗选》,以杜甫为第一家,并以《洗兵马》为杜甫选集的压卷。尽管《四家诗选》未能流存至今,但据此我们仍可推断王安石于每家选诗的排布也是先古体后近体。如果严格考究王安石所纂《四家诗选》的性质的话,称其为总集并不妥当,此书实际是四种别集(选集)之合集。王安石《老杜诗后集序》曰:

予之令鄞,客有授予古之诗世所不传者二百余篇,观之,予知非人之所能为,而为之实甫者,其文与意之著也。然甫之诗,其完见于今者,自予得之。世之学者,至乎甫而后为诗,不能至,要之不知诗焉

---

① 王铚:《雪溪集》卷一,《景印文渊阁四库全书》第1136册,台北:商务印书馆,1986年,第551页。
② 宋敏求重编本降"乐府二十首"于卷三,仍以《远别离》为第一首,见瞿蜕园、朱金城:《李白集校注》卷三,第191页。
③ 黎靖德:《朱子语类》卷一四〇,北京:中华书局,1986年,第3325页。
④ 何溪汶撰,常振国、绛云点校:《竹庄诗话》卷五,北京:中华书局,1984年,第93页。
⑤ 王嗣奭:《杜臆》卷一,上海:上海古籍出版社,1983年,第11页。

尔。呜呼！诗其难，惟有甫哉！自《洗兵马》下，序而次之，以示知甫者，且用自发焉。①

王安石以《洗兵马》为杜甫选集之压卷，其理据也可推寻。杨伦《杜诗镜铨》卷五《洗兵马》后引朱鹤龄曰："中兴大业，全在将相得人。前曰'独任朔方无限功'，中曰'幕下复用张子房'，此是一诗眼目，使当时能专任子仪，终用镐，则洗兵不用旦夕可期，而惜乎肃宗非其人也。王荆公选工部诗，以此诗压卷，其大旨不过如此。"②尽管朱鹤龄所论未必全合于王安石之意旨，但王安石在《集序》中明确点出以《洗兵马》为首，表明他在杜甫选集压卷篇目这一问题上确曾用心斟酌过。

据王定保《唐摭言》卷六载，杜牧应举时，吴武陵任太学博士，"偶见太学生十数辈，扬眉抵掌，读一卷文书，就而观之，乃进士杜牧《阿房宫赋》"③。乃向主考崔郾推荐曰："若其人，真王佐才也。"④可见杜牧之得名，便凭借《阿房宫赋》一篇⑤。杜牧在生前特别重视其《樊川集》的编次，他特意对外甥裴延翰说："要有数百首文章，异日尔为我序，号《樊川集》，如此顾樊川一禽鱼、一草木无恨矣，庶千百年未随此磨灭邪！"⑥杜牧身后，裴延翰搜补杜牧焚稿之余，编为《樊川文集》二十卷，且在《集序》摘选篇目评论时首先说"其谲往事，则《阿房宫赋》"⑦，遂编为压卷。裴延翰的编次方式，也是在先赋后诗的文集体例框架下选取杜牧名篇以压卷。

在通行的以赋或古体诗压卷的传统之外，由于压卷意识的存在，文士有时会突破卷首文体之传统，将自己最重视的篇目编为压卷。宋刘将孙《跋刘玉渊道州九嶷山虞帝庙碑稿后》曰："玉渊平生所作，自负此碑第一，亦以冠

---

① 王安石：《临川先生文集》卷八四，北京：中华书局，1959年，第880—881页。
② 杨伦：《杜诗镜铨》卷五，上海：上海古籍出版社，1980年，第218页。
③ 王定保撰，姜汉椿校注：《唐摭言校注》卷六，上海：上海社会科学院出版社，2003年，第118页。
④ 王定保撰，姜汉椿校注：《唐摭言校注》卷六，第118页。
⑤ 此赋在后世也颇受知赏，如陈秀明《东坡文谈录》载苏轼曾"东坡在雪堂，一日读杜牧之《阿房宫赋》凡数遍，每读彻一遍，即再三咨嗟叹息，至夜分犹不寐。"《宣和书谱》卷九佚名亦谓："（杜牧）其作《阿房宫赋》，辞彩尤丽，有诗人规谏之风，至今学者称之。"
⑥ 裴延翰：《樊川文集序》，杜牧撰，吴在庆校注：《杜牧集系年校注》卷首，北京：中华书局，2008年，第3页。
⑦ 裴延翰：《樊川文集序》，杜牧撰，吴在庆校注：《杜牧集系年校注》卷首，第4—5页。

集端,论其文者亦云然。"①"玉渊"为刘子澄之号,有《玉渊先生文稿》②。详宋人文集体例,碑文一般编在文集的后半部分,刘子澄因为自负此碑为生平文字第一,不惜变通文集通例,而以此《碑》冠首。再如中科第者,往往于卷首先录策问,以示恩荣。宋陈振孙《直斋书录解题》卷十七"橘林集十六卷后集十五卷"下解题曰:"其文雕琢怪奇,殊乏蕴藉,压卷策问言王金陵配飨先圣事……集仅二册,而卷数如此,麻沙坊本往往皆然。"③先赋后诗、先古体后近体为编集通例,而此处两条,则基于压卷的动因,不惜突破故有的体例限制,从而在客观上促成了文集体例的自由化面貌。

(二)"集中第一"

古人评论文章,每每说某诗某文是"集中第一""集中第一篇大文字"④,或者别作类似的表述。不止后人评说如此,作者对自己文集中的"第一"也有着清醒的认识——文集的压卷之作,通常是作者颇为自负的佳作⑤。尽管我们今天已经查考不到李白、杜甫对前揭各自压卷诗篇的态度,但载籍中确有不少其他诗人珍重压卷篇目的记载。典型者如刘叉"客韩愈门,作《冰柱》《雪车》二诗,出卢仝、李贺右"⑥。其诗集在宋代尚未亡佚,据程大昌言,刘叉"自有集,此二诗正为集首"⑦。计有功《唐诗纪事》卷六七曰:

贞白,唐末大播诗名。《御沟》为卷首,云:"一派御沟水,绿槐相荫

---

① 刘将孙:《养吾斋集》卷二六,《景印文渊阁四库全书》第 1199 册,台北:商务印书馆,1986 年,第 250 页。
② 《玉渊先生文稿》见于傅维鳞《明书》卷七六、黄虞稷《千顷堂书目》卷二九所著录,今佚,《全宋文》未收刘子澄之文。
③ 陈振孙:《直斋书录解题》卷十七,上海:上海古籍出版社,1987 年,第 517 页。
④ 林纾《柳文研究法》论柳宗元《游黄溪记》曰:"黄溪一记,为柳州《集》中第一得意之笔。"纪昀门人刘权之《跋进书表》则谓纪昀《进四库全书》为"此集中第一篇大文字。"
⑤ 欧美诗集也具有这一特点,常将最得意之作置于开卷第一篇或题头诗,进而以这首诗的题目作为整册诗集的标题。例如弗罗斯特(Robert Frost)对自己的《牧场》(The Pasture)很是满意,此诗曾被弗罗斯特作为诗集《波士顿北》的题头诗,"后来被诗人抽出来作为诗选集的压卷诗。"见弗罗斯特:《林间空地》,杨铁军译,北京:人民文学出版社,2016 年,第 1 页。
⑥ 晁公武:《郡斋读书志》卷四中,《四部丛刊三编》景宋淳祐本。
⑦ 程大昌:《续演繁露》卷四,《景印文渊阁四库全书》第 852 册,台北:商务印书馆,1986 年,第 236 页。

清。此波涵帝泽,无处濯尘缨。鸟道来虽险,龙池到自平。朝宗心本切,愿向急流倾。"自谓冠绝无瑕。①

可见王贞白因自负《御沟》诗"冠绝无瑕",遂编为诗集压卷。孙光宪《北梦琐言》卷七记唐陈咏事曰:

> 其诗卷首有一对语云:"隔岸水牛浮鼻渡,傍溪沙鸟点头行。"京兆杜光庭先生谓曰:"先辈佳句甚多,何必以此为卷首。"颖川曰:"曾为朝贵见赏,所以刻于首章。"②

陈咏对诗集压卷的安排,系以"朝贵见赏"为选取之标准。类似的以政治因素作为诗文压卷选取标准的例子尚多,比如陈振孙叙录孙仅《甘棠集》一卷曰:"尝从何通判陕府,以所赋诗集而序之,首篇曰'甘棠思循吏',故以名集。"③正是由于这类因素的参与,古人文集在通行体例之外,出现了各种有个性的编次方式,促成了古代文集体例的多样呈现。

当然,更多的"集中第一"压卷所考虑的是思想或艺术的成就。杜荀鹤自编文集曰《唐风集》,欧阳修《六一诗话》中记有一重公案,认为杜荀鹤最知名的"风暖鸟声碎,日高花影重"两句实为周朴诗④,宋吴聿《观林诗话》亦主欧阳修之说,认为杜荀鹤窃此句作为压卷是为了"借此引编""行于世"⑤。今考"风暖"此联见于杜荀鹤《春宫怨》诗,在《唐风集》中列于卷首第一篇。无论欧阳修所记是否属实,杜荀鹤对此联的喜爱是可以得到确认的。毛晋引谚云"杜(笔者按:即指荀鹤)诗三百首,惟在一联中"以评论此联,且谓"《唐风集》以之压卷,亦此意耶?"⑥可见世人公认《春宫怨》压卷是基于"风暖鸟声碎"一联的艺术造诣。类似的以文学造诣最高的诗文作为文集压卷

---

① 计有功:《唐诗纪事》卷六七,上海:上海古籍出版社,1987年,第1005页。
② 孙光宪:《北梦琐言》卷七,上海:上海古籍出版社,1981年,第57页。
③ 陈振孙:《直斋书录解题》卷二十,第589页。
④ 欧阳修撰,郑文校点:《六一诗话》,北京:人民文学出版社,1962年,第9页。
⑤ 丁福保:《历代诗话续编·观林诗话》,北京:中华书局,1983年,第120页。
⑥ 毛晋撰,潘景郑校订:《汲古阁书跋》,上海:古典文学出版社,1958年,第59页。

的例子,在唐宋文集的编撰史上颇为习见①。

唐宋以降,文集编撰有一个约定俗成的传统,即不留少作。当然,也有既是少作而作者又视为终生杰作的例子。宋吴明辅少时曾赋《斋居赋》,"颇矜持此篇",而车若水见到吴氏时曾直言"此是尊兄少年之文,可以删去",并举出《赋》中文理不通的四句。但吴明辅不为所动,"后来所印《荆溪集》,则俨然在第一篇,不易一字",故而车若水只能慨叹"不知其意如何?"②其实从编集体例来讲,《斋居赋》压卷符合先赋后诗的文集体例,且少作在前,从时间上看亦可寓编年之意,何况吴明辅"颇矜持此篇",编为压卷,并非无谓。

(三) 唐宋行卷、投谒"注意第一篇"

唐人有一种以实用为目的而编纂的文集,就是举子行卷,也称作小集。有一些流传至今的唐人文集如元结《文编》、皮日休《皮子文薮》,其编纂以一帙十卷为度,是典型的行卷小集,前辈学人已有考论,不再赘述。陆龟蒙编有《松陵集》,孙桂平也考定其性质是为行卷而编③。唐人李中《览友人卷》有"新诗开卷处,造化竭精英"④之句,很贴切地写出了以压卷篇目衡量全帙的态度。程千帆也认为,唐人行卷有一个很重要的特点,即是举子特别重视卷首的安排。面对"公卿之门,卷轴填委"的状况:

> 举子们便在编辑行卷时,特别注意第一篇的安排,把自己(或者别人)认为最好的、最容易引人注目的作品放在最前面,使人展开卷轴立即可以看到,称为卷首。⑤

---

① 如《四库全书总目》于《山中白云词》提要曰:"(张炎)平生工为长短句,以《春水》词得名,人因号曰'张春水'。其后编次词集者,即以此首压卷。"又柳开临殁语张景曰:"吾十年著一书,可行于世。"张景为之整理,且命名曰《默书》,编作《河东先生文集》之压卷。《默书》文长不过六百二十三言,却是柳开一生性理之学的总结,编于集首,即表示《默书》为柳开一生最重要的著作。今传世清曙戒轩钞本《河东柳仲涂先生文集》第一卷第一篇即是《默书》,并有张景解题,是此种钞本犹存宋本原编之旧。参柳开:《河东柳仲涂先生文集》卷一,《宋人文集珍本丛刊》第1册,北京:线装书局,2004年,第441页。
② 车若水:《脚气集》,《景印文渊阁四库全书》第865册,台北:商务印书馆,1986年,第530—531页。
③ 孙桂平:《〈松陵集〉系为行卷而编》,《集美大学学报》2005年第4期。
④ 彭定求等编:《全唐诗》卷七四九,北京:中华书局,1960年,第8530页。
⑤ 程千帆:《唐代进士行卷与文学》,上海:上海古籍出版社,1980年,第20页。

卷首安排得当与否，对行卷的效果影响很大，程千帆分别举一例进行说明，即白居易行卷首篇《赋得古原草送别》受到顾况的欣赏，而崔颢行卷则因首篇"十五嫁王昌"之句触怒李邕[①]。笔者在查考唐人行卷或投谒与压卷有关的史料时，注意到多条事例可与程氏所论相参证。例如，黄滔《颍川陈先生集序》曾记述，陈黯"十三袖诗一通谒清源牧，其首篇《咏河阳花》"，当时陈黯面豆新愈，清源牧因首篇咏花应景，遂谓："藻才而花貌，胡不咏歌？"[②]清源牧正是因首篇《咏河阳花》而赞其"藻才"，复因陈黯面豆如花与《咏河阳花》诗题相应，遂谓"花貌"。由此一事例也可以看出干谒投卷时将得意之作编于首篇的重要性。

这种行卷重视首篇的意识，逐渐促使行卷者以奉赠诗列于压卷[③]，例如《唐诗纪事·雍陶》便载：

> 唐诗人最重行卷，陶首篇上裴度，或云耿㵓行卷首篇上第五琦，遂指为二子邪正。虽然，方琦未有衅时，上诗亦何足多怪。[④]

在雍陶和耿㵓的行卷中，上裴度诗和上第五琦诗充当了两重角色，该诗既是行卷小集的压卷篇目，自彰诗才；又可以作为小集的代序，藉以自述身世，表达愿景。另外，唐宋史料中尚有与行卷稍异的投献帝王、显贵之诗卷，投献的效果也因了卷首安排的得当与否而有天渊之别。辛文房《唐才子传》卷十《孟贯》曰：

> 周世宗幸广陵，贯时大有诗价，世宗亦闻之，因缮录一卷献上。首篇书《贻谭先生》云："不伐有巢树，多移无主花。"世宗不悦曰："朕伐叛吊民，何得有巢无主之说？献朕则可，他人则卿必不免。"不复

[①] 张固《幽闲鼓吹》："白尚书应举，初至京，以诗谒顾著作。顾睹姓名，熟视白公曰：'米价方贵，居亦弗易。'乃披卷首篇曰：'咸阳原上草，一岁一枯荣。野火烧不尽，春风吹又生。'即嗟赏曰：'道得个语，居即易矣。'因为之延誉，声名大振。"李肇《国史补》卷上《崔颢见李邕》条曰："崔颢有美名，李邕欲一见，开馆待之。及颢至，献文，首章曰：'十五嫁王昌。'邕叱起曰：'小子无礼！'乃不接之。"俱见程千帆《唐代进士行卷与文学》，第20页。

[②] 黄滔：《唐黄先生文集》卷八，《四部丛刊》景明本。

[③] 公认奉赠诗的代表作品便是前揭杜甫《奉赠韦左丞丈二十二韵》，尽管杜诗作此诗是向韦济告别，不是为行卷而作，但此类奉赠诗的作法大体一致，而与一般的即景即事诗有着很大的区别。

[④] 计有功：《唐诗纪事》卷五六，第856页。

终卷。①

周祖譔、贾晋华《校笺》谓此条系辛文房据《江南野史》卷八改写,而《江南野史》原文作"贯潜渡江,以所业诗一集,驾前献之。世宗览其卷首《贻栖隐洞谭先生》"云云②。实际上,孟贯缮录卷首《贻谭先生》时,可能自认为此诗乃集中之精品,而没有意识到周世宗会因"有巢""无主"字眼发怒。宋何薳《春渚纪闻》卷七"熙陵奖拔郭贽"条曰:

> 先友郭照为京东宪日,尝为先生言:其曾大父中令公贽初为布衣时,肄业京师皇建院。一日方与僧对弈,外传南衙大王至。以太宗龙潜日尝判开封府,故有'南衙'之称。忘收棋局,太宗从容问所与棋者,僧以郭对。太宗命召至。郭不敢隐,即前拜谒。太宗见郭进趋详雅,襟度朴远,属意再三。因询其行卷,适有诗轴在案间,即取以跪呈。首篇有《观草书诗》云:"高低草木芽争发,多少龙蛇眼未开。"太宗大加称赏,盖有合圣意者。即载以后乘,归府第,命章圣出拜之。不阅月而太宗登极,遂以随龙恩命官。尔后眷遇益隆,不十数年,位登公辅。盖与孟襄阳、贾长江不侔矣。③

何薳取以比较的孟浩然、贾岛事例,载籍并没有明确的压卷书写,比如孟浩然的"不才明主弃"得罪玄宗的场景是"自诵所为"④。前揭《幽闲鼓吹》中还记载了李贺谒见韩愈事,因为与进士行卷无关,程著未引。如果扩大考察的范围,将行卷与投谒综合考察的话,可发现诸事例在压卷篇目重要性这一点上是相通的。唐张固《幽闲鼓吹》曰:

> 李贺以歌诗谒韩吏部,吏部时为国子博士分司,送客归,极困。门人呈卷,解带旋读之。首篇《雁门太守行》,曰:"黑云压城城欲摧,甲光

---

① 辛文房撰,傅璇琮主编:《唐才子传校笺》卷十,北京:中华书局,1995年,第495—496页。
② 辛文房撰,傅璇琮主编:《唐才子传校笺》卷十,第496页。
③ 何薳撰,张明华点校:《春渚纪闻》卷七,北京:中华书局,1983年,第107页。
④ 《新唐书·文艺传下》:"(王)维私邀(孟浩然)入内署,俄而玄宗至,浩然匿床下。维以实对,帝喜曰:'朕闻其人而未见也,何惧而匿?'诏浩然出。帝问其诗,浩然再拜,自诵所为,至'不才明主弃'之句,帝曰:'卿不求仕,而朕未尝弃卿,奈何诬我?'因放还。"见宋祁、欧阳修《新唐书》卷二〇三,北京:中华书局,1975年,第5779页。

向日金鳞开。"却援带,命邀之。①

李贺谒韩愈,诗卷以《雁门太守行》为压卷篇目,韩愈初读首篇即激赏约见,当事双方对压卷诗篇艺文水平的认识颇为一致。李贺去世十五年后,与李贺"义爱甚厚,日夕相与起居饮食"②的沈子明编李贺集,反而取《李凭箜篌引》冠于集首,似与李贺本意不合。在另一则史料中,韩愈甚至连首篇内容都未曾细读,只看到诗题即已有所品评,王定保《唐摭言》卷六曰:

> 韩文公、皇甫湜,贞元中名价籍甚,亦一代之龙门也。奇章公始来自江黄间,置书囊于国东门,携所业,先诣二公卜进退。偶属二公,从容皆谒之,各袖一轴面贽。其首篇《说乐》。韩始见题而掩卷问之曰:"且以拍板为什么?"僧孺曰:"乐句。"二公因大称赏之。③

英文有一句谚语:"我不必吃掉整个鸡蛋。"④《世说新语》也曾记载:"庾子嵩读《庄子》,开卷一尺许便放去,曰'了不异人意。'"⑤刻画其自矜颇为传神。在古人投谒诗文的举动中,当事双方也默认这一心理规律——被拜谒者往往通过阅读开卷第一篇就会对投谒者的诗文水平作出判断,而不必全卷阅毕。

四、压卷体例的文本功能

唐宋文集压卷体例的形成,有着先唐古书压卷传统的影响;其文本呈现方式,也表达着独有的文本功能。本节拟在前节考述的基础上,对文集压卷篇章背后的动因以及压卷篇章的文本功能进行考察。

(一)示安身立命之所在

钱锺书尝覆书孔凡礼,讨论为何陆游《剑南诗稿》会以《别曾学士》作为

---

① 张固:《幽闲鼓吹》,王仲镛:《唐诗纪事校笺》卷四三,北京:中华书局,2007年,第1461页。
② 杜牧:《李贺集序》,《杜牧集系年校注·樊川文集》卷十,第773页。
③ 王定保撰,姜汉椿校注:《唐摭言校注》卷六,第118页。
④ At breakfast when I open an egg, I don't have to eat all the eggs to discover that it is bad. 其典故来源于一位编辑对某长篇小说作者的回复。
⑤ 刘义庆撰,余嘉锡笺疏:《世说新语笺疏》卷上之下,北京:中华书局,2007年,第241页。

第三章 压卷例

压卷篇目：

> 以《别曾学士》开卷者，如《山谷内集》之以上东坡诗开卷，《后山诗集》之以哀子固诗开卷，宋人常有，所以明学问之渊源也。次之以《送仲高》诗者，不惜稍变其编年之例，所以明出处之大节也（"道义无古今，功名有是非"）；二者皆示安身立命之所在也。①

陆游《别曾学士》（图3-3）诗作于绍兴十二年（1142），当时陆游十八岁。陆游小的时候师从曾几学诗，据陆游《感知录》曰："文清曾公几，绍兴中自临川来省其兄学士班，予以书见之。后因见予诗，大叹赏，以为不减吕居仁。予以诗得名，自公始也。"②关于陆游和曾几的师事关系，学界早有论定，钱锺书概括陆游自编《剑南诗稿》而以压卷诗篇"明学问之渊源"，简明切要，犁然有当于文集编次之理。复次，山谷诗集以元丰元年（1078）所作《古诗二首上苏子瞻》压卷，是因为这是黄庭坚与苏轼订交之始。此时苏轼守徐州，黄庭坚教授北京（今河北大名），初通书信之际，山谷寄赠这两首诗，东坡亦有答函及和章。据黄䭮《山谷年谱》卷七载，建炎中，黄庭坚之甥洪炎编其文集，"断自《退听堂》始，《退听》以前，盖不复取。独取《古风》二篇，冠诗之首，且云以见鲁直受知于苏公有所自也。"任渊注山谷诗亦引此③。钱氏将这一遵循压卷体例的编集意识概括为"明学问之渊源"。

又《剑南诗稿》第二篇《送仲高兄宫学秩满赴行在》（图3-3），其颈联为"道义无今古，功名有是非"，钱锺书拈出此联，意在揭示《剑南诗稿》以此诗为开卷第二篇的缘由是通过醇正的议论，以表明"出处之大节"。

黄庭坚受知于苏轼，此众所共知；陈师道受学于曾巩，载籍亦有明文。郑骞《陈后山年谱》"英宗治平四年·丁未·十六岁"引《集记》云："年十六谒曾巩，曾大器之，遂受业于曾。《宋史》、本集袭用其说，后人亦多因袭。"④据郑氏研究，此材料实为传讹，陈师道谒见曾巩实际在其二十四岁时⑤。钱

---

① 石钟扬：《无冕学者孔凡礼》，孔凡礼：《宋代文史论丛》附录，北京：学苑出版社，2006年，第746页。
② 钱仲联：《剑南诗稿校注》卷一，上海：上海古籍出版社，1985年，第1页。
③ 黄庭坚：《古诗二首上苏子瞻》题下，任渊：《山谷诗集注》目录，上海：上海古籍出版社，2003年，第3页。
④ 郑骞：《陈后山年谱》，台北：台北联经出版公司，1984年，第38页。
⑤ 郑骞：《陈后山年谱》，第41—45页。

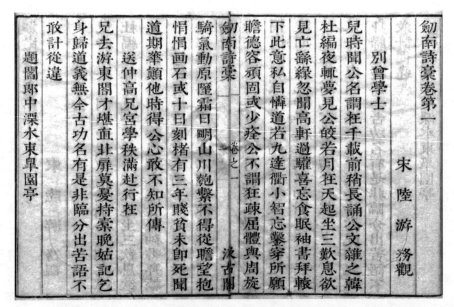

图 3-3　陆游《剑南诗稿》卷一，日本内阁文库藏明末虞山毛氏汲古阁刊本

锺书所说的《后山诗集》"以哀曾子固诗开卷"，实际指的是卷首第一组《妾薄命》二首①，本章开篇曾录任渊注引《年谱》曰："后山学于南丰曾巩子固，今以压卷，亦推本其渊源所自。"②可见此语为钱氏答函所本。又《诗林广记》引谢叠山云："元丰间，曾巩修史，荐后山有道德，有史才，乞自布衣召入史馆。命未下而曾去，后山感其知己，不愿出他人门下，故作《妾薄命》。"③据此可推知，钱氏认为《妾薄命》二诗"明学问之渊源"自属确当。钱锺书精熟宋人文集，其谓以师友往来诗作压卷的现象"宋人常有"，实有根据，兹再举一证。宋牟巘《跋韩子苍帖》曰：

又尝与陈了斋游，集中压卷是也。④

---

① 任渊《后山诗注》及明刻《后山先生集》皆留存题下子注："后山自注曰：为曾南丰作。"
② 冒广生等：《后山诗注补笺》卷一，北京：中华书局，1995年，第4页。
③ 冒广生等：《后山诗注补笺》卷一，第4页。
④ 牟巘：《陵阳集》卷十六，《宋集珍本丛刊》，北京：线装书局，2004年，第582页。

今考韩驹《陵阳集》,其开篇古诗第一首即《上陈莹中右司生日诗》①。由此可知牟巘语境中"压卷"也是指文集第一篇。陈瓘,字莹中,号了斋,牟巘所谓"与陈了斋游",即指此首贺寿诗。从艺术上看,此诗当然不是韩驹最好的一首诗②,之所以被编在集首,更多的是为了对生命中重要的人事交游进行纪念,意在以文集存一人之史③。

古人重名节,慎行止,诗文集的压卷篇目,往往选取能彰显作者出处大节的文字,遂能见出文集存一人之史的价值。唐权德舆在《陆宣公翰苑集序》中说:

> 公之文集有诗文赋集,表状为《别集》十五卷。其关于时政,昭昭然与金石不朽者,惟制诰奏议乎?虽已流行,多谬编次,今以类相从,冠于编首。④

制诰作为"代拟王言",奏议更能"深切时弊",皆是陆宣公文集中"昭昭然与金石不朽者",唐时即有别行之专集。在编次陆贽一家之言时,权德舆之所以将陆贽制诰奏议冠于编首,是因为陆贽此类文章"榷古扬今,雄文藻思",可以看作他一生大节的代表⑤。

出处大节,一方面可以像陆贽那样在事功上表现,另一方面也可以通过志行高洁的抉择、不畏权势的刚毅等事例来印证。今本《小畜集》首卷录赋

---

① 韩驹:《陵阳集》卷一,《景印文渊阁四库全书》第1133册,台北:商务印书馆,1986年,第764页。
② 韩驹诸作最受历代评家推重者为《夜泊宁陵》《登赤壁矶》等诗。
③ 这一明学问之渊源的编集义例在明清亦有所沿承。李塨为文,初学八大家,后与王源一同师事颜元,因而复从王源学古文。王源文宗秦汉,李塨从其说,遂尽删康熙癸未以前所仿八家之文,而将遇到王源之后所撰文纂集留存,名曰《恕谷后集》,并以王源帮助删削之第一篇《送黄宗夏南归为其尊翁六十寿序》为集首。李塨门人冯辰在编校此集时特于文后录王源评语且记曰:"此王昆绳先生改本也。先生初学八大家,昆绳过会学,言当宗秦汉章法,订此。先生后谓唐宋不如秦汉,秦汉不如六经,于是文法一宗圣经,题曰《后集》。"可见,编《送黄宗夏南归为其尊翁六十寿序》一文于集首,既是李塨对王源改订文法的纪念,也是他为文从八家上追秦汉而归于六经转折点的标志。见李塨:《恕谷后集》卷一,《清代诗文集汇编》第203册,上海:上海古籍出版社,2010年,第7页。
④ 董诰:《全唐文》卷四九三,北京:中华书局,1983年,第5034页。
⑤ 后世编名臣文集,往往将能代表其名节的公文编于压卷位置,以凸显其节行,例如明人张师绎《集导乙》曰:"疏必如杨忠愍后可以死,疏必如杨忠愍之死后可以传。刻《忠愍集》者,首二《疏》,次《年谱》,为《内集》,杂诗文为《外集》,此亦忠烈诸公之一变例也,亦定例也。"见张师绎:《月鹿堂文集》卷八《集导乙》,景印清道光六年蝶花楼刻本,《四库未收书辑刊》第6辑第30册,北京:北京出版社,1997年,第119页。

文,然据刘克庄谓:"《王黄州集》第一篇《酬种隐君》百韵,自叙出处甚谦,云'长恐先生闻,倚松成大噱'。其叙种隐节甚高,累数十韵。"①则刘克庄所见王禹偁集开篇以《酬种隐君》百韵诗压卷。考此诗又题作《酬种放征君》,题下注曰:"一百韵,此篇命为首,重高士也。"②题注也是着眼于阐释压卷的用意。此诗虽为酬答种隐君而作,却恰能畅达地抒写自己的志向,正如诗末所言"搔首谢朝簪,行将返耕凿",述志之用意极为明显。胡铨贬谪新州,张元幹作《贺新郎》词以送别,坐是除名。同年十一月李纲上《疏谏和议》,张元幹又寄《贺新郎》词一阕。张氏在将词作结集为《芦川集》时,便以这两阕压卷,四库馆臣认为"盖有深意"。此处"深意",实际便是钱锺书所提炼出的压卷文本功能之一:"明出处之大节"。

(二) 尊重事

刘禹锡《唐故相国赠司空令狐公集纪》曰:

> 公为宰相,奉诏撰《宪宗圣神章武孝皇帝哀册文》,时称乾陵崔文公之比。今考之而信,故以为首冠,尊重事也。③

所谓"时称乾陵崔文公之比",意指令狐楚此文乃文集中的大手笔,可与崔融所撰《则天大圣皇后哀册文》媲美。这种将代拟王言的大制作编为压卷篇目的做法,刘禹锡概括为"尊重事",颇为贴切。当时士大夫大都以能代帝王立言或参与禁廷雅集赋诗为荣,在编集时以此类诗文冠首,贻诸子孙,在家族来说是一件颇为体面的事。

不止令狐楚的集子如此,柳宗元之集自宋本《新刊诂训唐柳先生文集》以及《增广注释音辩唐柳先生集》以后,即相沿将赋作编入卷二,而将"雅诗歌曲"编成卷一,且以《献平淮夷雅表》《平淮夷雅》二篇压卷。从文献史料价值而言,平淮乃中唐一大政治事件,柳集以《平淮夷雅》压卷,显然出于"尊重事"的心理;从文本造诣而言,穆修《唐柳先生集后序》直称"如韩《元和圣德》《平淮西》,柳《雅章》之类,皆辞严义伟,制述如经,能崒然耸唐德于盛汉之表蔑愧让者"④,推挹不可谓不高。又权德舆《左谏议大夫韦君诗集序》描

---

① 刘克庄:《后村诗话》卷二,刘克庄《后村集》卷一七八,《四部丛刊》景旧钞本。
② 王禹偁:《小畜集》卷三,《四部丛刊》景宋本配吕无党钞本。
③ 瞿蜕园:《刘禹锡集笺证》卷十九,上海:上海古籍出版社,1989年,第500页。
④ 柳宗元:《柳宗元集》附录,北京:中华书局,1979年,第1444页。

述韦渠牟诗集体例曰:"以类相从,献酬属和,因亦编次。且以《圣诞日麟德殿三教讲论诗》为首。"①圣诞日三教讲论,是则天朝以后政治文化史上的大事,正史每多载笔,许多亲预其事者也多有诗文②,例如白居易《三教论衡》即谓:"大和元年十月,皇帝降诞日,奉敕召入麟德殿内道场,对御三教谈论。"③而韦渠牟也的确参与过三教讲论事,《旧唐书·韦渠牟传》曰:

> 贞元十二年四月,德宗诞日,御麟德殿,召给事中徐岱、兵部郎中赵需、礼部郎中许孟容与渠牟及道士万参成、沙门谭延等十二人,讲论儒、道、释三教。渠牟枝词游说,捷口水注,上谓其讲耨有素,听之意动。数日转秘书郎,奏诗七十韵。④

当时韦渠牟因为三教论衡中的谈辩使德宗"听之意动",遂右转秘书郎,乃奏诗畅演三教讲论之盛,这当是韦渠牟一生中殊感恩荣的时候。因此,其诗集以经进之《圣诞日麟德殿三教讲论诗》七十韵压卷,既属"尊重事",也合于唐代诗集先古体后近体的编次体例。权德舆的集序很注重载述当时文集编次之体例,即以压卷例而论,韦渠牟集而外,前引权氏《唐赠兵部尚书宣公陆贽翰苑集序》也是如此。由此也能看出,唐人对文集压卷的问题已经有了清醒的认识,并通过实际操作进行了理论反思。

(三) 纪念

曹丕曾说:"年寿有时而尽,乐荣止乎其身。二者必至之常期,未若文章之无穷。"⑤刘知幾亦曰:"何者而称不朽乎?盖书名竹帛而已。"⑥文章的传世,与其说印证着《左传》"立言不朽"的判断,毋宁说在有限的生命历程过后尚能留给后世一丝痕迹,以此来纪念此生的行止歌哭、人世往事。

纪念,本指记数的串珠,现代汉语的词义约略相当于文言中的"永思"一词。文集不仅是士大夫思想、才华的萃聚,也承载了生命中人事、行止和情

---

① 权德舆:《权载之文集》卷三五,《四部丛刊初编》景无锡孙氏小绿天藏大兴朱氏刊本。
② 谢思炜曾在白居易《三教论衡》题下有详细考证,见谢思炜《白居易文集校注》卷三一,北京:中华书局,2011年,1849—1859页。
③ 谢思炜:《白居易文集校注》卷三一,第1849页。
④ 刘昫:《旧唐书》卷一三五,北京:中华书局,1975年,第3728页。
⑤ 曹丕:《魏文帝集》,《三曹集》,长沙:岳麓书社,1992年,第178页。
⑥ 刘知幾撰,浦起龙通释:《史通通释》卷十一,上海:上海古籍出版社,2009年,第280页。

感的雪泥鸿迹，典型者如白居易就很注重记录"平生所慕所感，所得所丧，所经所遇所通"，其效果便是"一事一物已上，布在文集中，开卷而尽可知"①。有见于此，日本学者丸山茂论《白氏文集》，认为此书具有"回忆录的要素"②。班固《幽通赋》曰"靖潜处以永思兮，经日月而弥远"，文集的编纂往往是作者文字生涯的总结，况且纂成多在其人身后，故而文集预设的读者多是时间序列中的后来人。作者在晚年对一生文字进行总结时，自然会有曾经的人和事让作者特别看重，从而通过编集篇目的安排进行纪念。前文所讨论到的"明学问之渊源""明出处之大节"皆在某种意义上具有纪念的功能，本节则主要讨论可与"明学问之渊源"比类齐观的家学、交游之纪念。

先述家学之纪念。宋陈郁《藏一话腴》乙集卷上曰：

> 戴石屏之父东皋子，平生喜吟，身后无遗稿。石屏能昌其诗，遂搜罗，仅得《题小园》一律云……乃刊于《石屏集》之首。宋西园之父厉斋居士，平生好吟，亦无遗稿，西园能续父灯，因旁搜，亦仅得二绝……亦刊于《西园集》之首。二君之诗，雅正同，遗篇之多寡同，二君之子能传其业同，而发挥前人之美亦同。③

石屏为戴复古之号，今考明弘治刊本《石屏诗集》，卷首录《东皋子诗》一卷十首，末有戴复古跋曰："右先人十诗，先人讳敏，字敏才，号东皋子。平生酷好吟，身后遗稿不存。徐直院渊子竹隐先生常诵其《小园》一篇及'日落秭归啼处山'一联，续加搜访，共得此十篇。"④据此则陈郁所记不确，或者其仅录传闻而未见戴《集》。戴复古在《跋》中自述将其父遗诗编于卷首的原因是："复古孤幼无知，使先人篇章零落，名亦不显，不孝之罪不可赎也。谨录于《石屏诗稿》之前，庶几使人获见一斑。"⑤可见戴复古以父亲之诗作为自己诗集的压卷，既希望使乃父之诗因自己诗集的刊刻而得以流传，同时也稍稍消减自己没能保存好家集的愧疚之感。《东皋子诗》十首之后，戴复古在为

---

① 白居易：《醉吟先生墓志铭并序》，谢思炜：《白居易文集校注》卷三四，第2031页。
② 丸山茂、蒋寅：《作为回忆录的〈白氏文集〉》，《周口师范高等专科学校学报》1999年第1期。
③ 陈郁：《藏一话腴》外集卷上，《景印文渊阁四库全书》第865册，台北：台湾商务印书馆，1986年，第561页。
④ 戴复古：《石屏诗集》卷首，《四部丛刊续编》景铁琴铜剑楼藏明弘治刊本。
⑤ 戴复古：《石屏诗集》卷首，《四部丛刊续编》景铁琴铜剑楼藏明弘治刊本。

自己的诗作编次时，又以《求先人墨迹呈表兄黄季文》诗冠首，中谓"传家古锦囊，自作金玉想。篇章久零落，人间眇余响"，且自述心迹曰"嗟予忝厥嗣，朝夕愧俯仰。敢坠显扬思，幽光发草莽"①。戴复古之所以将父诗压卷的心态跃然纸上：对自己而言，搜集刊印父诗是出于纪念与缅怀；对世人而言，则仍期望能显扬父诗之才华，发潜德之幽光。

陈郁提到的西园，为宋自逊之号，其父宋沆号厉斋居士。宋自逊《西园集》今已佚②，无从考其编次情实，但据陈郁《藏一话腴》所述，则宋沆二绝亦编于宋自逊诗前，充当着压卷的角色，自逊集中当有类似戴复古主旨相通的说明。

宋人编父诗于压卷位置，不独《藏一话腴》所载二例。宋末何梦桂《跋谭氏编首》曰："谭氏一门父子昆弟，长编巨帙，照映乡国，独以乃翁平生所著揭之篇首而归尊焉，其贤于谀儿也远矣。"③可见谭氏家集的编次亦以乃翁所著压卷，此举深得何梦桂称赏，故用"归尊"目之。

当然，宋集中也有载录父诗以作纪念但并未编于压卷位置的情况，这种做法在后世颇引起评论者的指摘，比较典型的是黄庭坚《山谷集》末附其父黄庶《伐檀集》一例。《四库提要》认为：

> 其集（《伐檀集》）自宋以来即刻附《山谷集》末，然子虽齐圣，不先父食，古有明训。列父诗于子集之末，于义终为未协，故今析之别著录焉。④

宋代类似的编父集于自己诗集之末者尚有高翥、孙应时等例，清叶廷琯《鸥陂渔话》卷五《石唯庵残稿》下论曰："同人议附刊《印川集》后，盖援《黄山谷集》后附刻其父《伐檀集》例。又王楙《野客丛书》后附刻其父《野老纪闻》，亦此例也（按宋高翥《信天巢遗稿》后附《江村遗稿》，则翥父选淑迈之诗，皆裔孙士奇采辑。又孙应时《烛湖集》后附编其父介及兄应求、应符诗，似皆引《山谷集》为例）。既而有人谓父附子后，究属不安，虽宋人有例，未可竟用，于是附刊之议遂辍。迨后余见《戴石屏集》编其父敏诗于己集之首，此亦宋

---

① 戴复古：《石屏诗集》卷一，《四部丛刊续编》景铁琴铜剑楼藏明弘治刊本。
② 宋自逊、宋沆诗作，《永乐大典》尚有存留。详参方健《久佚海外〈永乐大典〉中的宋代文献考释》，《暨南史学》第三辑，广州：暨南大学出版社，2004年，157—158页。
③ 李修生：《全元文》卷二五○，南京：凤凰出版社，2004年，第138页。
④ 永瑢等：《四库全书总目》卷一五二，第1315页。

人前例,较善于《山谷》等集,正可施于印川父子者。"①论点与四库馆臣相合,并明确点出《戴石屏集》编其父敏诗于己集之首为善例,其言论基础即是古人以卷首为尊,集末"压阵"终不如集首"压卷"更具有敬意。

次述交游之纪念。唐魏颢《李翰林集序》曰:

> 经乱离,白章句荡尽。上元末,颢于绛偶然得之,沉吟累年,一字不下。今日怀旧,援笔成序,首以赠颢作、颢酬白诗,不忘故人也。②

魏颢与李白相识于金陵,李白有《送王屋山人魏万还王屋并序》诗,魏颢亦有《金陵酬翰林谪仙子》诗,《序》所谓"首以赠颢作、颢酬白诗",即指此二诗。后来李白将文集编订之事托付魏颢,"因尽出其文,命颢为集",魏颢在为李白编集时,将二人赠答之诗压卷,而"次以《大鹏赋》、古乐府诸篇"③。魏颢所谓"不忘故人",正可看出其排布压卷诗具有明确的纪念意旨。

与魏颢相类似,唐人于頔《皎然集序》曰:

> 贞元壬申岁,余分刺吴兴之明年,集贤殿御书院有命征其文集,余遂采而编之,得诗笔五百四十六首,分为十卷,纳于延阁书府。上人以余尝著诗述论前代之诗,遂托余以集序,辞不获已,略志其变。④

按于頔编皎然集系应集贤殿之命,此时皎然尚在世。于頔此时任湖州刺史兼御史中丞,他曾作《郡斋卧疾赠昼上人》,而皎然也有《五言奉酬于中丞使君郡斋卧病见示一首》以唱和(图3-4)。于頔在编《皎然集》时,便将这一组诗编为诗集压卷⑤,以作为二人交游之纪念。当然,因为于頔所编皎然集是

---

① 叶廷琯:《鸥陂渔话》卷五,《续修四库全书》第1163册,上海:上海古籍出版社,2002年,第162页。
② 王琦:《李太白全集》卷三一,北京:中华书局,1977年,第1453页。
③ 王琦:《李太白全集》卷三一,第1453页。
④ 南宋释本觉《释氏通鉴》卷九曰:"释皎然……耻以文章名世。尝叹曰:'使有宣尼之博识,胥臣之多闻,终日目前,矜道侈义,适足以扰真性。岂若松岩云月,禅坐相偶,无言而道合,至静而性同。吾将入杼山矣。'于是,裹所著诗文火之。后中丞李洪刺湖州,枉驾访昼,请及诗文。曰:'贫道役笔砚二十余年,一无所得。冥搜物累,徒起我人,今弃之久矣。'洪搜之民间,仅得十卷。昼没,相国于頔序之进于朝,德宗诏藏秘阁。"所载与于頔《皎然集序》不同,其说后出,且与《皎然集》卷首敕牒不合。
⑤ 皎然:《吴兴昼上人集》卷一,《四部丛刊·集部》景印江安傅氏双鉴楼藏景宋写本。

为了进呈以供御览,于頔将自己与皎然唱和诗编为压卷,可能也希望德宗能够较早读到。其中动因,可参看本章第二节论行卷及投谒之集卷首安排的重要性。

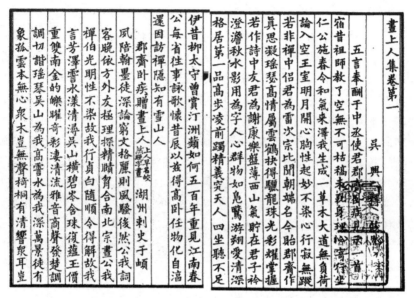

图 3-4　释皎然《吴兴昼上人集》卷一,《四部丛刊初编》景江安傅氏双鉴楼藏景宋精钞本

怀友念旧之作在古人文集中往往占有颇多的篇幅,而生命中最珍视的交谊,在文本呈现时被编次到最突出的位置,也是题中应有之义。欧美典籍有在扉页上标识"谨以此书献给"之类献词的传统,而中国古人文集则更含蓄,在压卷位置安排上怀念某人的诗文,已经是极为显明的纪念了。宋龚昱《乐庵语录》卷三曰:"崇观间,朝廷禁元祐学甚切,皆号为颇僻之文,举子在学校及场屋,一字不敢用,虽碑刻亦尽仆之。时钱塘有一游衲,以隐税逮系于州。发篋得诗稿数编,首篇《哭东坡》,其辞曰:'文星落处天为泣,此老已亡吾道穷。功业漫夸生仲达,文章犹忌死姚崇。人间便觉无真气,海内何由见古风。平日百篇谁复爱,六丁收拾上瑶宫。'守见而奇之,因释其罪。"①由尾联"平日百篇谁复爱"可推知,此游衲曾因诗才受到过苏轼的赏识,故而编

---

① 龚昱:《乐庵语录》卷三,《景印文渊阁四库全书》第 849 册,第 304 页。

次诗稿以《哭东坡》为压卷。在严苛的党锢环境中,而能将怀东坡诗置于卷首,其识力可佩。而压卷表达纪念的功能,也在无形中参与了这一文字话语之外的文本叙事。

五、余论

　　上文所举,皆为唐宋文集压卷体例文本功能的主要方面。翻开古人文集,很多情况下都能发现其压卷第一篇的安排寓含深意。尽管压卷有着各式的动因,但其实质上是一种强化或突破文集内在秩序的行为。刻本古籍能够更有力地将古书体式加以固化,使之趋向于体例的统一;中古卷子时代的写本则显得灵活自如,体例亦多样且个性化。即使在宋代刻版时代到来之后,文集编次的体例仍在一段时间之中处于个性化排纂与传统通例相交织的状态。因此,对于唐集体例之研究,抽绎其通例且给出逻辑解释自然重要,尊重个例的特殊性并纳入研究视野,同样也是学人所应保有的态度。本章的问题意识专注于就古人压卷意识在唐宋文集中的呈现加以探赜,至于单体个例的详尽解析,为避枝蔓计,姑留作翌日之券。

第四章 《诗经》例

一、问题的提出

杜甫《戏为六绝句》其六曾说："别裁伪体亲风雅,转益多师是汝师。"(图4-1)"别裁"语汇在后世习用而成常语,自沈德潜历代诗《别裁》系列问世后更为知名,追述辞源,实以杜诗为滥觞,故而可以说"别裁"一词是杜甫率先援用入诗的"诗歌新语"①。钱谦益对杜甫此诗笺注曰："别者,区别之谓;裁者,裁而去之也。果能别裁伪体,则近于风雅矣。"②杨伦《杜诗镜铨》则谓："别裁,谓区别而裁去之……循流溯源以上追《三百篇》之旨,则皆吾师也。"③——并指出了杜甫本原《诗经》的诗学理想。

杜甫曾在诗中多次表达对《诗经》传统的高山景行之意,若"词场继《国风》""文雅涉风骚""风骚共推激"等句,皆是这一心理的彰显。尤其是杜甫直陈心迹的"别裁伪体亲风雅"一句,与陈子昂"风雅不作"、李白"大雅久不作"一道,被认为是唐诗上接《诗经》传统的愿景之代言。杜甫谈到"亲风雅"的途径是"别裁伪体",其中实际蕴含着唐人取精选萃、"区别而裁去之"的选集意向,其性质仿佛是对相传孔子删诗而留存三百篇的呼应。

从文献制度的视角来看,别集体例实为文学精神之外化呈现。不仅唐诗精神远绍《诗经》的风雅传统,唐人一部分诗文集的体例实际也是深深受沾溉于《诗经》之范式,然而这一向度却夙未被论者所注意。本章专就此点立论,详考《诗经》范式在唐人编集体例中的烙印,以期为杜甫"别裁伪体亲风雅"之句作一进解。

二、"三百首菁英"

《诗经》是否为孔子删选而成,这是经学史上一个聚讼不息的公案。唐

---

① "诗歌新语",黄庭坚称作"自作语",也就是产生于诗人笔下的造词。参谢思炜:《汉语造词与诗歌新语》,《河北学刊》2015年第3期。
② 钱谦益:《钱注杜诗》卷十二,上海:上海古籍出版社,1979年,第407页。
③ 杨伦:《杜诗镜铨》卷九,上海:上海古籍出版社,1980年,第399页。

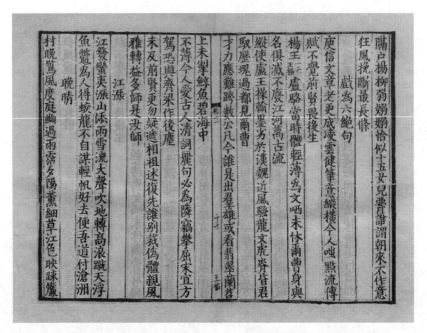

图 4-1　杜甫《杜工部集》卷十一，上海图书馆藏北宋二王本

人接受《五经正义》确立的经学传统，承认并高度评价孔子删《诗》之举，典型的代表如韩愈为孟郊作《荐士》诗时即说："周诗三百篇，雅丽理训诰。曾经圣人手，议论安敢到。"①孔子"删诗"之说的广泛流传，使得"'删'字具有了肯定的意义"②。在"诗三百"范式的影响下，唐人在编纂诗集时也有意识地模仿《诗经》进行"删诗"，经典例证如齐己《因览支使孙中丞看可准大师诗序有寄》曰："一千篇里选，三百首菁英。"③点出了可准大师诗集从众多初稿中简择"菁英"三百首的行为。唐人在编纂诗集时，确实存在着一个颇具影响力的编选传统，即有意识地对诗集存诗数量进行调整，溢则删之，不足则补之，从而使诗集符合"三百篇"之数目。

---

① 钱仲联：《韩昌黎诗系年集释》卷五，上海：上海古籍出版社，1984 年，第 527 页。
② 浅见洋二撰，朱刚译：《"焚弃"与"改定"——论宋代别集的编纂或定本的制定》，《中国韵文学刊》2007 年第 3 期。
③ 彭定求：《全唐诗》卷八四三，北京：中华书局，1960 年，第 9521 页。

（一）编集以一帙十卷三百篇为度

晚唐僧鸾《赠李粲秀才》诗曰："十轴示余三百篇，金碧烂光烧蜀笺。"[1]这两句诗对于考证唐代别集制度有着重要的史料价值。关于唐代及先唐书籍一帙以装十卷为常法，《金楼子》等书所载卷帙数目已经有明确的记载，近代以来论者亦已详考[2]。僧鸾所谓"十轴示余"，正表明李粲秀才出示了诗集一帙，一帙中恰装有十卷，皆为据实而写。

尤当关注的是，僧鸾称李粲秀才十卷诗合计"三百篇"，这实际也是对当时个人诗集选诗三百篇的忠实呈现。顾陶《唐诗类选后序》中称李敬方"家集已成，三百首中，间录律韵八篇而已"[3]。所谓"家集"，是指藏于家的诗文集祖本，此为家集留存三百篇之例。齐己《读贾岛集》："遗篇三百首，首首是遗冤。"[4]此为文士身后留诗三百篇之例。王定保《唐摭言》卷十曰："崔橹慕杜紫微为诗，而橹才情丽而近荡，有《无机集》三百篇，尤能咏物。"[5]宋晁公武叙录唐末王贞白《灵溪集》曰："手编所为诗三百篇，命曰《灵溪集》云，庆元中，洪文敏公迈为之序。"[6]此为成型定本别集收诗三百篇之例。诸多例证显示唐人诗集录诗皆为三百篇，难道只能用巧合加以解释吗？其中似有未发之覆。

中唐儒臣权德舆《权载之文集》中集序颇多，且权氏集序有一个不同于他人的特点，即他注重在集序中记录唐集制度。兹摘引权德舆集序涉及唐集收诗三百首之例三则，从中可见当时这一风气的流行。权德舆《左谏议大夫韦公诗集序》曰："自贞元五年，始以晋公从事至京师，迄今十年，所著凡三百篇，尝因休沐，悉以见示。"[7]又《送马正字赴太原谒相国叔父序》："稽其质文，总其要会，尝出其所制三百余篇以示予，皆净如冰雪，粲若组绣，言诗

---

[1] 《全唐诗》卷八二三，第9282页。
[2] 参岛田翰《古文旧书考》卷一《书册装潢考》，叶德辉《书林清话》卷一《书之称函》条，又张固也、易吉林有极为详细的考证，见张固也、易吉林：《论卷轴时代的图书合帙方法》，《图书馆杂志》2014年第11期。
[3] 李昉：《文苑英华》卷七一四，北京：中华书局，1966年，第3687页。
[4] 《全唐诗》卷八四三，第9525页。
[5] 王定保撰，姜汉椿校注：《唐摭言校注》卷十，第204页。
[6] 晁公武：《昭德先生郡斋读书志》卷五下，《四部丛刊三编》景宋淳祐本。
[7] 权德舆：《权载之文集》卷三五，《四部丛刊》景清嘉庆本。

者许之。"① 又《左武卫胄曹许君集序》:"韩以其诗三百篇授予,故类而为集。"② 韦、马、许三人之诗集请权德舆作序,自然是编定之本,而非未定草或全帙诗汇,则权氏之言当据所见诗集篇目而发。

如果说上引诸人终其一生作诗数目恰为三百篇的话,那也太过理想化,于情于理皆未安。实际上,唐人无论自编诗集,还是他人代编,都会经历过一个删存程序,在这一程序中,诗集三百篇的数目被人为地构建出来,并被看作对《诗经》传统的模仿。自编诗集之例如郑谷,他在《云台编自序》中说:"谷勤苦于风雅者,自骑竹之年,则有赋咏,虽属对音律未畅,而不无旨讽。"③ 乾宁三年(896),凤翔李茂贞犯阙,昭宗奔华州,郑谷从之,居云台道舍,自编其诗为《云台编》,"遂拾坠补遗,编成三百首"(图4-2)④。宋人童宗说在重刊《云台编》时也特意点出郑谷编此集寄寓了乱世中沿承六艺诗教的

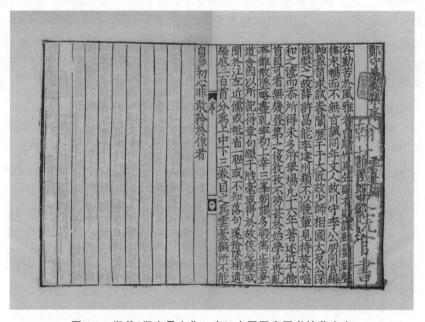

图 4-2 郑谷《郑守愚文集·序》,中国国家图书馆藏宋本

---

① 权德舆:《权载之文集》卷三九,同上。
② 李昉:《文苑英华》卷七一三,第3681页。
③ 郑谷撰,严寿澂、黄明、赵昌平笺注:《郑谷诗集笺注》附录二,上海:上海古籍出版社,1991年,第462页。
④ 郑谷:《云台编自序》,郑谷:《郑谷诗集笺注》附录二,第462页。

心曲:"守愚独能知足不辱,尽心于圣门六艺之一。"①郑谷编集形式上的三百篇与内在精神上的尽心于六艺是相通的,因此毋宁说"编成三百首"是郑谷诗歌风雅精神的外在投射。他人代编之例如刘禹锡《澈上人文集纪》曰:"其门人秀峰捧先师之文来乞词以志,且曰:'师尝在吴,赋诗仅二千首,今删取三百篇,勒为十卷。'"②类似例证还有前揭齐己"一千篇里选,三百首菁英。玉尺新量出,金刀旧剪成。"③更是明确地点出了"三百首"经过玉尺量、金刀剪,最终从"二千首""一千篇"里选出了精华。古人编集传统上会经过删汰精选的过程,这一点在集部之学的领域似为学人常识;但中晚唐诗人删汰精选之后多保留"三百首菁英",却俨然是唐人编集一个具有规律性却未受关注的现象。

不单诗集如此,唐人文集受到诗集编例的影响,也往往删存文章三百篇而录为一集。黄滔《司直陈公墓志铭》:"其所为文,扣孟轲扬雄户牖。凡三百篇,有表奏牍,颇为前辈推工。"④考虑到文章篇幅大抵较诗歌为长,唐人通常将文集三百篇析为二十卷,而不像诗集那样分为十卷。同样的例证见于梁肃《唐故常州刺史独孤公毘陵集后序》:"于是缀其遗草三百篇,为二十卷,以示后嗣。"⑤据李舟《独孤常州集序》曰:"常州讳及,有遗文三百篇,安定梁肃编为上下帙,分二十卷,作为后序。"⑥据此可知梁肃所编《独孤及文集》,并非独孤及恰好有这三百篇,而是经过了梁肃的简择。另外,李泌的文集由于"皇上负扆之暇,思索时文,征公遗编",乃由梁肃"录于公子繁,且以序述,见托公之执云。"⑦据梁肃《丞相邺侯李泌文集序》所云,梁氏所编李泌文集恰好"凡诗三百篇"⑧。就梁肃有意识地应用"三百篇"编例看来,似乎中唐时期已然形成了这样一种潮流。再如李适文集,乃贾至为其撰《工部侍郎李公集序》,考李季卿《栖先茔记》曰:"异时述□三百篇,永泰中小宗伯贾公至为之叙。"⑨永泰(765—766)为唐代宗年号,为中唐之肇始。又樊宗师《大唐故朝散大夫太子左赞善大夫南阳樊府君墓志铭并序》曰:"家无十金,

---

① 童宗说:《云台编后序》,郑谷:《郑谷诗集笺注》附录二,第463页。
② 刘禹锡撰,卞孝萱校订:《刘禹锡集》卷十九,北京:中华书局,1990年,第239—240页。
③ 《全唐诗》卷八四三,第9521页。
④ 黄滔:《唐黄御史文集》卷六,《四部丛刊》景明本。
⑤ 独孤及:《毗陵集》卷二十,《四部丛刊》景清赵氏亦有生斋本。
⑥ 李昉:《文苑英华》卷七〇二,第3622页。
⑦ 梁肃:《丞相邺侯李泌文集序》,《文苑英华》卷七〇三,第3624页。
⑧ 梁肃:《丞相邺侯李泌文集序》,《文苑英华》卷七〇三,第3624页。
⑨ 王昶:《金石萃编》卷九四,清嘉庆十年刻同治钱宝传等补修本。

箧有万卷,著文凡三百篇。"①也是处于中唐时期。

此外,唐人在诗友唱酬时,无论对方诗作究竟有多少,诗人也往往喜欢概言之曰"三百首(篇)",比如杜荀鹤《维阳逢诗友张乔》诗先以"直应吾道在,未觉国风衰"之风雅传统自勉,结句曰:"雅篇三百首,留作后来师。"②权德舆《奉酬从兄南仲见示十九韵》:"诗成三百篇,儒有一亩宫。"③杜、权二人皆在述说中隐寓着将诗作与《诗经》背后儒家传统相融汇的意向。又杨巨源《题表丈三大夫书斋》曰:"诗题三百首,高韵照春霞。"④郑谷《送田光》:"理棹好携三百首,阻风须饮几千分。"⑤这类诗句单独来看也许很难发现问题意识的生发点,但在前文所述及的"三百首菁英"背景之下,将诸诗句比类而观之,则可推断诸人所言之"三百首",亦虚亦实:所谓"虚",是指此处"三百"之"三"为概数,汪中《释三九》一文中论证颇详;所谓"实",是指众人异口同声称"三百首",有着真实的文化心理之背景,即中晚唐诗集删存三百首的传统。

正是在这样的风气之下,崔祐甫为崔日用撰《齐昭公崔府君集序》时,以估计的口吻称"诗几三百篇"⑥。此外,唐人在为某人撰写墓志铭时,也往往以估计的口吻称其存诗"三百篇(首)",我们不妨看一个唐人墓志的例子。卢光济《唐故清海军节度掌书记太原王府君墓志铭》曰:"府君讳涣……凡寓怀触兴、月榭春台,兼名友追随、词人唱和,所赋歌什约三百篇。又庆贺之词,吊祭之作,曰笺、曰启、曰谏、曰铭,复约三百首。"⑦王涣(859—901)去世后,家集尚未编就,"首尾亡序,不成具集",故卢光济约略计之。参观前揭唐人编集删存"三百"的传统,我们便可理解卢光济之估计实际有着时代传统之背景,"其事未必然,其理未必不然"。

这一"三百首菁英"的风气一直延续到五代北宋时期,诗人编集仍承续存诗三百的传统,例如南唐邵拙"著书埒韩、柳,有诗三百篇,尚书郎孙迈为之序,命曰《庐岳集》"⑧。南唐方守禋为"漳州漳浦县主簿,有诗三百篇曰

---

① 程章灿:《唐代墓志中所见隋唐经籍辑考》,《文献》1996年第1期。
② 《全唐诗》卷六九一,第7940页。
③ 权德舆:《权载之文集》卷二,《四部丛刊》景清嘉庆本。
④ 《全唐诗》卷三三三,第3721页。
⑤ 《全唐诗》卷六七六,第7743—7744页。
⑥ 李昉:《文苑英华》卷七〇二,第3621页。
⑦ 胡可先:《石刻资料与唐诗文献考订》,见胡可先:《出土文献与唐代诗学研究》第八章,北京:中华书局,2012年,第588页。
⑧ 马令:《南唐书》卷二二,杭州:杭州出版社,2004年,第5401页。

《仙岩集》》①。刘吉"有诗三百首,目为《钓鳌集》,徐铉为之序"②。尽管政治格局上唐与南唐不啻两截,但文化传统的延续却由此例可窥见一斑。明了这一编集传统之大背景,当我们重新审视成书于公元1000年左右的《十抄诗》时③,当会意识到"本朝前辈钜儒据唐室群贤全集,各选名诗十首,凡三百篇,名题为《十抄诗》"④,不单远绍《诗经》的范式,而且近承唐集之传统。

综上可见,唐人诗集存诗三百首受"《诗》三百"的影响是显而易见的,但仅以此点来解释唐人诗集、文集多删存三百篇尚显浮泛,因为这一现象的揭示同时也会面临伴生的问题:何以先唐及两宋以后没有类似鲜明的编集特征出现,却偏偏出现在唐代?通过重新审视前揭史料,进而可发现一个较为隐蔽的规律,唐集录存三百篇的现象无一例外地在中晚唐时期才出现⑤,这又当如何解释呢?

(二) 进士行卷之"三百首"

前文曾引韩愈元和元年(806)《荐士》诗,其目的是推荐孟郊,"李翱分司洛中,荐郊于留守郑余庆"⑥。其实早在贞元九年(793),当孟郊下第后,韩愈送其往谒徐州张建封,即作《孟生诗》以赠别,首八句曰:"孟生江海士,古貌又古心。尝读古人书,谓言古犹今。作诗三百首,窅默咸池音。骑驴到京国,欲和熏风琴。"⑦孟郊骑驴赴京师之前,已经编就了数量为三百首的诗集⑧,其目的自然是为行卷而作。藉此线索,我们可以抽绎出唐人进士行卷

---

① 蔡襄:《光禄少卿方公神道碑》,蔡襄:《宋端明殿学士蔡忠惠公文集》卷三三,《宋集珍本丛刊》第8册,北京:线装书局,2004年,第224页。
② 江少虞:《宋朝事实类苑》卷五五,上海:上海古籍出版社,1981年,第724—725页。
③ 扈承喜:《〈十抄诗〉一考——以〈全唐诗〉未收录作品为中心》,韩国《书志学报》第十五辑,1995年版。
④ 神印宗老僧:《夹注名贤十抄诗序》,日本阳明文库藏本。
⑤ 中唐前唯见杜审言《和李大夫嗣真奉使存抚河东》称其"学总八千卷,文倾三百篇",但此处并未反映唐集篇数之信息。见《全唐诗》卷六二,第739页。实际上,中唐以前,编选诗集为三百篇的意识尚不明朗,如李白、杜甫等人的诗集皆以全集的形式传世,齐己《读〈李白集〉》曰"锵金铿玉千余篇",是所见《李白集》篇目如此。见《全唐诗》卷八四七,第9585页。
⑥ 钱仲联:《韩昌黎诗系年集释》卷五,第528页。
⑦ 钱仲联:《韩昌黎诗系年集释》卷一,第12页。
⑧ 孟郊《咸池集》实有其书,例如苏颂《和前三篇》其一"孟郊篇什况咸池";阮阅《诗话总龟》卷五:"今世传郊诗五卷百余篇,又有《咸池集》三百篇,其语句尤多蹇涩,疑前五卷曾经名士删改也。"则宋人犹见此集,且诗歌数量仍为三百篇。宋敏求《题孟东野诗集》称"蜀人蹇濬用退之赠郊句纂《咸池集》二卷一百十八篇",似与三百篇之《咸池集》非同一书。

与文学活动中一个规律性现象,那就是中唐以后出现的行卷以一集三百首为度的传统。

王定保《唐摭言》卷十一"荐举不捷"条:"张祜元和、长庆中深为令狐文公所知。公镇天平日,自草荐表,令以新旧格诗三百篇表进。献辞略曰:'凡制五言,苞含六义……'"① 韩愈荐孟郊时,孟郊"作诗三百首";令狐楚荐张祜,也"令以新旧格诗三百篇表进",且称其五言诗得"六义"之遗意,实不当以偶然现象视之。这两则材料背后反映了中唐以降,行卷的部头加大,并渐而形成了十卷三百篇的传统。

关于唐代举子之行卷,自陈寅恪、冯沅君以至程千帆、傅璇琮诸学者,皆有精辟的论述。从文献形制来看,卷子时代一帙装十卷为通行习惯,而举子行卷亦多投十卷。比如元结《文编》十卷之编纂,即专为纳省卷而作②,皮日休仿效《文编》,自编《文薮》十卷以"贡于有司"。当然,由于元结、皮日休二人行卷以文为主,故篇目不合三百篇之数目③。而中唐以后士人科考专以诗歌为行卷者,每每编诗成"三百首(篇)",以为干谒之用。在唐人赠诗中,尚多存此种史料,兹举数例。杜荀鹤《投郑先辈》:"两鬓欲斑三百首,更教装写傍谁门。"④据诗题知编诗三百而行卷。杜荀鹤又有《题仇处士郊居》诗曰:"笑我有诗三百首,马蹄红日急于名。"⑤所谓"急于名",亦能见出"有诗三百首"的功利目标。他如大历间王鲁复《诣李侍郎》诗曰:"苦心三百首,暂请侍郎看。"⑥其事由及叙述模式同杜荀鹤《投郑先辈》如出一辙。又杜牧《送李群玉赴举》:"玉白花红三百首,五陵谁唱与春风。"⑦诗题诗句互证,亦

---

① 姜汉椿:《唐摭言校注》卷十一,第225—226页。
② 详细考证可参傅璇琮:《唐代科举与文学》,西安:陕西人民出版社,1986年,第251—252页。
③ 唐代进士的行卷有多重形式,有诸体皆备者如元结《文编》、皮日休《皮子文薮》,李观《帖经日上侍郎书》提及的"十首之文,去冬之所献"也是分书、赞、碑文等各种文体。皮日休行卷200篇,杜牧行卷150篇,《唐摭言》卷十二《自负》曰:"刘允章侍郎主文年,榜南院曰:'进士纳卷,不得过三轴。'刘子振闻之,故纳四十轴。"有的行卷则是个人著述,如程昔范"未举进士日,著《程子中谟》三卷,韩文公一见大称叹。"(赵璘《因话录》卷三)到了后唐,据陈鹄《西塘耆旧续闻》卷八载:"后唐明宗,公卿大僚皆唐室旧儒,其时进士赞见前辈,皆以业业,止投一卷至两卷,但于诗赋歌篇古调之中,取其最精者投之,行两卷,号曰双行,谓之多矣。"本节所要讨论的,是中唐以后在诸多行卷类型中,存在着一种以小集三百首干谒的传统,而不是说当时行卷皆投诗三百首,姑附说明于此。
④ 《全唐诗》卷六九二,第7971页。
⑤ 《全唐诗》卷六九二,第7965页。
⑥ 《全唐诗》卷四七〇,第5346页。
⑦ 冯集梧:《樊川诗集注》卷四,上海:上海古籍出版社,1978年,第283页。

可见杜牧"玉白花红三百首"系就李群玉赴科举所携行卷而发。实际上,李群玉赴举时确实编有诗集三百首,并曾进献给唐宣宗,其《进诗表》曰:"谨捧所业歌行、古体、今体七言、今体五言四通等,合三百首,谨诣光顺门,昧死上进。"①恰可互证。清人冯集梧注杜牧诗"玉白花红三百首"引《论语疏》曰:"诗三百者,言诗篇之大数也。"②实际上,前引多条资料之"三百首",若按冯集梧理解的泛泛而称"诗篇之大数",便遮蔽了中唐以后投谒献诗之诗集存诗三百首的真实情况。

本节开篇已经据韩愈诗及宋人载记考明孟郊有《咸池集》三百首以行卷,其实孟郊在自作诗中对这一传统也有文献留存,孟郊《送魏端公入朝》曰:"何当补风教,为荐三百篇。"③注释者谓"三百篇,即《诗经》"④,恐未得其确诂。详孟郊诗意,是希望魏端公入朝后荐举孟郊"三百篇"之集,由此亦能看出用于投谒目的之别集实际在各种途径的进身过程中都有媒介价值。

程千帆《唐代进士行卷与文学》详考唐人行卷之卷数后加以总结说:

> 关于对每一个人每一次应当投献多少卷轴,每一卷应当包括多少内容,是没有一定的。……行卷的轴数以及文字的篇数多少可任意,但却贵精而不贵多。⑤

这是立足于唐人行卷千姿百态的宏观概括。在此要指出的是,中唐以后确曾存在行卷投诗三百首这样一种传统,甚至令狐楚在向皇帝举荐张祜时也循守此传统而"令以新旧格诗三百篇表进",足见在当时此风气之流行。

本节第一小节讨论了中唐以后别集之编集存在以一帙十卷三百篇为度的习惯,而第二小节则指出了中唐以后进士行卷亦存在献纳诗集三百篇的风气。至于究竟是先在士人阶层形成别集三百篇的风气进而影响到了进士行卷,抑或是这一风气先在进士行卷时形成转而影响到了士人阶层非行卷目的之别集的编纂?就目前所掌握到的材料来看,还很难下一论断。不过这两类材料共同证明着唐人别集篇目源自于《诗经》"诗三百"的影响,这也是本部分重点关注的问题意识之所在。至于何以中晚唐会兴起这样一种编

---

① 李群玉:《李群玉诗集》卷首,《四部丛刊》景邓氏群碧楼藏宋刊本。
② 冯集梧:《樊川诗集注》卷四,第 283 页。
③ 孟郊撰,韩泉欣校注:《孟郊集校注》卷八,杭州:浙江古籍出版社,1995 年,第 345 页。
④ 孟郊撰,韩泉欣校注:《孟郊集校注》卷八,第 346 页。
⑤ 程千帆:《唐代进士行卷与文学》,上海:上海古籍出版社,1980 年,第 19 页。

集三百篇的风气,一方面自然是《诗经》影响下求整数的心理,另一方面应当也与一帙十卷容纳篇章的行数、字数有很大关系,文献制度影响甚至决定文献体例和文本形态,形成传统后又会反向作用,笔者另拟专文加以考论。

三、源自《诗经》的编集体例

孔颖达主持编纂的《毛诗正义》,明确揭橥了"三体三用"之说,所谓"赋比兴是诗之所用,风雅颂是诗之成形,用彼三事成此三事,是故同称为'义'。"①其疏证将《诗经》六义之"比""兴"融合,这一点对唐人诗思心理的影响颇为深远。唐人不再严分"比""兴"之界,而视"比兴"为一体,重"比兴"而轻"赋"。洪亮吉曰:"唐诗人去古未远,尚多比兴,如'玉颜不及寒鸦色''云想衣裳花想容''一片冰心在玉壶'及玉溪生《锦瑟》一篇,皆比体也。如'秋花江上草''黄河水直人心曲''孤云与归鸟,千里片时间'以及李、杜、元、白诸大家,最多兴体。降及宋、元,直陈其事者十居其七八,而比兴体微矣。"②这一评论从深层道出了唐诗区别于宋以降诗歌的特点,亦即唐诗犹能传承《诗经》比兴"微而婉"的韵致③。

一如陆机《文赋》所论"石韫玉而山辉,水怀珠而川媚",唐诗内在思理受到《诗经》的润泽,其外在诗集的体例自然也会有所体现。基于此种认识,我们可以取《诗经》与唐集相印证,一探唐集中某些源出《诗经》的编集体例。

第一,在集名拟定上,唐代别集有模拟十五国风的倾向,一个典型的例证即是杜荀鹤的《唐风集》。《唐风集》是杜荀鹤于昭宗景福元年自编之集,杜氏于登第次年"宁亲江表,以仆故山偕隐者,出平生所著五七言三百篇见简"④,并请顾云为之序。通过顾云的序言,我们首先能够注意到杜荀鹤自编诗集"三百篇"之特点,这又为上节考论中晚唐别集"三百篇"的传统增添一例证。顾云谓"裴公"之所以拔擢杜荀鹤,是因为"生诗有陈体,可以润国风,广王泽,因擢以塞诏意。"⑤顾云也认为杜荀鹤之诗"视其继作,得如《周颂》、《鲁颂》者,广之为《唐风集》。"⑥可见无论是取名还是篇数,甚至是诗风,杜荀鹤的《唐风集》都打上了《诗经》的深刻烙印。

---

① 孔颖达:《毛诗正义》卷一,《十三经注疏》,阮元校刻,北京:中华书局,1979年,第271页。
② 洪亮吉著,陈迩冬校点:《北江诗话》卷一,北京:人民文学出版社,1983年,第2页。
③ 吴乔:《围炉诗话》卷一,《丛书集成初编》,第8页。
④ 董诰:《全唐文》卷八一五,北京:中华书局,1983年,第8586页。
⑤ 《全唐文》卷八一五,第8586页。
⑥ 《全唐文》卷八一五,第8586页。

第二,唐诗多见诗题"首句标其目"。上古典籍的篇名多取首二字以作题名,《诗经》《论语》及诸子书大抵如此,这也被看作是上古文章朴质无华的特性之一。唐代的部分诗人为实现其绍续风雅的理想,在诗题拟定上也仿效《诗经》摘首二字。例如杜甫有《洞房》、《宿昔》等联缀八诗,诗题皆源自首句,《洞房》诗取首句"洞房环佩冷",王嗣奭评曰:"每首先成诗,而撮首二字为篇名,盖《三百篇》之遗法也。"①吴承学亦援引顾炎武《日知录》卷二一《诗题》之论:"杜子美诗多取篇中字名之,如'不见李生久',则以《不见》名篇;'近闻犬戎远遁逃,'则以《近闻》名篇;'往在西京时',则以《往在》名篇;'历历开元事',则以《历历》名篇;'自平宫中吕太一',则以《自平》名篇;'客从南溟来',则以《客从》名篇。皆取首二字为题,全无意义,颇得古人之体。"并进而论曰:"拟题方式明显受到《诗经》的影响……反映出唐代的一种追求古朴浑沌之气的复古主义审美倾向。"②韩愈在诗文复古的思想下,尤其注重诗题模仿《诗经》,例如《北极》《落叶》等诗,方世举《韩昌黎诗集编年笺注》皆一一注出"命题仿《三百篇》"。他如李白《西施》、王昌龄《初月》、李商隐《锦瑟》等,皆是这一"首句标其目"传统的体现。

基于这一认识,乔亿在论诗题时说:"唐人制题简净,老杜一字二字,拈出更古。"乔亿认为《天末怀李白》当属'天末'名篇,旁注'怀李白',犹夫'不见李生久'以'不见'名篇,旁注'近无李白消息'也。而诸刻本五字悉居中,直传写之讹,校阅未加察详耳。"③乔氏的这一推论属于理校的范围,且是深明唐集体例的见解,足备一说。

第三,唐诗组诗的联章及小序尤能反映《诗经》的影响。顾况有《上古之什补亡训传十三章》,形式模仿《诗经》,遂启元白之新乐府;至于"首章标其目",直接为白居易所借鉴。白居易的《新乐府》五十首的序言是模仿《毛诗序》的典型。新乐府五十首编入《白氏文集》卷三、卷四,曾单行流传,据谢思炜《白居易集综论》的考察,有敦煌写本、明刻本、清翻宋刻本《白氏讽谏》以及日本藏有多部平安末期至室町时期的古抄本(图 4-3)④,实际可当做一种别行小集来看待。《新乐府》组诗,篇首有总序,自述作新乐府的意指,而后

---

① 王嗣奭:《杜臆》卷八,上海:上海古籍出版社,1983 年,第 259 页。
② 吴承学:《论古诗制题制序史》,《文学遗产》1996 年第 5 期。
③ 乔亿:《剑溪说诗》卷下,《续修四库全书》第 1701 册,上海:上海古籍出版社,2002 年,第 229 页。
④ 谢思炜:《白居易集综论》上编《新乐府》版本及序文考证》,北京:中国社会科学出版社,1997 年,第 89—104 页。

继之以五十首诗的小序,自"《七德舞》,美拨乱陈王业也",以迄"《采诗官》,鉴前王乱亡之由也",秩序颇为井然。陈寅恪论其规仿《毛诗序》曰:"乐天《新乐府》五十首,有总序,即摹《毛诗》之大序。每篇有一序,即仿《毛诗》之小序。又取每篇首句为其题目,即效《关雎》为篇名之例。全体结构,无异古经。质而言之,乃一部唐代《诗经》,诚韩昌黎所谓'作唐一经'者。"① 陈氏将白居易《新乐府》概括为"一部唐代《诗经》",论断扼要透辟,正是基于唐人小集体例受《诗经》影响而进行的推论。

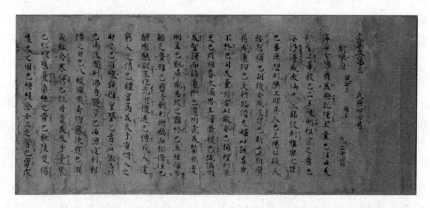

图4-3　白居易《白氏文集》卷三《新乐府》,日本京都国立博物馆藏神田本(见文前彩图)

另外,唐人文集尚有一些源自《诗经》的传统,虽是个别作者偶尔为之,且非有意识系统性的模拟,仍具有样本分析价值。以《柳宗元集》为例,四十五卷本《唐柳先生文集》由穆修据"刘连州旧物"校编,故知此集颇接近唐卷子本柳集原貌。此集先雅诗歌曲一卷,后赋一卷、文三十九卷,诗二卷,将雅诗歌曲与格律诗分卷排布,实为《诗经》"雅颂"与"十五国风"分别排布之遗意。穆修《唐柳先生集后序》直称"如韩《元和圣德》、《平淮西》,柳《雅章》之类,皆辞严义伟,制述如经,能卓然耸唐德于盛汉之表蔑愧让者"②,推柳宗元《雅章》"制述如经",洵具只眼。

---

① 陈寅恪:《元白诗笺证稿》第五章《新乐府》,北京:生活·读书·新知三联书店,2001年,第124页。

② 柳宗元:《柳宗元集》附录,北京:中华书局,1979年,第1444页。

四、余论

在历代典籍的文本衍生过程中,体例的因革与影响是一条颇具内核性的考察线索。作为后于经、史、子部而出现的文集,其文本制度自然无法完全同经史子部典籍相割离。实际上,文集体例确曾受到经、史、子部典籍的深远影响,比如章学诚《文史通义·文集》篇中曾讨论,陈寿为诸葛亮编集,其体例却仿照子书[①],这其中便隐含着汉魏六朝"子集之变"这一重要命题。本章选取经部中最具有文集特性的《诗经》一书,考察其对唐人别集的影响,意在观风察势,探索一种研究文集体例流变的方法。

---

① 章学诚著,叶瑛校注:《文史通义校注》卷三,北京:中华书局,1985年,第296页。

第五章 《太史公自序》例

一、问题的提出

皮日休《皮子文薮序》曰：

> 赋者，古诗之流也，伤前王太佚，作《忧赋》；虑民道难济，作《河桥赋》；念下情不达，作《霍山赋》；悯寒士道壅，作《桃花赋》。《离骚》者，文之菁英，伤于宏奥。今也不显《离骚》，作《九讽》。文贵穷理，理贵原情，作《十原》。太乐既亡，至音不嗣，作《补周礼九夏歌》。两汉庸儒，贱我《左氏》，作《春秋决疑》。其余碑、铭、赞、颂、论、议、书、序，皆上剥远非，下补近失，非空言也。较其道，可在古人之后矣。古风诗，编之文末，俾视之，粗俊于口也。亦由食鱼遇鲭，持肉偶膊。《皮子世录》著之于后，亦太史公自序之意也。凡二百篇，为十卷。览者无诮矣。（图5-1）①

此文为传世不多的唐人自编文集之自序，从中可以看到皮日休整理诗文、条贯宗旨、于编集中追求成一家之言的心曲。他编此集虽是为了"贡于有司"，但他把文集当作著作来对待，特地标出"非空言"以及"较其道，可在古人之后"的意愿，态度颇为郑重。而其中涉及的文集编纂方面两个很重要的传统，则是本章要详加讨论的：

其一，卷末载系世次，如《皮子世录》；

其二，序文中排比篇目小序以阐明各个篇目要旨，如"伤前王太佚，作《忧赋》；虑民道难济，作《河桥赋》"等。

这两点并非皮日休独创，而是古籍体例悠久源流下的一个明晰的呈现。观其澜，直至明清文集的编纂，这两种体例尚沿承不坠；索其源，则西汉《毛诗》《史记》等典籍已开先河。我们能够藉以探讨集部典籍形成过程中编集

---

① 皮日休撰，萧涤非、郑庆笃整理：《皮子文薮》卷首，上海：上海古籍出版社，1981年，第2页。

第五章 《太史公自序》例　　　　　　　　　　　　115

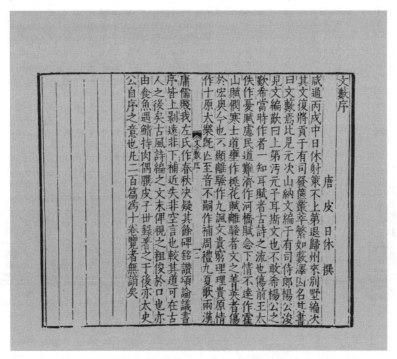

图 5-1　皮日休《皮子文薮·序》，中国国家图书馆藏
明正德十五年袁表刻本（见文前彩图）

体例受经史子部著作的影响，也可以通过这样的视角考察唐以后编集体例的新变。

二、载系世次

皮日休《皮子世录》追溯皮子之先，谓皮氏"盖郑公之苗裔，贤大夫子皮之后"，然后历数自汉至唐皮姓"英雄贤俊在位者"[①]，最后自述家世，兼以自勉。编集时载系世次在宋以前并非个例，因为宋人王得臣《麈史》卷下"姓氏"条中已经指出："古人凡著文集，其末多载系世次一篇，此亦子长、孟坚叙传之比也。"（图 5-2）[②]只是文献不足征，今天我们能看到的，只有《皮子文薮》这一个案例而已。

---

① 皮日休撰，萧涤非、郑庆笃整理：《皮子文薮》卷首，第 117 页。
② 王得臣：《麈史》，《丛书集成初编》，北京：中华书局，1985 年，第 51 页。

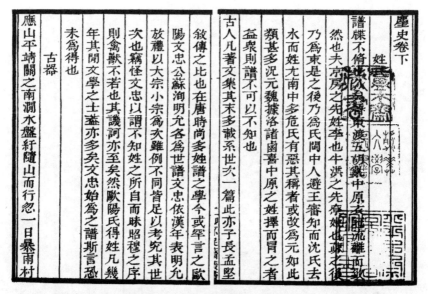

图 5-2　王得臣《麈史》卷下,清华大学图书馆藏上海古书流通处影印《知不足斋丛书》本

皮日休自序已经阐明载系世次为"太史公自序之意",王得臣也说"此亦子长、孟坚叙传之比",可见唐人文集编纂时附世录或世系的这一特点确实是对《太史公自序》的摹仿。

司马迁《太史公自序》为《史记》压卷之篇①,鸿博名文,历代传诵,不烦详引。其结构是先述司马氏之世系,继录司马谈《论六家要旨》,后述其著作之缘起及志愿,终述其著作之体例及编次之意。方苞《方苞集》卷二《又书太史公自序后》说:"是篇'先人有言',与上不相承,盖按之本二篇也。其前篇,迁之家传也。其父欲论次史记,而迁为太史令,䌷石室金匮之书;其先世,世掌天官,而迁改天历,'建于明堂',则传之辞事毕矣。"②司马迁的这一交代世系的笔法,刘知幾认为是从屈原《离骚》开篇演化而来。刘知幾《史通·序传》说:"案屈原《离骚经》,其首章上陈氏族,下列祖考;先述厥生,次显名字。自叙发迹,实基于此。降及司马相如,始以自叙为传。然其所叙者,但记自少及长,立身行事而已。逮于祖先所出,则蔑尔无闻。至马迁又

---

① 司马迁:《史记》,北京:中华书局,1959 年,第 3285—3321 页。
② 方苞撰,刘季高校点:《方苞集》,上海:上海古籍出版社,1983 年,第 60—61 页。

征三闾之故事,放文园之近作,模楷二家,勒成一卷。"①他认为司马迁自序里融入家传,是"模楷"《离骚》首章以及司马相如的以自叙为传,极有见地②。但同时,我们应当看到,司马迁的这样一次融会贯通之举,对后世著书,无论史部还是子部,都产生了范式性的影响,几近成为一种著书体例。在汉代,尤其显明的即是班固和王充。

　　班固《汉书·叙传》仿《太史公自序》,先溯族系,后为自述,连篇目小序也效法《史记》偶作韵语,几近萧规曹随。故而章学诚《文史通义·诗教下》论道:"班固次韵,乃《汉书》之自序也。其云述《高帝纪》第一,述《陈项传》第一者,所以自序撰书之本意,史迁有作于先,故己退居于述尔。"③然而刘知幾认为《史记》乃通史,"上自轩辕,下穷汉武",所以自序载系世次可以"始于氏出重黎,终于身为太史",因为这种笔法"虽上下驰骋,终不越《史记》之年。"但班固的断代史则不同,"班固《汉书》,止叙西京二百年事耳。其自叙也,则远征令尹,起楚文王之世;近录《宾戏》,当汉明帝之朝。苞括所及,逾于本书远矣。"④他这样的见解似有苛评之嫌,盖汉时撰史,不同于后世官修史书,作书者心存一家著述之意,而于自序中远溯氏族源流,表祖德,不忘自身所从来,本无可厚非。所以"后来叙传,非止一家,竞学孟坚"⑤,若以为全部不合体例则是苛评了。东汉王充《论衡·自纪》也是先略述其世系,而后详述其自身生活及文章述作,可见史部著作体例已经在汉代影响到了子部⑥。

　　前引刘知幾论《太史公自序》载系世次的体例溯源于屈原《离骚》,正文下有浦起龙通释曰:"此以赋体自述,而遂开叙体者。"⑦点出了文体之间的影响。其实著书体例也有这种现象,本章开篇所引的皮日休文集末载《皮子世录》便是在这样一种传统下的做法,只是皮氏将《世录》从史部、子部一家著述中的自序里析出而别为单篇,成为文集的编集体例的一个组成部分。这种不同部类的著书体例互相借鉴的例子,在文献的流衍过程中并不罕见,

---

① 浦起龙:《史通通释》卷九,上海:上海古籍出版社,2009年,第238页。
② 按:屈原《离骚》在汉时单篇别行,且被尊为《离骚经》,通篇分若干章,略如河上公注《老子》的分章形制,可以看作一书。唐人当见此种传本,故刘知幾谓"《离骚经》首章"云云。
③ 章学诚撰,叶瑛校注:《文史通义校注》卷一,第81页。
④ 浦起龙:《史通通释》卷九,第238页。
⑤ 浦起龙:《史通通释》卷九,第238页。
⑥ 汉代刘向刘歆父子为《七略》分类,《史记》入"六艺略·春秋家",王充《论衡》当入"诸子略·儒家"。
⑦ 浦起龙:《史通通释》卷九,第238页。

比如陈寅恪《论语疏证序》认为裴松之《三国志注》、刘孝标《世说新语注》、郦道元《水经注》、杨衒之《洛阳伽蓝记》等乃模仿当日佛典中的合本子注之体①，便是一例。

《皮子文薮》集末附《皮子世录》或者《太史公自序》开篇历数司马氏之源流这两种交代氏族世次的方法，一直为后世文集编纂所沿用。其体例一类是《皮子世录》式的专篇《世谱》，编于集首或集末，《世谱》多为子孙辈或门弟子所撰；一类是《太史公自序》式的于序文中追溯氏族源流，形式不再拘于自序，多见于唐代以后闻人名士所撰写的序文中，直至清人的家集序言，已经发展成为作序时开篇的套路。

(一)《皮子世录》式

前曾引及宋人王得臣《麈史》的评论："古人凡著文集，其末多载系世次一篇，此亦子长、孟坚叙传之比也。"②其实不只"古人"如此，在王得臣同时及以后的时代，文集编集也有类似的体例。

《四部丛刊》影印旧抄本晁说之《嵩山文集》书末《杂著》附晁端彦《晁氏世谱节录》，张元济《跋》称此书"仍宋刻旧式，是必出自乾道刊本"③。可见书末附《晁氏世谱节录》乃宋人原编如此。今《晁氏世谱》已亡佚，赖此《节录》犹可见其大略。明人陈珊编《嘉靖本欧阳文忠公全集》时序言谓："首族谱，重本源也。次年谱，重履历也。"④二者正与《皮子世录》具有同样的意图。

刘咸炘《文式·谱系》谓："胡助编《宋潜溪集》，述其先德为《世谱》。自后万斯大编《黄梨洲集》，董秉纯编《全谢山集》，皆从其例。"⑤刘氏"皆从其例"一语，正可见文集载系世次在明清之际已成编集体例，并且编集之人对这种体例的借鉴有明确的交代。清初万斯大编《黄梨洲集》，于《梨洲先生世谱》前曰："大述黄氏《世谱》，冠于集端，仿胡助述《宋氏世谱》以冠《潜溪集》之例也。"⑥又董秉纯编全祖望《鲒埼亭集》，卷首冠以《全氏世谱》，述全氏世

---

① 杨树达：《论语疏证》卷首，上海：上海古籍出版社，2007年，第2页。
② 王得臣：《麈史》，《丛书集成初编》，第51页。
③ 晁说之：《嵩山文集》卷二十，《四部丛刊续编》景旧抄本。
④ 祝尚书：《宋集序跋汇编》卷六，北京：中华书局，2010年，第235页。
⑤ 刘咸炘：《推十书(增补全本)》戊集"未刊稿"，上海：上海科学技术文献出版社，2009年，第785页。
⑥ 黄宗羲：《南雷集》卷首，《四部丛刊初编》景无锡孙氏小绿天藏原刊本。

系及在史籍中比较闻名的人,且曰:"先生文集,手自编次,命纯缮写甫毕,而先生谢世。纯致书钱唐杭堇浦先生,求序其端,且请作志状。堇浦以书来,命述先生世系,纯因述《全氏世谱》冠于集端。昔胡助述《宋氏世谱》以冠《潜溪集》,万斯大仿之,述《黄氏世谱》以冠《南雷集》,今亦此例也。"①或谓"仿",或谓"今亦此例",皆足以说明他们对这一体例具有一种自觉,只不过他们没有将这个体例向上追溯到《皮子世录》而已。

同时我们也注意到,以上诸例在载系世次时都非常有节度,《皮子世录》《宋氏世谱》《梨洲先生世谱》《全氏世谱》皆单篇之文,而晁说之《嵩山文集》书末所附的晁端彦《晁氏世谱》也是"节录"。究其原因,是因为倘若求全详备,则成为族谱或世籍,当入史部谱牒类,而不可阑入文集之中,刘咸炘说"盖原史家之叙传,其文简要"②,"简要"一语,正是文集附入《皮子世录》等专篇《世谱》的法度。

需要附加辨析的是,章学诚《高邮沈氏家谱序》中说:"宋人谱牒,今不甚传,欧、苏文名最盛,谱附文集以传,其以世次荒远,不敢漫为附会,凡所推溯,断自可知之代,最得《春秋》谨严之旨,可谓善矣。"③此处的"谱附文集以传"只是将氏谱、族谱收入到文集之中,欧阳修《欧阳氏谱图》收入《居士外集》卷二四"谱"类④,苏洵《苏氏族谱》收入到《嘉祐集》卷十四"谱"类⑤,并非像《皮子世录》那样赋予其特殊的功能,故不在本章讨论范围之内。

(二)《太史公自序》式

《太史公自序》于序文中交代世次的方式,在中古时期的墓志、唐代以后的集序中多有运用的例证,一般是他人为作者别集作序中的一个组成段落。这样的别集作者,大抵家声显著,为世家望族。如初唐太原王氏,出名士王通、王绩、王勃等人,所以吕才、杨炯为王绩、王勃别集作序,皆专门追溯世系。吕才为王绩别集作《东皋子后序》,首曰:"君姓王氏,讳勣,字无功,太

---

① 全祖望:《鲒埼亭集·内编》,朱铸禹校注:《全祖望集汇校集注》,上海:上海古籍出版社,2000年,第6—7页。
② 刘咸炘:《推十书(增补全本)》戊集"未刊稿",上海:上海科学技术文献出版社,2009年,第785页。
③ 章学诚撰,仓修良编:《文史通义新编新注》外篇二,第540页。
④ 欧阳修撰,李逸安点校:《欧阳修全集》,北京:中华书局,2001年,第1066页。
⑤ 苏洵撰,曾枣庄、金成礼笺注:《嘉祐集笺注》,上海:上海古籍出版社,1993年,第373页。

原祁人也。高祖晋穆公,自南归北,始家河汾焉。历宋魏迄于周隋,六世冠冕,国史家牒详焉。"①杨炯名篇《王勃集序》:"君讳勃,字子安,太原祁人也。其先出自有周,濬启文明之裔;隐乎炎汉,弘宣高尚之风。……祖父通,隋秀才高第,蜀郡司户书佐,蜀王侍读。大业末,退讲艺于龙门。……父福畤,历任太常博士,雍州司功,交趾、六合二县令,为齐州长史。"(图5-3)②后世集序,也多有采用这一程式的,最为显著的则是见于清代家集版刻时请他人所做的序文中。徐雁平《清代家集总序的构造及其文化意蕴》一文中通过对清代家集的研究,认为"叙述姓氏渊源,是家集总序简捷的开头。"③

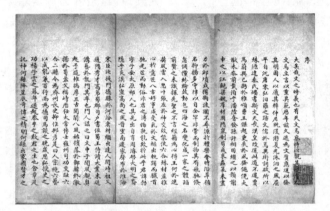 

图5-3　杨炯《王勃集序》,王勃《王子安集》卷首,美国哈佛燕京图书馆藏清嘉道间抄本

《礼记·大传》曰:"是故人道亲亲也。亲亲故尊祖,尊祖故敬宗,敬宗故收族。"④古人颇重宗族谱系,所以无论著书抑或撰写诗文,往往有一种述祖德的情结。比如陶渊明《命子》诗将陶氏的由来与宗谱、历史功勋与祖德以及他与曾祖陶侃的关系娓娓道来,他如谢灵运《述祖德》诗、沈麟士《沈氏述祖德碑》等等,皆为这一心理的产物。庾信《哀江南赋·并序》且说:"昔桓君山之志事,杜元凯之平生,并有著书,咸能自序。潘岳之文采,始述家风;陆机之辞赋,先陈世德。"⑤更明晰地勾勒出了这一心理的轨迹。从屈原

---

① 董诰:《全唐文》,北京:中华书局,1983年,第1639页。
② 王勃撰,蒋清诩集注:《王子安集注》卷首,上海:上海古籍出版社,1995年,第63—65页。
③ 徐雁平:《清代家集总序的构造及其文化意蕴》,《文学遗产》2011年第3期。
④ 孔颖达:《礼记正义》,《十三经注疏》,北京:中华书局,1980年,第1508页。
⑤ 庾信撰,倪璠注:《庾子山集注》卷二,北京:中华书局,1980年,第94页。

《离骚》的"帝高阳之苗裔兮,朕皇考曰伯庸",到司马迁《太史公自序》的"当周宣王时,失其守而为司马氏",再到皮日休的《世录》、万斯大的《世谱》等氏族简谱,以迄清人家集序文的叙述姓氏渊源,都可以在这样一种"述祖德"的民族文化心理中去加以体会。理解了古人"尊祖敬宗"的传统,再重读其著作中对祖德的念念不忘时,也许会更觉亲切有味。

三、小序明篇目之旨

著书或编集如《太史公自序》《皮子文薮序》那样有自序,对读者理解作者的苦心孤诣来讲,是非常必要的。刘声木《苌楚斋随笔》卷一"论著书必自序序明原委"条就讨论这个问题,他说:"然撰述不求他人作序则可,若无自叙则不可。凡人自撰一书,其心思才力,必有专注独到之处,他人见之,未必遽识著书人苦心孤诣,必自作一序,详述授受源流,标明宗旨。"[1]如果要举一篇符合这样要求的自序的话,那无疑是司马迁的《太史公自序》。《太史公自序》总叙作书之旨意后,排比一百三十篇史文的写作缘由:

> 维昔黄帝,法天则地,四圣遵序,各成法度;唐尧逊位,虞舜不台;厥美帝功,万世载之。作《五帝本纪》第一……布衣匹夫之人,不害于政,不妨百姓,取与以时而息财富,智者有采焉。作《货殖列传》第六十九。(图5-4)[2]

这一部分文字大抵四字短句,排列整齐,占了《自序》极大的篇幅。皮日休《皮子文薮序》"赋者,古诗之流也,伤前王太佚,作《忧赋》……两汉庸儒,贱我《左氏》,作《春秋决疑》"一段,便显然是对《太史公自序》的模仿。其实在两汉,这样的叙录方式已成著书成例,和《史记》同时的有《淮南子·要略》篇,《史记》之后的,"扬雄遵其旧辙,班固酌其余波,自叙之篇,实烦于代。"[3]扬雄《法言序》、班固《汉书·叙录》、王符《潜夫论·叙录》等皆沿用了这样的体例。

小序明篇目之旨的做法,无论自序或他序,都发挥着提要的功能,其文体特点则是在一篇文章中进行集中地大规模排比。这样所产生的效果,一

---

[1] 刘声木:《苌楚斋随笔》卷一,北京:中华书局,1998年,第4页。
[2] 司马迁:《史记》卷一三〇,第3301—3319页。
[3] 浦起龙:《史通通释》卷九,第238页。

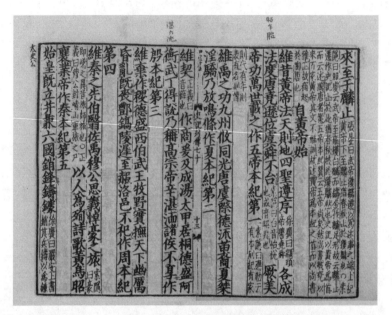

图 5-4 司马迁《史记·太史公自序》,中国国家图书馆藏宋建安黄善夫家塾刻本

方面是彰明撰著要旨,将全书精华作一集中呈现,另一方面则通过排比所产生的密集信息量,营造出一种恢弘的气势,方能为整部书压住阵脚。纪昀主编《四库全书》告成之后,于乾隆四十七年(1782)撰《钦定四库全书告成恭进表》,后编于《四库全书总目》卷首。此文在备述纂修缘起、程序、前代先例、成书规模等进表必须涉及的内容之外,以骈文笔法,缕述四部要籍的特点及去取缘由,或论体例,或论流派,节引如下:

> 吴澄《易翼》,辨颠倒乎阴阳;杨简《诗音》,斥混淆乎周汉……派沿涑水,袁朱之新例兼存;俗记扶余,班范之讹传并订。……《太平御览》,徒粉饰乎嘉名;《困学纪闻》,偶抨弹其迂论。《晚唐小史》,入厨宁取乎卮言,《南宋枝谈》,按鞫深嫌其曲笔。①

此段洋洋 900 余言,洵可称《四库提要》之结晶篇。其文一出,"同馆争先快

---

① 纪昀撰,孙致中等校点:《纪晓岚文集》第六卷,石家庄:河北教育出版社,1995 年,第 116—117 页。

睹，莫不叹服"①。门人刘权之为编集时，特于此文下注曰"此集中第一篇大文字"②，当是有见于文章气势的恢弘，可为《四库全书》压阵而不愧。所引一段，行文组织方式，恰是《太史公自序》、《皮子文薮序》之遗意，与他人为文集作序诸例同为小序明篇目之旨的变式。

四、唐人集序"每篇各为之序"的体例传统

皮日休《皮子文薮序》涉及中古文集编纂的一个重要传统，即在书序中排比篇目小序以阐明各个篇目要旨，如"伤前王太佚，作《忧赋》；虑民道难济，作《河桥赋》；念下情不达，作《霍山赋》；悯寒士道壅，作《桃花赋》"③等。前文已经指出其体例渊源于司马迁《太史公自序》。其实在两汉，这样的叙录方式已成著作书序的通例，《淮南子·要略》《法言序》《汉书·叙传》《潜夫论·叙录》等皆沿用了这样的体例。

方苞认为《太史公自序》实际包含两篇，前篇为司马迁之家传：

> 后篇，则自述作书之指也。"自黄帝始"以上，通论其大体，犹《诗》之有《大序》也；百三十篇，各系数言，犹《诗》之有《小序》也。④

这一评论遗貌取神，点出了《太史公自序》和《毛诗序》二者在体例上的相通之处。复次，清人已论定《尚书序》为托名孔安国之作，此序末尾说："《书序》，序所以为作者之意。昭然义见，宜相附近，故引之各冠其篇首。"⑤从中可以看出，《尚书》各篇小序原来是集中于卷末书序之中的，后经调整，才"各冠其篇首"。他这样做的理由则是"昭然义见，宜相附近"，能够使读者在读单篇时更明了其大旨。《周易》之《序卦传》本来也是独立成篇的书序，到唐人李鼎祚《周易集解》方才"以《序卦传》散缀六十四卦之首，盖用《毛诗》分冠《小序》之例。"⑥《四库全书总目》于《法言集注》提要谓："旧本十三篇之序列于书后。盖自《书序》《诗序》以来，体例如是。宋咸不知《书序》为伪孔传所移，《诗序》为毛公所移，乃谓'子云亲旨反列卷末，甚非圣贤之旨，今升之章

---

① 纪昀撰，孙致中等校点：《纪晓岚文集》第六卷，第 120 页。
② 纪昀撰，孙致中等校点：《纪晓岚文集》第六卷，第 119 页。
③ 皮日休撰，萧涤非、郑庆笃整理：《皮子文薮》卷首，第 2 页。
④ 方苞撰，刘季高校点：《方苞集》卷二，第 61 页。
⑤ 孔颖达：《尚书正义》卷一，《十三经注疏》，北京：中华书局，2009 年，第 242 页。
⑥ 《四库全书总目》卷一，第 4 页。

首,取合经义。'其说殊谬。"①已经指出《尚书》和《毛诗》的小序本来皆是集中置于卷末书序之中,一如司马迁对一百三十篇小序的处理方式。据汪荣宝《法言义疏》举证,《法言》治平本"序在书后,卷数为十三,皆旧本相承如此"②,而宋咸将序文分列各篇之首,司马光《法言集注》因而不改,实际当以治平本为是。据上可见《太史公自序》和《尚书序》《毛诗》大小序、《周易·序卦传》在篇目小序方面的体例本是一揆的,都是在书序中集中排比篇目小序,作为序文的重要组成部分。

早于皮日休《皮子文薮序》,白居易《新乐府》五十首的总序、小序也是这一体例的典型。白居易《新乐府》五十首总序及小序的形制在不同版本中有不同的编排方式,神田本各篇小序在总序之前,宋本《乐府诗集》序文格式同抄本,唯无总序,这类似《太史公自序》式的集小序于书末;又各抄本诸诗篇题下有小序,类似《尚书》《毛诗》小序的形式。刊本只有篇题和题注,无小序。《新乐府》五十首曾单行流传,据谢思炜《白居易集综论》的考察,有敦煌写本、明刻本、清翻宋刻本《白氏讽谏》以及日本藏有多部平安末期至室町时期的古抄本,实际可当做一种别行小集来看待。此一组诗,篇首有总序,自述作新乐府的意指,而后继之以五十首诗的小序,自"《七德舞》,美拨乱陈王业也",以迄"《采诗官》,鉴前王乱亡之由也"③,秩序颇为井然。陈寅恪《元白诗笺证稿》论其规仿《毛诗序》曰:

> 乐天《新乐府》五十首,有总序,即摹《毛诗》之大序。每篇有一序,即仿《毛诗》之小序。又取每篇首句为其题目,即效《关雎》为篇名之例。全体结构,无异古经。质而言之,乃一部唐代《诗经》,诚韩昌黎所谓"作唐一经"者。④

后世文集也有效法这一体例的,比如清初黄钟的《蘧庐草》。《四库全书总目》于《蘧庐草》提要说:"凡文四十四篇,前列总目,总目之后仿《史记·自序》《汉书·叙传》之例,每篇各为之序,述所以立言之意,自有别集以来,兹为创体。

---

① 《四库全书总目》卷九一,第 772 页。
② 扬雄撰,汪荣宝注疏,陈仲夫点校:《法言义疏》二十,北京:中华书局,1987 年,第 566 页。
③ 白居易撰,谢思炜校注:《白居易诗集校注》卷三,北京:中华书局,2006 年,第 267—271 页。
④ 陈寅恪:《元白诗笺证稿》第五章"新乐府",北京:生活·读书·新知三联书店,2001 年,第 124 页。

然亦足以见其文不苟作,必有所取义矣。"①推本原始,洵具只眼。之所以陈寅恪谓《新乐府》摹《毛诗序》,四库馆臣说黄钟《蓬庐草》"仿《史记·自序》《汉书·叙传》之例",正可见诸书的体例拥有着共同的源头,那就是《尚书》《诗经》《史记》《淮南子》等一系列古书于书末集合排比各篇撰述意指的书序格式。这样的体例不因古书四部分类归属的不同而有别,实际是一个通例,并对晚出的集部撰述尤其是唐人文集产生着或隐或显的影响。显的影响上举皮日休《皮子文薮》、白居易《新乐府》两书之序已作说明。隐的影响只需推考一下唐代尤其是中唐时期文集作序所使用的手法,便可察觉到这一影响的存在。

古人为文,生前往往未及编次,殁后由子孙编纂,请他人作序。于是,序文除了述文集作者的行止事功以及为人品性外,也会对其文章风格及撰作意旨加以评论。撰文者往往会历举其中的重要篇目,且揭示文章大意,这种撰序笔法便接续了《太史公自序》篇目小序的功能,成为"每篇各为之序"的一个变式。

姑且以唐人文集为例,独孤及《检校尚书吏部员外郎赵郡李公中集序》曰:"其中陈王业,则《无疆颂》;主文而谲谏,则《言医》《含元殿赋》;敦礼教,则《哀节妇赋》《灵武二孝赞》……一死一生之间,抒其交情,则祭萧功曹、刘评事、张评事文;吟咏情性,达于事变,则《咏古诗》;思旧则《三贤论》;辨卿大夫之族姓,则《卢监察神道碑》;自叙,则别相里造、范伦序;诠佛教心要而合其异同,则南泉真禅师、左溪朗禅师碑。其余虽波澜万变,而未始不根于典谟。"②梁肃《常州刺史独孤及集后序》又因继了独孤及的作序体例:"若夫述圣道以扬儒风,则《陈留郡文宣王庙碑》《福州新学碑》;……抒久要于存殁之间,则祭贾尚书、相里侍郎、元郎中、李叔子文。"③崔恭《唐右补阙梁肃文集序》,又接力式地借鉴梁肃:"若夫明是非,探得失,乃作《西伯称王议》;宗道德,美功成,作《磻溪铭》《四皓赞》《钓台碑》《圯桥碑》;……若以神道设教,化源旁济,作《泗州开元寺僧伽和尚塔铭》;言僧事,齐律仪,作《过海和尚塔铭》《幽公碑铭》。"④在集序中列举篇目达26篇之多。可以看出,这样一种集序体例,在先后三人之间有明显的继承借鉴关系。此外,此种集序体例还往往会成为某个作者得心应手的写作套路,在不同的集序中反复运用——权德舆便是一个代表人物。

---

① 《四库全书总目》卷一八三,第1658页。
② 董诰等编:《全唐文》卷三八八,第3947页。
③ 董诰等编:《全唐文》卷五一八,第5260—5261页。
④ 董诰等编:《全唐文》卷四八〇,第4903-4904页。

权德舆《徐泗濠节度使赠司徒张公文集序》曰："故其辨古人心源,定是非于群疑之下,则《韩君别录》。痛诋时病,以发舒愤懑,则《投元杜诸宰相书》。……其入觐也,《献朝天行》一篇,因喜气以摅肝膈。"①又《比部郎中崔君元翰集序》曰:"记循吏政事,则《房柏卿碣》《孙信州颂》……推人情以陈圣德,则《请复尊号表》。"②再如《中岳宗玄先生吴尊师集序》:"至若总论谷神之妙,则有《玄纲篇》;哀蓬心蒿目之远于道也,则有《神仙可学论》;疏瀹澡雪,使无落吾事,则有《洗心赋》《岩栖赋》。修胸中之诚而休乎天均,则有《心目论》《契形神颂》。"③皆在集序中占了较大比重。权氏其他集序如《唐银青光禄大夫守中书侍郎同中书门下平章事赠太傅常山文贞公崔祐甫文集序》《唐赠兵部尚书宣公陆贽翰苑集序》《唐御史大夫赠司徒赞皇文献公李栖筠文集序》《唐故通议大夫梓州诸军事梓州刺史上柱国权公文集序》也都采用了这种体例。值得注意的是,据上引材料还可看出诸人所作集序皆集中在中唐时期,同时另有许孟容《穆公集序》、王仲舒《崔处士集序》也都具有这一撰序特点。因此可以推断,集序中排比文集篇目要旨,"每篇各为之序",大约是中唐集序撰写的一个蔚为风气的体例传统。

五、余论

从"七略"到"四部"的演进过程中,不同部类的典籍,其体例并非风马牛而泾渭分,相反,我们在考察唐集体例时,常常会看到或隐或显的史部"成一家之言"之理想。无论是《太史公自序》范式下的"我史"实践,抑或是陈寿编《诸葛氏集》时定"诸葛亮故事"二十四篇④,此类史著体例都深刻影响了唐集乃至后世文集的编次体例,在这类文本的基础上去检读章学诚《文史通义》之《文集》篇⑤,当会有更真切的似曾相识之感。

---

① 董诰等编:《全唐文》卷四八九,第4996页。
② 董诰等编:《全唐文》卷四八九,第4998页。
③ 董诰等编:《全唐文》卷四八九,第4999页。
④ 陈寿定《诸葛氏集·目录》曰:"开府作牧第一,权制第二,南征第三,北出第四,计算第五,训厉第六,综核上第七,综核下第八,杂言上第九,杂言下第十,贵和第十一,兵要第十二,传运第十三,与孙权书第十四,与诸葛瑾书第十五,与孟达书第十六,废李平第十七,法检上第十八,法检下第十九,科令上第二十,科令下第二十一,军令上第二十二,军令中第二十三,军令下第二十四。"陈寿撰,裴松之注:《三国志》卷三五《诸葛亮传》,北京:中华书局,1982年,第929页。
⑤ "故事"类,《隋书·经籍志》系于史部,章学诚则论《诸葛亮故事》曰:"陈寿定《诸葛亮集》二十四篇,本云《诸葛亮故事》,其篇目载《三国志》,亦子书之体。"章学诚著,叶瑛校注:《文史通义校注》卷三《文集》,北京:中华书局,1985年,第296页。

第六章　《庄子》内外篇例

一、问题的提出

唐刘蜕《文泉子自序》曰：

> 自褐衣以来，辛卯以前，收其微词属意古今上下之间者，为内外篇焉；复收其怨抑颂记、婴于仁义者，杂为诸篇焉。物不可以终杂，故离为十卷；离则名之不绝，故授之以为《文泉》。……盖覃以九流之文旨，配以不竭之义曰"泉"。（图6-1）①

刘咸炘《文式》尝论曰："古人自编之集，前后皆有意旨。……或分上、下，内、外。"②刘蜕此集便是典型一例。刘蜕《自序》除了明显的拟《周易·序卦传》倾向外③，我们可以注意到其意不单将文集区分内外杂篇，且谓其文覃以子书九流之文旨，又将自号"文泉子"作为集名，处处透露出刘蜕欲以文集模仿子书的"意旨"。又刘蜕《献南海崔尚书书》曰："然而因时著书满十卷，自谓不有得于今，必有得于后。"④《新唐书·艺文志》及《崇文总目》并载《文泉子》十卷，陈振孙《直斋书录解题》亦于"别集类上"著录"《文泉子》十卷"，可知即此《文泉子》，而非别有子书著作，而刘蜕自述则把这部文集看作"著书满十卷"。刘熙载论曰："刘蜕文意欲自成一子，如《山书》十八篇，《古渔父》四篇，辞若僻而寄托未尝不远。"⑤洵为"心知其意"之论。

无独有偶，黄庭坚在谈及自己的文集体例时也曾有过类似的设想，其

---

① 董诰：《全唐文》卷七八九，北京：中华书局，1983年，第8259页。
② 刘咸炘：《文式·编集》，刘咸炘：《推十书（增补全本）》戊集"未刊稿"，上海：上海科学技术文献出版社，2009年，第876页。
③ 《周易·序卦传》曰："物不可以久居其所，故受之以遁。遁者退也，物不可终遁，故受之以大壮……有过物者，必济，故受之既济。物不可穷也，故受之以未济终焉。"见孔颖达：《周易正义》卷九，景印阮元校刻本，北京：中华书局，1980年，第201页。
④ 董诰：《全唐文》卷七八九，第8255页。
⑤ 刘熙载：《艺概》卷一《文概》，上海：上海古籍出版社，1978年，第27页。

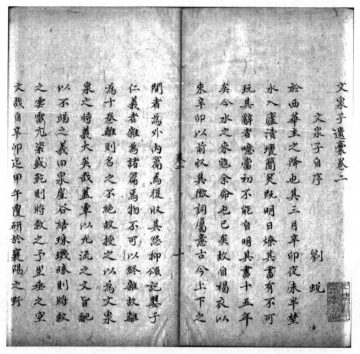

图 6-1　刘蜕《文泉子遗稿》卷二《文泉子自序》,美国加州大学伯克利分校藏清初抄本

《题王子飞所编文后》云:

> 建中靖国元年冬,观此书(按:即王氏所编黄庭坚集)于沙市舟中。鄙文不足传,世既多传者。因欲取所作诗文为《内篇》,其不合周孔者为《外篇》,然未暇也。它日合平生杂草,搜弥去半,而别为二篇,乃能终此意云。①

黄庭坚翻阅王子飞为他编纂的文集后,陈述了自己设想的文集分帙方法,即分内外篇。洪咨夔敏锐地意识到黄庭坚实际是受《庄子》的影响,便在《豫章

---

① 黄庭坚撰,刘琳、李勇先、王蓉贵点校:《宋黄文节公全集·正集》卷二七,《黄庭坚全集》,成都:四川大学出版社,2001年,第725页。

外集诗注序》中点出"其集尝拟《庄子》分内外篇"①。陈振孙对山谷分内外集的看法与洪咨夔一致,他在《直斋书录解题》卷二十"山谷编年诗集三十卷年谱二卷"条中特意强调:"青城史容仪甫近注《外集》。'外集'者,谓山谷曾欲以'前'、'后'仿《庄子》为'内'、'外'也。"②所论即是针对黄庭坚《题王子飞所编文后》一文而发。实际上,黄庭坚的诗文集确为"手自分内外篇"③,在宋代也是以内集、外集、别集的形式传世,任渊、史容等人分别作注。详山谷文意,盖将以思想内容为划分内外篇的标准,内篇为儒家,外篇为"不合周孔者"如佛老之类④。但实际上黄庭坚并未实现这一意愿,他的内外集是以时代为断限进行划分的,下文详论。

在宋代以降的典籍中,以内集、外集命名的文集不胜缕述。其中很大部分的命名之意不过是以本集为内,以辑佚续编为外,无甚探讨之价值。然而却有另一部分文集,命名之意与黄庭坚的自述类似,即仿照以《庄子》为代表的子书内外篇分袟之范式(图6-2),将著述之意寄寓文集之中,"成一家之言"。章学诚尝感慨"子史衰而文集之体盛,著作衰而辞章之学兴"⑤,通过对文集分内外篇的行为进行考述,可以初步探讨著作式微的时代里,子书意识对文集体例之影响。

二、内外集本初功能及衍化

在通常情况下,外集的功用同于后集,指在某人本集之外续加辑录遗佚而成的补编。刘敞《编杜子美外集》诗所谓"少陵诗笔捷悬河,乱后流传简策讹。乐自戴公全废坏,书从鲁壁幸增多"⑥,便指的是在传世二十卷杜集之外缀辑杜甫诗文而成的《外集》。刘敞在《寄王二十》诗序中也说:"先借王《杜集》外集,会疾未及录。近从吴生借本,增多于王所收,因悉抄写,分为五

---

① 洪咨夔:《平斋文集》卷十,《四部丛刊续编》景宋钞本。
② 陈振孙:《直斋书录解题》卷二十,上海:上海古籍出版社,1987年,第592页。
③ 楼钥:《跋山谷西禅听琴诗》,见楼钥《攻媿集》卷七四,《四部丛刊》景上海涵芬楼藏清武英殿聚珍版丛书本。
④ 据章学诚《立言有本》的观点,这一分法在体例上并不成立:"古人著书,各有立言之宗,内外分篇,盖有经纬,非如艺文著录,必甲经传而乙丙子史也。"见章学诚:《文史通义·外篇一》,《章学诚遗书》,北京:文物出版社,1985年,第56页。
⑤ 章学诚:《文史通义·诗教上》,《章学诚遗书》,第5页。
⑥ 刘敞:《公是集》卷二四,《宋集珍本丛刊》第9册,北京:线装书局,2004年,第532页。

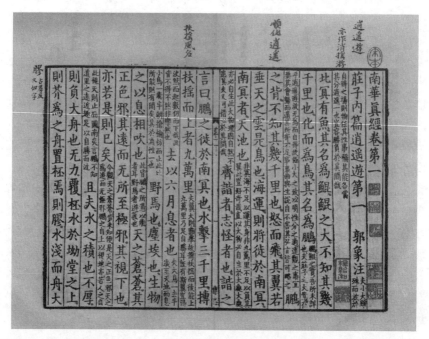

图 6-2　庄子《庄子·内篇·逍遥游》第一，中国国家图书馆藏宋刻本（见文前彩图）

卷。"诗曰："近从雪上吴员外，复得遗文数百篇。"① 至于宋晁公武《郡斋读书志》著录"李观文编三卷外集二卷"，解题则谓"其后蜀人赵昂又得其《安边书》至《晁错论》一十四首，为《后集》二卷"②。可见在晁公武观念中，外集、后集的内涵界定不甚明晰，皆指原集之外掇拾之本。详考《郡斋读书志》一书，其中著录宋代外集附于本集行世者便有十二种③。

外集一方面辑录了作者佚诗文，具有保存文献之功，例如宋陈宓《又与傅忠简札》曾感慨："韩文公知制诰者逾年，登词掖者累月，而制词竟存崔群

---

① 刘敞：《公是集》卷二四；关于杜甫集早期的流传情况，可参陈尚君：《杜诗早期流传考》，《中国古典文学丛考》第 1 辑，上海：复旦大学出版社，1985 年。

② 晁公武：《昭德先生郡斋读书志》卷四上，《四部丛刊三编》景宋淳佑本。

③ 分别是李观《文编》三卷《外集》二卷、刘禹锡梦得《集》三十卷《外集》十卷、李贺《集》四卷《外集》一卷、杜牧《樊川集》二十卷《外集》一卷、温庭筠《金筌集》七卷《外集》一卷、黄鲁直《豫章集》三十卷《外集》十四卷、黄氏《补千家集注杜工部诗史》三十六卷《外集》二卷、《昌黎先生文集》四十卷《外集》三卷、《柳先生文集》四十五卷《外集》二卷、欧阳修《居士集》五十卷《外集》二十五卷、《浮溪先生文集》六十卷《猥稿》《外集》一卷、《象山先生文集》二十八卷《外集》四卷。

一篇,李汉谓收拾无所失坠者,乃于外集见之,则古人之文所谓'流落人间者,太山一毫芒',端有是理,可发叹也。"①另一方面,外集又不免杂入赝鼎,乱其本真,例如韩愈外集中的涉佛文字便在宋代以后引起了旷日持久的聚讼②。不止韩集外集存在这种问题,陈振孙《白氏长庆集七十一卷年谱一卷又新谱一卷》解题亦称白集"蜀本又有《外集》一卷,往往皆非乐天自记之旧矣"③。

宋人对前代文集之外集多抱有怀疑态度,对同时代文集的编纂则喜前中后分帙,或以小集、续稿名集④,而不喜外集之称。李觏《皇祐续稿序》曰:

> 觏庆历癸未秋录所著文曰《退居类稿》十二卷,后三年复出百余首,不知阿谁盗去,刻印既甚差谬,且题《外集》,尤不惬心,常恶之而未能正。于今又六年,所得复百余首,暇日取之,合二百三十八首,以续所谓《类稿》者。⑤

据序文所言,"阿谁"盗文刻印却颇差谬,自然让李觏很不满,但李觏"尤不惬心"且"常恶之"的,更在盗印之文题曰《外集》。所以他将《类稿》之后的文章重编,且以《皇祐续稿》命名。那么,何以李觏于"外集"之名不惬心呢?主要原因可能在于外集在当时指称内涵主要还是前贤本集之外遗文的补编,尚在世之人则习惯称后集、续集之类。

在宋代,随着"集"之涵义的扩展,外集之体例往往不仅收作者散佚诗文,还会将其著述一并收录,例如韩愈《顺宗实录》原本单行,"列于史官,不

---

① 陈宓:《复斋先生龙图陈公文集》卷十一,景印清钞本,《续修四库全书》第1319册,上海:上海古籍出版社,2002年,第373页。

② 宋邵博称韩集"凡李汉所不录今曰《昌黎外集》者皆可疑。"见邵博撰,刘德权、李剑雄点校:《邵氏闻见后录》卷十四,北京:中华书局,1983年,第112页。元王恽《读韩文外集》也说:"韩子为书有正传,精详无出穆修编。不应集外生浮诞,三简诬公佞大颠。"见王恽:《秋涧先生大全集》卷三二,景印明刊修补本,《元人文集珍本丛刊》第1册,台北:新文丰出版社,1985年,第464页。在明代,陈耀文著《正杨》,书中辨《昌黎外集》非韩愈作尤力。

③ 陈振孙:《直斋书录解题》卷十六,第479页。

④ 此皆沿六朝隋唐文集分帙之旧例,参《四库全书总目》"别集类"序曰:"其区分部帙,则江淹有《前集》,有《后集》;梁武帝有《诗赋集》,有《文集》,有《别集》;梁元帝有《集》,有《小集》;谢朓有《集》,有《逸集》;与王筠之一官一集,沈约之正集百卷,又别选《集略》三十卷者,其体例均始于齐梁,盖集之盛,自是始也。"见永瑢等:《四库全书总目》卷一四八,第1271页。又唐李商隐有《樊南甲集》二十卷,《樊南乙集》二十卷,甲乙集实质同于前后集。

⑤ 李觏:《直讲李先生文集》卷二五,《四部丛刊》景明成化本。

在集中",但在陈振孙的时代已经收录于韩愈《外集》十卷之中①。可证在宋代《顺宗实录》已经由单行变为韩愈外集的一个组成部分。至于李德裕的《会昌一品集》,在宋代分别为《会昌一品集》二十卷,《别集》十卷,《外集》四卷,据陈振孙言:"《外集》则《穷愁志》也。"②则全以原本单独成帙的《穷愁志》作为外集。宋人自编家集时,往往将诏敕、策问、尺牍一类的文章编入外集,以与收诗赋及诸体文的内集相区分③。南渡之后,词作亦入集,一般会将其衰入外集。例如陈振孙《直斋书录解题》所载"《龙川集》四十卷外集四卷",解题便谓陈亮"平生不能诗,《外集》皆长短句"④。

专门著述式微以后,作者终其一生,难免会有一些琐碎丛脞之篇章,所谓"偶然涉笔"者。无论从思想上还是文体上看,这些篇章都难编入正集,然作者本人或者为其编集的子孙门生又不忍芟落,于是对这类"鸡肋"篇章的最好处理方式就是编入外集,刘咸炘对"不可强附,别为外编"类的外编打了一个有意思的比方:"有厕圊而堂室可理矣。"⑤这类外集的性质实际就是目录学上的子部杂说类,毛奇龄《胡氏东冈琐言序》曰:"昔汉《艺文志》载杂说家,为书千余,今并无一存……何杂说之难传也。然而唐宋元明以来,人有外集,集有别记,篇帙之多,至比之山毛海涔,而厌不欲观,则又何与?"⑥便是有见于文集之外集对子部杂说类文献的替代功能。

以上概要梳理了宋代文集体例繁兴之后外集的本初功能及衍化,但在上文所引诸文献的语境中,外集大都起补编或附录的作用,并没有实际意义上称名曰内集者与之相对。正如本章开篇所引黄庭坚的自述,古代文士尽管多已不再尝试周秦子书般的著书立说,但他们内心仍保有"成一家之言"

---

① 陈振孙《直斋书录解题》卷十六"《昌黎集》四十卷《外集》十卷"曰:"今《实录》在《外集》,然则世所谓《外集》者,自《实录》外皆伪妄,或韩公及其婿所删去也。"陈振孙:《直斋书录解题》卷十六,第475页。又陈氏《直斋书录解题》卷四"《唐顺宗实录》五卷"解题曰:"唐史馆修撰韩愈撰,见愈《外集》。"陈振孙:《直斋书录解题》卷四,第125页。

② 陈振孙:《直斋书录解题》卷十六,第482页。

③ 典型例证为刘攽为刘敞所编《公是集》,据刘攽《公是先生集序》曰:"内集二十卷,诸议论、辩说、传记、书序、古赋、四言、文词、箴赞、碑刻志、行状皆归之内集;外集十五卷,诸制诰、章表、奏疏、驳议、斋文、覆谥皆归之外集;小集五卷;诸律赋、书启皆归之小集。"见刘攽:《彭城集》卷三四,《景印文渊阁四库全书》第1096册,第331—332页。它如宋李觏《直讲李先生外集》收告词、札子、荐章等公文。吕祖谦《东莱集》的《外集》也是主要收录策问、制文等公文。

④ 陈振孙:《直斋书录解题》卷十八,第548页。

⑤ 李克齐、罗体基:《系年录》,刘咸炘撰,黄曙晖编校:《刘咸炘学术论集·文学讲义编》,桂林:广西师范大学出版社,2007年,第251页。

⑥ 毛奇龄:《西河集》卷三三,《景印文渊阁四库全书》第1320册,第276页。

的愿望①,这一心理会促使他们在文集体例内部寻找可以与子书接轨的途径,而最直接的方法便是仿照子书内外篇将文集的诸体文进行类聚群分,从而衍为内外集。

三、内外篇与内外集

以文集内外集模仿子书内外篇,自然会涉及关于内外区分的标准、文集与子书的界限以及不明体例的混杂举动,这些都是在文集衍化史上曾经存在过并触发学术思考及争论的问题。

(一) 内精外粗

明胡应麟《少室山房笔丛》乙部《史书占毕》内篇一曰:

> 谓《国语》出于左氏,胡以征也? 丘明作传之后,文或余于纪载也,字或轶于编摩也,附经弗燕郢乎? 入传弗赘疣乎? 故别创篇名也,翼《春秋》为内传,称《国语》为外传,犹之子内篇、外篇也,文内集、外集也。②

胡应麟称《左传》《国语》分别是《春秋》的内外传,前代亦有主此说者,亦有辩驳之者,本章不拟枝蔓讨论。胡应麟这段论述的另一意义在于,他用极简洁的行文描述出了经、子、集部在分袟内外问题上的体例共通性。当然,胡应麟没有提到的史部也有其例,比如"杂史"类的《越绝书》分《越绝内传》《越绝外传》,"史评"类的刘知幾《史通》也分内篇、外篇。尽管袟分内外并非周秦子书所独有,但确是在子书那里有着最显明的特征体现,并以《庄子》最为典型③。

受"内精外粗"的子书思想之影响,写本时代别集编次者便已经模仿子书来编集,"成一家之言"。刘禹锡《唐故衡州刺史吕君集纪》曰:

---

① 刘禹锡为吕温编集,《唐故衡州刺史吕君集记》即说:"后十年,其子安衡泣奉遗草来谒,咨余紬之,成一家言,凡二百篇。"见刘禹锡:《刘禹锡集》,北京:中华书局,1990 年,第 235 页。
② 胡应麟:《少室山房笔丛》卷十三,上海:中华书局上海编辑所,1958 年,第 169 页。
③ 如前引胡应麟谓《左传》翼《春秋》为内传,《国语》为外传,又如解《诗经》之书《韩氏内传》《韩诗外传》。著述、典籍作内外之分,在汉中期成为一个学术习惯,以《庄子》为例,据崔大华研究,《庄子》分内外篇始于刘向,而外篇复析出杂篇始于司马彪、向秀之时。见崔大华:《庄学研究》第二章第二节《〈庄子〉的内外杂篇之分》,北京:人民出版社,1992 年,第 52—60 页。

后十年,其子安衡泣奉遗草来谒,咨余绅之,成一家言,凡二百篇。……古之为书者,先立言而后体物,贾生之书首《过秦》,而荀卿亦后其赋。和叔年少遇君而卒以谪似贾生,能明王道似荀卿,故余所先后视二书,断自《人文化成论》至《诸葛武侯庙记》为上篇,其他咸有为而为之。①

吕温之子吕安衡请刘禹锡为吕温编集是编成类似子书的"一家言",而刘禹锡确实也以贾谊《新书》、荀卿《荀子》为编集之模板,"先立言而后体物",编为上下篇(也可能上中下篇),其"断自《人文化成论》至《诸葛武侯庙记》为上篇"显然是模仿子书内篇而设的。唐宋间多有文集而被称为"某子"者②,这其实是诸子"自成一家"著述意识之遗留。

从文献体例来看,文集之正宗实际便是《七略·诗赋略》所收"诗赋"类有韵之"文",至于集品不纯后所并入的"笔"③,纪事诸体皆具"史"的属性,而议论之体则具"子"的属性。刘咸炘《治史绪论》曰:"世间书不外史与子,记事者皆史之属,言事之理者皆子之属。"④子书与文集皆是单篇文之汇聚,这也就使得文集模仿子书较易操作。然而组成子书的单篇文章,皆言事理之文,即广义上的论说文,其分内外篇系据思想之精粗而区别,内篇大抵学说精华,而外篇则副墨余澜,其例甚明。文集则不同,"诗赋"等有韵之"文"与纪事、议论等无韵之"笔"很难用同一标准区分精粗,以文采耶?以思想耶?故知文集之仿子书分内外,更多是理念上的自我期待,而实际操作上则是不得已而退求折衷之法。

我们不妨重回山谷内外集这一典型事例。据洪咨夔《豫章外集诗注序》曰:"《内集》断自入馆以后,极其终矣;《外集》起初年《溪上吟》,泝其始也。"⑤可见其分内外,实际仅仅以时代为断限,年壮境深之作编为内集,而少作次为外集,并没有像山谷本初设想的那样"其不合周孔者为《外篇》"。

---

① 刘禹锡撰,卞孝萱校订:《刘禹锡集》卷十九,北京:中华书局,1990年,第235页。
② 周中孚:《郑堂札记》卷二:"韩非子在汉隋唐宋诸志中,俱只称韩子。近著书家引韩子,必有非字,以为恐与昌黎相混。夫昌黎系文集,非子书也。后人选韩文者,谬称为子耳。此称仍还之非为是。"周中孚《郑堂札记》卷二,清光绪刻仰视千七百二十九鹤斋丛书本。
③ "集品不纯"之说,肇自章学诚,清末民初章太炎、刘咸炘阐扬之,可参章太炎撰,庞俊、郭诚永疏证:《国故论衡疏证》卷中之一《文学总略》,北京:中华书局,2008年,第273—274页。
④ 刘咸炘撰,黄曙晖编校:《刘咸炘学术论集·文学讲义编》,第225页。
⑤ 洪咨夔:《平斋文集》卷十,祝尚书编:《宋集序跋汇编》卷十六,北京:中华书局,2010年,第737—738页。

尽管洪咨夔《豫章外集诗注序》一本正经地说"其集尝拟《庄子》分内外篇，《外集》如韩淮阴驱市人背水而战，暗与兵法合；《内集》如诸葛武侯八阵，奇正相生，鬼神莫窥其奥：汇分之意严矣"①，但显而易见洪氏实际是就黄庭坚以内外集拟《庄子》的愿景而发挥之，至于黄氏集何以《内集》如八阵图，《外集》如背水一战，颇不易坐实。唯一在逻辑上可作为理据的，便是古人达成的少作未臻于尽善尽美的共识，黄庭坚以少作为外，便是这一理念下的自觉行为。

曾巩《元丰类稿》之外尚有《元丰续稿》四十卷，元儒刘埙曾得之，他在《隐居通议》中评价曰："其《元丰类稿》则览之熟矣，近得《续稿》四十卷，细观其间或多少作，不能如《类稿》之粹，岂公所自择，或学者诠次，如《庄子》内外篇、山谷内外集之分欤？"②尽管曾巩两稿未曾如《庄子》和《山谷集》那样标识内外，但刘埙注意到了它们之间的联系，而这一联系的相似点便是同样的内外精（壮作）粗（少作）之分。

如果说山谷、子固的内外分袟仍着重于艺文水平的话，一些儒学家的编集则更着重于思想上的精粗。《四库全书总目》卷一七七《欧阳南野集提要》："是集为其门人王宗沐所编，凡《内集》十卷，皆讲学之文；《外集》六卷，皆应制及章奏、案牍之文；《别集》十四卷，则应俗之诗文也。德之学，宗法姚江，故惟以提唱良知者为内，而余则外之、别之云。"③按照章学诚进窥古人之大体的思想，此类体例之文集，实际可加以理董后，著录于"子部·儒家类"。

（二）子书入集

宋以后，尽管有人继续着子书创作的实践，但从整体上看，"成一家之言"式的思想性著述确实无法与前贤相颉颃了。但文士的心中仍葆有著书立说的愿望，并在单篇文上进行尝试，而评论者对某人文章较高的评价便是称其为类似子书。张师绎曾说"何信阳著《十二论》，初学传诵，以为当署《何子》，丽之《内篇》"④，便提供了一个典型的例证。"初学"的看法认为何景明

---

① 洪咨夔：《平斋文集》卷十，祝尚书编：《宋集序跋汇编》卷十六，第737页。
② 刘埙：《隐居通议》卷十四"文章二"，《丛书集成初编》第213册，上海：商务印书馆，1937年，第147页。
③ 永瑢等：《四库全书总目》卷一七七，第1580页。
④ 张师绎：《月鹿堂文集》卷八《集导乙》，景印清道光六年(1826)蝶花楼刻本，《四库未收书辑刊》第6辑第30册，北京：北京出版社，1997年，第119页。

当别裒《何子》一书,于《内篇》编入《十二论》。然而论体文按例久已归文集所收,故而张师绎在转述了这个事例后加了四字点评:"子乎集乎?"①今考何景明《大复集》,其书卷三一后有子标题曰"内篇二十五篇",行文以"何子曰"起首,看来何景明的确也是准备撰著一部子书的。只是为大复编集的黄省曾在与戴冠讨论何景明文集之纂例时,并没有将其当做子书,而是论证文集亦可留存内外篇之名义:"其谓古人文集无称篇者,乃欲内外篇不可以称篇,亦不可。许慎氏曰:'篇者,书也。'班固《艺文志》所载六艺诸子以下皆称篇焉,则篇者,亦古人聚文之常称也。……但内外之分,起于先秦而衍于后世,今之庄、葛可考也。言有精粗,而别为内外亦何有疵?"②

黄省曾认为《史记》帝纪、世家、列传等不同类目可汇聚一书,故而宜仿之而使何氏"内外篇"与文集合编,黄省曾《答吴郡太守戴公冠一首》曰:

> 今省曾酌审编次之法,宜称"何氏集卷第几"为之纲。先以四言、词赋次之,乐府次之,古新分为上下,古今诗,使集次之,家集次之,京集次之,内篇次之,外篇次之,为之目。如《史记》一百三十卷为之纲,帝纪、年表、八书、世家、列传为之目。然后统会有纪而布分不乱,伦类不谬而前后不越,散逸不忧而增入可继,亦庶乎其可矣。③

针对黄省曾以何景明子书入文集的编次体例,明人张师绎在他的十篇《集导》中提出了明确的批评。张师绎认为凡具子书意味的文章,可别成一书,如"《空同子》盖有八篇云。前而宋景濂氏、刘伯温氏,各有子,各有集,不兼载也。"时人"或征事,或纪言,或考文",文体日卑日晦,至于"用修一集,考证居其强半,是亦不可以已乎?"如果实在无法编类,亦可"如陆文俨分为《外集》"④。不过张师绎在这里主张的内外集分岐,并非欲其文集流品近于子书,而是为了维护内集作为文集本身的纯粹性,正如张氏所言:"子与集,经与史,天地间大四部也。刻集而乱之子,作经而史系之,可乎?"⑤

---

① 张师绎:《月鹿堂文集》卷八《集导乙》,第119页。
② 黄省曾:《五岳山人集》卷三十,景印明嘉靖刻本,《四库全书存目丛书》集部第94册,济南:齐鲁社,1996年,第784页。
③ 黄省曾:《五岳山人集》卷三十,第785页。
④ 张师绎:《月鹿堂文集》卷八《集导乙》,第119页。
⑤ 张师绎:《月鹿堂文集》卷八《集导乙》,第119页。

张师绎的这一观点有其社会背景。明人编集,体例之淆乱几于不可究诘,一个典型的趋向就是好为杂说寓言,并认为这是跨魏晋而上追诸子的一种方式。周汉诸子虽习用寓言,但其中皆有著书之意,成体系的思想一以贯之;而明人之模仿则破碎支离,只能说是琐谈短书的缀合。例如张时彻尝著《说林》《续说林》二十四卷,别行可也,他却仿照子书的传统将《芝园集》分为内外集,内集收诗文,外集则全收《说林》《续说林》。如果撰述并无子书之意而徒然模仿子书之形式的话,不但对子书传统的沿承无功,且于文集体例之纯粹性有碍。事实上,明代以降,由于编集缺乏别裁,许多文集都成为不论流品的杂文之汇总,这也就是唐顺之为什么说要像秦始皇那样再来一次焚书的原因:"尽举祖龙手段作用一番"①。

平心而论,黄省曾实际上并不必通过文集称"篇"之古例来为子书入集进行辩护。他的编次方式实际上是宋人开启的大全集或称作合集的编集体例,将某人一生文字裒聚一处,其优点正是黄省曾所说的"散逸不忧而增入可继"。这样的编次方法虽然没有将诗文部分与子书体例相附合,但却留存了作者撰文而具有子书意识的痕迹。而黄省曾、张师绎的言说最核心的问题意识仍是如何处理在子书意识影响下的文集纂辑问题。

张师绎曾认为如果文集中具有子书特性的篇章实在无法编类,亦可"如陆文俨分为《外集》"。但在立言传统的影响下,古人使文集存著述之意的努力一直没有停息,而其分帙方法可能正好反转,将著作归内集,诗文归外集。明舒芬曾"裒生平著作为《梓溪文钞》凡十八卷,分内外集。外集为杂文,内集则皆所著诸书"②,而以《易问笺》为首,则是欲使文集具有子部儒家类著述的特性。

(三)《述学》公案

关于子书内外篇与文集内外集的体例关联性以及属性界限,在章学诚围绕汪中《述学》的批评那里有着比较深入的讨论。汪中《述学》乃汪中的文集,包括《内篇》三卷,《外篇》一卷,《补遗》一卷,《别录》一卷,由其子汪喜孙刻版,"内外篇皆依中写定目录付刊"③。

章学诚《文史通义》外篇一《立言有本》认为"文有别集,集亦杂也",但应

---

① 唐顺之:《荆川集》卷五《答王遵岩书》,《景印文渊阁四库全书》第1276册,第308页。
② 永瑢等:《四库全书总目》卷七,第52页。
③ 刘锦藻:《清续文献通考》卷二六九《经籍考·述学》,《万有文库·十通》第十种,上海:商务印书馆,1937年,第10133页。

当"杂于体不杂于指",但汪中《述学》之文"多宾无主,孰为之内,孰为之外","初无类例,亦无次序"①。又曰:"汪氏晚年,自定《述学》内外之篇,余闻之而未见,然逆知其必无当也。盖其平日谈经论史,灿然可观,甚有出于名才宿学之所不及,而求其宗本,茫然未有所归。"②在这里,章氏以立言须有"宗本"来要求一部文集,体现出了对著述体例严明的界限意识。他认为既然以《述学》式的子书命名方式来名集,就应当内外分帙有类例、有次第,否则就不可冒子书之名,径名之为文集可也。章氏与汪中有嫌隙,此为学界所尽知,他对《述学》的评论自有强烈的情绪化色彩③。但另一方面,汪中自身对《述学》未能统贯而成一家之言也是深抱遗憾的。他之所以取书名曰《述学》,是准备专论学制之兴废,成一专门著述④,但因种种原因,著作未就。不过,藉由这个话题,章氏所论却揭示了子书与文集的一个划然之界,那就是子书通体有一以贯之的宗旨。

章学诚进而对子书内外杂篇的性质进行探讨,他着重评议了同时代流行的考证文体,认为"杂引经传以证其义"之考证文,即便归为子书,也当"列于杂篇,不但不可为内,亦并不可谓之外也,而况本无著书之旨乎"⑤? 在这里章学诚穷追猛打,不但批评汪中以文集为子书,进而批评汪中即便编为子书也并不明子书内外杂分篇之义法。

章学诚诸论皆发于汪中身后,汪中无以应对,且其对文集内外分帙的意见已不可考。值得关注的是,汪中《述学》中的篇目全部是单篇文,与传统子书的特点并不合,这也不妨碍他在为文集拟名时取类似于子书的书名。尽管可以指摘其名实不符,但这却是在子书意识影响下文集向子书靠拢的另一种表现,或者说是一种泛子书式的著述意识,并且前代多有成例。比如元结颇有子书情结,曾有《元子》十卷、《文编》十卷,《郡斋读书志》皆著录于"别集类",于是知《元子》实亦文集。又《新唐书》卷六十《艺文志》别集类著录:"黄璞《雾居子》十卷。"⑥此书《旧唐志》著录于子部,《新唐志》之所以将其从

---

① 章学诚:《文史通义》外篇一,第358—359页。
② 章学诚:《文史通义》外篇一,第358—359页。
③ 关于章学诚与汪中之关系,可参柴德赓:《章实斋与汪容甫》,《史学史资料》1979年第2期;冯乾:《〈述学〉故书——关于汪中与章学诚的一段公案》,《中国典籍与文化》2004年第4期。
④ 谭献《复堂日记》曰:"阅《文献征存录》,《汪中篇》中载学制兴废篇目,盖容甫先生《述学》本书也,他传志所未备。"关于汪中《述学》故书的学制学术史性质,可参冯乾:《〈述学〉故书:关于汪中与章学诚的一段公案》,第16—21页。
⑤ 章学诚:《文史通义》外篇一,第359页。
⑥ 宋祁、欧阳修:《新唐书》卷六十,北京:中华书局,1975年,第1609页。

子部移到集部别集类,适证明此书虽题子书名,但实际是黄璞的文集。又同卷著录"刘蜕《文泉子》十卷""沈光集五卷,题曰《云梦子》"①,包括将子书名与集名混合者如皮日休《皮子文薮》、卢仝《玉川子诗》、来无择《秾陵子集》、孙合《孙子文纂》等,皆是"以集为子书"心理的映现。甚而即使以集名,但察其自序,也有浓重的子书意识,例如司空图自编诗文集曰《一鸣集》,其自序便谓:"知非子雅嗜奇,以为文墨之伎,不足曝其名也,盖欲揣机穷变,角功利于古豪。"②倘据章学诚之标准,这类泛子书式的编集意识皆不合类例。然而它们并非孤零零的存在,而是形成了一个流别门类,因此研究的视角应当关注它们背后的心理动因,似不必"恶紫之夺朱"。

四、儒释道本位与内外集的分帙

《旧唐书·经籍志》"别集类"著录释家文集,置于"别集类"之末,且拟题作者前皆加"沙门"二字以示区别,可见在《旧唐书》目录思想中是先文士别集而后释家别集的。本章开篇曾分析山谷编文集为内外的计划,是有意以思想内容为划分内外篇的标准,内篇为儒家,外篇为"不合周孔者"如佛老之类,这一理念在宋以后士人那里多有暗合之例。不过另一方面,将这一理念进行反转的,是佛教徒、道教徒,在他们的意识里,会自发形成文集以佛老为内、以儒为外的观点。这是文集衍化史上很有意味的一类现象。

(一)内儒外佛老

由于古本不断被传写、翻刻,我们今天所能看到的北宋以前文集,多有不同程度失其旧貌的现象。即以北宋儒学家邵雍而论,其诗集《击壤集》之《宋集珍本丛刊》影元刻本(图 6-3)及《四部丛刊》影明成化本皆未有内外分帙的体例。幸而,江西星子出土了宋刊蔡弼编《重刊邵尧夫击壤集》七卷(图 6-4),我们才发现其书卷一有关义理之作赫然标有"内集"二字③。星子所出《击壤集》比较接近原貌,此处可见邵雍《击壤集》初始状态很有可能是以内集、外集分帙的。

---

① 宋祁、欧阳修:《新唐书》卷六十,第 1608—1609 页。
② 司空图:《中条王官谷序》,董诰:《全唐文》卷八〇七,第 8488 页。
③ 邵雍:《重刊邵尧夫击壤集》卷一,影印宋本,南昌:江西美术出版社,2012 年,第 12 页。

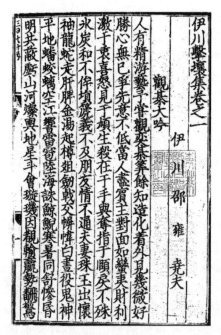 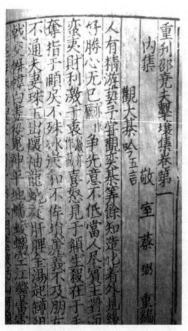

图6-3 邵雍《伊川击壤集》卷一,中国国家图书馆藏元刻本

图6-4 邵雍《重刊邵尧夫击壤集》卷一,江西省九江市星子县文物管理所藏宋刻本

元刘祁《归潜志》卷九曰:

> 赵闲闲本喜佛学,然方之屏山,颇畏士论,又欲得扶教传道之名,晚年自择其文,凡主张佛老二家者皆削去,号《滏水集》。首以《中》《和》《诚》诸说冠之,以拟退之原道性。①

刘祁曾亲承赵秉文之音旨,故所述深中隐微。这则材料颇具意味,从中可以窥见赵秉文平日出入三教,但在晚年编定文集时,出于畏士论、传名等考虑,仍回归儒家的本位,并且在集首特意编次儒家性理之论,以追仿韩愈排佛颇为激烈的《原道》。这一作法在当时便得到了"士论"的认可:"杨礼部之美

---

① 刘祁撰,崔文印点校:《归潜志》卷九,北京:中华书局,1983年,第106页。

为序,直推其继韩欧。"①当然赵秉文"凡主张佛老二家者皆削去",实际不忍心毁弃,而是"其为二家所作文,并其葛藤诗句,另作一编,号《闲闲外集》,以书与少林寺长老英粹中,使刊之。"②刘祁的这一记述颇具春秋笔法,他曾就此事与王从之讨论:"公既欲为纯儒,又不舍二教,使后人何以处之?王丈曰:'此老所谓藏头露尾耳。'"③

赵秉文之"藏头露尾",在唐人那里并无其例,盖大部分唐人之于三教尚通达,不以诗文集中收入释老文字为"有伤名教"。然而这一心理及处理方式在宋金以降却无代无之。我们不必进行价值或是非上的评判,对赵氏珍惜那些萃聚了自己精神之笔墨的行为实应表一同情之理解。抑更有论者,赵秉文编文集内儒而外释道,大抵是在名教和社会主流价值观的压力下进行的非本愿选择,通过传世赵秉文诗文我们可以发现,赵秉文在佛教中所得到的"禅悦"甚至比其对儒家义理之体会更深④。但他在向同时乃至后世出示自己的"身份标志"时,却选择了迎合儒家士人的文集体例,并且更走出一步,未将《闲闲外集》作为《滏水集》的合帙外集一并问世,从而导致了《闲闲外集》的最终亡佚。

夷考与赵秉文同时及之前的宋人编集,我们可以发现许多士大夫在晚年通过自编文集对自己的人生进行身份定位时,都曾直面且想办法安排了平生的佛老文字,其典型的代表就是苏轼和周必大。

苏轼传世的《东坡前集》《东坡后集》以及周必大《省斋文稿》保存了苏轼、周必大手自编集时的原貌⑤,《东坡前集》首诗赋及铭、颂等韵体文,后策问等笔体文,后青词等实用文,而第四十卷最后一类则标类目曰"释教二十三首",收《大悲阁记》等为释氏所撰文字⑥。周必大曾为邑贤欧阳修编刻文集,对苏轼编集体例多有揣摩,他在自编《省斋文稿》时便仿照苏轼之例,将佛老题文置于文集最后一类,题曰"道释杂编"⑦。苏轼、周必大未将佛老题

---

① 刘祁:《归潜志》卷九,第106页。
② 刘祁:《归潜志》卷九,第106页。
③ 刘祁:《归潜志》卷九,第106页。
④ 关于赵秉文儒佛思想,可参看方旭东:《儒耶佛耶:赵秉文思想考论》,《学术月刊》2008年第12期,第51—57页。
⑤ 张海鸥、罗婵媛:《宋人自编集的文体文类编次意义》附《宋人自编集一览表》,《河北师范大学学报》(哲社版)2013年第2期。
⑥ 苏轼:《东坡七集》,清华大学图书馆藏光绪戊申(1908)宝华庵重刊明成化吉州刻本。
⑦ 周必大:《庐陵周益国文忠公集》目录,景印傅增湘校清欧阳棨刻本,《宋集珍本丛刊》第51册,第123页。

文编为《外集》，很可能是因为其编集时此类文章仅一卷，不足以分帙，但二人单独标"释教""道释"之目，且置于文集之末，很明显是有意将其区分，实际可看做是在一集内部划分了内外。通过这一体例也可以看出，尽管平日出入儒释道及名法纵横，但苏轼在通过文集对自己进行人生定位时，仍是以"释教"为外学的。与苏轼同时的杨杰《无为集》也是同样的体例，"凡为二氏而作者，皆别为卷帙，附缀末简，不散入各体之中"①。以致四库馆臣据以总结为"士大夫之持论"之标志，明代杨士奇《东里集》、倪谦《文僖集》都守持儒门士大夫之本位，而以佛老文字附缀集末②。

在秉持儒家本位的士人看来，内儒而外释道，自是题中应有之义。因此，不仅是文集分帙会严辨内外，在纂辑邑乘等史部著述时，也常有相关讨论的出现。明儒费宏曾纂《修江先贤录》，在纂集的过程中他遇到一个问题，即是否应该收录修江历史上的高僧大德？于是他采取了分内外集的方式，将"异教"之人列于外集，且在《序》中解释道不得不收录的理由："异教外之矣，又何以贤之？精于其术则贤于其类，贤于其类则不得不贤于乡也。"③

（二）"释氏以佛典为内学以儒书为外学"

王禹偁《左街僧录通惠大师文集序》曰："释子谓佛书为内典，谓儒书为外学。"④且特意记录其文集分卷标准曰："凡《内典集》一百五十二卷，《外学集》四十九卷，览其文，知其道矣。"⑤佛教徒为表示对佛经的敬重，在梵本传译中土之始就命名曰"经"，且久已目为"内典"。因此，在佛教徒看来，诗文尽管可以为之，但在编集时自以讲法文字为内，以闲情诗文为外。

对于释氏以佛典为内学以儒书为外学的心理，四库馆臣在《四库提要》中时加以揭示，其中一类便是僧人文集的标识内外。例如宋释道璨有《柳塘外集》四卷，《四库提要》曰："所著别有语录，故此以《外集》为名。释氏以

---

① 《四库全书总目》卷一六九，第1464—1465页。
② 《四库全书总目》卷一六九《宋景濂未刻集提要》曰："观杨士奇《东里集》、倪谦《文僖集》，并用杨杰《无为集》例，凡为二氏而作者，皆别为卷帙，附缀末简，不散入各体之中。则正德嘉靖以前士大夫之持论，可大略睹矣。"见永瑢等：《四库全书总目》卷一六九，第1464—1465页。又《遂初堂诗集提要》曰："文则各以体分，惟为二氏作者，入之别集，用杨杰《无为集》例也。"见永瑢：《四库全书总目》卷一八三，第1659页。
③ 费宏：《太保费文宪公摘稿》卷十三，景印明嘉靖刻本，《续修四库全书》第1331册，第533页。
④ 王禹偁：《王黄州小畜集》卷二十，《四部丛刊》景宋本配吕无党钞本。
⑤ 王禹偁：《王黄州小畜集》卷二十，《四部丛刊》景宋本配吕无党钞本。

佛典为内学，以儒书为外学也。"①大凡一种编集体例形成后，后继便多有加以模仿者，上节苏轼《东坡前集》以"释教"文字附缀集末而为周必大等人仿效便是一例。以载籍可考之史料而言，以《柳塘外集》为僧人诗文集标"外集"之先河，故而四库馆臣在论明僧宗泐《全室外集》九卷时便为其溯源说："是编题曰《外集》，盖释氏以佛经为内学，故以诗文为外，犹宋释道璨《柳塘外集》例也。"②它如清释敏膺《香域内外集》十二卷"《外集》诗文凡七卷，《内集》五卷，皆语录偈语，盖释家以释为内学，儒为外学耳"③，皆是其例。至于明释方泽《冬溪集》二卷，"实作《冬溪外内集》，上卷为外集，下卷为内集"，这一编次标目在文集之林里仅此一特例，他人对作者这一深有寓意的行为并不很理解，例如"明诗选本载方泽诗俱作《冬溪内外集》"，改书名以从通例。但四库馆臣却解释了释方泽标"外内集"的缘由："此本实作《冬溪外内集》，上卷为外集，下卷为内集，以诗为外，以文为内。盖诗多涉文字，而文皆关禅义，故其下卷之诗亦不谓之诗，而谓之偈。"④

在《四库提要》所揭示出的具有这一体例的僧人文集之外，元独庵禅师《独庵外集》、元僧某《雪岩外集》等也体现了这一分峡心理⑤。明代的妙辨同大师，持律甚严，然也偶作诗文，身后著作即以内外分集，其内集自是佛教经疏语录，外集则如宋濂《志略》所述，"其《外集》曰《天柱稿》，录公自著诗文；曰《宝林编》，类聚古今人为寺所作"⑥。另一位僧人清远怀渭，也是宋濂为其作《志略》，称"有录其诗文曰《外集》者，凡若干篇"⑦。于此可推见僧人诗文编作《外集》在当时似已成传统。

将文集按思想倾向而分内外，实际是作者人格精神或信仰的投射。尽管有人并未出家，但倘其以在家居士的身份从事诗文创作，在编集时仍会遵

---

① 永瑢等：《四库全书总目》卷一六五，第1411页。
② 永瑢等：《四库全书总目》卷一六九，第1479页。
③ 永瑢等：《四库全书总目》卷一八五，第1680页。
④ 永瑢等：《四库全书总目》卷一七八，第1608页。
⑤ 李继本：《题独庵外集后》，李继本《一山文集》卷九，《丛书集成续编》第110册，上海：上海书店出版社，1994年，第731页；明陈全之《蓬窗日录》卷八"诗谈二"："予尝得元僧《雪岩外集》，略记数语。其《题买田券》云：'卖与买人谁是主，一犁春雨鹁鸠啼。'《镊工》云：'一声镊子噪秋蝉，门内老僧惊昼眠。毫发尽时毫发在，夕阳芳草自芊芊。'皆可人意。"见陈全之：《蓬窗日录》卷八"诗谈二"，上海：上海书店出版社，2009年，第423页。
⑥ 宋濂：《妙辨同大师志略》，葛寅亮：《金陵梵刹志》卷三，景印明万历刻天启印本，《四库全书存目丛书》史部第243册，第798页。
⑦ 宋濂：《清远渭禅师志略》，葛寅亮：《金陵梵刹志》卷十六，《四库全书存目丛书》史部第244册，第25页。

从释家之习惯,比如宋人之彝老名则之,字彝老,"尝学诗于西湖顺老,学禅于大觉琏禅师,诗号《禅外集》"①,其意便是以禅为内,以诗为外也。

释家的这一内佛理而外诗文的编集传统形成后,对僧人文集命名起到了矫正作用。清代相溪参公曾自名文章曰《宝寿外录》,毛奇龄认为与名集之传统不合,遂"更之"而命曰《相溪外集》②。

最后还需提及的是,僧人尽管将诗文次于外集,但在教义看来,仍难免绮语之嫌,所以他们会特地加以解释,称诗与禅通、文有寄托,皆是有为而作。前文曾述及明僧清远怀渭有《外集》,明释大闻《释鉴稽古略续集》卷二录清远怀渭小传,便称其"有录、诗文外集,所书草隶俱精,善鼓琴,曰:是皆般若所寓也。"③

五、余论

文集内外分帙与"一家之言"的关联性是如此深入人心,以至于吴宽拿到缙云樊时登所寄《樊山集》时便说:"予阅之,集有内外篇,盖其一家之书也。"④文末需要强调的是,子书意识对文集的影响表现在很多方面,并不仅是内外分帙这一个层面,它如子书以论题标目即对文集编次影响甚深,《大正藏》本永嘉玄觉《永嘉集》正编大章十门分慕道志仪第一、戒骄奢意第二、净修三业第三、奢摩他颂第四、毗婆舍那颂第五、优毕叉颂第六、三乘渐次第七、事理不二第八、劝友人书第九、发愿文第十,也有明显的子书痕迹。此外,子书体例对文集论体文、杂说的影响,子书行文结撰方式对文集诸体文结构的影响⑤,都有待各自展开分析。实际上,刘宁有关汉唐子学"论著"以及书写形式跨部类互动的研究已经揭示,思想的书面表达,必出之以特定的文体;而文体作为有意味的形式,也会对思想的表达产生深远的影响⑥。本章取一蠡勺,或可从体例层面进入到"子集之变"之学术流变、思想形式的审视之中。

---

① 龚明之:《中吴纪闻》卷六"之彝老"条,清《知不足斋丛书》本。
② 毛奇龄:《相溪外集跋》,毛奇龄:《西河集》卷六十,第529页。
③ 释大闻:《释鉴稽古略续集》集二,大正新修《大藏经》本。
④ 吴宽:《樊山集序》,吴宽:《匏翁家藏集》卷四十,《四部丛刊》景明正德本。
⑤ 例如湛若水各体文中都喜欢以甘泉子与他人对话来结构全篇。
⑥ 刘宁:《汉语思想的文体形式》,上海:华东师范大学出版社,2012年。

第七章 "家集讳其名"例

一、问题的提出

南宋彭叔夏《文苑英华辨证》卷十"张说自称张君"条下注曰:"《祭殷仲堪文》《吊陈司马书》并称'张君',《张氏女墓志》称'季兄君',本集并作'某'。"①(图7-1)陈鸿墀《全唐文纪事》卷九四全本其说②。覆核清研录山房影宋抄本《张说之文集》之《祭殷仲堪羊叔子文并序》,却作"张某"(图7-2)。我们自然会生发一系列问题:张说何以自称"张君"?彭叔夏所见张说本集《祭殷仲堪文》作"张君",何以影宋蜀刻本《张说之文集》却又作"张某"?其中或有待发之覆。实际上,在《文选》学史上,已经存在着称名作"君"的公案。

二、任昉"家集讳其名"

宋本《六臣注文选》卷三九任昉《上萧太傅固辞夺礼启》开篇"昉启"二字下③,吕延济注曰:"昉家集讳其名,但云'君',撰者因而录之。"④又下文"昉于品庶"之"昉"下校记曰:"善本作'君'字。"⑤又下文"昉往从末宦"之"昉"下校记曰:"善本作'君'字。"⑥(图7-3)

---

① 彭叔夏:《文苑英华辨证》卷一〇,清武英殿聚珍版丛书本。
② 陈鸿墀:《全唐文纪事》卷九四,清同治十二年方功惠广州刻本。
③ 张元济《涵芬楼烬余书录·集部》考证曰:"是本无刊版时地,审其字体,当为建阳(今福建建阳县)刊刻。避宁宗嫌讳,则必在庆元(1195—1200)以后也。"傅增湘《藏园群书经眼录》卷一七著录所见一宋刻本《六臣注文选》云:"字体遒丽,锋棱峭峻,墨色渍漆,字画中犹见木板纹,是建本初印之最精之者。"系与《四部丛刊》景宋本同版而初印,此本今藏国家图书馆。见常思春:《〈四部丛刊〉景宋本〈六臣注文选〉刊刻时地及刊刻者信息》,《四川师范大学学报》2007年第2期。胡克家本之文题有异,作《启萧太傅固辞夺礼一首》,见图7-4。
④ 萧统:《六臣注文选》卷三九,景印宋刻本,北京:中华书局,2012年,第739页。
⑤ 萧统:《六臣注文选》卷三九,第739页。
⑥ 萧统:《六臣注文选》卷三九,第739页。

图 7-1 彭叔夏《文苑英华辨证》卷十,清光绪二十五年广雅书局重刊本

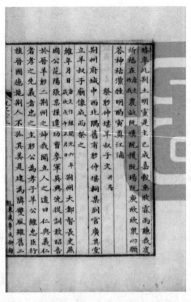

图 7-2 张说《张说之文集》卷二三,中国国家图书馆藏清东武李氏研录山房影宋抄本

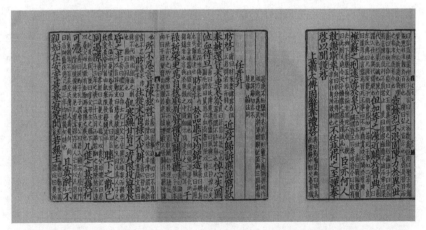

图 7-3 萧统撰、六臣注《六臣注文选》卷三九,中国国家图书馆藏宋刻本

朝鲜藏宋明州本六臣注、日本重刊天圣明道本六臣注三处文字皆同。今复核宋淳熙本李善注《文选》卷三九此篇,三处文字分别作"昉启""君于品

庶""昉往从末宦"（图7-4）①，胡克家《胡氏考异》卷七"昉启"下曰：

> 何校，"昉"改"君"，陈同。下"君于庶品"②，袁本、茶陵本"君"作"昉"，校语云"善作君"。"昉往从末宦"，校语亦云"善作君"。盖此三字善皆作"君"，五臣改其下二字为"昉"，唯存第一字为"君"，故济注有"昉家集讳其名，但云君"云云，而二本于此独无校语也。后乃并改成"昉"，不但失善旧，亦与五臣不相应，甚非。③

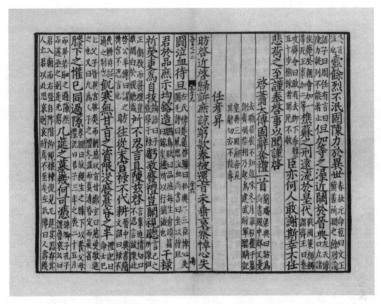

图 7-4 萧统撰、李善注《文选》卷三九，中国国家图书馆藏宋淳熙八年池阳郡斋刻本（见文前彩图）

---

① 萧统撰，李善注：《文选》卷三九，景印清胡克家校刻宋淳熙本，北京：中华书局，1997年，第556页。

② 当作"君于品庶"，胡刻本误倒。

③ 萧统撰，李善注：《文选》附《胡氏考异》卷七，第946页。又考梁章钜《文选旁证》"昉启"条："济注'昉家集讳其名，但云君启，撰者因而录之。'何曰：'六朝诸集书启多作君启、君白之语，吕说得之。'按据此则'昉'当作'君'，李应与五臣同。下'君于品庶'，六臣本校云：'善作君字'，是。又'昉往从末宦'，校语同，'昉'字亦应改'君'，其六臣本三字并作'昉'者，皆误耳。梁章钜《文选旁证》卷三三，清道光刻本。又清人孙志祖《文选考异》在引述何焯之论后说："按《文选》既改书名，则下'君于品庶'、'君'字亦当改'昉'。"这其实是读书心粗的误解。察吕延济"因而录之"之语义，是说因家集之讳而录之，并不将"君"改作"昉"，六臣本皆改"君"为"昉"，当是宋刻之误。见孙志祖：《文选考异》卷三"上萧太傅启"条，清读画斋丛书本。

嘉靖元年(1522)金台汪谅校正新刊本李善注三处文字亦同于胡克家所据宋本。然考彭叔夏《文苑英华辨证》卷一〇曰："'昉'字李善本作'君',吕延济曰：'昉家集讳其名,但云君,撰者因而录之。'未详孰是。"①则彭叔夏所见李善注本《文选》"昉启"确实如胡克家《考异》所说的本作"君启"。

由以上比勘可知,自宋本李善注、五臣注开始,三处文字已然经过宋人校改,致使今天所见传本既非写本卷轴时代李善本原貌,又非五臣本之旧。那么,这里就出现一个问题,何以李善注本、五臣注本在三处"昉"暨"君"的地方会有如此的错乱呢？

究其情实,任昉当日在上萧太傅(按：即萧子良)的原启中自然应当书作"昉启""昉于品庶""昉往从末宦",径称己名,以示虔敬。但正如胡克家所考,就吕延济注之语意可以推断,吕延济于唐开元间所见《文选》李善注写卷实作"君启",吕延济解释这是因为《文选》录文所据文献出处为任昉之家集,而家集讳"昉"名不书,改"昉"作"君",故《文选》撰次亦"因而录之"。

在这个问题上,吕延济之注极应引起重视。吕氏此注除了校勘意义之外,更有切要的文化史意义,即揭橥了中古写本时代文集的一大特点："家集讳其名"。所谓家集,即文士作品结集后由子孙后代保存的写本,一般被外界认为是作者文集的权威底本②。至于避家讳,则其来久远③,在中古尤为谨严,而作为写本的家集,所避自然包括国讳、家讳。六朝隋唐文集例皆藏于家以传家学,集主在撰文时自然不必避自己名讳,但子孙在整理、传抄、誊录父祖家集的过程中,却需要直面写本章集中集主(父祖辈)的名讳问题。六朝隋唐,也就是文集的写本时代,尤重家族门第,礼法容止。因此,尊谱学,谨家讳,自是这一时期题中应有之义,如陈寅恪所云："东西晋南北朝时之士大夫,其行事遵周孔之名教(如严避家讳等),言论演

---

① 彭叔夏：《文苑英华辨证》卷一〇,景印清武英殿聚珍版丛书本,《文苑英华》附录,北京：中华书局,1966年,第5299页。

② 例如樊晃曾据所见杜甫诗文凡二百九篇"各以志类,分为六卷",但他最终的期待仍是"君有子宗文、宗武,近知所在,漂寓江陵,冀求其正集,续当论次云"。见樊晃《杜工部小集序》,收入仇兆鳌：《杜诗详注》附编,北京：中华书局,1979年,第2237页。

③ 著书而避家讳,最知名者莫过司马迁,其撰《史记》于《赵世家》改赵孟谈为赵孟同,《佞幸传》改赵谈为赵同,皆避司马谈之讳。详钱大昕：《十驾斋养新录》卷一六"文人避家讳"条,上海：上海书店,1983年,第400页。清人周广业所撰《经史避名汇考》,网罗甚备,但正如书名所言,取材多在经史,该书涉及集部很少,特别是关于家集的讳名问题,如下文所引,周氏只就任昉一例进行了考察。

老庄之自然。"①可以肯定的是,中古时期的士人在整理父祖手泽或传写父祖家集时,遇到父祖名讳必然不可能径自照抄,甚至他们听到父祖名讳,都会痛哭避走。刘义庆《世说新语》尝载,桓玄(父桓温)"船泊荻渚,王大服散后已小醉,往看桓。桓为设酒,不能冷饮,频语左右'令温酒来',桓乃流涕呜咽"②。清金埴尝谓:"私讳古人所重,闻触父名则往往足不及履,徒跣而走。"③所举谢超宗、王亮二事亦可证六朝之重家讳。颜之推《颜氏家训》亦曰:"礼云:'见似目瞿,闻名心瞿。'有所感触,恻怆心眼。"④讳闻父祖之名,既与人的自然情感契合,也有着悠久的礼法渊源。倘桓玄、颜之推等人整理乃父祖之家集,落笔之时,自然不会直书桓温之"温"字、颜协之"协"字,此点洵可以断言。

到了"姓氏之学,最盛于唐"的李唐时代⑤,也特别注重避家讳,唐政府在制度设定时便顾及到了世风对家讳的郑重,《唐律疏议》卷一〇曰:"府有正号,官有名称。府号者,假若父名卫,不得于诸卫任官;或祖名安,不得任长安县职之类。官称者,或父名军,不得作将军;或祖名卿,不得居卿任之类。皆须自言,不得辄受。"⑥翰林院也曾规定,翰林学士起草制书时,"如当制日遇将相名姓与私讳同者,即请同直替草"⑦。又比如学界常征引的钱易《南部新书》丙卷云:"凡进士入试,遇题目有家讳(谓之'文字不便'),即托疾,下将息状求出,云:'牒某,忽患心痛,请出试院将息,谨牒如的。'"⑧均可看出唐代之于家讳避之唯谨。在这样的中古文化史背景下,写本时代的家集是如何实现避讳父祖之名的呢?尽管如今写本古集仅存吉光片羽(敦煌所出,日本所传),而家集原本更渺不可寻,但吕延济"家集讳其名"一语却为我们打开了一扇通过传世刻本文献进窥写本家集讳名体例的窗子。

---

① 陈寅恪:《天师道与滨海地域之关系》,见陈寅恪:《金明馆丛稿初编》,北京:生活·读书·新知三联书店,2001年,第44页。
② 余嘉锡:《世说新语笺疏》卷下之上《任诞》,北京:中华书局,1983年,第762页。《世说》中尚载贺循、钟会、陆机、孙绰家讳事,不备举。
③ 金埴:《不下带编》卷三,北京:中华书局,1982年,第55页。
④ 颜之推撰,王利器集解:《颜氏家训集解》卷二《风操》,北京:中华书局,1993年,第61页。
⑤ 郑樵:《通志》卷二五《氏族序》,北京:中华书局,1987年,第439页。
⑥ 长孙无忌等撰,刘俊文点校:《唐律疏议》卷一〇,北京:中华书局,1983年,第206页。
⑦ 杨钜:《翰林学士院旧规》,见洪遵:《翰苑群书》卷上,傅璇琮、施纯德编:《翰学三书》,沈阳:辽宁教育出版社,2003年,第20页。
⑧ 钱易撰,黄寿成点校:《南部新书》丙卷,北京:中华书局,2002年,第35页。

三、中古写本家集之"讳其名"

由于《文选》在历代的广为传播,吕延济关于"家集讳其名"的注释颇能引起后世学者的注意。清何焯曾推阐其例,举任昉《启》文中"君于品庶"及六朝集多有"君启""君白"之例以为佐证①。周广业《经史避名汇考》于何义门说加按语曰:"广业案:《南史》本传云:'衣冠贵游,多与交好,坐客恒有数十。时人慕之,号曰任君,言如汉之三君也。'又《到溉传》:'陆倕赠昉诗云:任君本达识。'时谓昉为任君。据此则当时不独家集讳之矣。"②详周广业语义,他认为任昉在世时其他人即称任昉曰"任君";当其子孙纂录家集时,遂因世间流行之"(任)君"美称来代换家集中"(任)昉"之名。也就是说,周广业既认可六朝文集存在吕延济所说的"家集讳其名"之现象,又为《任昉集》何以偏偏用"君"字作为讳名代字找到了史籍依据,可以说为这一问题的讨论更进一解。当然,以"君"代名表示敬意,乃汉魏六朝临文通习(近似于周秦称"子"),并非称任昉为"任君"所专有,比如贾谊《新书·先醒》篇有"怀王问于贾君"之句,余嘉锡认为:"古人自称为某子者,或有之矣,未有自名为君者,此明为弟子或其子孙之词也。"③这一判断不无道理,很可能贾谊后人或弟子在整理《新书》时便已用"君"字作"谊"之讳字④。六朝文献中也常见称郑玄曰"郑君"之例,亦可左证。

前引何焯虽提及六朝集多有讳名之例,但并未举证,周广业则续加举例曰:"《文苑英华》徐陵《与王僧辩书》,首尾皆云'孤子徐君顿首',余诸书曰'徐君白',王勔亦然。《弘明集》郑道子《与沙门论踞食书》末云'郑君顿首',亦其例也。"⑤钱锺书也注意到这一问题,遂在《管锥编》第三册论《全晋文》时专列"书启自署'君''公'"一条,举证并加以阐释曰:

---

① 何焯曰:"昉启,昉一作君,吕延济曰'昉家集讳其名,但云君,撰者因而录之。'按六朝诸集书启多作君启、君白之语,吕说得之。下文'君于品庶'之'君'同。"见何焯撰,崔高维点校:《义门读书记》卷四九,北京:中华书局,1987年,第954页。
② 周广业:《经史避名汇考》卷三六,景印清抄本,北京:北京图书馆出版社,1999年,第2142页。
③ 余嘉锡:《目录学发微·古书通例》,上海:上海古籍出版社,2013年,第229页。
④ 《文选》卷六十颜延之《祭屈原文》便称"乃遣户掾某敬祭故楚三闾大夫屈君之灵。"虽非后人或弟子,亦敬称屈原作"屈君"。萧统:《六臣注文选》卷六〇,景印宋刻本,第1124页。
⑤ 周广业:《经史避名汇考》卷三六,第2142页。

《全宋文》卷一九王僧达《祭颜光禄文》："王君以山羞野酌，敬祭颜君之灵"，《文选》录之；夫祭文较书牍辞气更为谨敬，似无宾主齐称"君"之理，当亦"家集讳其名"耳。①

严可均所辑王僧达《祭颜光禄文》，系出自《文选》卷六〇，今查宋本系统李善注本及五臣注本，即已经皆作"王君""颜君"。钱锺书认为祭文敬称颜延年为"颜君"，而亦自称"王君"，不合谨敬之理，故推断《文选》录文时系据王僧达之家集，而家集因王僧达子孙避讳的缘故，已经改"王僧达"作"王君"。今考《隋书·经籍志》著录"宋护军将军《王僧达集》十卷，梁有录一卷。"②是王僧达在梁代有集传世，萧统等人自可据以选录。

钱锺书又举戴逵、郑鲜之、刘善明例以左证曰：

　　《全晋文》卷一三七戴逵《与远法师书》三首（出《广弘明集》卷二〇）首称"安公和南"，末称"戴安公和南"，而书中自称"弟子"；逵字"安道"，则"安公"必如吕延济所说"家集讳其名"。《全宋文》卷二五郑鲜之《与沙门论踞食书》（出《弘明集》卷一二）末署"郑君顿首"，亦正如此。《全齐文》卷一八刘善明《答释僧岩书》三首（出《弘明集》卷一一）称僧岩为"君"："况君辨破秋毫"，"以君之才"，"度君之德"，"君谈天语地"，不一而足，而三书末又均署"刘君白答"；主宾无别，显然"家集讳其名"。③

论证皆确凿可立，而三人别集于《隋志》中著录曰："晋征士《戴逵集》九卷，残缺，梁十卷，录一卷……宋太常卿《郑鲜之集》十三卷，梁二十卷，录一卷……豫州刺史《刘善明集》十卷。"④尤其值得注意的是"晋征士《戴逵集》九卷"，戴逵隐逸不仕，其文集更只可能是子孙所编。称先人曰"公"亦是六朝通习，下文举陆机讳名而称乃祖陆逊曰"陆公"，即是一例。由此亦可推测六朝总集选文之来源多出于个人别集，且源自别集的祖本之家集系统。

钱锺书又举《全梁文》卷三六江淹《萧太尉上便宜表》等首称"臣公言"，

---

① 钱锺书：《管锥编》第 3 册，北京：生活·读书·新知三联书店，2007 年，第 1836 页。
② 魏徵：《隋书》卷三五，北京：中华书局，1973 年，第 1073 页。
③ 钱锺书：《管锥编》第 3 册，第 1837 页。
④ 魏徵：《隋书》卷三五，第 1069、1072、1075 页。

卷三七江淹《齐王谢冕旒诸法物表》首称"臣王言",皆是江淹代齐高帝未登极时所撰。钱氏认为"'公''王'必原为'道成',此又臣下编集讳君上名,非子孙编集讳祖父名"①。在这里,钱氏转入了对文集中近似而非同类的他种避讳现象予以辨析,倘分辨既明,则更加便于对"家集讳其名"一类的避讳改字进行定位。钱氏所言及的"臣下编集讳君上名",另可参《晋书》所录陆机《辩亡论》,此文中有"于是张公为师傅,周瑜、陆公、鲁肃、吕蒙之俦,入为腹心,出为股肱"数语。《经史避名汇考》卷一〇谓"下'公'字家讳,上'公'字避文帝讳也"②。指出陆机行文避陆逊之"逊"、司马昭之"昭",遂皆以"公"字代之。

不过,我们需要辨析的是,类似陆机之讳"昭"字乃国讳,讳"逊"字乃家讳,但本章核心论题"家集讳其名"则属于两者之外的第三个范畴,即文士某甲在自己文稿中很谨慎地注意着前两者的避讳,但他不可能预先代子孙计而避自己的名讳,因此文稿中自然留有很多自己称名的地方。但到了子孙辈整理家集(某甲文集)时,则面对写本中的某甲自称名讳,已然成为了陆逊的"逊"字之于陆机那样的先人家讳,自然不可能在誊稿传抄时径自抄写某甲之名讳,故而"家集讳其名"实为古人避讳传统的情理之必然。

钱锺书此则札记就《文选》及《全上古三代秦汉三国六朝文》进行考索举出了很多确凿的实例。然而,至少从宋人开始,便对此传统蒙昧不明,故在刻书时或保留或径改,遂致淆乱不可究诘,兹举李昉《文苑英华》中徐陵一例。宋彭叔夏刻本《文苑英华》卷六七七徐陵《与王僧辨书》曰:

> 太清六年六月五日,孤子徐君(原注:"君"疑是古人自称,如王绩书中亦作"王君",又,一本作名,当考。)顿首。……终结江南之草,孤子徐君顿首。③

---

① 钱锺书:《管锥编》第3册,第1837页。
② 周广业:《经史避名汇考》卷一〇,第599页。陈垣《史讳举例》卷五亦曰:"《晋书·陆机传·辩亡论》,三称张昭,皆作张公,盖机避晋讳。"所说略同。然考察国家图书馆藏敦煌唐人写陆机《辩亡论》及《文选》李善注、五臣注,皆作"张昭",则传抄过程中又于"张公"有回改。参陆机《辩亡论》,中国国家图书馆景印敦煌本;萧统撰,李善注:《文选》卷五三,第735—736页;萧统:《六臣注文选》卷五三,景印宋刻本,第988页。
③ 李昉:《文苑英华》卷六七七,景印宋彭叔夏刻本配明刻本,北京:中华书局,1966年,第3484—3485页。

第七章 "家集讳其名"例

许逸民《徐陵集校笺》于徐陵此篇后按语曰:"《文苑英华》此篇后有注:此篇六百八十二卷重出,今削去,注异同为一作。可见'一本作名',正谓卷六八二作'陵'字。"①就彭叔夏注释来看,他已经不能确知写本时代存在"家集讳其名"的传统,而怀疑"君"字是古人自称,实则"君"恰是徐陵子孙在抄写家集时为避讳而对先人采取的敬称,"王绩"作"王君"也是这样的情况。明人顾起元在《说略》卷五中说:"古人致书于人,亦有不称名而称君者,如徐陵《与王僧辩书》称'孤子徐君顿首',《与周处士书》末亦云'徐君白'。《文苑英华》注云:'君疑是古人自称,如王绩书中亦作王君。'然则古人或有如此体,未可知也。"②顾氏虽试图对这一问题进行解释,但受《文苑英华》注的影响,没有意识到"君"字常用作讳父祖之本名(后世称先人为"先君子""先君"似与此传统有关)。清汤大奎《炙砚琐谈》卷上引证多同,亦认为是古人自称③。《徐陵集校笺》引高步瀛《南北朝文举要》注曰:"与人书断无自称君之理,原书自当称名无疑,特后人编文集时,讳其名而称君耳。"④高氏行文简净,他所说的"后人",当即指徐陵之后人。实际上,《文苑英华》注以及顾起元、汤大奎所举之例,皆是六朝家集讳名传统之遗留,晚出的明张溥《汉魏六朝百三名家集》将"孤子徐君顿首"径改作"孤子徐陵顿首",尽管应该合于徐陵当日作书的情景,却已失去了徐陵去世后写本家集保存了讳名特点的古卷之旧貌。

隋唐之于六朝,文化心理、文物制度多有沿承。前揭钱锺书曾提及《王绩集》中讳名作"王君"的情况⑤,其实唐人文集中仍多有此类讳名称"君"的现象。本章开篇所引彭叔夏之《辨证》,其意义不止揭示了张说集中讳名现象,更有价值之处在于提示了《文苑英华》与张说别集讳名用字之不同。中国国家图书馆藏清东武李氏研录山房影抄宋蜀刻本《张说之文集》,最接近

---

① 许逸民:《徐陵集校笺》卷六,北京:中华书局,2008年,第536页。
② 顾起元:《说略》卷五,《景印文渊阁四库全书》,964册,第426页。
③ 汤大奎《炙砚琐谈》卷上:"徐陵《与王僧辩书》自称徐君,王僧达《祭颜光禄文》自称王君,张说《祭殷仲堪文》《吊陈司马书》并自称张君,王绩答杜之松、冯子华与江公重四书并自称王君,至颜延之以何偃呼为颜公,答曰:'身非三公之公,又非田舍之公,又非君家阿公,何以见呼为公?'特以其轻脱怪之耳。"见汤大奎:《炙砚琐谈》卷上,《四库未收书辑刊》10辑30册,北京:北京出版社,1997年,第755页。
④ 许逸民《徐陵集校笺》卷六,第536页。
⑤ 宋人彭叔夏最先指出:"《王绩集》中载两《答刺史杜之松》《答处士冯子华》《与江公重借隋纪》四书,并称王君白。"见彭叔夏:《文苑英华辨证》卷一○,清武英殿聚珍版丛书本。

张说集宋本旧貌。今将《文苑英华辨证》所举三篇及笔者另查考到的《李氏张夫人墓志》一篇各版称名用字比勘如下（表 7-1）：

表 7-1　张说称名异文比勘表

文题	《文苑英华》（宋刊本配明刻本）	《张说之文集》（清研录山房影抄宋蜀刻本）	《文苑英华辨证》
《祭殷仲堪羊叔子文》	卷九九八："说到官，广其堂，立羊叔子庙，像成而祭之：维开元六年岁次戊午正月日，荆州大都督长史燕国公范阳张君（注：集作某）谨遣功曹参军吴兴沈从训敢昭告于晋羊、殷二荆州之神。"①	卷二三："某到官，广其堂，立羊叔子庙，像成而祭之：维年月日，荆州大都督长史燕国公范阳张某谨遣功曹参军吴兴沈从训敢昭告于晋羊、殷二荆州之神。"	本集并作"某"。
《吊陈司马书》	卷九九九："正月癸亥，孤子范阳张君（注：集作说）顿首顿首陈君之灵。"②	卷二三："正月癸亥，孤子范阳张说顿首顿首陈君之灵。"	本集并作"某"。
《张氏女墓志》	卷九六五："景龙年，属家艰，季兄君（注：集作说）征黄门侍郎。"③	卷二六："景龙年，属家艰，季兄说征黄门侍郎。"	本集并作"某"。
《李氏张夫人墓志》	卷九六五："景龙三年，家疚居贫，季弟君（注：集作说）鬻词取给。"④	卷二六："景龙三年，家疚居贫，季弟说鬻词取给。"	

　　通过比勘，现归纳如下：其一，北宋初李昉等编纂《文苑英华》时所据《张说集》皆讳"说"字而作"君"字；其二，南宋彭叔夏校勘《文苑英华》时所见《张说集》"君"字处皆作"某"，或改回"说"字。

　　张说集的传世文本系出自其家集，这一点《新唐书·张说传》有着明确的记载："说殁后，帝使就家录其文，行于世。"⑤这里需要注意的是，"录其文"是录张说原稿，还是经过了张说子孙辈整理的家集文本，颇不易言。但

---

① 李昉：《文苑英华》卷九九八，第 5241 页。
② 李昉：《文苑英华》卷九九九，第 5247 页。
③ 李昉：《文苑英华》卷九六五，第 5074 页。
④ 李昉：《文苑英华》卷九六五，第 5074 页。
⑤ 欧阳修、宋祁：《新唐书》卷一二五，北京：中华书局，1975 年，第 4410 页。

考虑到"录其文"时自然不会漫无统系地抄录,而是应当先有编次排比的程序,且张说后人出示使者前,也会对张说遗稿进行筛选。从这个意义上说,录文之前实际总会有一具有家集性质的成型之集。就其集中称名处之比勘可以发现,《文苑英华》编纂时所据多写本时代卷轴装文集,颇能保存古集文字之本原,而《文苑英华》校勘记乃南宋周必大等人所作,当时张说文集有刻本行世,无论周必大等人所见南宋本张说集改作"某"字还是改回"说"字,都不如宋初编《文苑英华》作"君"字更接近张说文集之家集文本旧貌。当然,改回"说"字,很可能比较接近于张说手稿的原初形态(中古文书凡自书自称名,皆作小字),但张说后人传写其家集,则又会讳改作"君"字。宋人传刻,又勇于改字,遂或将"君"改回"说"字,或将"君"改作宋人常用的讳名代字"某",于是便导致了《张说之文集》称名处的淆乱。

四、从家集"题其字""题其官"推及写本时代文集之命名

四库馆臣在清代郑尔垣家集《义门郑氏奕叶吟集》的解题中,指出"《集》中或题其字,或题其官,而以其名及仕履侧注于下"这一家集特有的现象,并进而考证曰:

> 元结撰《箧中集》,载其弟融之诗,题曰"季川"。吕向《文选注》谓任昉启自称任君,乃因其家集之文。而《玉台新咏》徐陵独题其字,赵宧光以为亦其子姓所钞,则家集书字,原为古例。①

此语有当有不当,将三事联类,自能比对取证,然"吕向《文选注》谓任昉启自称任君,乃因其家集之文"一语却似是而非,盖本章开篇已引作注者乃吕延济,非吕向;而称"任君"亦非任昉所自称,乃子孙因"家集讳其名"所改。但四库馆臣所考却仍有独到的价值,即指出了"家集讳其名"的另一种形式:"题其字"。

《玉台新咏》中《徐孝穆走笔戏书应令》一文不像《文选》及《文苑英华》所引那样,讳"徐陵"作"徐君",而是称徐陵之字"孝穆",为什么会出现这一现象呢?清纪容舒《玉台新咏考异》卷八引证赵宧光说吕延济注《文选》之例进行了解释:

---

① 永瑢等:《四库全书总目》卷一九四,第1775页。

寒山赵氏以为其子姓所书……疑其家录本之时,既讳其名,而杂列于古今作者之中,又不可署曰"徐君",因变例书字。考《颜氏家训》北朝人名、字并讳,南朝人讳名不讳字,赵氏所说,似非尽无据也。①

纪容舒引赵宧光之说,略谓因《玉台新咏》系徐陵所重编,其《走笔戏书应令》一文自可径直署名。但倘徐陵所编本《玉台新咏》在子孙手中流传,传抄过录时就需要面对《应令》一文署名的家讳问题。然《玉台新咏》性质是总集,古今作者众多,徐陵之名与其他作者并处一集,按六朝家集习惯而署"徐君",很容易使后人不知此为哪一徐氏,故而"变例书字"。这样既能明确《应令》一文的著作权问题,又避讳徐陵之"陵"字。在有新材料推进这一问题的讨论之前,用徐陵后人在家藏《玉台新咏》写本中沿承家集讳名习惯,从而在《玉台新咏》的抄写时"讳其名"而"题其字"之说来对此重公案进行解释,是颇征发覆之功的。

当然家集中书名作"君"或易名用字,只是家集讳名的具体表现,写本时代家集讳名还可以表现为他种形式。例如钱仪吉论《庐江钱氏文汇》之得名,便征引《四库提要》所举《文选》吕延济注及元结《箧中集》之例,认为家集之源头汉代的李尤《李氏家书》便已讳名而称"李氏",故而庐江钱家之家集目曰"钱氏文汇":"谨书讳者,从李氏例也。"②

钱仪吉所论家集集名问题给我们以启发,既然如上所论,家集讳其名,那么中古别集在藏于家中时,集名自然不可能是《隋书·经籍志》《旧唐书·经籍志》《新唐书·艺文志》著录"官+姓+名+集"的形式,然则中古写本文集的真实集名状况究竟如何呢?

与《李氏家书》命名形式类似的,最为知名者便是白居易的《白氏文集》,此为白居易亲自编纂,白居易不命名曰"白居易文集",恰可证明唐代自编文集的通例便是不称名,这一点由白居易和元稹的小集《白氏长庆集》《元氏长庆集》之命名以及白居易撰《东林寺〈白氏文集〉记》《圣善寺〈白氏文集〉记》《苏州南禅院〈白氏文集〉记》等文题也能看得出来,"白氏文集"实为真正之题名,而非泛泛之称。或曰,《隋志》以及两《唐志》著录的别集何其多,主流命名体例皆为"姓+名+集"的形式,不正可看出称名才是当时别集命名的

---

① 纪容舒:《玉台新咏考异》卷八,《景印文渊阁四库全书》1331册,第807页。
② 钱仪吉:《衍石斋记事稿》卷三,景印清道光刻咸丰增修光绪钱彝甫印本,《清代诗文集汇编》541册,上海古籍出版社,2010年,第296页。

通例吗？实则不然。

由前所考，文集之编纂，不外乎自编、子孙编、友朋编、后世人编四种类型，写本时代之自编或子孙编家集，因讳名缘故，自然不可能径题名讳；而友朋所编，出于尊重，也不称名，例如唐代卢藏用为友人陈子昂编集，据《文苑英华》所录之写本文字，集序正题作《陈氏集序》①，而从敦煌残本以降陈子昂集卷尾皆附录一篇卢藏用所撰《陈氏别传》，于此益可证卢藏用所编陈集当题作《陈氏集》或《陈氏文集》，凡题《陈子昂集》之名称，似已昧于写本文集命名之通例。不过，陆龟蒙有《读陈拾遗集》之诗题，宋《直斋书录解题》《崇文总目》亦著录"《陈拾遗集》十卷"，可知晚唐以后，陈子昂之文集又题作《陈拾遗集》，这与中古讳名而题官的传统也是相合的。揆诸情理，作者文集历朝累积，同姓者倘皆以"某氏文集"题名，必然会出现淆乱不可究诘的情况，因此集名改题衔名、地望或迭加多项定语也是大势所趋。从目前所能见到大量唐人撰写的《集序》来看，文集制名包含作者官名实为更主流的传统，后文另有相关例证。

出现径自称"姓＋名＋集"的情况，多见于后世人为前人所编文集，但很多编集者仍遵循称"某氏"的文集命名体例。比如诸葛亮的文集，陈寿《三国志》卷三五《诸葛亮传》中著录了陈寿奉旨所编诸葛亮文集的篇目，而总题作《诸葛氏集目录》（图 7-5）。

由此一例可以窥见陈寿所处的晋代，替古人编文集的通行命名方式亦是"姓＋氏＋集"之模式。传世鲍照集有毛斧季校宋本，尚多存古本旧貌，其集名便作《鲍氏集》②。但是，陈寿所编《诸葛氏集》，到了《隋志》，著录却变作"蜀丞相诸葛亮集二十五卷（梁二十四卷）"③。《鲍氏集》也被著录作"宋征虏记室参军鲍照集十卷（梁六卷）"④。之所以会出现这一变动，乃是《隋志》著录文集总的体例所致，今列《隋志》排在诸葛亮集之前的四种书目如下：

魏步兵校尉阮籍集十卷（梁十三卷，录一卷）；
魏中散大夫嵇康集十三卷（梁十五卷，录一卷）；

---

① 李昉：《文苑英华》卷七〇〇，第 3611 页。
② 鲍照：《鲍氏集》卷一，四部丛刊景宋本。
③ 《隋书》卷三五，第 1060 页。
④ 《隋书》卷三五，第 1074 页。

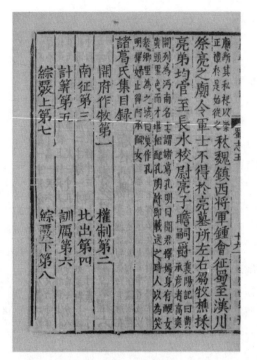

图 7-5　陈寿《三国志》卷三五《诸葛亮传》，北京大学图书馆藏宋衢州州学刻宋元明递修本

　　魏司徒钟会集九卷（梁十卷，录一卷）；
　　魏汝南太守程晓集二卷（梁录一卷）。①

可见《隋志》著录具有统一的结构模式，即"朝代＋官职＋姓名＋集＋卷数（注：梁目卷数）"，《旧唐书·经籍志》《新唐书·艺文志》沿承了这一著录方式。由此我们便可发现，《隋志》的著录并非各人文集写本卷端真正的集名，而是统一格式之后的无集名式著录，这样的好处是简明易知，便于寻检②。通行点校本及学界引文，皆标点作"魏步兵校尉《阮籍集》十卷（梁十三卷，录

---

①　《隋书》卷三五，第 1060 页。
②　曾巩《鲍溶诗集目录序》曰："《鲍溶诗集》六卷，史馆书旧题云《鲍防集》五卷，《崇文总目》叙别集亦然。"可见曾巩所见史馆中之藏书，其集名即径题作"姓＋名＋集"的模式。见曾巩：《曾巩集》卷一一，北京：中华书局，1984 年，第 192 页。

一卷）；魏中散大夫《嵇康集》十三卷（梁十五卷，录一卷）"等等，实则各处书名号均不可加，因为加上书名号就容易使后人误以为中古时期各人文集真实的题名全部如此，这其实是历史的误会。

笔者的看法是，中古文集"姓＋名＋集"的题名方式并非主流，至少在集主之子孙门生辈以及对其保有敬意者那里，都不会径题名讳，只有当年湮世远之后，与集主没有任何干系的人重新理董此集，才有可能径题"姓＋名＋集"。总体而言，迄于唐代流传的写本文集，其题名总的分三种类型：其一，另拟集名（如张融《玉海集》）；其二，姓＋氏（公）＋集或姓＋字＋集或姓＋官职＋集，这类集名皆寓含讳名之传统；其三，姓＋名＋集（通常为后世好事者重编）。之所以得出这一结论，是基于对藤原佐世于宽平年间（889—897）奉敕编纂的《日本国见在书目录》以及多存留写本文集旧貌的《文苑英华》之考察。《日本国见在书目录》成书于《隋志》和两《唐志》之间，而"别集类"集名的著录方式并不像《隋志》、两《唐志》那般整齐划一，从而可证明藤原佐世当是就所见卷轴别集之真正题名而抄录，今枚举其类型如下：

类型一：醉后集三；愚公集一；白云集十九……

类型二：阮嗣宗集五、江文通集一；江令君集廿、阮步兵集十；赵公集十、马氏集十……

类型三：陶潜集十；庾信集廿；骆宾王集十……①

再看《文苑英华》中唐人所撰他人文集之序题（表 7-2），兹分称名与讳名二类，亦可看出尽管有一部分"姓＋名＋集序"的例子，但更多的是讳名，且讳名的形式多样，明显占据集名之主流。

表 7-2　《文苑英华》集序篇题表

称名	王勃集序（杨炯）；赠礼部尚书孝公崔沔集序（李华）；扬州功曹萧颖士文集序（李华）；丞相邺侯李泌文集序（梁肃）；常州刺史独孤及集后序（梁肃）；徐泗濠节度使赠司徒张建封文集序（权德舆）；礼部员外郎柳宗元文集序（刘禹锡）；衡州刺史吕温集序（刘禹锡）

---

① 藤原佐世《日本国见在书目录》"别集家"，《古逸丛书》景印日本旧钞本。

续表

讳名	君：驸马都尉乔君集序（卢照邻）；殿中侍御史萧君文章集录序（独孤及）；补阙李君前集序（梁肃）；兵部郎中杨君集序（权德舆）；比部郎中崔君集序（权德舆）；著作佐郎顾君集序（皇甫湜） 公：南阳公集序（卢照邻）；工部侍郎李公集序（贾至）；赵郡李公中集序（独孤及）；刑部侍郎赠右仆射孙文公集序（颜真卿）；监察御史储公集序（顾况）；右仆射赠太子太保姚公集序（权德舆）；穆公集序（许孟容）；相国李公集序（刘禹锡）；相国韦公集序（刘禹锡）；太尉卫公会昌一品制集序（郑亚、李商隐）；权公集序（杨嗣复） 氏：陈氏集序（卢藏用）；礼部员外郎陶氏集序（顾况）；白氏长庆集序（元稹） 府君：齐昭公崔府君集序（崔佑甫）；秘书监包府君集序（梁肃） 地望：独孤常州集序（李舟） 官职：上官昭容集序（张说）；孔补阙集序（张说）；洛州张司马集序（张说）；杨骑曹集序（李华）；杨评事文集后序（柳宗元）；京兆元少尹集序（白居易） 处士：崔处士集序（王仲舒） 先生：陈先生集序（黄滔）；陈先生集后序（罗隐）

研究写本时代文集的命名、家集讳名等现象，实际可与当时之碑铭互证。例如元稹撰有《唐故工部员外郎杜君墓志铭》，他不会将文题写作"唐故工部员外郎杜甫墓志铭"；樊晃与杜甫并无亲故关系，但他亲自纂集的杜甫诗文却题名作《杜工部小集》，而非"杜甫小集"；王维过郢州，"画浩然像于刺史亭，因曰浩然亭。咸通中，刺史郑諴谓贤者不可斥其名，更曰孟亭"①。从中皆能窥见写本时代文集命名"讳其名"之传统在非亲非故的编集者那里也在某种程度上得到了继承。只有史书在进行经籍著录时，乃出于简明齐整之考虑，方才划一命作"姓＋名＋集"之无集名著录模式。

五、宋人文集之"家集讳其名"问题释证

接下来，材料仍回到本章讨论的起点。宋建阳刻本《六臣注文选》卷三九任昉《上萧太傅固辞夺礼启》开篇"昉启"二字下，吕延济注曰：

---

① 计有功：《唐诗纪事》卷二三，上海：上海古籍出版社，1987年，第347页。

> 昉家集讳其名,但云"君",撰者因而录之。①

意谓任昉去世后,其文集由子孙世守,子孙不敢直书"昉"之名,便讳改为"君",《文选》在录文时依据此本,便因其旧。这则材料揭示了中古写本文集的原初底本——家集——避集主名讳的一大规律,为我们认识文集的"制作"及演进提供了一个突破口。有关这一问题,笔者在上节已经进行了系统考述。由此我们自然会联想到,接续中古的两宋时期,家集制度仍存古风,其中讳名情况又是怎样的呢?

(一)某与厶

北宋是写卷到刻版的过渡时期,写本、刻本此消彼长,诸多诗文集凭借刻本的传世而流传到今天。通过整体查考,我们可以发现宋人文集(尤其是家集)仍部分承续着中古写本时代"家集讳其名"的传统。有了这样一个问题意识的生发点,便可以帮助我们在讨论宋集文本衍生时获得全新的审视角度。可以确考的是,在宋人书写过程中,凡遇父祖辈家讳之时,例皆讳名书"某",有时亦写作"厶",陆游《老学庵笔记》卷六曰:

> 今人书"某"为"厶",皆以为俗从简便,其实古"某"字也。《穀梁》桓二年"蔡侯郑伯会于邓",范宁注曰:"邓,厶地。"陆德明《释文》曰:"不知其国,故云厶地。本又作某。"②

赵翼《陔余丛考》引此段文字,以为始见于《天禄识余》③,不确。"厶"本古"私"字,与"某"字无可通之理,考俞樾《茶香室丛钞》之《四钞》卷十四"厶非某字"条曰:

> 国朝何琇《樵香小记》云:"范宁注《穀梁传》,于不知其说者厶地,说者谓厶即某字之省文,窃不谓然。厶字即古私字,不得假借为某字。由武子于原稿空一字作三角圈记之,如《穆天子传》、《逸周书》之作四角圈耳。"按此说甚是。桓二年《穀梁释文》"出厶地"云"本又作某",盖后

---

① 萧统:《六臣注文选》卷三九,景印宋刻本,北京:中华书局,2012年,第739页。
② 陆游:《老学庵笔记》卷六,北京:中华书局,1979年,第81页。
③ 赵翼:《陔余丛考》卷二二,北京:中华书局,1963年,第428页。

人所改,范氏固不以厶为某字也。①

这一看法颇具精见卓识,发覆性地点出了中古写本对空格处的处理方式②,而这一处理方式和本章所要讨论的家集讳名现象是紧密相关的。

在两宋刻本文集中"厶"字或"△"形并不常见,究其原因,当是由于宋人以"厶"为手书俗写,而"某"为正字,故刻版时一例作"某"。然在宋人集中,屡见自称己名的情况,本不必避讳,却也以"某"字代名,这当如何解释呢?兹以北宋王禹偁《小畜集》、北宋范仲淹《范文正公文集》、南宋陆游《渭南文集》以及韩琦文章中的一则史料为例加以释证。

1. 释《小畜集》之王某

王禹偁《小畜集》卷十九《东观集序》曰(图 7-6):

> 友人翰林学士尚书祠部郎中知制诰苏易简、左司谏知制诰王某以布素之分,哭之恸,收其遗文,洒泪编次,勒成十卷,以其终于史职,目为《东观集》。③

又《小畜集》卷三十《故泉州录事参军赠太子洗马陈君墓碣铭》曰(图 7-7):

> 墓有志,孙何为文;又请尚书礼部员外郎知制诰王某书墓表,某因谓曰……④

何以两处王禹偁行文称他人名时皆直书,而自称却作"王某"呢?影宋本《小畜集》中另有多处王禹偁署名处作"王某"之例,比如卷十六《长洲县令厅记》:"我国家始设官以理焉,袁仁镰首之,王某次之。"卷十六《待漏院记》:"棘寺小吏王某为文,请志院壁,用规于执政者。"卷十八《上太保侍中书》:"右正言直史馆王某谨裁书再拜有言于太保侍中黄阁之下:某闻古者天子有诤臣七人……某惶恐再拜。"本卷尺牍类此,凡称名处皆作"王某"。卷十

---

① 俞樾:《茶香室四钞》卷十四,北京:中华书局,1995 年,第 1705 页。
② 李成晴:《作为中古文本标识符号的"厶"字——陆游〈老学庵笔记〉"今人书某为厶"条斠理》,《语言科学》2018 年第 4 期。
③ 王禹偁:《小畜集》卷十九,《四部丛刊》景宋本配吕无党钞本。
④ 王禹偁:《小畜集》卷三十,《四部丛刊》景宋本配吕无党钞本。

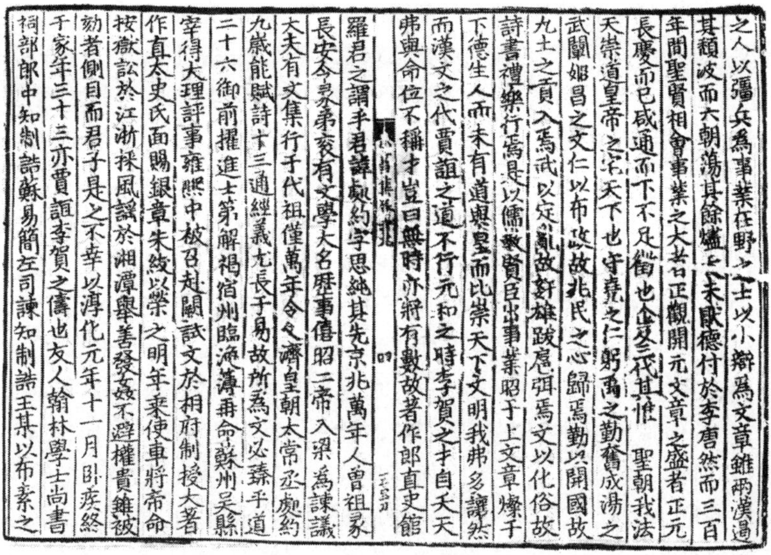
之人以彊兵爲事業在野之士以小辯爲文章雖兩漢過
其頽波而六朝蕩其餘燼矣未聞德付於李唐然而三百
年間聖賢相會事業之大者正觀開元文章之盛者正元
長慶而已咸通而下不足徵也金叉五代其惟 聖朝我法
天崇道皇帝之宋天下也守堯之仁躬禹之勤奮成湯之
武闡姬昌之文仁以布政故兆民之心歸焉勤以開國故
九土之貢入焉武以定亂故姦雄殄息弭焉文以化俗故
詩書禮樂行焉是以儒數賢臣出事業昭于上文章燦于
下德生人而未有道興皇而比崇天下文明我弗多讓然
而漢文之代賈誼之道不行元和之時李賀之才自夭天
弗與命位不稱才豈曰無時亦將有數故著作郎直史館
小畜集卷十九 四
羅君之謂乎君諱處約字思純其先京兆萬年人曾祖家
長安今象弟衮有文學大名歷事僖昭二帝入梁爲諫議
大夫有文集行于代祖僅萬年令父濟皇朝太常丞處約
九歲能賦詩十三通經義尤長于易故所爲文必臻乎道
二十六御前擢進士第解褐宿州臨渙簿再命蘇州吴縣
宰得大理評事雍熙中被召赴闕試文於相府制授大著
作直太史氏面賜銀章朱紱以榮之明年乘使車將帝命
按獄訟於江浙採風謡於湘潭舉善發姦不避權貴雖被
劾者側目而君子是之不幸以淳化元年十一月卧疾終
于家年三十三亦賈誼李賀之儔也友人翰林學士尚書
祠部郎中知制誥蘇易簡左司諫知制誥王某以布素之

图 7-6 王禹偁《小畜集》卷十九《东观集序》，中国国家图书馆藏宋绍兴十七年黄州刻递修本

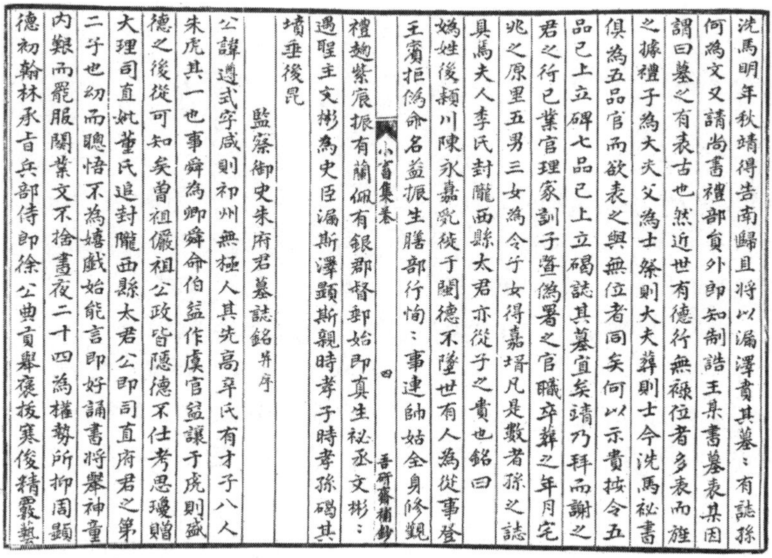
洗馬明年秋靖得告南歸且將以漏澤貴其墓〻有誌孫
何爲文又請尚書禮部員外郎知制誥王某書墓表其因
謂曰墓之有表古也然近世有德行無禄位者多表而旌
之據禮子爲大夫父爲士祭則大夫葬則士今洗馬祕書
俱爲五品官而欲表之與無位者同矣何以示貴按令五
品已上立碑七品已上立碣誌其墓宜矣靖乃拜而謝之
君之行已業官理家訓子蓋僞署之官職卒葬之年月宅
兆之原里五男三女爲令子女得嘉壻凡是數者孫之誌
具焉夫人李氏封隴西縣太君亦從子之貴也銘曰
嬀姓後頴川陳永嘉亂從于閩德不墜世有人爲從事登
王賓拒僞命名益振生膳部行愉〻事連帥姑全身脩覲
禮勉紫宸振有蘭佩有銀郡督郵始即真生祕丞文彬〻
小畜集卷 四 吾研齋補鈔
遇聖主文彬爲史臣漏斯澤顯斯親時孝子時孝孫碣其
墳垂後昆
監察御史朱府君墓誌銘并序
公諱遵式字咸則祁州無極人其先高辛氏有才子八人
朱虎其一也事舜爲卿舜命伯益作虞官益讓于虎則盛
德之後從可知矣曾祖儼祖公政皆隱德不仕考思瓊贈
大理司直妣董氏追封隴西縣太君公即司直府君之第
二子也幼而聰悟不爲嬉戲始能言即好誦書將舉神童
内艱而罷服闋業文不捨晝夜二十四爲權勢所抑周顯
德初翰林承旨兵部侍郎徐 公典貢舉褒拔寒俊精覈藝

图 7-7 王禹偁《小畜集》卷三十《故泉州录事参军赠太子洗马陈君墓碣铭》，中国国家图书馆藏宋绍兴十七年黄州刻递修本

九《送寇密直西京迁葬序》末曰"直凤阁王某序以冠其首云"。本卷及卷二十序体文称名处亦皆作"王某"。卷二八《谏议大夫臧公墓志铭·并序》曰："执友太原王某哭而铭其墓。"整部《小畜集》中的称名作"王某"之现象，究系出自当日王禹偁之笔？抑或是刻版时后人所改？似乎需要直面并给出解释。

《小畜集》为王禹偁亲手编次，生前未曾刊刻，稿藏于家。据祝尚书研究，后世《小畜集》之祖本亦即南宋绍兴沈虞卿刻本，其实是据北宋版八册重刻①，只是如今北宋本杳无踪迹，亦无刊刻序跋流传，故无法考知其刊刻者及年代。然王禹偁生前《小畜集》既然未曾刊刻，家集必藏于其子王嘉祐、王嘉言暨曾孙王汾处。准宋人刻书通例，在刻版之前先就家集誊录，编成清本交付刻工，而家集原本仍藏于家庙或影堂②。可以推知，王禹偁子孙后裔在编次《小畜集》清本时，仍会像六朝隋唐文士那样遇到如何书写"禹偁"二字家讳的问题。因此，"家集讳其名"的论断，是《小畜集》中屡见"王某"较为合理的解释。

2. 释《范文正公文集》之"范某"

苏轼《范文正公集叙》曰：

> 又十一年，遂与其（指范仲淹）季德孺同僚于徐，皆一见如旧。且以公遗稿见属为叙。又十三年，乃克为之……今其集二十卷，为诗赋二百六十八，为文一百六十五。③

按"其季德孺"系指范仲淹第四子范纯粹，字德孺，据苏轼序知范仲淹文集系出自范仲淹之子所存家集，且于范仲淹去世后一直守护，编集请序于苏轼。今即以《四部丛刊》影印明翻元刻本为调查对象④，考察其中的讳名现象。《范文正公别集》四卷，非出自家集系统，不列入考察范围。

经调查，《范文正公文集》称"某"者为 202 频次，称"范某"者为 10 频次，称"臣某"者为 46 频次。出现"仲淹"字样者唯有 3 处，分别是卷六《太清宫九咏序》"高平范仲淹序"，卷六《唐异诗序》"高平范仲淹师其弦歌，尝贻之

---

① 祝尚书：《宋人别集序录》，北京：中华书局，1999年，第29—31页。
② 笔者另文《家集考》已就此问题进行考证。
③ 苏轼著，孔凡礼点校：《苏轼文集》卷十，北京：中华书局，2004年，第311页。
④ 范仲淹：《范文正公文集》，《四部丛刊》景明翻元刊本。

书",卷七《奏上时务书》"天圣三年四月二十日,文林郎守大理寺丞臣范仲淹谨诣阁门"。然而比勘同体诸文,卷六《朝贤送定惠大师诗序》《刻唐祖先生墓志于贺监祠堂序》《述梦诗序》以及卷十五的全部上书,皆作"某""范某""臣某",由是知出现"仲淹"字样之处并非留有深意,应当是家集讳名时偶有遗漏、讳改未尽所致。南朝沈约、唐王绩文中皆常出现类似的或书名或讳名"歧出不归一律"的情况,钱锺书认为"此类盖缘子孙追改之草率疏漏"[①],可资参证。

也许论者会有疑问,怎能确知集中称"某"不是范仲淹自署的情况呢?首先,这不符合历史之情实,比如集中书札,尤其是上书,焉有对君王陈词而署"某"之理?再者,通过查考宋人法帖,无论文体为何,凡称名处皆径自书名,只不过"仲淹"字形很小且联为一体而已(图7-8至图7-10)。

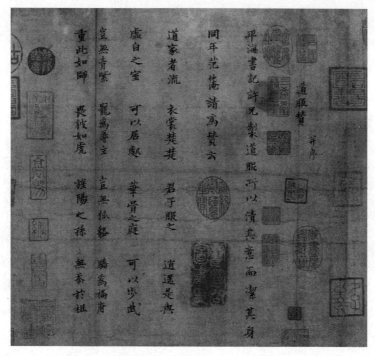

图7-8　范仲淹《道服赞》局部,北京故宫博物院藏

---

① 钱锺书:《管锥编》第3册,第1837页。

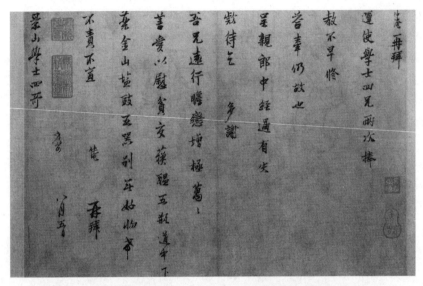

图 7-9　范仲淹《远行帖》，北京故宫博物院藏

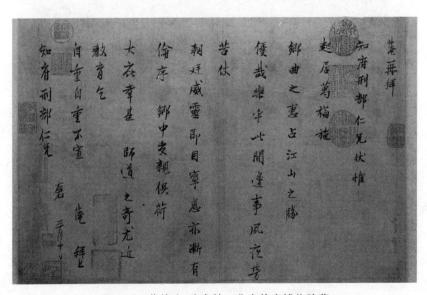

图 7-10　范仲淹《边事帖》，北京故宫博物院藏

其中《道服赞》一文,见于宋人纂《范文正公别集》卷四,因非源出家集,故其序引径作"平海书记许兄制道服,所以清其意而洁其身也。同年范仲淹请为赞云"①,与上图范仲淹手迹直书其名合辙。讳名为"某"之情形与《小畜集》《范文正公文集》相类似的,我们还可以在尹洙《河南先生文集》、张方平《乐全先生文集》中进一步印证。

《四部丛刊》影印春岑阁抄本《河南先生文集》中,卷十八到卷二二中共出现9频次"尹洙",而卷五、六、八、十二、十三、十五、十七、十八、二十、二一、二二中共出现24频次"尹某"。考尹洙之集原本为范仲淹所编二十七卷本,但在尹氏后人家中的留存情况并无史料可考,且宋元刻本也未能流传至今。不过据祝尚书研究,明抄本以降的二十七卷本系统皆源出范编本,只是《四部丛刊》影印春岑阁抄本"文字讹脱触目皆是,而文章脱简尤为严重"②,故而笔者推测范仲淹编尹洙《河南先生文集》原本可能比较谨严地以"尹某"讳名,只是后来几经传抄,出现回改现象,遂导致了"尹洙""尹某"歧出的情况。又据张方平《谢苏子瞻寄乐全集序》,知《乐全集》乃张氏生前所自编:

前年子瞻觐止,见索鄙拙,欣然呈纳,因而面告为删除其繁冗,芟夷其芜秽,十存三四,聊以付子孙而已。③

可见张方平《乐全集》经过了苏轼的编次整理,以完整的家集形式藏于其家。今就存世的宋版《乐全先生全集》来考察,其中凡张方平自称处,例皆作"某""张某",整部文集煌煌四十卷,并没有一处出现"方平"字样,足见此集刊刻时对"家集讳其名"这一文化传统遵之唯谨。

3. 释《渭南文集》之"陆某"

陆游《渭南文集》系生前手自编定,藏于家,嘉定十三年(1220)方由幼子陆子遹刻于溧阳县学宫④,则《渭南文集》属于典型的家集。今宋嘉定本犹存世四十六卷,佚失四卷,藏于中国国家图书馆,《中华再造善本》以及《宋集珍本丛刊》曾据以影印,是我们考察宋人文集由家集写本过渡到刻本的极佳样本。今就翻检所见,将宋嘉定本《渭南文集》中陆游署名情况统计如下(表7-3):

---

① 范仲淹:《范文正公文集·别集》卷四,《四部丛刊》景明翻元刻本。
② 祝尚书:《尹洙〈河南先生文集〉版本考略》,《文献》2001年第1期。
③ 张方平著,郑涵点校:《张方平集》,郑州:中州古籍出版社,1992年,第565页。
④ 祝尚书:《宋人别集序录》,北京:中华书局,1999年,第971页。

表 7-3　宋嘉定本《渭南文集》陆游署名统计表

署　　名	卷数（频次）	署　　名	卷数（频次）
陆游	四二(1)	陆某务观	二七(1)、二九(1)
笠泽陆某务观	十四(2)、二八(1)、二九(1)、三十(1)	山阴老民陆某	十五(1)、三一(1)
笠泽老渔陆某	二八(1)	笠泽老民陆某	三十(1)
笠泽病叟陆某	二九(1)	笠泽钓叟陆某	二九(1)
笠泽渔隐陆某	二六(2)、三一(1)	渔隐陆某	二六(1)
门生山阴陆某	三十(1)	门生笠泽陆某	三十(1)
放翁陆某	三十(1)	放翁陆某务观	十五(1)、二八(1)
渭南伯陆某务观	十五(1)	渭南伯陆某	三十(1)、三一(1)
吴郡陆某	十七(1)、二六(1)、二七(2)	吴陆某	三二(1)
甫里陆某	十七(1)、二六(1)、二七(5)	甫里陆某务观	十八(1)
臣陆某	二六(3)	故史官陆某	三十(1)、三一(1)
某	每卷皆有		
陆某	五(2)、十四(2)、十五(8)、十七(3)、十八(7)、十九(8)、二十(5)、二一(2)、二六(3)、二七(7)、二八(7)、二九(7)、三十(3)、三一(6)、三四(1)、三九(2)、四十(2)		
笠泽陆某	十三(1)、十四(1)、十五(2)、十七(1)、十九(1)、二七(7)、二八(5)、二九(9)、三十(3)		
山阴陆某	十四(9)、十五(4)、十七(4)、十八(4)、二十(1)、二五(1)、二六(4)、二七(6)、二八(3)、二九(2)、三十(13)、三一(8)、四十(1)		
山阴陆某务观	十四(1)、二十(1)、二一(1)、二六(1)、二七(1)、二八(1)、二九(1)、三十(3)、三一(2)		

　　由表 7-3 可以看出，《渭南文集》中记序、上书、书信等涉及署名的地方，绝大部分文字都作"陆某"，始于卷五《辞免转太中大夫状》之"中大夫充宝谟阁待制提举江州太平兴国宫陆某状奏"[①]，止于卷三九《令人王氏圹记》之"呜呼！令人王氏之墓，中大夫山阴陆某妻。"[②]（图 7-11、图 7-12）

　　整部《渭南文集》只有卷四二开卷落款及同卷《天彭牡丹谱·风俗记第三》文末署"明年正月十日山阴陆游书"[③]，"游"字缺末笔，亦属避讳（图 7-13、图 7-14）。

---

　　① 陆游：《渭南文集》卷五，景宋嘉定本，《宋集珍本丛刊》第 47 册，北京：线装书局，2004 年，第 92 页。
　　② 陆游：《渭南文集》卷三九，景宋嘉定本，第 341 页。
　　③ 陆游：《渭南文集》卷四二，景宋嘉定本，第 360 页。

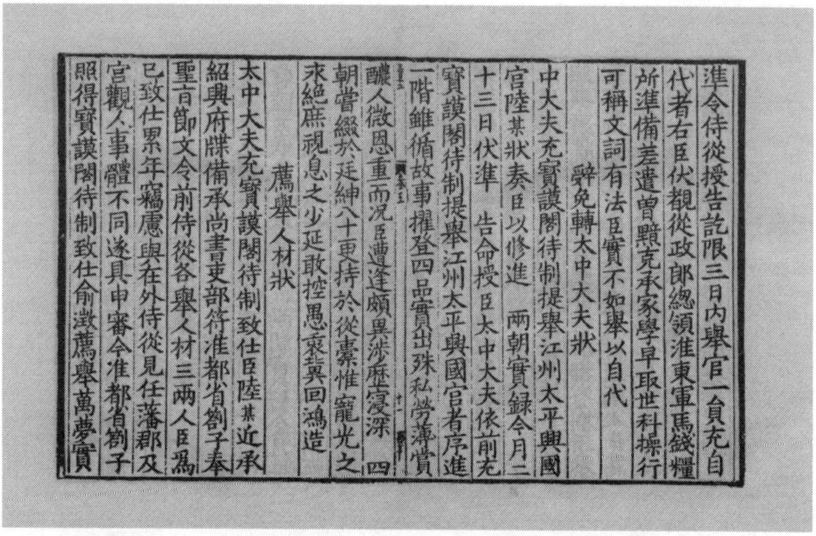

準令侍從授告訖限三日内舉官一員充自
代者右臣伏覩從政郎總領淮東軍馬錢糧
所準備差遣曾黯克承家學早取世科操行
可稱文詞有法臣實不如舉以自代
辭免轉太中大夫狀
中大夫充寶謨閣待制提舉江州太平興國
宫陸某狀奏臣以修進　兩朝實録今月二
十三日伏準　告命授臣太中大夫依前充
寶謨閣待制提舉江州太平興國宫者序進
一階雖循故事擢登四品實出殊私勞薄賞
醲人微恩重而況臣遭逢頗異涉歷寖深　四
朝嘗綴於廷紳八十更持於從橐惟寵光之
永絶庶視息之少延敢控愚衷冀回鴻造
薦舉人材狀
太中大夫充寶謨閣待制致仕臣陸某近承
紹興府牒備承尚書吏部符准都省劄子奉
聖旨節文令前侍從各舉人材三兩人臣竊
已致仕累年竊慮與在外侍從見任藩郡及
宫觀人事體不同遂具申審今准都省劄子
照得寶謨閣待制致仕俞澂薦舉葛夢實

图 7-11　陆游《渭南文集》卷五，中国国家图书馆藏宋嘉定十三年陆子遹溧阳学宫刻本

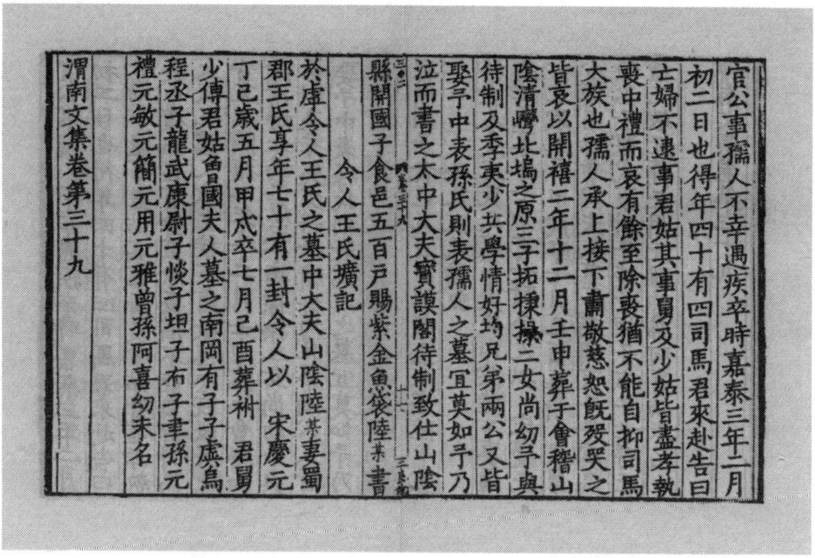

官公事孺人不幸遇疾卒時嘉泰三年二月
初二日也得年四十有四司馬君來赴告曰
亡婦不逮事君姑其事舅及少姑皆盡孝執
喪中禮而哀有餘至除喪猶不能自抑司馬
大族也孺人承上接下肅敬慈恕既歿哭之
皆哀以開禧二年十二月壬申葬于會稽山
陰清潭北塢之原三子拓揀[illegible]二女尚幼予與
待制及季夷少共學情好均兄弟兩公又皆
娶予中表孫氏則表孺人之墓宜莫如予乃
泣而書之太中大夫寶謨閣待制致仕山陰
縣開國子食邑五百戸賜紫金魚袋陸某書
令人王氏壙記
於虖令人王氏之墓中大夫山陰陸某妻蜀
郡王氏享年七十有一封令人以　宋慶元
丁巳歲五月甲戌卒七月己酉葬袝　君舅
少傅君姑魯國夫人墓之南岡有子子虡烏
程丞子龍武康尉子惔子坦子布子聿孫元
禮元敏元簡元用元雅曾孫阿喜幼未名
渭南文集卷第三十九

图 7-12　陆游《渭南文集》卷三九，中国国家图书馆藏宋嘉定十三年陆子遹溧阳学宫刻本

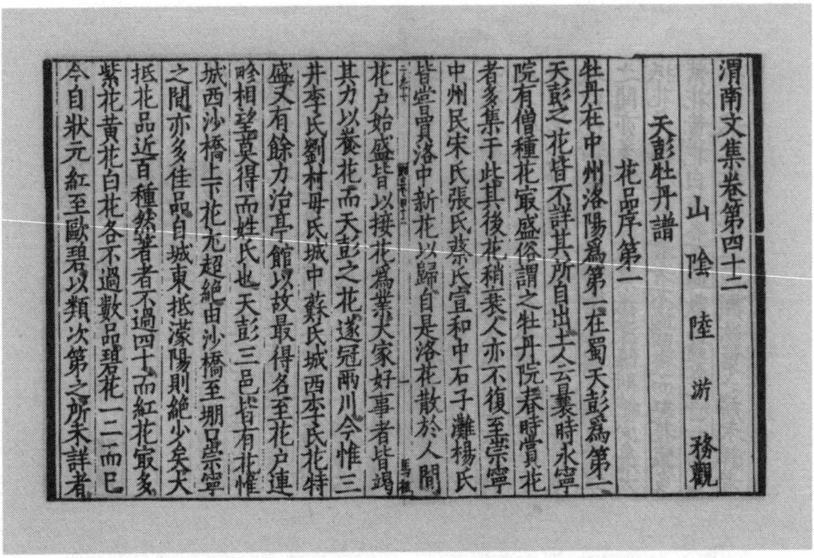
渭南文集卷第四十二
山陰陸游務觀
天彭牡丹譜
花品序第一
牡丹在中州洛陽爲第一在蜀天彭爲第二天彭之花皆不詳其所自出土人云曩時永寧院有僧種花冣盛俗謂之牡丹院春時賞花者多集于此其後花稍衰人亦不復至崇寧中州民宋氏張氏蔡氏宣和中石子灘楊氏皆嘗買洛中新花以歸自是洛花散於人間花戶始盛皆以接花爲業大家好事者皆竭其力以養花而天彭之花遂冠兩川今惟三井李氏劉村毋氏城中蘇氏城西李氏花特盛又有餘力治亭館以故最得名至花戶連畛相望莫得而姓氏也天彭三邑皆有花惟城西沙橋上下花尤超絕由沙橋至堋口崇寧之間亦多佳品自城東抵濛陽則絕少矣大抵花品近百種然著者不過四十而紅花冣多紫花黃花白花各不過數品碧花一二而已今自狀元紅至歐碧以類次第之所未詳者

图 7-13 陆游《渭南文集》卷四二，中国国家图书馆藏宋嘉定十三年陆子遹溧阳学宫刻本

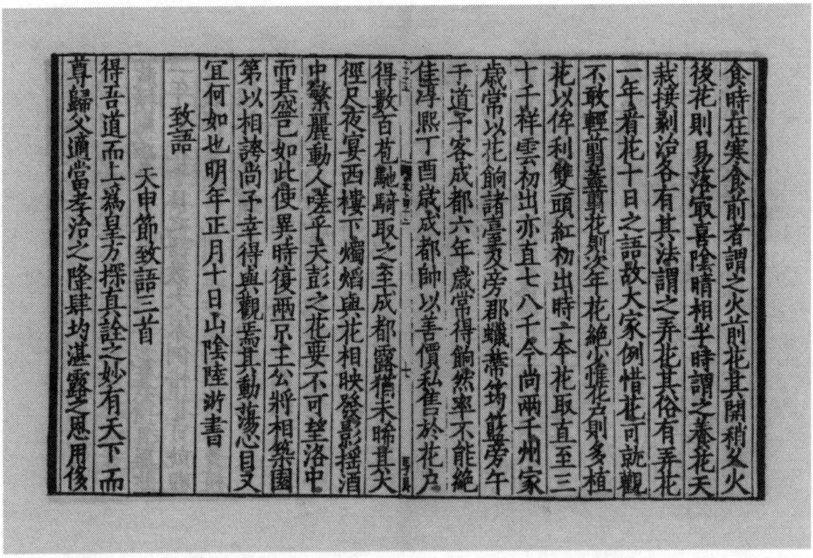
食時在寒食前者謂之火前花其開稍久火後花則易落冣喜陰晴相半時謂之養花天栽接剔治各有其法謂之弄花其俗有弄花一年看花十日之語故大家例惜花可就觀不敢輕剪蓋剪花則次年花絕少惟花戶則多植花以侔利雙頭紅初出時一本花取直至三十千祥雲初出亦直七八千今尚兩千州家歲常以花餉諸臺及旁郡蠟蔕筠籃旁午于道予客成都六年歲常得餉然率不能絕佳淳熙丁酉歲成都帥以善價私售於花戶得數百苞馳騎取之至成都露猶未晞其大徑尺夜宴西樓下燭焰與花相映發影搖酒中繁麗動人嗟乎天彭之花要不可望洛中而其盛已如此使異時復兩京王公將相築園第以相誇尚予幸得與觀焉其動蕩心目又宜何如也明年正月十日山陰陸游書
致語
天申節致語三首
得吾道而上爲皇方操真詮之妙有天下而尊歸父適當孝治之隆肆均湛露之恩用侈

图 7-14 陆游《渭南文集》卷三九，中国国家图书馆藏宋嘉定十三年陆子遹溧阳学宫刻本

第七章 "家集讳其名"例

那么,陆游在当日手书中是如何署名的呢？我们不妨就现存的陆游法帖进行考察,其中《中国书法全集·陆游卷》所收颇全①,陆游称名处如下:

1.《苦寒帖》抬头:"游惶恐再拜上启仲躬户部老兄台座。"(图 7-15)
2.《秋清帖》抬头:"游惶恐再拜上启原伯知府判院老兄台座。"
3.《上问帖》抬头:"游惶恐百拜上问。"
4.《〈北齐校书图卷〉跋》落款:"淳熙八年九月廿日陆游识。"(图 7-16)
5.《野处帖(一名:致仲躬侍郎尺牍)》抬头曰:"游顿首再拜上启仲躬侍郎老兄台座。"
6.《怀成都十韵诗卷》落款:"省庵兄以为此篇在集中稍可观,因命写之。游。"(图 7-17)
7.《尊眷帖》落款:"游皇恐拜问契家尊眷。"(图 7-18)
8.《奏记帖》落款:"朝请大夫权知严州军州事陆游札子。"

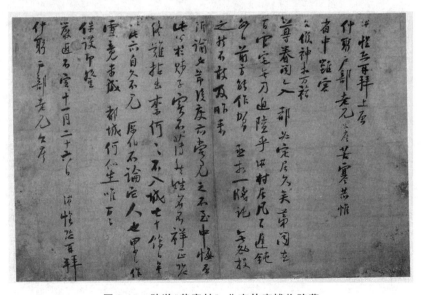

图 7-15　陆游《苦寒帖》,北京故宫博物院藏

① 刘正成:《中国书法全集》四十《陆游卷》,北京:荣宝斋出版社,2000 年,第 86—107 页。

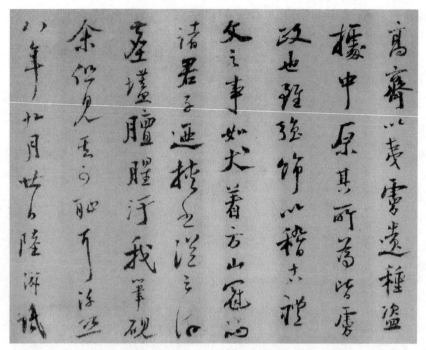

图 7-16　陆游《〈北齐校书图〉跋》，美国波士顿美术馆藏

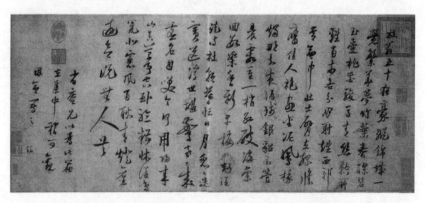

图 7-17　陆游《怀成都十韵诗卷》，北京故宫博物院藏

第七章　"家集讳其名"例

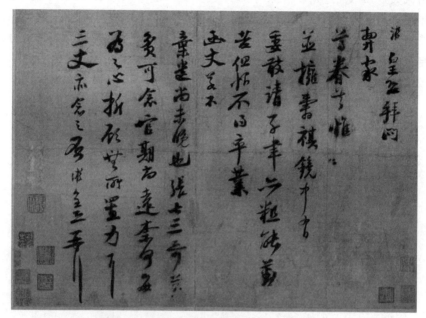

图 7-18　陆游《尊眷帖》，北京故宫博物院藏

由以上陆游真迹来看，皆直书"游"字，且全部作小字书写。取以比勘《渭南文集》卷十三《答邢司户书》抬头曰："五月二十六日笠泽陆某顿首再拜。"①则署"陆某"显然与陆游的尺牍行文径自称名不合。考虑到刻本《答邢司户书》函末并未刻落款（古人刻集多删去），则一种可能是陆子遹所见陆游《答邢司户书》手迹之抬头应当是"游顿首再拜"，而陆子遹遵循"家集讳其名"之传统，遂将落款删落的日期信息提到抬头，而将"游"代换为"笠泽陆某"；另一种可能是陆游在自编文集时已经完成了代换工作，即将抬头"游顿首再拜"代换为"五月二十六日笠泽陆游顿首再拜"，而陆子遹在整理刻版时因讳名遂改"陆游"为"陆某"。笔者认为以后者的可能性更大，但无论哪一种可能性，从"游"到"某"的变化，其合理解释只能是陆子遹依据"家集讳其名"的传统进行系统讳改。

又如《奏记帖》，其落款作"朝请大夫权知严州军州事陆游札子"，今《渭南文集》中陆游同此署衔名尚有两例，分别是卷二七《先太傅遗像》末曰"朝

---

①　陆游：《渭南文集》卷十三，景宋嘉定本，第 130 页。

请大夫权知严州军州事陆某谨书"①,卷三九《陆氏大墓表》末曰"淳熙十五年正月日朝请大夫权知严州军州事某谨书"②,由《奏记帖》可逆推陆游原稿皆当作"陆游"或"游"。另外《怀成都十韵诗卷》《〈北齐校书图〉跋》两帖分别是诗帖和画跋,亦署名"游"或"陆游",今考《渭南文集》中类似文体颇多,比较典型者如卷二六《跋尹耘师书〈刘随州集〉》曰:

> 佣书人韩文持束纸支头而睡,偶取视之,《刘随州集》也。乃以百钱易之,手加装褫。绍兴二十五年正月八日陆某记。
> 尹耘师耕乡里前辈,与九伯父及先君游,此集盖其手抄云。绍熙元年七月望某再跋。(图7-19)③

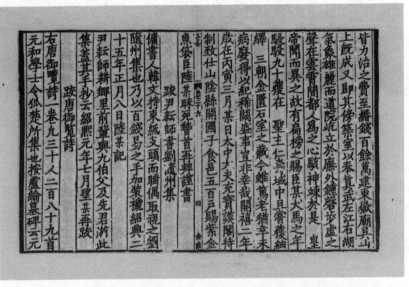

图 7-19　陆游《渭南文集》卷二六,中国国家图书馆藏宋嘉定十三年陆子遹溧阳学宫刻本

先后两则跋语,一作"陆某",一作"某",此处显知原帖"某"字实际是"游"字。覆考《渭南文集》,其中有多种情境下,陆游绝不可能自称"某",例

---

① 陆游:《渭南文集》卷二七,景宋嘉定本,第242页。
② 陆游:《渭南文集》卷三九,景宋嘉定本,第337页。
③ 陆游:《渭南文集》卷二六,景宋嘉定本,第231页。

如同为卷二六"题跋"卷之《跋修心鉴》，系陆游为其高祖之《修心鉴》墨迹而作，其首尾云"右高祖太傅公《修心鉴》一篇……隆兴二年七月二日元孙某谨书。"①因宋讳"玄"，故避"玄孙"为"元孙"，而"某"字在陆游题跋之时，必作"游"，盖古人面对父祖辈尚不得称字号，焉得称"某"？又《渭南文集》卷十九《会稽县新建华严院记》落款曰："庆元五年八月甲子中大夫致仕山阴县开国男食邑三百户陆某撰并书丹。"②碑记落款例皆署名，否则后人无可考，而此处作"陆某"，实际原碑必作"陆游"。又前揭《渭南文集》卷五《辞免转太中大夫状》曰："(太)中大夫充宝谟阁待制提举江州太平兴国宫陆某状奏。"③后篇《荐举人材状》曰："太中大夫充宝谟阁待制致仕臣陆某近承绍兴府牒。"④宫廷奏状而自称"陆某"，绝无此理（图7-11）。又细查刻本两处"某"字，皆刻作小字，尤其能看出"某"字讳名的痕迹。

考陆子遹跋语，《渭南文集》"自先太史未病时故已编辑，而名以《渭南》矣"⑤，则《渭南文集》之家集底本容为陆游手迹亦未可知，然而陆子遹在刻版时并未直接据家集底本上版，而是"今别为五十卷"⑥，经过了新一番的编次整理，于是可推证《渭南文集》中细密的讳名现象当是陆子遹所为。

总而言之，由以上详考诸例可以看出，宋代能够确认出自家集系统的文集，仍谨遵"家集讳其名"这一传统，其他宋集如周必大《文忠集》也具有这一体例特点。颇疑后世以"姓+某"自称的习惯，如"赵某""钱某人"等，实际是来源于家集讳名的传统。就目前史料可以确知，古人实际是习惯直呼己名的，"姓+某"乃是子孙因避家讳所改。宋人刻《论语》而将"丘"讳改作"某"，实际也可置于这一传统序列中进行考察。清人周广业在《经史避名汇考》中历考先秦经传以降讳名作"某"字的情况，但涉及作者自称名而文献作"某"之例，唯举"廖文英《正字通》'今书传凡自称不书名亦曰某'"⑦，其实属于对文献传承未能厘清所致。以非本章论题所关，兹不赘述。

（二）唐宋墓志讳名例释

接下来再推考一下韩琦《家集》"旧文阙六代、七代祖之讳"的问题。

---

① 陆游：《渭南文集》卷二六，景宋嘉定本，第232页。
② 陆游：《渭南文集》卷一九，景宋嘉定本，第185页。
③ 陆游：《渭南文集》卷五，景宋嘉定本，第92页。
④ 陆游：《渭南文集》卷五，景宋嘉定本，第92页。
⑤ 陆游：《渭南文集》跋，景宋嘉定本，第47页。
⑥ 陆游：《渭南文集》跋，景宋嘉定本，第47页。
⑦ 周广业：《经史避名汇考》卷二，第139页。

韩琦曾在《录附鼓城府君墓志石本序》中自述,他根据家集所收真定主簿张度撰写的四代祖鼓城府君墓铭寻访到了四代祖之墓,"非开隧视铭则无以取众之信",乃开墓取墓志铭加以验证,随后"亟具墨蜡传其本,置石于故处,而实其隧中"。韩琦取拓本与家集本比勘后,提示了一个问题:

  石本比《家集》旧文有少删略处,盖曾祖令公削其烦也。旧文阙六代、七代祖之讳,今皆得之。谨录而载于《家集》府君志文之后,俾子孙传之。①

后来韩琦又寻访到五代祖庶子及其二弟的坟茔,用同样的方法进行了验证,并拓二《志》录载《家集》,事详韩琦《录载五代祖庶子并其二弟墓志序》一文。古人即事为文,常有流播在外者,往往与家集所载不尽相同,而这也体现出了家集的文本价值。盖家集往往经过集主之删润,可看作是晚年定稿,故明费宏《读东里集偶记》曰:"大抵碑版文字若山镌冢刻,出于他人,虽作意未有安,难于追改,其所窜定,惟家集可以见之,则当以集本为据。"(《费文宪公摘稿》卷二十)清人刘毓崧亦谓"奏状祠祭所言,必本诸家乘所载"(《通义堂文集》卷十三)。韩琦将拓本"录而载于《家集》府君志文之后",实际是保存了同一文章的两个版本,不失为一慎重的方法。不过,需要注意的是,何以《家集》旧文阙六代、七代祖之讳,而石本可"得之"?这并非一般意义所说的《家集》旧文有脱泐磨灭的现象,而是涉及了碑铭和家集的各自特性:碑铭填讳、家集讳名。

  所谓填讳,又称题讳,发轫于唐,通行于宋,是指子孙为父祖撰写碑铭行状时,因避父祖名讳,故在纸本上空名讳而不书,嗣后另请他人填补讳名,继而请人写于碑石之上,然后凿刻。倘若子孙亲自书石,也是空名讳处不书,由他人代填。总之,石刻之上最终会备载父祖之名,以传信后世。当然,就出土墓志资料来看,多有未及填讳便将墓志铭匆匆入圹之例。钱大昕在《十驾斋养新录》卷十六"题讳填讳"条中首先举出"彭王傅《徐浩碑》,浩次子岘所书,碑末有'表侄河南府参军张平叔题讳'十二字。题讳,即今人所云填讳也。"②以出土碑文之实证,证明了唐人书碑已有填讳之例。同样是由子孙

---

① 韩琦:《安阳集》卷四六,景明刻安氏校正本,《宋集珍本丛刊》第 6 册,北京:线装书局,2004 年,第 584 页。

② 钱大昕:《十驾斋养新录》卷十六,上海:上海书店出版社,1983 年,第 400 页。

手抄的纸本家集,在过录相关墓志碑铭时,也会出于敬重父祖而讳名不书。这也就解释了为什么韩琦《家集》中阙六代、七代祖之名讳,而石本独存的现象。兹再举杜甫《唐故范阳太君卢氏墓志》中一例以佐证其说。

杜甫《唐故范阳太君卢氏墓志》残首缺尾,自宋二王本《杜工部集》便已如此①。该《墓志》中数次出现"某"字,分别是:

  1. 故修文馆学士、著作郎京兆杜府君讳某之继室,范阳县太君卢氏……

卢氏为杜甫之继祖母,则此"杜府君讳某"自指杜审言。

  2. 薛氏所生子适曰某,故朝议大夫、兖州司马。次曰升,幼卒。报复父仇,国史有传。次曰专,历开封尉,先是不禄。

此处之"适",嫡也,杜审言之嫡长子为杜闲,则此处"适曰某"之"某"在墓志填讳时必书"闲"字。

  3. 而某等夙遭内艰,有长自太君之手者。至于昏姻之礼,则尽是太君主之。慈恩穆如,人或不知者,咸以为卢氏之腹生也。然则某等亦不无平津孝谨之名于当世矣。

关于此两处"某等"究竟以何人语气出之,历代多有争论,先后有黄鹤"代叔父(杜登)作"说,钱谦益、朱鹤龄、闻一多"代父(闲)作"说,洪业杜甫自撰说,谢思炜认同洪业之说,并举证再驳朱鹤龄"弥缝钱笺之失",且认为:

  此文署名杜甫无疑,非代其父或叔父作,而文中"某"字并不是作者自称,而是杜甫避父讳不书,所指即是其父杜闲。大概前人皆习惯于以"某"字自称,因此对本文"某"字出现误会。②

---

 ① 杜甫:《宋本杜工部集》卷二十,《续古逸丛书》景北宋二王本。
 ② 谢思炜:《唐代葬法与杜审言夫妻合葬问题——据杜甫〈卢氏墓志〉考察》,《清华大学学报》2014年第3期。

所论确凿,如果还要补充证据的话,从篇章角度来看,引文 2"適曰某"在刻墓志时既作"適曰闲",则下文也就是引文 3 之"某等"都在前引文 2 语义笼罩之下,自然石刻当作"闲等",况且举杜审言的嫡长子杜闲而用"等"来包举杜登、杜升、杜专等,也合于礼法。并且,此文系杜甫所撰拟,自然要讳父祖(杜闲、杜审言)之名,而不必讳杜升、杜专等人之名,所以我们看到《卢氏墓志》中杜升、杜专是径笔直书的。此《墓志》对家族来说乃实用之文,故谨其讳,至于诗作,唐人包括杜甫皆沿承"临文不讳"之古训①。

在此需要继续加以讨论的是,《卢氏墓志》中的"某"字是怎么来的?究竟是杜甫当日拟稿时原笔即如此,还是写本时代杜集传本如此,抑或是宋版《杜工部集》在刻版时所为?

宋二王本《杜工部集》卷二十《卢氏墓志》能保留四处"某"字,正可看出此本之保留写本古集之原貌。今查《唐人墓志汇编》,其中据出土墓志过录志文中,本该填讳而因各种原因未填者颇多,录文皆空格标识,以区别于脱泐之文用□标识,今举例如下:

  1. 贞观一四七《大唐故文安县主墓志铭并序》:"主讳＿＿,字＿＿,陇西成纪人也。"②(见图 7-20)

  2. 麟德〇六五《唐故周夫人墓志铭并序》:"夫人讳＿＿,吴郡人也。"③

  3. 乾封〇一六《唐故处士张府君夫人梁氏墓志铭》:"夫人讳＿＿,字＿＿,河南洛阳人也。"④

  4. 乾封〇四八《唐故处士许君墓志铭并序》:"祖＿＿,父护,俱怀郢璞。"⑤

  5. 总章〇二七《唐故李夫人墓志铭并序》:"夫人讳＿＿,陇西狄道人也。"⑥

---

① 例如宋谢维新《古今合璧事类备要》续集卷四"半夜闲"条:"王立之云:老杜家讳'闲',而诗中有'翩翩戏蝶闲过幔',或云恐传者谬。又有'泛爱怜霜鬓,留欢半夜闲',余以谓皆当以'闲'为正,临文恐有自不讳也。"可以参看。
② 周绍良:《唐代墓志汇编》,上海:上海古籍出版社,1992 年,第 101 页。
③ 周绍良:《唐代墓志汇编》,第 437 页。
④ 周绍良:《唐代墓志汇编》,第 452 页。
⑤ 周绍良:《唐代墓志汇编》,第 474 页。
⑥ 周绍良:《唐代墓志汇编》,第 499 页。

图 7-20 《大唐故文安县主墓志铭并序》，拓本局部

据此可见当日刻碑所据之稿本应当也是于名讳处空格不书，而不是书写"某"字。但由于中古写本时代之家集今已不可见，不知"某"字代空格，系在流传过程中写本文集已加注，还是宋人整理刻版时所添加，不过可以肯定不是唐人撰写志文时即已添注。具体到杜甫的《卢氏墓志》，其中之"某"字，当亦非杜甫所为，颇疑杜甫当日稿本及《卢氏墓志》刻石的格式与出土唐人墓志一贯，讳名处空格以待填讳，其式如下：

    1. 故修文馆学士、著作郎京兆杜府君讳＿＿＿之继室，范阳县太君卢氏⋯⋯

    2. 薛氏所生子适曰＿＿＿，故朝议大夫、兖州司马。次曰升，幼卒。报复父仇，国史有传。次曰专，历开封尉，先是不禄。

再回到韩琦《家集》"旧文阙六代、七代祖之讳"的问题上，可知家集阙失名讳的原因正是由于"家集讳其名"，而访得的碑文不阙，则显然是刻碑时诸名讳处已经请人把名讳填注。就韩琦而言，他是很熟悉当时的填讳制度的，他在《录载五代祖庶子并其二弟墓志序》一文中曾纠正墓志载录世系的一处错误曰："鼓城志文曾祖登州录事参军当云'讳沛'，而书以高祖沂州司户府君之名者,当时填讳之误也。"①便可证明讳名、填讳等传统在宋代士人那里是熟稔的。今天重新审视宋人文集,应当留意传写、刻版后固定化的文本可能与家集手写之文本有了一定的改易,通过寻找到某些切入角度,实际可以部分地复原写本文集体例、格式、文字之原貌,"家集讳其名"便是这样一个角度。

六、余论

《礼记·檀弓下》曰:"卒哭而讳,生事毕而鬼事始已。"整理先人文集,自是子孙尽孝之礼,而在整理文集时避家讳则又是一件切要之事。我们在关注中古文集诗文造诣的时候,也应当注意到中古文集在子孙后代的心目中更具有家族文献之功能;探究家集之家族基因,则又不可避免地会连带起对宗法文化传统的考察。日本学者浅见洋二曾将古人文集从草稿到定稿的转换过程称为草稿"惊险的跳跃"②,在这一跳跃过程中,体例、格式、文字等,究竟发生了怎样的文本变貌?颇值得以零碎的史料记述为基础进行考察。此类考察所依据的文本,应当越近古越好,在写本卷轴装古集罕有孑遗的情况下,宋编总集、类书以及宋版历代别集、总集是支撑研究展开的基石。

---

① 韩琦:《安阳集》卷四六,景明刻安氏校正本,第584页。
② 浅见洋二撰,朱刚译:《"焚弃"与"改定"——论宋代别集的编纂或定本的制定》,《中国韵文学刊》2007年第3期。

第八章　李白集诗题、题注之"例校"

一、问题的提出

宋蜀本《李太白文集》卷二一有诗题曰：

忆秋浦桃花旧游时窜夜郎（图8-1）①

考《全唐诗》校记谓"一本无'时窜夜郎'四字。"②究竟李白集唐写卷古本诗题有无"时窜夜郎"四字呢？复次，宋蜀本卷十有诗题曰：

江夏赠韦南陵冰（图8-2）③

考陆游《入蜀记》曰："二十六日与统、纾同游头陁寺。……李太白《江夏赠韦南陵》诗云：'头陁云外多僧气'，正谓此寺也。"（图8-3）④何以陆游引李白诗题，却无韦氏之名讳"冰"字呢？

所举二例，景宋咸淳本《李翰林集》⑤以及宋杨齐贤集注、元萧士赟删补

---

① 李白著，乐史、宋敏求、曾巩等编：《李太白文集》卷二一，景印日本静嘉堂藏宋蜀本，成都：巴蜀书社，1985年，第111页。静嘉堂藏宋蜀本原为陆心源皕宋楼旧藏，与中国国家图书馆藏宋蜀本（卷十五至卷二十四配清缪曰芑重刊宋本）为同一版本，是现存李白集最接近古本原貌的善本，参见杨桦《宋甲本宋乙本〈李太白文集〉为同一版本》，《天津师大学报》1983年第5期；詹锳《宋蜀本〈李太白文集〉的特点及其优越性》，《文学遗产》1988年第2期；詹锳《〈李白全集校注汇释集评〉前言》，李白撰，詹锳主编：《李白全集校注汇释集评》，天津：百花文艺出版社，1996年，第21页。
② 彭定求：《全唐诗》卷一八二，北京：中华书局，1960年，第1860页。
③ 李白：《李太白文集》卷十，第54页。
④ 陆游：《渭南文集》卷四六《入蜀记》，《四部丛刊》景明活字本。
⑤ 李白：《李翰林集》（当涂本），景明仿宋咸淳本，合肥：黄山书社，2004年。宋咸淳本《李翰林集》，有贵池刘世珩玉海堂本"景宋咸淳本《李翰林集》三十卷"，实为景明仿宋刻本，以下省称作"咸淳本"。咸淳本基本保存了宋当涂本李白集之旧貌，多有宋蜀本羼乱而咸淳本不讹的情形，是李白集文本义例推考的重要文献依据。参见郁贤皓：《咸淳本〈李翰林集〉源流和名称简论》，《唐代文学研究》2006年总第11辑。

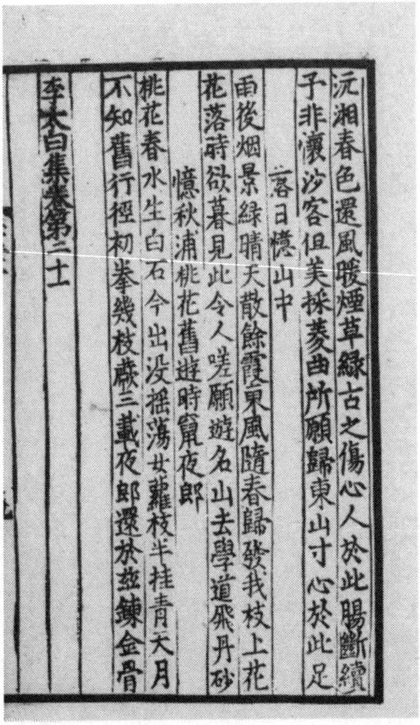
沅湘春色還風暖煙草綠古之傷心人於此腸斷續
予非瀼沙客但美採菱曲所願歸東山寸心於此足
落日憶山中
雨後烟景綠晴天散餘霞東風隨春歸發我枝上花
花落時欲暮見此令人嗟願遊名山去學道飛丹砂
憶秋浦桃花舊遊時竄夜郎
桃花春水生白石今出沒搖蕩女蘿枝半挂青天月
不知舊行徑初拳幾枝蕨三載夜郎還於茲鍊金骨
李太白集卷第二十

图 8-1　李白《李太白文集》卷二一，日本静嘉堂文库藏宋蜀本

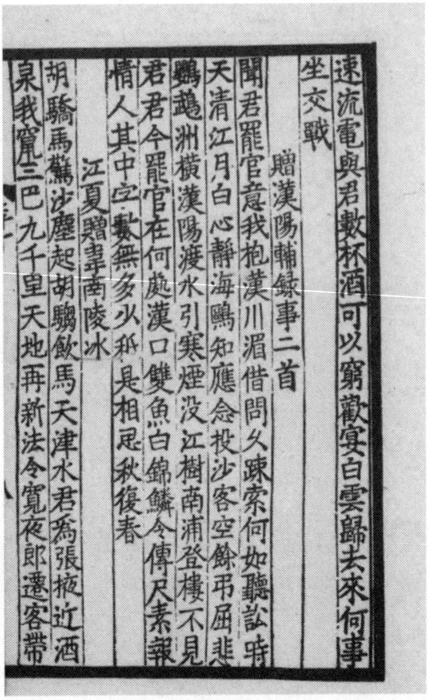
速流電與君數杯酒可以窮歡宴白雲歸去來何事
坐交戰
贈漢陽輔錄事二首
聞君罷官意我抱漢川湄借問久疎索何如聽訟時
天清江月白心靜海鷗知應念投沙客空餘弔屈悲
鸚鵡洲橫漢陽渡水引寒煙沒江樹南浦登樓不見
君君今罷官在何處漢口雙魚白錦鱗令傳尺素報
情人其中字數無多少秖是相思秋復春
江夏贈韋南陵冰
胡驕馬驚沙塵起胡雛飲馬天津水君為張掖近酒
泉我竄三巴九千里天地再新法令寬夜郎遷客帶

图 8-2　李白《李太白文集》卷十，日本静嘉堂文库藏宋蜀本

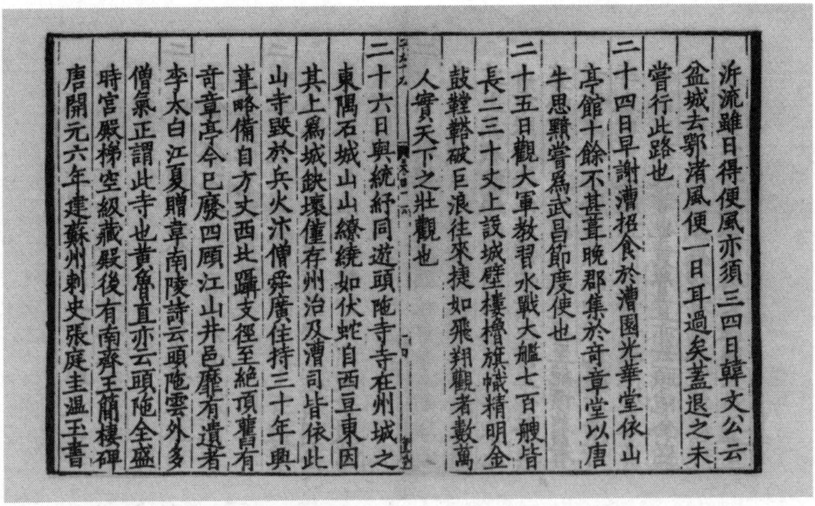
浙流雖日得便風亦須三四日韓文公云
盆城去鄂渚風便一日耳過矣蓋退之未
嘗行此路也
二十四日早謝漕招食於漕園光華堂依山
亭館十餘不甚葺晚郡集於奇章堂以唐
牛思黯嘗爲武昌節度使也
二十五日觀大軍教習水戰大艦七百艘皆
長二三十丈上設城壁樓櫓旗幟精明金
鼓鞺鞳破巨浪往來捷如飛翔觀者數萬
人實天下之壯觀也
二十六日與統紆同遊頭陀寺寺在州城之
東隅石城山山縈繞如伏蛇自西亘東因
其上爲城鐵壞僅存州治及漕司皆依此
山寺毀於兵火亦僧舜廣住持三十年興
葺略備自方丈西北躡支徑至絕頂舊有
奇章亭今已廢四顧江山井邑靡有遺者
李太白江夏贈韋南陵詩云頭陀雲外多
僧氣正謂此寺也黃魯直亦云頭陀全盛
時宮殿梯空級藏殿後有南齊王簡棲碑
唐開元六年建蘇州刺史張庭圭題玉書

图 8-3　陆游《渭南文集》卷四六，中国国家图书馆藏宋嘉定十三年陆子遹溧阳学宫刻本

之《分类补注李太白诗》①皆同于宋蜀本。清代至今已经付梓了王琦注《李太白全集》,瞿蜕园、朱金城《李白集校注》,安旗、薛天纬、阎琦、房日晰《李白全集编年注释》,詹锳主编《李白全集校注汇释集评》,郁贤皓《李太白全集校注》,共计五种校注整理本,诸整理本写定的两则诗题也都与宋蜀本相同,并未提出疑议。不过,从文本的真确性角度来看,其中皆存有文本变貌现象,关涉到李白集大字诗题与小字题下自注的羼乱问题,亟待进行深度整理。钟惺、谭元春论贾至诗题曾说"作题是诗家要紧事"②,校注唐集而用力于唐人诗题的斠正,自然也是"要紧事"。清王琦以至现当代学者在斠理李白集时,尽管也注意到李白诗题的疑误之处,不过校注所指出的大都为讹阙舛错,并没有从文本体例角度系统揭示唐写、宋刻衍变所造成的李白集大字诗题、小字题下自注的文本变貌问题。

二、太白诗集"紊杂亦实出于宋"

王琦于宋敏求《李太白文集后序》之末附按语曰:

> 论太白诗集之繁富,必归功于宋,然其紊杂亦实出于宋。盖李阳冰所序《草堂集》十卷,出自太白手授,乃其真确而无疑者也。次则魏万所纂太白诗集二卷,当亦不甚谬误。乐史所得之十卷,真赝便不可辨。若其他以讹传讹,尤难考订。使宋当日先后集次之时,以阳冰所序者为正,乐史所得者为续,杂采于诸家之二百五十五篇附于后,而明题其右,自某篇以下四十四首得自魏万所纂,自某篇以下一百四首得之王文献家所藏,自某篇以下若干首得之唐类诗,自某篇以下得之某地石刻,自某篇以下若干首得之别集,使后之览者信其所可信,而疑其所可疑,不致有鱼目混珠、碔砆乱玉之恨,岂不甚善。乃见不及此,而分析诸诗,以类相从,遂尔真伪杂陈,渭泾不辨,功虽勤也,过亦在焉,不重可惜乎!③

王琦曾通注太白诗,"阙者讹者,罔不甄释"④,故于传世宋本李白集之"紊

---

① 李白撰,杨齐贤集注、萧士赟补注:《分类补注李太白诗》卷十二,《中华再造善本》景元建安余氏勤有堂刻本。以下省称作"萧本"。
② 钟惺、谭元春辑:《唐诗归》卷十三,明末刻清康熙修本,美国加利福尼亚大学伯克利分校图书馆藏。
③ 李白撰,王琦注:《李太白全集》卷三一,北京:中华书局,1977年,第1478页。
④ 李白撰,王琦注:《李太白全集》附录,第1686页。

杂"有真切的体认。此段议论,洵为灼见。实际上,李白集之"阙者讹者",一方面是宋人编次定本之前各种卷轴古本传写羼乱所造成的;另一方面,宋人对李白集的分类重编,也造成了一定程度的文本变貌。

考李白《江夏送倩公归汉东序》,李白之集,曾"罄其草"授予僧人倩公①,此本后来湮灭无闻。唐代编次李白集者有李阳冰、魏颢、范传正三家,皆无完本流传于后世——刘全白曾说"李君文集家有之,而无定卷"②,很能说明卷轴写本李白集的"未定"状态;陈尚君亦撰有《李白诗歌文本多歧状态之分析》③,对李白诗初稿到定稿的修改过程有基于内证的精到分析。总体而言,李白之诗,在唐代即已散失严重④,宋人"各出其家藏,愈出愈多,补缀成今本"⑤,遂造成了上引王琦所说的"真伪杂陈,渭泾不辨"的状况。当龚自珍撰写《最录李白集》的时候,甚且大胆断言"李白集,十之五六伪也"⑥。

李阳冰本、魏颢本太白集传至宋代,乐史、宋敏求、曾巩据以编次《李太白文集》,其本末源流,乐史《李翰林别集序》与宋敏求《李太白文集后序》述之甚详⑦。范传正本尽管可能被《文苑英华》采择⑧,但范本"或得之于时之文士,或得之于宗族"⑨,其文本真确性并不能令人完全信从。我们今天在校勘《文苑英华》所存李白诗时,也能注意到其中的讹谬之处。迄于宋代乐史、宋敏求编定《李太白文集》三十卷,李白诗文本状貌才算基本定型。此本后由曾巩编年、苏州知州晏处善付梓(元丰三年,1080),从此,宋敏求本便也

---

① 李白:《李太白文集》卷二七,第143页。
② 裴斐、刘善良编:《李白资料汇编·金元明清之部》,北京:中华书局,1994年,第1176页。
③ 陈尚君:《李白诗歌文本多歧状态之分析》,《学术月刊》2016年第5期。
④ 所谓"当时著述,十丧其九",其"枕上授简"之手集后又不传。李阳冰本"皆得之他人",魏颢本乃"章句荡尽"之劫余,范传正本"编辑断简",尽管出语有夸大之嫌,皆显示李白集的唐代传本处于未清未全的不稳定状态。有关李白诗文的散佚辑存情况,参见武承权:《李白诗文散失、真伪、著作数目试析》,《中国李白研究(2005年集)——中国李白研究会第十一次学术研讨会论文集》,2005年,第289—309页。
⑤ 龚自珍:《定庵文集补编》,龚自珍:《龚自珍全集》第三辑,上海:上海人民出版社,1975年,第255页。
⑥ 龚自珍:《龚自珍全集》第三辑,第254页。
⑦ 李白撰,王琦注:《李太白全集》附录,第1453、1477页。
⑧ 杨栩生、沈曙东:《〈文苑英华〉之录李白诗文所本寻踪》,《绵阳师范学院学报》2009年第7期。
⑨ 李白撰,王琦注:《李太白全集》附录,第1468页。

成为后世诸本之祖:"今所传诸刻,无不滥觞焉。"①中国国家图书馆、日本静嘉堂文库所藏南宋初蜀刻本,即据晏处善所梓本重刻。

宋本李白集千余首诗中,参酌敦煌写卷以及宋人记载统计可知,唐朝古本流传下来的约 430 首,宋人收集整理的约 570 首,如果说唐朝古本之太白诗尚能较为接近唐集文本原貌的话,宋人整理之太白诗已然很难确保与唐集体例丝丝入扣,且有多篇伪作阑入②。关于李白集之考订校雠,历代研几探赜之作不可缕述。尽管前揭五种校注本各有独得之处,但以文本学、体例学之视角重新审视,仍颇留剩义,有待发覆。诸校注本在太白诗最基础的文本斠理层面,过于尊信宋本,没有意识到即便是宋本李白集,也可能存在着大量有异于唐卷古本体例的文本变貌。对于此类变貌,如果拘泥于版本对勘是无能为力的,但倘从李白集文本抽绎其外在体制和内在义例,辅以唐诗文本通例相印证,仍可寻找到李白集深度斠理的多重路径。严羽称"唐人命题,言语亦自不同。杂古人之集而观之,不必见诗,望其题引而知其为唐人今人矣。"③王士禛也认为"魏晋人制诗题是一样,宋齐梁陈人是一样,初盛唐人是一样,元和以后又是一样。"④一定时期内"一样"的制题规律,使得归纳诗题体例在方法论层面成为可能。

倘要论定唐诗制题之体例规律,基本的工作应是清理出唐诗题目的唐卷古本原貌。戴震论校勘《水经注》,首宜"审其义例",且条列厘分经文、注文的四大条例,如《水经郦道元注序》所谓"凡经例云'过',注例云'迳'"⑤云云,皆是在斠理古书时运用体例(体制、义例)之法的楷范。闻一多在《唐诗校读法举例》中也说:"最好能寻出若干构成错误的公式来,凭着公式去检验全书,问题便容易解决得多了。"⑥运体例之法斠理唐集,实际是校勘学上本校、他校、理校的融合,也可称作"例校",是寻出"公式"的有效方法。

下文拟以李白集诗题、题下自注这两种正副文本为研究对象,就学界迄今尚无系统抉发之文本羼乱问题进行释证。凡所征引,以宋蜀本为据,参校咸淳本、萧本。为行文明了起见,李白集各本原有的题下小字注作小字宋体

---

① 李白撰,王琦注:《李太白全集》附录,第 1480 页。
② 宋敏求本实际也多有编次失检之处,并误收了至少 6 首他人诗,陈尚君已对其进行了一一考辨。陈尚君:《李白诗歌文本多歧状态之分析》,《学术月刊》2016 年第 5 期。
③ 严羽著,郭绍虞校释:《沧浪诗话校释·诗评》,北京:人民文学出版社,1983 年,第 146 页。
④ 王士禛:《带经堂诗话》卷二七"俗砭类",北京:人民文学出版社,1963 年,第 761 页。
⑤ 戴震撰,赵玉新点校:《戴震文集》卷六,北京:中华书局,1980 年,第 112 页。
⑥ 闻一多:《闻一多全集》第 6 册《唐诗编上》,武汉:湖北人民出版社,1993 年,第 467 页。

下标,例校后"修复"原貌之题下小字注作小字仿宋体下标。例如:李白诗题《单父东楼秋夜送族弟沈之秦——作西京时凝弟在席》,"一作西京"系原本之题下小字注,当为宋人校勘时所加;"时凝弟在席"原为大字标题之一部分,斠理后认为五字原貌当为李白之题下之小字自注,于是写定作《单父东楼秋夜送族弟沈之秦——作西京时凝弟在席》,它皆仿此。凡题注据文本体例补字,皆以[ ]标识。

三、副文本的变貌:李白集小字题注羼入大字诗题考

前揭已提及《水经注》经、注的厘分问题,这是清代学术史上的著名公案。据程瑶田《五友记》,戴震曾告知程瑶田《水经注》"经传错互,字句讹脱"①。经过清人的考证,学界逐渐认识到《水经注》古本中,《水经》为大字正文,而郦道元之注为小字注解,且经、注分别用不同颜色书写②。清儒何琇《樵香小记》谓《老子》三十一章"兵者不祥之器"以下八十八字不似《道德经》原文,本是王弼之注,传写变貌,遂与正文误合为一。王灏对这一推论很是认可,认为"自来考订《老子》者,皆未及此,尤确然不易者也"③。俞樾《古书疑义举例》、安平秋《史记通论》,也专门谈到《史记》流传过程中读史者附注、备注、旁注文字窜入正文之例④。即便到了宋人刊刻前代典籍的时候,还存在小字注衍入正文的情况,例如宋本《陆士衡文集》卷八《演连珠》"臣闻禄五臣本施于宠,非隆家之举",翁同书便有按语曰:"'五臣本'三字乃旁注误入正文。"⑤

实际上,唐集写卷正文与小字注的舛讹也有近似的特点。就一首诗而言,包含诗题与诗句两主体部分,谓之正文本;题下并序、题下小字注、诗中自注,则为副文本。由于诗歌属韵文,诗歌正文内部的小字自注一般很难羼

---

① 程瑶田:《修辞余钞》,程瑶田:《程瑶田全集》第 3 册,合肥:黄山书社,2008 年,第 314 页。
② 多色书写区分正文本、副文本是中古写本的一大特点,比如五经的单疏本,标识起止的文字在唐写本中以朱文书写,《正义》疏文则以墨书书写。内藤虎次郎《宋刊单本尚书正义解题》曰:"予在巴里,见伯希和教授赍去之唐写本《春秋正义》,则《正义》注语以朱书标其起止,《正义》空一格,墨书连书其下。"王重民也说:"《诗·大雅·民劳》篇《正义》残卷,存三十六行,传、笺起止朱书,《正义》墨书。"转引自孙少华、徐建委:《从文献到文本:先唐经典文本的抄撰与流变》,上海:上海古籍出版社,2016 年,第 157 页。
③ 王灏:《〈樵香小记〉跋》,何琇:《樵香小记》卷末,清光绪五年定州王氏谦德堂《畿辅丛书》本,清华大学图书馆藏。
④ 安平秋:《史记通论》,北京:华文出版社,2005 年,第 453—459 页。
⑤ 陆机:《陆士衡文集》卷八,清景钞宋本,北京:国家图书馆出版社,2018 年,第 102 页。

乱入诗句中,但大字诗题、大字题下并序、小字题下自注这三部分在传写过程中却很容易产生错讹,或并序、题注互讹,或并序讹为诗题、题注羼入诗题。苏轼《辨杜子美杜鹃诗》曰:"南都王谊伯《书江滨驿垣》,谓子美诗历五季兵火,舛缺离异,虽经其祖父公所理,尚有疑阙者。谊伯谓'西川有杜鹃、东川无杜鹃、涪万无杜鹃、云安有杜鹃',盖是题下注。断自'我昔游锦城'为首句。"①可证在宋人那里,已经有着明确的认识,即题下注有可能与诗题、诗歌正文羼乱互混。此外,宋人在传刻唐集时,因不重视写卷之文本体式,也会刊落大量题下小字注,赖有《文苑英华》等类书的存在,尚能考镜一二。章学诚《韩柳二先生年谱书后》曰:

> 凡立言之士,必著撰述岁月,以备后人之考证;而刊传前达文字,慎勿轻削题注与夫题跋评论之附见者,以使后人得而考镜焉。②

从史学角度表达了对古人文集副文本的重视。援用戴震校《水经注》所谓"审其义例"③的方法,重新审视李白集的历代传刻和当代校注本,可以抽绎出李白诗内部的文本体例与规律,同时与唐诗通例相印证,遂能对此类文本变貌进行斠理与"修复"。

(一)"时"字作为题注文本标识考

唐人录诗,多存自注,而自注很大一部分属于事后追述,交代诗作撰写的时间、地点、人事背景等文本元素,故用"时"字标识。这一体例远绍曹丕、曹植的诗赋小序④,在唐诗中则蔚为大国,成为一种定型化的题注文本模式,敦煌写卷 P.2555 马云奇《白云歌予时落殊俗随蕃军望之感此而作》⑤,即是此体例

---

① 苏轼撰,孔凡礼点校:《苏轼文集》卷六七,北京:中华书局,1986年,第2100页。
② 章学诚:《文史通义·外篇二》,北京:古籍出版社,1956年,第254页。
③ 戴震:《戴震文集》卷六,第112页。
④ 萧统《文选》卷四十收繁钦《与魏文帝笺一首》,"繁休伯"名下李善注:"文帝集序云:'上西征,余守谯,繁钦从。时薛访车子能喉转,与笳同音。钦笺还与余而盛叹之,虽其实而其文甚丽。'"又曹丕《柳赋·序》:"昔建安五年,上与袁绍战于官渡。时余始植斯柳,自彼迄今,十有五载矣。感物伤怀,乃作斯赋曰……"曹植《离思赋·序》:"建安十六年,大军西讨马超,太子留监国。植时从焉,意有怀恋,遂作《离思》之赋……"皆以"时"字表追述。参见《篇序与并载例》一章。
⑤ 法 Pel. chin. 2555V《诗文集》(8-5),《法国国家图书馆藏敦煌西域文献》第15册,上海:上海古籍出版社,2001年,第343页。

的典型呈现(图 8-4)。

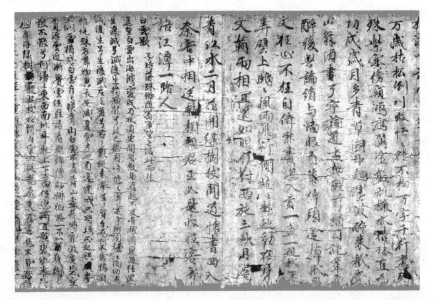

图 8-4　法 Pel. chin. 2555V《诗文集》(8-5),敦煌写卷,法国国家图书馆藏(见文前彩图)

　　李白诗题下的自注,多有用"时"字引起本事追述之例,宋蜀本在很大程度上留存了这一体例的原貌,例如卷七《鸣皋歌送岑征君时梁园三尺雪在清泠池作》、卷八《赠临洺县令皓弟时被诉停官》、卷九《口号赠阳征君此公时被征》、卷十《赠张相镐二首时逃难病在宿松山作后一首亦作书怀重寄张相公》、同卷《赠从弟南平太守之遥二首时因饮酒过度贬武陵后诗故赠》、卷十四《鲁郡尧祠送窦明府薄华还西京时久病初起作》、卷十六《泾川送族弟錞时卢校书草序常侍御为诗》、卷十八《春陪商州裴使君游石娥溪时欲东归遂有此赠》、卷十九《登邯郸洪波台置酒观发兵燕赵时将游蓟门》、同卷《九日登巴陵置酒望洞庭水军时贼逼华容县》、卷二一《金陵江上遇蓬池隐者时于落星石上以紫绮裘换酒为欢》、卷二二《上崔相百忧章四言时在浔阳狱》。这一题注体例与唐集通例是一致的,李白同时代的诗人集中多有其例,比如王维《出塞作时为监察塞上作》、岑参《冀州客舍酒酣贻王绮题南楼时子[予]应制举王欲西上》,杜甫集中此类文本现象更是多达 18 例①,这也共同说明了李白、杜甫等人对自己的诗集进行整理自注,很可能是当时的一种诗集存录的传统。

---

①　参本书《杜甫集诗题、题注之"例校"》一章。

此类题下小字注，很容易在传写过程中羼为大字诗题，前举宋蜀本卷八《赠临洺县令皓弟_{时被讼停官}》，"时被讼停官"五字在咸淳本《李翰林集》卷目中便讹入诗题之中（图8-5、图8-6），录作《赠临洺县令皓弟时被讼停官》[①]。

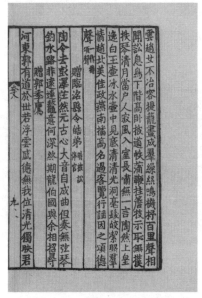 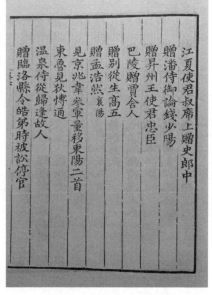

图8-5　李白《李太白文集》卷八，日本静嘉堂文库藏宋蜀本

图8-6　李白《李翰林集》卷六目录，刘世珩玉海堂景宋咸淳本

在诗题、题注羼乱辨析方面，学界研究实际已有涉及，比如本章第一节末所引宋蜀本卷十四《单父东楼秋夜送族弟沈之秦—作西京时凝弟在席》，萧本卷十六录诗题作《单父东楼秋夜送族弟沈之秦—作西京时疑弟在席》[②]（图8-7、图8-8），可证宋蜀本"时凝弟在席"古本当为题注，斠理古本诗题原貌如下：《单父东楼秋夜送族弟沈之秦—作西京时凝弟在席》。清王琦已经注意及此，故于题下标"时凝弟在席"为"太白自注"[③]，瞿蜕园、朱金城《校注》以及郁贤皓《校注》皆从之。另如宋蜀本卷十《赠历阳褚司马时此公为稚子舞》，《文苑英

---

① 李白撰：《李翰林集》卷六，第186页。
② 萧本原刻即为"疑"字。
③ 李白撰，王琦注：《李太白全集》卷十六，第786页。

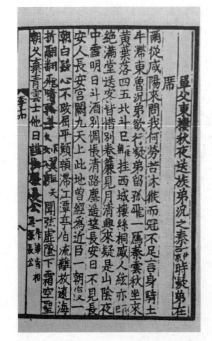 

图 8-7　李白《李太白文集》卷十四，日本静嘉堂文库藏藏宋蜀本　　　图 8-8　李白《分类补注李太白诗》卷十六，中国国家图书馆藏元建安余氏勤有堂刻本

华》卷二五一引此诗题作《赠历阳褚司马》①，可证《英华》纂辑者所见李白集即以此为题，"时此公为稚子舞"显然是题注，《英华》略而不载。诗题古本原貌应作《赠历阳褚司马 时此公为稚子舞》。咸淳本《李翰林集》卷八诗题与宋蜀本同，亦连为大字，而卷首目则作《赠历阳褚司马》②，尤可佐证此诗正题即"赠历阳褚司马"六字，并无"时此公为稚子舞"。又者，萧本录诗题作《赠历阳褚司马时此公为稚子舞故作是诗也》③，或别有所据，后世《全唐诗》、王琦注《李太白全集》以及瞿蜕园、朱金城《李白集校注》等沿此题，另出末五字之校记。不过，詹锳主编《李白全集校注汇释集评》已经敏锐地注意到诗题的羼乱，遂于《题解》曰："'司马'以下，本是题下小注，后窜入正文。"④ 郁贤皓《校

---

① 李昉：《文苑英华》卷二五一，北京：中华书局，1956 年，第 1268 页。
② 李白撰：《李翰林集》卷八，第 252、226 页。
③ 李白著，杨齐贤集注、萧士赟补注：《分类补注李太白诗》卷十二。
④ 李白撰，詹锳主编：《李白全集校注汇释集评》卷十，第 1747 页。

注》同其说:"按此诗正题当即《赠历阳褚司马》,'时此公为稚子舞'当为诗人原注,后误窜入正文。"①对此诗题之原貌做出了令人信服的"修复"。不过,令人遗憾的是,诸家校注尽管留意到了这几处个案,但没有明确问题意识之所在,进而在方法论层面对李白全集乃至唐人诗集进行系统检讨,遂留有多处同构的诗题仍处于羼乱状态。

"时"字引出小字自注之体例既明,于是可据以对李白集若干同构诗题进行文本斠理。先看本章开篇提出的第一个问题,李白《忆秋浦桃花旧游时窜夜郎》②,应作《忆秋浦桃花旧游时窜夜郎》。王琦《全集》、詹锳等《汇释》、瞿蜕园、朱金城《校注》皆无说。《全唐诗》校记谓:"一本无'时窜夜郎'四字。"③实际恰是"一本"传抄过程中脱落了小字"时窜夜郎"题注所致。

依例比类,宋蜀本卷九《赠王判官时余归隐居庐山屏风叠寻阳》④,唐卷古本诗题原貌应作《赠王判官时余归隐居庐山屏风叠寻阳》,"时余归隐居庐山屏风叠"之自注,正可与诗歌正文"且隐屏风叠"相照应。宋蜀本卷十九《登敬亭北二小山余时客逢崔侍御并登此地》⑤,唐卷古本原貌应作《登敬亭北二小山余时客逢崔侍御并登此地》,咸淳本《李翰林集》卷十六卷目载诗题作《登敬亭北二小山》⑥,可见咸淳本卷目此处诗题亦仅七字。宋蜀本卷十四《杭州送裴大择时赴庐州长史吴中》⑦,唐卷古本原貌应作《杭州送裴大择时赴庐州长史吴中》。"择"字为裴氏之名讳,准唐人诗题通例亦当为题注,下节将集中考论。

(二) 讳名作为题注考

通观唐人诗题,凡遇当事人之名讳处,例皆于题中作小字题注,以二王本《杜工部集》为例,卷九《寄高三十五书记适》,卷十《奉赠王中允维》,如此类有19例之多⑧。更有诗题中一并标识他人官称姓字,唯于诗题后注出名讳之例,如朱庆余《题章正字道正新居孝标》⑨,宋本、《全唐诗》本皆可为证(图8-9)。陈尚君曾总结唐人诗题讳名格式,认为题中出现名讳"不合唐人

---

① 李白撰,郁贤皓校注:《李太白全集校注》卷九,南京:凤凰出版社,2015年,第1450页。
② 李白:《李太白文集》卷二一,第111页。
③ 彭定求:《全唐诗》卷一八二,第1860页。
④ 李白:《李太白文集》卷九,第50页。
⑤ 李白:《李太白文集》卷十九,第101页。
⑥ 李白:《李翰林集》卷十六,第477页。
⑦ 李白:《李太白文集》卷十四,第77页。
⑧ 参本书《杜甫集诗题、题注之"例校"》一章。
⑨ 彭定求:《全唐诗》卷五一四,第5875页。

交往时的礼节","在彼此唱和诗题中,不会提及对方的名讳","回避直呼其名"①,所论可从。

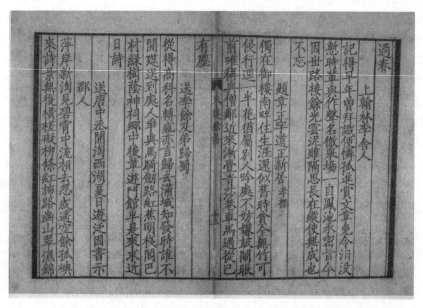

图 8-9　朱庆余《朱庆余诗集》不分卷,中国国家图书馆藏宋临安府陈宅经籍铺刻本

回到本章开篇提出的第二个问题,宋蜀本卷十《江夏赠韦南陵冰》诗,陆游《入蜀记》曰:"二十六日与统、纾同游头陀寺。……李太白《江夏赠韦南陵》诗云:'头陀云外多僧气',正谓此寺也。"②可证陆游所见李白此诗之诗题为《江夏赠韦南陵》,并无"冰"字。岑仲勉《唐集质疑》专列"韦南陵冰"一条③,未指出诗题可能有疑误之处。今按韦氏名讳"冰"字,实际为题下小字注,陆游去唐未远,当然深谙唐宋相沿的诗题讳名之体例,故略题下小字注不引,也没有将"冰"字混入诗题。又影宋钞本《舆地纪胜》卷六七录李白此诗"我且为君搥碎黄鹤楼,君亦为吾倒却鹦鹉洲。赤壁争雄如梦里,且须歌舞宽离忧"四句,标识出处曰"李白《江夏赠韦南陵》"④,又为诗题无"冰"这

---

① 陈尚君:《唐诗的原题、改题和拟题》,陈尚君:《唐诗求是》上册,上海:上海古籍出版社,2018年,第223、225、238页。
② 陆游:《渭南文集》卷四六。
③ 岑仲勉:《唐人行第录》附录《唐集质疑》,上海:上海古籍出版社,1978年,第365页。
④ 王象之:《舆地纪胜》卷六七,景宋钞本,《续修四库全书》第584册,第570页。

一名讳字增添一有力证据(图 8-10)。综上所考,可斠理唐卷古本诗题原貌应作《江夏赠韦南陵_冰》。

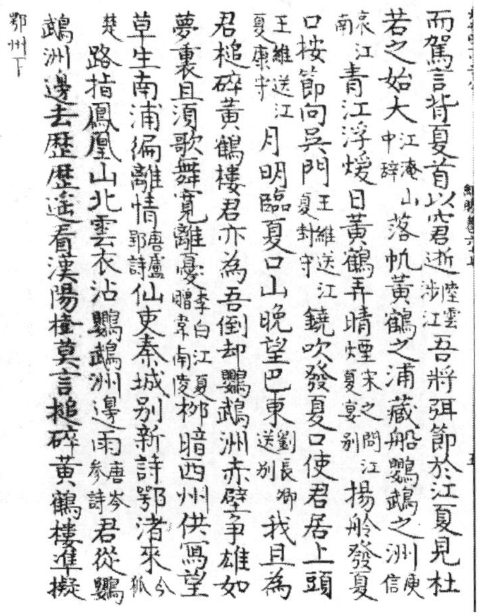

图 8-10　王象之《舆地纪胜》卷六七,
中国国家图书馆藏景宋钞本

　　近似的,宋蜀本卷十二《月夜江行寄崔员外宗之》,宋本《文苑英华》引作《江行寄崔员外宗之》①,不过咸淳本《李翰林集》却作《江行寄崔员外_{宗之}》②,宋真德秀《文章正宗》亦引作《江行寄崔员外_{宗之}》③,足见真德秀所见李白诗题中,"宗之"乃小字题注,尚未紊乱唐集诗题通例(图 8-11)。准此体例,反观李白其余二题《赠崔郎中宗之》《忆崔郎中宗之游南阳遗吾孔子琴抚之潸然感旧》,唐卷原貌应分别复原作《赠崔郎中_{宗之}》《忆崔郎中_{宗之}游南阳遗吾孔子琴抚之潸然感旧》。关于以上两处之斠理,传世五种校注本皆未出校,也未揭示文本变貌现象,依旧以"冰""宗之"字为大字诗题中的文本,故尔有待订正。

---

① 李昉:《文苑英华》卷二五一,第 1268 页。
② 李白:《李翰林集》卷九,第 264 页。
③ 真德秀:《文章正宗》卷二二下,《中华再造善本》景元刻明修本。

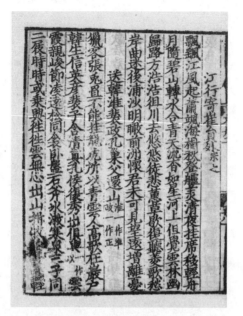

图 8-11　真德秀《文章正宗》卷二二，中国国家图书馆藏元刻明修本

比类而观，宋蜀本卷十二另载李白诗题《寄从弟宣州长史昭》，从弟之名讳"昭"字非诗题，而是题下小字注，其证有三。元富大用《事文类聚·外集》卷十二、宋谢维新《事类备要·后集》卷七六引作"送从弟宣州长史"[1]，宋佚名《翰苑新书集·前集》卷五四引作"从弟宣州长史"[2]，三种宋元文献的征引，皆未出现李白从弟的名讳"昭"字，足证他们所见李白集，"昭"字并不在诗题之中。宋蜀本《李太白文集》仅是宋代众多李白诗歌文本的一种，"昭"字在宋蜀本羼入诗题，并不能代表宋代所传李白此诗的文本面貌全是如此。实际上宋蜀本李白集卷十二另有诗题曰《书情寄从弟邠州长史昭》，咸淳本《李翰林集》即作《书情寄从弟邠州长史昭》[3]，这是名讳字"昭"入题下小字注

---

[1] 富大用：《事文类聚·外集》卷十二，《景印文渊阁四库全书》，台北：商务印书馆，1986年，第 929 册，第 210 页；谢维新：《事类备要·后集》卷七六，《景印文渊阁四库全书》第 940 册，第 344 页。

[2] 佚名：《翰苑新书集·前集》卷五四，《景印文渊阁四库全书》第 949 册，第 384 页。

[3] 李白：《李翰林集》卷九，第 269 页。

的版本证据。顺此理路再反观宋蜀本卷十一《赠从弟宣州长史昭》,宋祝穆《方舆胜览》卷十五引作"李白《赠从弟宣州长史》"①,亦无"昭"字,可证此题中名讳字"昭"亦非诗题大字所本有,由此亦可推证宋蜀本卷二三《宣城长史弟昭赠余琴溪中双舞鹤诗以见志》,"昭"字亦当为题下小字注。

再如宋蜀本卷八《赠任城卢主簿潜_{鲁中}》,咸淳本作《赠任城卢主簿_潜》②,萧本录诗题作《赠任城卢主簿》③,萧本之所以遗脱了"潜"字,即是因为此字于唐卷古本原为小字注,容易在传写过录的过程中被遗落。宋蜀本卷八另有诗题《赠何七判官昌浩》,咸淳本却作《赠何七判官_{昌浩}》④,是知咸淳尚存古本旧貌。

同例比勘,宋蜀本卷十《狱中上崔相涣》,亦当斠理作《狱中上崔相_涣》,而实际上咸淳本诗题也正是《狱中上崔相_涣》⑤。宋蜀本卷十《赠从弟南平太守之遥二首_{时因饮酒过度贬武陵后诗故赠}》,考宋刻《锦绣万花谷别集》卷十六"笑我微贱者来谒"条曰:"李白《赠从弟南平太守》诗:'承恩初入银台门,著书独在金銮殿。龙驹雕镫白玉鞍,象床绮食黄金盘。当时笑我微贱者,却来请谒为交欢。'"⑥则《锦绣万花谷》编者所见李白诗之诗题,并无李白从弟的名讳"之遥"二字。宋蜀本卷十另有诗题《系寻阳上崔相涣三首》,宋洪迈编《万首唐人绝句诗》录"邯郸四十万"一首,题作《上崔相》⑦。如果说洪迈对原题有删略的话,他也不会将原题中丞相名讳这样关键的信息删去,合理的解释是洪迈所见李白诗文本中,"涣"字很可能并不在大字诗题之中。复考咸淳本《李翰林集》,诗题正作《系寻阳上崔相_涣三首》⑧,"涣"为小字题注。宋蜀本卷十二《泾溪南蓝山下有落星潭可以卜筑余泊舟石上寄何判官昌浩》,咸淳本《李翰林集》诗题恰是作《泾溪南蓝山下有落星潭可以卜筑余泊舟石上寄何判官_{昌浩}》⑨。综合诸本文献互证,唐集于尊长之名讳作为题下小字注的体例已可定谳。

---

① 祝穆:《方舆胜览》卷十五,《景印文渊阁四库全书》第471册,第694页。
② 李白:《李翰林集》卷八,第228页。
③ 李白著,杨齐贤集注、萧士赟补注:《分类补注李太白诗》卷九,《四部丛刊》景明刻本。
④ 李白:《李翰林集》卷七,第204页。
⑤ 李白:《李翰林集》卷七,第202页。
⑥ 佚名:《锦绣万花谷别集》卷十六,景宋本,《续修四库全书》第1217册,上海:上海古籍出版社,2002年,第95页。
⑦ 洪迈:《万首唐人绝句诗》卷二三,明嘉靖刻本,中国国家图书馆藏。
⑧ 李白:《李翰林集》卷九,第274页。
⑨ 李白:《李翰林集》卷九,第277页。

复次，宋蜀本太白文集中，许多诗题皆具有讳名体例，比如卷十《赠刘都使》《赠常侍御》《赠易秀才》《巴陵赠贾舍人》《赠王汉阳》《赠卢司户》等，皆未出现当事人名讳。此类准唐人诗题通例，应当皆有小字注名讳，不过可能在传写过程中渐次脱落，而脱落可能发生在唐写到宋刻之间这一长时段过程的某个时间节点。就传世文献而言，尚有数例能佐证这一推断。比如，宋蜀本卷九《口号赠阳征君此公时被征》，咸淳本《李翰林集》录诗题作《口号赠杨征君鸿此公时被征》①，《文苑英华》录诗题作《赠杨集作阳征君鸿此公时被征》②，名讳"鸿"字在宋蜀本中脱落，而在咸淳本、《文苑英华》中得到了存留。

运用名讳字入题注这一体例规律，我们可对李白集全书进行统核，遂能得出一系统斠理后的认识。进一步，这一规律也可推广到全部唐集诗题的写定工作之中。宋蜀本《李太白文集》卷八《赠清漳明府侄》，咸淳本作《赠清漳明府侄聿》③，显然以咸淳本更合于古式。同卷《赠饶阳张司户璲燕魏太原》，咸淳本卷七录诗题无地理标识，而卷首目作《赠饶阳张司户》④，可见咸淳本所据唐卷古本卷首目录诗题中无名讳"璲"字。同卷《早秋赠裴十七仲堪》，咸淳本卷八录诗题作《赠裴十七仲堪》⑤，足证"仲堪"亦属讳名入小字注之例。宋蜀本卷十《赠张相镐二首时逃难病在宿松山作后一首亦作书怀重寄张相公》，赠当朝宰相之什，绝无诗题径呼其名讳之理，"镐"应为题下小字注。并且，题注所云后一首别题为《书怀重寄张相公》，也没有在诗题中出现张镐的名讳，可资参证。宋蜀本卷七《当涂赵炎少府粉图山水歌》，卷十二《寄当涂赵少府炎》，卷十四《送当涂赵少府赴长芦》，文本错互，而据体例可斠理古本诗题原貌分别应作《当涂赵炎少府粉图山水歌》《寄当涂赵少府炎》《送当涂赵少府[炎]赴长芦》。各个诗题有一共同规律，即宋蜀本中名讳字入诗题，而宋人据所见李白集传本征引，诗题中皆无名讳字，这就反证了宋蜀本中的名讳字乃由小字题注羼入了大字诗题。尽管宋人征引时未作校勘说明，但他们无疑对名讳字必为小字题注这一文本体例是颇为清醒的。

唐诗名讳字为题下小字注的体例规律，可以用来考辨李白集诗题中的疑难问题，比如宋蜀本李白《上李邕》，萧士赟曾怀疑"此篇似非太白之作，今

---

① 李白：《李翰林集》卷八，第247页。
② 李昉：《文苑英华》卷二三〇，第1156页。
③ 李白：《李翰林集》卷八，第233页。
④ 李白：《李翰林集》卷七，第201页。
⑤ 李白：《李翰林集》卷八，第228页。

厘在卷末"①。从讳名体例来看,"上李邕"三字必非李白诗题原貌。宋蜀本《李太白文集》中,凡言及李邕处,或称"李北海",或称"李公邕",皆在题注中出现,如《题江夏修静寺_{此寺是李北海旧宅}》,又《送王屋山人魏万还王屋》"水石相喷薄,路创李北海_{李公邕昔为括州开此岭路}",其实杜甫也有诗题曰《陪李北海宴历下亭_{时邑人蹇处士等在座}》②,并不径称"李邕"。从这一视角来看,《上李邕》的三字诗题,应当出现于对唐人诗题讳名体例不甚谨守的宋代。在研究唐诗诗题时,我们也许应当时刻自我提醒,此类具有社交性质的奉赠诗,赠出之时,诗题避讳对方之名是基本的礼仪。

运用唐诗诗题讳名之体例,也可以解释唐诗中许多同构的文本现象。李白初见贾至,有《巴陵赠贾舍人》诗,后又有《与贾至舍人于龙兴寺剪落梧桐枝望灉尤湖》《留别贾舍人至二首》,应劂理作《与贾_至舍人于龙兴寺剪落梧桐枝望灉尤湖》《留别贾舍人_至二首》。至于贾至之作,则有《初至巴陵与李十二白裴九同泛洞庭湖三首》③。何以"李十二"后有"白"之名,而"裴九"后无裴氏之名呢?合理的解释为,贾至诗题原貌当有李白和裴隐名讳之题注,后世传写中,"白"字羼入大字诗题,而"隐"字脱落,遂成为今传本之文本状态,劂理唐卷古本诗题原貌应为《初至巴陵与李十二_白裴九[_隐]同泛洞庭湖三首》。

最后需要强调的是,对于同辈之人、布衣之士,本无官阶等敬称可用,则不必于诗题中讳名。李白集中若《赠汪伦》《赠孟浩然》《闻王昌龄左迁龙标遥有此寄》《独酌清溪江石上寄权昭夷》等诗题,皆是其例。

(三) 解题、文本体式类题注羼入诗题考

诗题自注作为一种副文本,常会出现对诗作时间、地点、背景以及事由的叙述,我们可以称作解题类题注。有一部分羼入了题下自注的诗题,可以通过显明的自注标识词重新对诗题、题注原貌进行厘分。传世宋蜀本《李太白文集》中,保存了颇多此类题注的古貌,比如宋蜀本卷七《劳劳亭歌_{在江宁县南十五里古送别之所一名临沧观}》,卷九《赠从孙义兴宰铭_{亚相李公重之以能政中丞李公免罢以移官}》,题注分别注解劳劳亭和从孙之人事关系。宋蜀本卷十七《答杜秀才五松山见赠_{五松山南陵铜坑西五六里宣城}》,题注摘出诗题中的"五松山"之地名,谓其

---

① 李白著,杨齐贤集注,萧士赟补注:《分类补注李太白诗》卷九,《四部丛刊》景明刻本。
② 杜甫:《宋本杜工部集》卷一,宋二王本,上海图书馆藏。
③ 彭定求:《全唐诗》卷二三五,第2598页。

处于南陵铜坑之西;"宣城"二字,则乃曾巩或另人所注,标明此诗作于游宣城时期。卷十八《与南陵常赞府游五松山山在南陵铜井西五里有古精舍》,题注再次诠解"五松山"。又卷十八《把酒问月故人贾淳令余问之》,同卷《与周刚青溪玉镜潭宴别潭在秋浦桃树陂下予新名此潭》,题注正为解释诗题中的"问月""玉镜潭"而设。宋蜀本卷十九《登金陵冶城西北谢安墩此墩即晋太傅谢安与右军王羲之同登超然有高世之志余将营围其上故作是诗金陵》,题注即诠解"谢安墩"之来历。卷二三《题金陵王处士水亭此亭盖齐朝南苑又是陆机故宅》,题注诠解"水亭"。

　　准解题类题注之体例,反观宋蜀本卷十五《送崔度还吴度故人礼部员外国辅之子幽燕》,"度,故人礼部员外国辅之子",显然是对诗题"崔度"的子注,又因崔度为李白友朋之子,诗题不必讳其名"度"字。综上理据,可斠理此题古本原貌当作《送崔度还吴度故人礼部员外国辅之子幽燕》。《全唐诗》编者当是有见于此点,故而写定诗题时也将"度故人礼部员外国辅之子"录为小字题注,并改乙"国辅"为"辅国"①。

　　宋蜀本卷十二《寄韦南陵冰余江上乘兴访之遇寻颜尚书笑有此赠》,察诗题语意断为两截,"余江上"云云显然是对此诗背景的诠释。"访之"所指即是韦冰,两种指称同时出现在诗题中,于行文逻辑明显扞挌不通。考宋高似孙《(嘉定)剡录》节录李白"春风狂杀人"等八句,诗题作《寄韦南陵》②。前文曾考宋蜀本卷十《江夏赠韦南陵冰》,陆游《入蜀记》、王象之《舆地纪胜》引诗题皆无"冰"字,准此例,本诗题"冰"字以下当皆为李白自注,唐卷古本诗题原貌应作《寄韦南陵冰余江上乘兴访之遇寻颜尚书笑有此赠》。宋蜀本卷十二另有《禅房怀友人岑伦南游罗浮兼泛桂海自春徂秋不返仆旅江外书情寄之浔阳》,考明朱谏《李诗选注》卷八录诗题作《禅房怀友人岑伦时南游罗浮兼泛桂海自春徂秋不返仆旅江外书情寄之》③。当下尚难确知朱谏写定之诗题增一"时"字是否有文本依据,还是以意为之,不过可以肯定的是,以"南游"之后的文字为题下小字注,其文本模式与上考《寄韦南陵》是同构且合于唐人诗题通例的。

　　李白诗题中,另有一类标识文本体式的小字题注,察其本原,当为李白集唐卷古本中原有之标识。宋蜀本卷十六载《酬崔五郎中崔诗附》一首,据题注可知李白集古本中《酬崔五郎中》诗后应附录有崔氏之作,但宋蜀本仅留存了题下注,所附崔诗却已经遗落了。类似的例证如宋蜀本卷十七《酬崔侍

---

① 彭定求:《全唐诗》卷一七六,第1799页。
② 高似孙:《(嘉定)剡录》卷六上,《宋元方志丛刊》,北京:中华书局,1990年,第7234页。
③ 朱谏:《李诗选注》卷八,《续修四库全书》第1306册,第54页。

御_{崔诗附}》，李白此诗后实际也没有崔氏之作。综上亦可推证，"崔诗附"三字并非宋人类编李白集时所加，而应是李白集的古本中存留崔诗且标识此注。他如宋蜀本卷五《宫中行乐词八首_{奉诏作五言}》、卷八《雪谗诗赠友人_{四言}》，"五言""四言"，亦为文本体式之标识。此类标识，敦煌所出唐诗写卷中多有其例，不烦备举。

此外，察唐集写卷本的诗题通例，"并序"二字例皆为题下注，如宋蜀本卷二三《改九子山为九华山联句_{并序}》，咸淳本亦同①。分韵得字，据唐诗通例也皆标作题注，如岑参《与鄠县源少府泛渼陂_{得人字}》等，此类诗题有 23 例；杜甫集中《严郑公阶下新松_{得沾字}》等，此类诗题亦有 22 例②。今按宋蜀本《李太白文集》卷十五《送别_{得书字}》，尚存古本面貌，而咸淳本《李翰林集》以及《分类补注李太白诗》录此诗时即将"得书字"羼入大字诗题之中，作《送别得书字》》③，《全唐诗》沿承其误，亦应斠理。

四、李白集"合题"之文本原貌

民国时期，陈寅恪开设"唐诗校释"课程，列"唐诗与唐代政治中门第、科举之关系""党派""诗题"等子目④，可以看出他在做"唐诗校释"研究时对于诗题的重视。陈寅恪于 1935 年发表的《元微之遣悲怀诗之原题及其次序》⑤，则通过考证宋本元稹集《遣悲怀三首》为不同时期之作品，进而论证三诗在唐写卷原本中当皆有诗题，后经宋人之手遂尔合题，宋本第一首题《三遣悲怀》犹存唐写本旧貌：

> 后人编写集合，不免先后混乱，既列"谢公最小偏怜"为第一首，故"三遣悲怀"之原题独存，而原来第一第二两首之旧题因以脱略，致成今本三首之排列次序。⑥

此文于哈佛《亚洲学报》（*Harvard Journal of Asiatic Studies*）英译时，编者

---

① 李白：《李翰林集》卷十九，第 596 页。
② 参本书《杜甫集诗题与题注》一章。
③ 李白：《李翰林集》卷十一，第 352 页；李白著，杨齐贤集注、萧士赟补注：《分类补注李太白诗》卷十八，《四部丛刊》景明刻本。
④ 陈寅恪：《唐诗校释备课笔记》，陈寅恪著，陈美延辑录：《讲义及杂稿》，北京：生活·读书·新知三联书店，2002 年，第 1—14 页。
⑤ 陈寅恪：《元微之遣悲怀诗之原题及其次序》，《清华学报》1935 年第 3 期。
⑥ 陈寅恪：《元微之遣悲怀诗之原题及其次序》。

韦尔（Dr. James R. Ware）加按语曰："作者试图证明元稹的'三遣悲怀'诗，并非作于同一时，故其顺序，抄本编排不当。'三遣悲怀'应只是第三首诗的标题，前两首的标题'遣悲怀'及'再遣悲怀'可以想见的，可能是在后来的抄本中，被误删了。"①由此可见陈氏通过具体的文本例证，揭橥了唐诗题目研究之问题意识及展开路径。《元氏长庆集》曾经元稹亲手编定，流传到宋代尚且有此错乱，何况李阳冰所谓"当时著述，十丧其九"②的李白集呢？

李白集之诗题，在传世过程中多有歧异、变貌的情形，以敦煌写卷、宋蜀本为代表的李白集早期文本以题注校记的形式保留了不少古本别题③。不过，此类诗题，在唐宋之间文本流传过程中即已出现歧异，因此，文本校雠的方法是无能为力的，在文本写定时只能如宋蜀本那样两存其别题。比较典型的例证便是"好古笑流俗"一诗，宋蜀本于卷五、卷十三两见，卷五题作《东武吟》，卷十三题作《还山留别金门知己》。《文苑英华》亦收此诗，题作《出金门后书怀留别翰林诸公》④，宋蜀本便取《文苑英华》此题之文字，分别列作卷五、卷十三题下之"一作""一本云"子注。

但是，李白集中另有一类诗题，可以通过比次推例的方法尽量还原一部分文本原貌。前揭陈寅恪之所以要讨论元稹《遣悲怀》诗三首，有一通贯的学术认识便是今见唐人集中的同题组诗，往往并非唐人作品的原貌，而是可能经过了宋人重编时的厘定合并。类似的诗题合并的文本现象，在李白集中多有其例。宋蜀本《李太白文集》卷三收《行路难》一组，其诗题文本状貌

---

① 杨君实：《陈寅恪先生的两篇英文论文》，张杰、杨燕丽编选：《追忆陈寅恪》，北京：社会科学文献出版社，1999年，第359页。

② 李白撰，王琦注：《李太白全集》附录，第1447页。

③ 例如卷五《相逢行》一作《有赠》，卷七《东山吟》一作《醉过谢安东山》，卷八《淮海对雪赠傅霭》一作《淮南对雪赠孟浩然》，卷九《游溧阳北湖亭望瓦屋山怀古赠同旅》一作《赠孟浩然》，卷十一《赠钱徵君少阳》一作《送赵云卿》，《安陆白兆山桃花岩寄刘侍御绾》一作《春归桃花岩贻许存御》，卷十二《新林浦阻风寄友人》一作《金陵阻风雪书怀寄杨江宁》、《游敬亭寄崔侍御》一作《登古城望府中奉寄崔侍御》，卷十三《留别广陵诸公》一作《留别邯郸故人》、《南陵别儿童入京》一作《古意》，卷十五《同王昌龄送族弟襄归桂阳二首》一作《同王昌龄崔国辅送李舟归郴州》，卷十六《宣州谢朓楼饯别校书叔云》一作《陪侍御叔华登楼歌》、《山中答俗人》一作《答问》，卷十七《游太山六首》一作《天宝元年四月从故御道上太山》，卷二十《早发白帝城》一作《白帝下江陵》，卷二一《与元丹丘方城寺谈玄作》一作《仙城山寺》，卷二三《初出金门寻王侍御不遇咏壁上鹦鹉》一作《勅放归山留别陆侍御不遇咏鹦鹉》，卷二四《思边》一作《春怨》。又敦煌写卷《古意》今本作《效古》、《江上之山藏秋作》今本作《江上秋怀》、《宫中三章》今本作《宫中行乐词》、《独不见》今本作《塞下曲》、《赠赵四》今本作《赠友人》、《月下对影独酌》今本作《月下独酌》、《梁园醉歌》今本作《梁园吟》、《黄鹤楼送孟浩然下惟杨》今本作《黄鹤楼送孟浩然之广陵》、《惜樽空》今本作《将进酒》。

④ 李昉：《文苑英华》卷二八六，第1458页。

为(图 8-12)：

行路难三首_{第三首一作古兴}

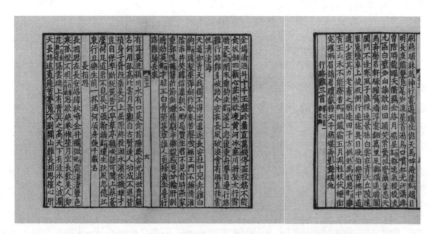

图 8-12　李白《李太白文集》卷三,中国国家图书馆藏宋蜀本

由此题注我们可以推论,宋人重编李白集时,在有些卷轴古本太白文集中,《行路难》三首很可能并不是同时撰作的一组诗,甚至有可能并不联写一处——至少第三首在李白集古本中另有别题曰《古兴》。葛立方《韵语阳秋》曾引述过李白"有耳莫洗颍川水"一首,谓"李白《行路难》云"①,可见此诗在宋代文本中,或作《行路难》,或作《古兴》,并未划一。从此点出发,反观《唐宋诗醇》论《行路难》三首"'冰塞''雪满',道路之难甚矣。而日边有梦,破浪济海,尚未决志于去也。后有二篇,则畏其难而决去矣。此盖被放之初,述怀如此,真写得难字意出"数语②,立论根基乃是李白同时创作了《行路难》三首,且每一首都如《诗经》联章组诗一般承担着不同的表意造境功能。只是,倘发现《行路难》三首在李白当时并非同时、同题而作的话,《唐宋诗醇》之论便显得无的放矢了。

与《行路难》制题相近似的,宋蜀本《李太白文集》卷五有诗题暨题注曰《少年行二首_{后一首亦作小放歌行}》,卷六另有"君不见淮南少年游侠客"一首,诗题亦作《少年行》。据此可见,宋蜀本两首一处,第三首别编一处;而据题注,

---

① 葛立方:《韵语阳秋》卷十一,景宋本,上海:上海古籍出版社,1984年,第145页。
② 弘历:《唐宋诗醇》卷二,《景印文渊阁四库全书》第1448册,第107页。

则《少年行二首》在另一古本中则分题作《少年行》《小放歌行》。到了《文苑英华》《乐府诗集》那里,则将三诗合并于一处,总题曰《少年行三首》①。李白这三首诗的诗题经过了宋代类书总集之整理归并,倘无宋本《李太白文集》参校的话,已经很难复原其本来面貌了。

另如宋蜀本卷十首先载录《赠张相镐二首_{时逃难病在宿松山作后一首亦作书怀重寄张相公}》,题注所保留的诗题别本信息,透露出两首诗也可能乃先后之作,并非同时同题。第一首"四海暗胡尘""卧病古松滋,苍山空四邻"皆与题注"逃难""病在宿松山"一一对应,而第二首则完全没有涉笔于逃难卧病之事。因此可推断,在李白集的卷轴古本中,两首诗当是一题作《赠张相_镐时逃难病在宿松山作》②,一题作《书怀重寄张相公》,二诗有着明显的跨时段撰作先后次第。宋人在类编李白诗集的时候,将两诗联排一处,并用《赠张相镐二首》作为总的标题③,这就给观者造成错觉,似乎是李白一次性地向张镐投赠了两首诗。再如宋蜀本卷二三《咏山樽二首_{前一首一作咏柳少府山瘿木樽}》,据题注可知"蟠木不雕饰"诗与"拥肿寒山木"诗在唐卷古本中并非同一组诗。同卷《咏桂二首》,《文苑英华》录诗题同,而咸淳本、元刻《分类补注李太白诗》录作《咏槿二首》。王琦考辨曰:"槿,缪本作桂。琦察诗辞,前首是咏槿,次首乃咏桂也。二本各有误处,识者定之。"④并进而厘定了两首诗在古本中可能分题作《咏槿》《咏桂》。

唐人诗题在宋人编次的文本中出现合题现象,《李太白文集》并非孤证,其他诗人别集处也多有其例。白居易《白氏文集》之文本系统最为稳定,卷十二、卷二九分列《短歌行》两篇,宋本与日本所传各本均同,而《文苑英华》收录时却归拢一处,合题作《短歌二首》⑤。就《白氏文集》文本系统来看,两首诗的撰作时间相隔很久,而《文苑英华》合题之后,并无说明,则容易使后人认为两首诗是同时而作,这其实是"合题"造成的误会。

李白集中另有"合题"组诗,不但不是李白的同时之作,而是他人同题诗误收作李白诗,宋人整理李白集时遂出现阴差阳错的"合题"现象。李白《长干行二首》其二,宋人有的主张是张潮所作,黄庭坚则认为:"《太白集》中

---

① 郭茂倩:《乐府诗集》卷六六,北京:中华书局,1979年,第953页。
② "镐"字应为题下自注,论证见前文。
③ 只不过"镐"字在唐写本到宋刻本流衍的过程中,又由小字题注羼为大字诗题。
④ 李白撰,王琦注:《李太白全集》卷二四,第1139页。
⑤ 白居易撰,谢思炜校注:《白居易诗集校注》卷二九,北京:中华书局,2006年,第2292页。

《长干行》二篇,'妾发初覆额',真太白作也。'忆妾深闺里',李益尚书作也。"①当代学人皆认可黄庭坚确有所据,郁贤皓的《校注》也将第二首删入存目②。

李白诗由同名、近似诗题之分列到"合题"的变貌,与乐史、宋敏求诸人的整比写定很有关系。据陈尚君研究,李白集压卷组诗《古风五十九首》,"非一时一地之作,殆即陆续而成编者",至于诗题,则"出于宋敏求,其考虑可能受《古诗十九首》之影响"③。宋人编唐集喜分门分类,对诗题近似者常求文本划一,遂剪截为同题组诗,这势必会打破唐集以写作时间先后自行排布的编集规律,也遮蔽了同题组诗内部的各诗创作时间、地点不一的历史实景。同样的,白居易自编《白氏文集》有《惜牡丹花二首》,白氏自注曰:"一首翰林院北厅花下作,一首新昌窦给事宅南亭花下作。"其隐含心理即防止读者误会此同题二首乃同时同地之作,可资本节之参证④。客观地说,唐人确实有创作组诗的传统,但宋人有意的"合题"编次,也助推了唐人组诗的数量,改变了唐集诗题的宏观风貌。今人倘考论及此,不可不加措意。

五、余论

诗题别称"文眼""诗家之主"⑤,辛文房《唐才子传·独孤及传》尝论唐诗制题曰:"立题乃诗家切要,贵在卓绝清新,言简而意足,句之所到,题必尽之,中无失节,外无余语。"⑥悬的不可谓不高。钱谦益也曾对周容说:"凡于人诗,不必于诗也,于目知之。"⑦本章以宋蜀本《李太白文集》为样本,辅以其他唐集诗题的互证,尝试在文本校勘(本校、他校)之外,寻求另一种李白集文本深度整理的"例校"方法,即援体例之学入李白集的文本研究之中。这一方法,实际上具有可拓延的普适性,可以推广到其他唐人文集的深度整理工作之中,笔者下章将对北宋二王本《杜工部集》诗题、题注进行"例校"斠理,可以合观。

---

① 胡仔:《苕溪渔隐丛话·前集》卷五,北京:人民文学出版社,1962年,第28页。
② 李白撰,郁贤皓校注:《李太白全集校注》卷三,第451页。
③ 陈尚君:《李白诗歌文本多歧状态之分析》,《学术月刊》2016年第5期。
④ 白居易撰,谢思炜校注:《白居易诗集校注》卷十四,第1091页。
⑤ 题为贾岛所撰《二南密旨》曰:"题者,诗家之主也。目者,名目也,如人之眼目,眼目俱明,则全其人中之相,足以[可]坐窥万象。"参见吴承学:《论古诗制题制序史》,《文学遗产》1996年第5期。
⑥ 辛文房著,傅璇琮主编:《唐才子传校笺》卷三,北京:中华书局,1987年,第586页。
⑦ 周容:《春酒堂诗话》,郭绍虞:《清诗话续编》,上海:上海古籍出版社,1983年,第101页。

当然,李白另有部分诗题,比如宋蜀本卷十六《酬中都小吏携斗酒双鱼于逆旅见赠》,《河岳英灵集》卷上作《酬东都小吏以斗酒双鳞见赠》,敦煌写卷 P. 2567 则题作《鲁中都有小吏逢七朗以斗酒双鱼赠余于逆旅因鲙鱼饮酒留诗而去》[①],可见此诗题在唐写卷中即已发生了文本变貌,且羼变之源并非讹舛所致,而是全题改写。究竟此类诗题是李白先后修改所致,还是唐写卷传写过程中的以意撮题?其中衍变轨迹如何?目前尚难寻得有效的方法对其展开斠理。附识于此,以俟翌日。

---

① 李白撰,郁贤皓校注:《李太白全集校注》卷十五,第 2296 页。

第九章　杜甫集诗题、题注之"例校"

一、问题的提出

历代关于杜诗之研究，硕果间出，且形成了一个专门的学术门类"杜诗学"。要预流"杜诗学"的讨论，需要直面杜集的文献源流问题。随着近几十年关于杜诗方方面面的研究以及萧涤非、张忠纲主持的《杜甫全集校注》[①]，谢思炜独力完成的《杜甫集校注》[②]相继出版，杜集版本源流梳理以及文字校勘层面已经罕有剩义。需要注意的是，我们今天所见的杜集，最早只有宋刻，不像《白氏文集》那样有出自手集系统的写本可供参考。职是之故，方今关于杜诗的全部研究，其基点皆是宋版所呈现的文献面貌。如果要上溯一层去追问，二王本、吴若本等杜集，究竟多大程度存留了杜甫卷轴装写本诗集的面貌？这一问题，学界似乎还没有涉及。因此，基于文本体例的规律提取，从宋刻本上溯唐写本杜甫集的复原研究，很可能是杜诗研究深度展开的另一种可能性。并且，这一问题具有普适性，在唐诗校雠领域皆需要直面版本校勘之外的"例校"可行性问题。

笔者在研读杜集的祖本北宋二王本《杜工部集》时，注意到杜诗的一种副文本——题注——仍有笺释疏证之必要。杜甫在人生后期曾对自己的诗集进行过斠理，一个明显的标识便是自撰了很多题下小注[③]。重新整理诗集时为诗题加注，其实是写本古集诗文小序传统的遗留，只不过在杜甫处以题注代替了诗文篇序的功能。二十世纪八十年代，谢思炜曾认为："杜诗自注的整理在杜集整理中是一项很有意义但又没引起足够注意的工作。"[④]三十余年来，学界关于杜集的文献研究已经取得了很大进展，但囿于学术方法

[①] 萧涤非等：《杜甫全集校注》，北京：人民文学出版社，2013年。
[②] 谢思炜：《杜甫集校注》，上海：上海古籍出版社，2016年。
[③] 谢思炜认为可以确定是杜甫自注，并且进一步推论说："杜甫有些注是后来加的，如《说旱》注：'初，中丞严公节制剑南日，奉此说。'可见，杜甫对自己的诗文曾进行过整理，并加了一些注，带有编年性质的注应是此时所加。"谢思炜：《唐宋诗学论集》，北京：商务印书馆，2003年，第103页。
[④] 谢思炜：《〈宋本杜工部集〉注文考辨》，见谢思炜：《唐宋诗学论集》，第113页。

的局限,推尊宋本杜集,尚没有意识到即使宋本杜集也远非唐写本杜集的本来面目,所以对杜甫自注以及衍生出来的文献问题尚多未就之处。本章即专就杜诗的诗题、诗注关系为考察对象,论证宋二王本《杜工部集》中,有不少杜甫的小字自注羼入了诗题大字,应当经过推考论证后予以尝试性复原。

二王本《杜工部集》尽管较大程度存留了唐写本杜集的本来面目,但也不尽可为据。一个杜诗学史上的经典例证,便是卷十七《夏夜李尚书筵送宇文石首赴县联句》后题《宇文晁尚书之甥崔彧司业之孙尚书之子重泛郑监前湖审》,黄生指出"按此题似止'重泛郑监前湖'六字是本题。宇文等十七字本前联句诗自注之语,后人传写之误,与此题联混为一也。"浦起龙于黄生之说很是赞赏,以为"良然"①。又如卷八有题曰《苏大侍御涣静者也旅于江测凡是不交州府之客人事都绝久矣肩舆江浦忽访老夫舟檝而已茶酒内余请诵近诗肯吟数首才力素壮词句动人接对明白忆其涌思雷出书箧几杖之外殷殷留金石声赋八韵记异亦见老夫倾倒于苏至矣》(图 9-1),学者多据此以论证

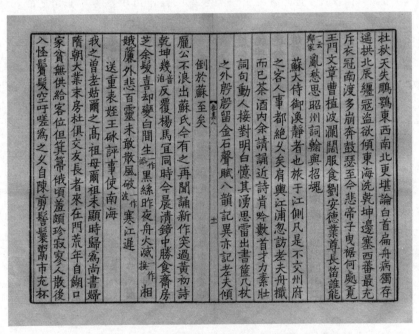

图 9-1　杜甫《杜工部集》卷八,上海图书馆藏北宋二王本

---

① 浦起龙:《读杜心解》卷四之二,北京:中华书局,1961 年,第 675 页。

古诗长题在杜甫处得到了踵事增华。然而需要首先提出疑问的是,这一段是否在杜甫手集写本系统中已经被当作长题? 实际上,这很可能是本诗的小序,只是由于传抄过程中诗题佚失,遂渐渐充当了诗题的功能。早在宋代,黄鹤已经指出此题当为小序,而钱笺从黄鹤注,另以《苏大侍御访江浦赋八韵纪异》为题。陈衍称杜亭说杜谓"《苏大侍御访江浦赋八韵纪异》一首,是逸去元题,《草堂》本遂以小序为题。别本有此题者,乃是后人增耳。五律中《天宝初南曹小司寇舅于我太夫人堂下垒土为山》云云亦是小序之文。"① 陈衍所引杜亭,当是卢世㴶,金兆燕《杜集》诗题注曰:"德州卢世㴶,营杜亭,设子美像,自号杜亭亭长,故结句云云。"②可证。又如杜甫另一诗原题是《天宝初南曹小司寇舅于我太夫人堂下累土为山一匮盈尺以代彼木承诸焚香瓷瓯瓯甚安矣旁植慈竹盖兹数峰嶔岑婵娟宛有尘外数致乃不知兴之所至而作是诗》,金圣叹一见而叹曰:"三行余耳,便可抵潘岳《闲居》一赋。真乃制题第一手。题亦繁矣,欲以八句收尽,不亦难乎? 乃不惟宛转恰合。"③尽管金圣叹如此褒奖,但却仍于《杜诗解》中别拟一五字题曰《土山植慈竹》,可见这类冗长之题本质上是有悖于"题目"名义之雅洁属性的。

此处先搁置黄鹤、卢世㴶推论的确凿与否不谈,笔者意欲强调的是,在相对接近杜甫时代的宋人那里,对杜甫的长题已经产生疑虑,可见此中可能存在文本窜乱的问题。此类长句,完全有悖制题的基本规律,更何况在写本时代总目录及分卷目录中呈现时也显得拖沓。可惜的是,黄鹤没有根据同时代杜诗传本极多的便利,对杜甫诗集制题的体例进行抽绎,并在此基础上展开古本复原工作。

二、杜甫诗题、题注文本体例考

王士禛尝论曰:"予尝谓古人诗,且未论时代,但开卷看其题目,即可望而知之;今人诗,且未论雅俗,但开卷看其题目,即可望而辨之。如魏晋人制诗,题是一样,宋齐梁陈人是一样,初盛唐人是一样,元和以后又是一样,北宋人是一样,苏、黄又是一样。"④既然唐人诗题自有风貌,则其中必有一定的撰写体例。下文笔者拟采用传统经史的本证之法,在杜诗内部通过诗题的归纳总结出通例,然后以此通例去审查杜诗诗题中的文本例外现象,从

---

① 陈衍:《石遗室诗话》卷二四,北京:人民文学出版社,2004年,第363页。
② 金兆燕:《棕亭诗钞》卷八,清嘉庆赠云轩刻本。
③ 金圣叹:《杜诗解》,上海:上海古籍出版社,1984年,第28页。
④ 王士禛:《带经堂诗话》卷二七,北京:人民文学出版社,1963年,第761页。

而析分出一部分羼入诗题中的小字题注。为了使本证更为直观，本节不用举例法，而是竭泽而渔式地将类例进行归并，庶几为题注问题的探讨留存完整的资料。每小节先引影印二王本《杜工部集》中的有关题注，同时参考钱笺所据吴若本以及《草堂》本等宋刻，共得体例九条。

（一）凡有"时"字表追述者，例皆为题注

前文已述及杜诗的自注问题，杜甫后加之注，于语境皆属追述，故当有追述标识词，《说旱》注的"初"字便是一例。通考杜诗自注可以发现，杜甫自注运用最多的追述词为"时"字，而这与先唐时期曹丕、曹植诗赋小序以"时"字为追述词是一脉相承的。

兹先据二王本《杜工部集》，查考杜甫诗题自注用"时"字之文本例证。卷一《陪李北海宴历下亭》，题注："时邑人蹇处士等在坐。"同卷附载李邕《登历下古城员外孙新亭》，题注："时李之芳自尚书郎出齐州司马，制此亭。"同卷《同诸公登慈恩寺塔》，题注："时高适、薛据先有此作。"钱笺卷一《夏日李家令见访》，题注曰："李时为太子家令。"卷二《早秋苦热堆案相仍》，题注："时任华州司功。"卷四《冬狩行》，题注："时梓州刺史章彝兼侍御史留后东川。"卷九《崔氏东山草堂》，夹注："王维时被张通儒禁在东山北寺。有所叹息，故云。"同卷《送蔡希鲁都尉还陇右因寄高三十五书记》，题注："时哥舒入奏，勒蔡子先归。"同卷《忆幼子》，题注："字骥子，时隔绝在鄜州。"卷十《忆弟二首》，题注："时归在南陆浑庄。"卷十一《和裴迪登新津寺寄王侍郎》，题注："王时牧蜀。"卷十二《戏题上汉中王三首》，题注："时王在梓州。初至断酒不饮，篇有戏述。"同卷《警急》，题注："时高公适领西川节度。"同卷《章梓州水亭》，题注："时汉中王兼道士席谦在会。同用荷字韵。"卷十三《奉寄章十侍御》，题注："时初罢梓州刺史、东川留后，将赴朝廷。"同卷《奉寄别马巴州》，题注："时甫除京兆功曹，在东川。"[①]同卷《过故斛斯校书庄二首》，题注："老儒艰难，时病于庸蜀。叹其没后方授一官。"卷十八《奉赠卢五丈参谋琚》，题注："时丈人使自江陵，在长沙待恩旨，先支率米钱。"

以上诸例题注一个共同的特点即皆以"时"字标识一种追述的时间向度。这个"时"字一方面是接续了先唐古集诗文小序的传统，另一方面也明

[①] 按：此例《九家》《草堂》等本子都标明是杜甫自注，而不见于景宋二王本，但在景宋本中这两例都在毛抄部分，因此有可能是抄手误丢。说本谢思炜：《〈宋本杜工部集〉注文考辨》，收入《唐宋诗学论集》，第99页。

白呈现了杜甫确曾在人生后期对自己的诗集进行过整理自注这一历史事实。

其实,唐人集中多有一致的体例规律,诗题自注以"时"引起便是这样。例如戴叔伦《夜发袁江寄李颍州刘侍御》,题下注曰:"时二公留贬在此。"①刘长卿《寄会稽公徐侍郎》,题下注曰:"公时在王傅。"②皮日休《病中书情寄上崔谏议》,题下注曰:"时眼疾未平。"③郑谷《顺动后蓝田偶作》,题下注曰:"时丙辰初夏月。"④郑谷《送进士王驾下第归蒲中》,题下注曰:"时行朝在西蜀。"⑤卢纶《赴池州拜觐舅氏留上考功郎中舅》,题下注曰:"时舅氏初贬官池州。"⑥卢纶《卧病寓居龙兴观柱冯十七著作书知罢摄洛阳赴缑氏因题十四韵寄冯生并赠乔尊师》,题下注曰:"时予罢推官。"⑦卢纶《春日卧病示赵季黄》,题下注曰:"时陷在贼中。"⑧卢纶《寄赠库部王郎中》,题下注曰:"时充折籴使。"⑨卢纶《玩春因寄冯卫二补阙戏呈李益》,题下注曰:"时君与李新除侍御事。"⑩这就说明,在唐人对诗歌文本的认识中,以"时"字引出题下注是颇为通行的书写模式。以"时"字作为题注追述标识词这一文本体例的抽绎,可以推广运用到对全部唐诗的考察之中去。

由上所考杜甫诗题自注中用"时"字追述之例,可推证同是二王本《杜工部集》的文本系统中,他处诗题羼入"时"字追述之文者,很有可能也是题注。例如:二王本卷八《聂耒阳以仆阻水书致酒肉诗得代怀至县呈聂一首》,钱笺、《九家》等题作《聂耒阳以仆阻水书致酒肉疗饥荒江诗得代怀兴尽本韵至县呈聂令陆路去方田驿四十里舟行一日时属江涨泊于方田》。究竟以何者为是呢?详审钱笺等题,有"时"字出现,可以发现钱笺诗题中混入了题注,参考二王本便可以顺利析分如下:杜诗原貌应作《聂耒阳以仆阻水书致酒肉疗饥荒江诗得代怀兴尽本韵至县呈聂令陆路去方田驿四十里舟行一日时属江涨泊于方田》。

---

① 蒋寅:《戴叔伦诗集校注》卷二,上海:上海古籍出版社,2010年,第215页。
② 储仲君:《刘长卿诗编年笺注》,北京:中华书局,1996年,第451页。
③ 皮日休撰,萧涤非、郑庆笃整理:《皮子文薮》附录一《皮日休诗文》,上海:上海古籍出版社,1981年,第184页。
④ 郑谷:《郑守愚文集》卷一,《四部丛刊续编》景宋本。
⑤ 郑谷:《郑守愚文集》卷二,《四部丛刊续编》景宋本。
⑥ 卢纶:《唐卢户部诗集》卷二,国家图书馆藏明刻本。
⑦ 卢纶:《唐卢户部诗集》卷五,国家图书馆藏明刻本。
⑧ 卢纶:《唐卢户部诗集》卷六,国家图书馆藏明刻本。
⑨ 卢纶:《唐卢户部诗集》卷六,国家图书馆藏明刻本。
⑩ 卢纶:《唐卢户部诗集》卷六,国家图书馆藏明刻本。

二王本与钱笺等本各有失,二王本之失在于遗落了题注,且诗题亦有删略;钱笺等本之失在于将题注混入了诗题,遂产生了杜诗撰拟长题的一个假象。浦起龙在《读杜心解》中也于"呈聂令"下注曰:"题当止此,下疑小注原文,盖以注明阻水之处耳。"①所见正同。

又如二王本卷十五《上卿翁请修武侯庙遗像缺落时崔卿权夔州》(图9-2),"时崔卿权夔州"很有可能是题下注,倘若再考虑文义联属的话,"遗像缺落"是对"上卿翁请修武侯庙"原因的注释,则"遗像缺落,时崔卿权夔州"更有可能同为题注,故可依例校理作《上卿翁请修武侯庙_{遗像缺落时崔卿权夔州}》。另参本章"诗题后半系前半之解释者,后半当为题注"一小节。

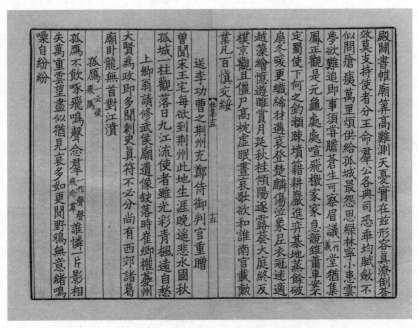

图9-2　杜甫《杜工部集》卷十五,上海图书馆藏北宋二王本

(二)歌行引之标识词,例皆界分诗题、题注

杜诗之成就,"诗律细"只是一方面,他的长篇歌行体也于六朝有通有变。显而易见,此类以"歌""行"为诗题的诗作,同赋文对赋题的限制一样,

---

① 浦起龙:《读杜心解》卷一之六,第218页。

规定着题目本身的雅洁,容不下太多的诗歌本事信息,因此也就天然地要求题注或诗序等副文本进行补充。实际上,杜集的几篇诗序皆是应此功能的要求而撰写的。另一方面,当杜甫觉得没有必要铺写篇幅较长的诗序时,便采用了题注的形式,对题目进行补笺,今杜集多存其例证。

以"歌"为标识词的,宋二王本杜集卷一《醉时歌》,题注曰:"赠广文馆博士郑虔。"同卷《乐游园歌》,题注曰:"晦日贺兰杨长史筵醉中作。"卷四《戏题画山水图歌》,题注:"王宰画。宰丹青绝伦。"卷五《相从歌》,题注:"赠严二别驾。"

以"行"为标识词的,宋二王本杜集卷一《醉歌行》,题注曰:"别从侄勤落第归。"同卷《骢马行》,题注曰:"太常梁卿勅赐马也。李邓公爱而有之,命甫制诗。"卷二《偪仄行》,题注:"赠毕曜。"同卷《徒步归行》,题注曰:"赠李特进。自凤翔赴鄜州途经邠州作。"卷四《冬狩行》,题注:"时梓州刺史章彝兼侍御史留后东川。"卷五《入奏行》,题注:"赠西山检察使窦侍御。"卷五《短歌行》,题注:"赠王郎司直。"后一首《短歌行》,题注:"送祁录事归合州因寄苏使君。"①卷八《醉歌行》,题注:"赠公安颜少府请顾八题壁。"

以"引""诗"为标识词的,卷四《丹青引》,题注:"赠曹将军霸。"同卷《桃竹杖引》,题注:"赠章留后。"卷六《石砚诗》,题注:"平侍御者。"

由上类例归并可知,有明确的诗歌体裁标识之诗题,可以判定标识词后部分很有可能是题注,比较明显的例证是卷十八《惜别行》题注曰:"送刘仆射判官。"而卷八却另有一题作《惜别行送向卿进奉端午御衣之上都》。两者不可能皆是,必有一题窜乱。故而可以准例推断,后一题应当是题注小字混入诗题中,本来面貌应是《惜别行_{送向卿进奉端午御衣之上都}》。又卷十八《惜别行》隔一题后作《狂歌行赠四兄》,据此也可推证唐写本杜甫集应当为《狂歌行_{赠四兄}》。

其实,关于这一规律,宋版不同的杜集已经开始淆乱,比如宋二王本杜集卷一《玄都坛歌寄元逸人》(图9-3),二王本卷一目录、钱谦益所据宋吴若本则作《玄都坛歌》,题注:"寄元逸人。"准前引杜集之例,自当以《玄都坛歌》为正题,吴若本为优。另宋张邦基《墨庄漫录》"王母乃蜀鸟"条亦引作"杜子美《玄都坛歌》"②,可资参证。由杜诗这一文本现象的启示,我们当意识到整个唐人诗集中此类诗题皆有重新审视并加以斟理的必要,不可据宋

---

① 《草堂》本已经将题注连题作大字,误。
② 张邦基:《墨庄漫录》卷一,北京:中华书局,2002年,第38页。

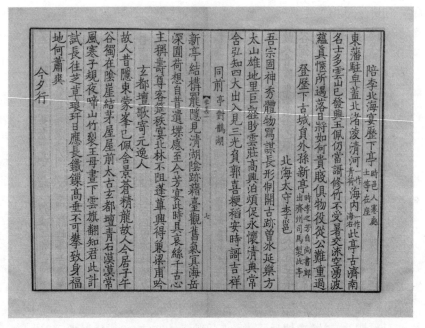

图 9-3　杜甫《杜工部集》卷一，上海图书馆藏北宋二王本

以后传本形态即认为其理所当然。

（三）事由叙述例皆为题注或诗序

诗题自注作为一种副文本，常会出现对诗作背景暨事由的叙述，也能通过诗人不经意的自注标识词重为厘分，比如二王本卷十一《寄杨五桂州》题注："谭。因州参军段子之任。""因"字是杜甫诗题自注常用的解说缘由之字，据此可推同卷《野望因过常少仙》，实际诗题当作《野望》，"因过常少仙"五字乃是题注，作为对"野望"一诗背景的补充。这类题注尚难判定是作诗时即已形成还是后来补加，盖"因"字不像"时"字那样具有鲜明的追述意味。

杜甫在题注中常言及诗中用何本事，故志诸篇中、篇末云云，例如二王本杜集卷十三《送梓州李使君之任》原有题注："故陈拾遗，射洪人也。篇末有云。"今考卷十《送许八江宁觐省甫昔时常客游此县于许生处乞瓦棺寺维摩图样志诸篇末》（图 9-4），准前例，则诗题当作《送许八江宁觐省》甫昔时常客游此县于许生处乞瓦棺寺维摩图样志诸篇末。实际上，由"甫昔时"三字也可以区分以后文字皆为题注，盖题目中自称名讳，中古绝无其例，参下文"凡题中有'甫'自称名讳者,例皆为题注"一小节。又如二王本卷九《天宝初南曹小司寇舅于我太夫人堂下累土为山一匮盈尺以代彼木承诸焚香瓷瓯瓯甚安矣旁植慈竹盖兹数峰嶔岑婵娟宛有尘外数致乃不知兴之所至而作是诗》,"天宝初"乃追述语,"而作是诗"乃对诗作本事的解释,这两点均与上举杜甫诗题诗序通例相合,故知此题实际是诗序,由于诗题传抄过程中脱落,遂传讹而以序为题。

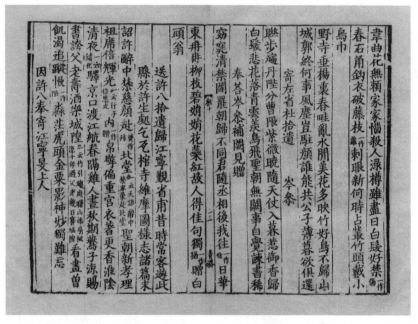

图9-4　杜甫《杜工部集》卷十,上海图书馆藏北宋二王本

(四)补述时地人事者,例皆为题注

杜诗题注中比较广泛的一类应用便是对诗作的时间、地点、人事等信息进行补充,而这也是从曹丕、曹植诗赋小序那里便已经确立的范式。

今考《草堂》本卷一《同李太守登历下古城员外新亭》,题注:"亭对鹊湖。"二王本卷二《北征》,题注:"归至凤翔,墨制放往鄜州作。"同卷《新安吏》,题注:"收京后作。虽收两京,贼犹充斥。"同卷《洗兵马》,题注:"收京后作。"同卷《雨过苏端》,题注曰:"端置酒。"卷三《万丈潭》,题注:"同谷县作。"同卷《凤凰台》,题注:"山峻,不至高顶。"同卷《发同谷县》,题注:"乾元二年十二月一日，自陇右赴剑南纪行。"卷四《寄题江外草堂》，题注："梓州作。寄成都故居。"卷九《上韦左相二十韵》，题注："见素。相公之先人遗风余烈，至今称之，故云丹青忆老臣。公时兼兵部尚书，故云听履上星辰。"同卷《过宋员外之问旧庄》，题注："员外季弟执金吾，见知于代，故有下句。"卷十《送翰林张司马南海勒碑》，题注："相国制文。"同卷《宿赞公房》，题注："京中大云寺主，谪此安置。"同卷《示侄佐》，题注："佐草堂在东柯谷。"同卷《寄李十二白二十韵》，题注："会稽贺知章一见白，号为天上谪仙人。"卷十八《宿白沙驿》，题注："初过湖南五里。"

根据这一补述时地人事的规律，我们可以对杜诗一部分题注进行文本复原之推测，例如卷十六《西阁口号》，题注："呈元二十一。"而其前一首却题作《夜宿西阁晓呈元二十一曹长》，准《西阁口号》之例，此首原貌似应作《夜宿西阁_{晓呈元二十一曹长}》。

基于诗题的近似性，可推断诗题中可能共同具有部分题注文字，这也是作为书写者杜甫所显现出来的一种文本结撰习惯。例如卷九有《李监宅》诗，前一首作《郑驸马宅宴洞中》，诗题不通，准《李监宅》例，知诗题应作《郑驸马宅》，题注："宴洞中。"同样的道理，卷十八分别收录《燕子来舟中作》和《小寒食舟中作》，两处"舟中作"很可能皆是题注，诗题分别为《燕子来》《小寒食》，何其雅洁！其模式同于上引卷二《洗兵马》题注："收京后作。"卷三《万丈潭》题注："同谷县作。"

再次，诗题中前后不能连贯者亦有可能羼入题注，比如卷十八第一首《晓发公安数月憩息此县》（图9-5），"数月憩息此县"显然是"晓发公安"的补充，据《钱注杜诗》所据宋吴若本，"数月憩息此县"恰作小字，是为文献上的佐证。

（五）诗题出现尊长名讳者，例皆为题注

详审二王本杜集，凡遇尊长酬赠之作，多于题注中注出其名讳，此现象在宋本杜集中常见，亦是唐诗通例。例如：卷六《狄明府》，题注："博济。"后一首《寄韩谏议》，题注："注。"卷八《奉赠李八丈判官》，题注："曛。"卷九《奉赠太常张卿二十韵》，题注："均。"同卷《寄高三十五书记》，题注："适。"同卷《赠田九判官》，题注："梁丘。"同卷《赠献纳使起居田舍人》，题注："澄。"同卷《奉留赠集贤院崔于二学士》，题注："国辅、休烈。"卷十《奉送郭中丞兼太仆卿充陇右节度使三十韵》，题注："英乂。"同卷《赠毕四》，题注："曜。"同卷《奉赠王中允》，题注："维。"同卷《寄高三十五詹事》，题注：

第九章 杜甫集诗题、题注之"例校" 215

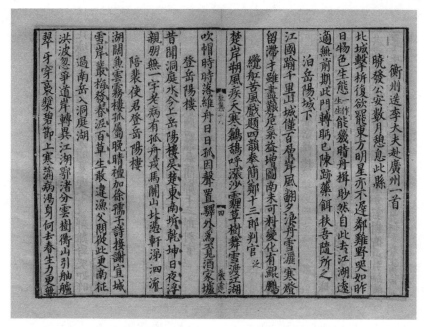

图 9-5 杜甫《杜工部集》卷十八，上海图书馆藏北宋二王本

"适。"卷十一《寄杨五桂州》，题注："谭。因州参军段子之任。"卷十五《秋日夔府咏怀奉寄郑监（题注：审）李宾客（题注：之芳）一百韵》，"审""之芳"二处，宋二王本皆作小字注；同卷《奉寄李十五秘书二首》，题注："文嶷"。卷十七收《哭李尚书》，题注："之芳"；同卷《多病执热奉怀李尚书》，题注："之芳"；同卷《舟中出江陵南浦奉寄郑少尹》，题注："审"；同卷《移居公安敬赠卫大郎》，题注："钧"，皆可为证。

故而可以推断，杜诗诗题中很多表敬称的词汇后紧接着对方名讳之处，例皆是题注羼入诗题。例如卷五《宿青溪驿奉怀张员外十五兄之绪》，例校应作《宿青溪驿奉怀张员外十五兄之绪》；卷六《赠郑十八贲》，应作《赠郑十八贲》；卷七《寄薛三郎中据》，应作《寄薛三郎中据》；卷八《奉送魏六丈佑少府之交广》，应作《奉送魏六丈佑少府之交广》；卷九《赠韦左丞丈济》，应作《赠韦左丞丈济》；同卷《投赠哥舒开府翰二十韵》，应作《投赠哥舒开府翰二十韵》。同卷《承沈八丈东美除膳部员外阻雨未遂驰贺奉寄此诗》，应作《承沈八丈东美除膳部员外阻雨未遂驰贺奉寄此诗》；卷十《曲江陪郑八丈南史饮》，应作《曲江陪郑八丈南史饮》。同卷《送郑十八虔贬台州司户伤其临老陷贼之故阙为面别情见于诗》,"虔"应作小字题注。同卷《秦州见勅目薛三璩授司议郎毕四曜除监察与二子有故远喜迁官兼述索居凡三十韵》,"璩""曜"应作小字题注。后一首《寄彭州高三十五使君适虢州岑二十七长史参三十韵》,题注"时患疟病。"按诗题中的"适""参"二字亦当为题注。卷十一《寄赠王十将军承俊》,"承俊"应作小字题注。同卷《范二员外邈吴十侍御郁特枉驾阙展待聊寄此》,"邈""郁"应作小字题注。同卷《王十七侍御抡许携酒至草堂奉寄此诗便请邀高三十五使君同到》,"抡"应作小字题注。同卷此后诗题如《从韦二明府续处觅绵竹》《凭何十一少府邕觅桤木栽》《凭韦少府班觅松树子》,"续""邕""班"皆应作小字题注。卷十二《泛江送魏十八仓曹还京因寄岑中允参范郎中季明》,实际当作《泛江送魏十八仓曹还京因寄岑中允参范郎中季明》;卷十二《江亭送眉州辛别驾升之》,题注:"得芜字。"实际当作《江亭送眉州辛别驾升之得芜字》;卷十三《赠王二十四侍御契四十韵》《寄董卿嘉荣十韵》《寄李十四员外布十二韵》,"契""嘉荣""布"应为题注。卷十四《赠崔十三评事公辅》,"公辅"应为题注;卷十五《哭王彭州抡》,当以《哭王彭州》为题,"抡"为题注;卷十六《奉送韦中丞之晋赴湖南》,当作《奉送韦中丞之晋赴湖南》。卷十七《公安送韦二少府匡赞》,"匡赞"当为题注。卷十八《奉送王信州崟北归》,"崟"当为题注;同卷《哭韦大夫之晋》,"之晋"当为题注。

再如杜甫《寄高适》一首,钱笺据吴若本列在卷十八,二王本未收。查检杜集,凡赠高适之作,皆不直呼"适"名,例如二王本卷一《送高三十五书记》;卷九《送蔡希鲁都尉还陇右因寄高三十五书记》,同卷又有《寄高三十五书记》,题注:"适。"卷十又有《寄高三十五詹事》,题注:"适。"卷十一有《奉简高三十五使君》,同卷《王十七侍御抡许携酒至草堂奉寄此诗便请邀高三十五使君同到》;卷十四《闻高常侍亡》,题注:"忠州作。"又二王本杜集卷十三《奉寄高常侍》,钱笺、《草堂》校曰:"一云'寄高三十五大夫'。"无论以何者为正,皆不直呼高适名讳。就高适诗来看,赠杜甫之作乃题为《赠杜二拾遗》《人日寄杜二拾遗》,亦不直呼"甫"字名讳。因此,颇疑《寄高适》之诗题乃宋人整理杜诗时所加,已非杜诗诗题的本来面目。

其实,有的羼入诗题的名讳字,通过杜集的不同版本比勘也可以窥见端倪。例如二王本杜集卷一《苦雨奉寄陇西公兼呈王徵士》,题注:"陇西公即汉中王瑀;徵士,琅琊王澈。"但二王本卷一却另有一题作《戏简郑广文虔兼呈苏司业源明》(图9-6),径出郑虔、苏源明之名讳。复考钱谦益所据吴若本,"虔""源明"正作小字题注。吴若本不误,二王本窜乱。当然,杜甫对平辈、晚辈或亲族自然可以称名,例如杜诗多题径称李白、岑参之名①,卷十《示姪佐》,题注:"佐草堂在东柯谷。"便是诗题中直呼其侄"佐"之名。这类歧异通过辨析杜甫和称名之人的关系便可以区分出来。

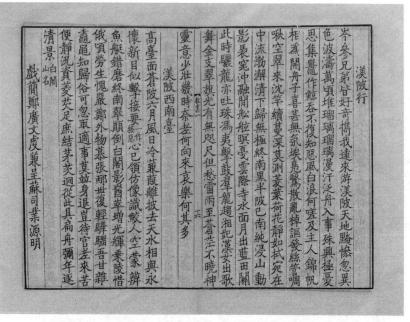

图 9-6 杜甫《杜工部集》卷一,上海图书馆藏北宋二王本

(六)诗题后半系前半之解释者,后半当为题注

杜诗中原有以小字自注释证诗题之例,二王本杜集卷二《送率府程录事还乡》,题注:"程携酒馔相就取别。"卷五《扬旗》,题注:"二年夏六月,成都尹严公置酒公堂,观骑士试新旗帜。"卷六《除草》,题注:"去蘼:草也。蘼:音潜,山韭。"卷六《石砚诗》,题注:"平侍御者。"卷七《大觉高僧兰若》,题注:"和尚去冬往湖南。"卷八《冬日洛城北谒玄元皇帝庙》,题注:"庙有吴道子画五圣图。"卷九《重题郑氏东亭》,题注:"在新安界。"卷十二《所思》,题注:"得台州郑司户虔消息。"《不见》,题注:"近无李白消息。"题注皆是对诗题的解释。并且由卷七《大觉高僧兰若_{和尚去冬往湖南}》"和尚"与"高

---

① 卷一《赠李白》《送孔巢父谢病归游江东兼呈李白》《九日寄岑参》。

僧"对文、卷八《冬日洛城北谒玄元皇帝庙庙有吴道子画五圣图》题注"庙"与诗题"玄元皇帝庙"对文,可知题注与诗题中的关键信息对文,是判断是否是杜甫自注的一个方法。

准此,我们可以对杜诗的多处诗题进行斠理,比如卷五《通泉驿南去通泉县十五里山水作》,诸本皆同,由"南去通泉县十五里"作为对"通泉驿"的解释,可推断唐写本杜集当作《通泉驿南去通泉县十五里山水作》。卷十四《得舍弟观书自中都已达江陵今兹暮春月末行李合到夔州悲喜相兼团圆可待赋诗即事情见乎词》,"自中都已达"之后的文字,很可能是转述舍弟观书信之内容,故唐写本原貌当题作《得舍弟观书自中都已达江陵今兹暮春月末行李合到夔州悲喜相兼团圆可待赋诗即事情见乎词》。又如卷十七《送大理封主簿五郎亲事不合却赴通州主簿前阆州贤子余与主簿平章郑氏女子垂欲纳采郑氏伯父京书至女子已许他族亲事遂停》(图9-7),此题后半"亲事遂停"之解释显然是针对前半"亲事不合"而发,并且通过上文总结的对文规律,可发现"主簿前阆州贤子"实际与"封主簿五郎"对文,"贤子"是对"五郎"的夸赞。故唐写本原貌当例校作《送大理封主簿五郎亲事不合却赴通州主簿前阆州贤子余与主簿平章郑氏女子垂欲纳采郑氏伯父京书

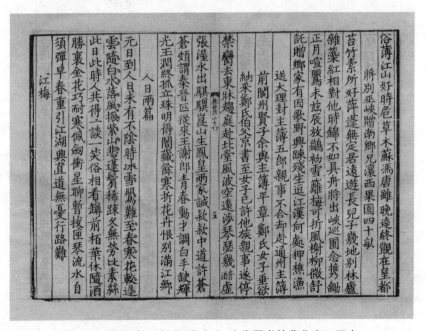

图9-7　杜甫《杜工部集》卷十七,上海图书馆藏北宋二王本

至女子已许他族亲事遂停》。浦起龙正同此说,《读杜心解》于"赴通州"下注曰:"题已尽此,此下似是注语。"(图 9-8)①这类基于文本体例的甄理,不仅可以揭示杜集唐本原貌之可能性,还可以再次佐证着前文的一个判断,即杜诗并不存在学界所认为的那么多有意为之的长题,杜诗的很多长题实际可能是题注羼进诗题后造成的假象。

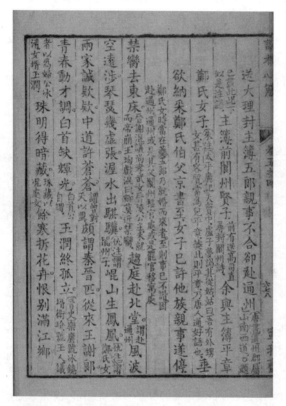

图 9-8　浦起龙《读杜心解》卷五之四,日本早稻田大学图书馆藏清雍正二年静寄东轩刻本

(七) 题中凡杜甫自称名者,必非标题,而是题注或小序

二王本《杜工部集》保存了多处杜甫自称"甫"名的题注例证,比如卷一《骢马行》,题注曰:"太常梁卿勒赐马也。李邓公爱而有之,命甫制诗。"二

---

① 浦起龙:《读杜心解》卷五之四,第 786 页。

王本卷九《奉寄河南韦尹丈人》,题注:"甫敝庐在偃师,承韦公频有访问,故有下句。"同卷《赠比部萧郎中十兄》,题注:"甫从姑子也。"卷十《路逢襄阳杨少府入城戏呈杨员外绾》,题注:"甫赴华州日,许寄员外茯苓。"(图9-9)按:此题准前例,"绾"字亦当入题注,二王本以下诸本皆混入题中。卷十三《奉寄别马巴州》题下注:"时甫除京兆功曹,在东川。"唐人集中多有以自称名讳引起题注之例,更有自称名讳引起题序的情况,比如钱起《白石枕并序》诗序曰:"起与监察御史毕公耀交之厚矣。顷于蓝水得片石,皎然霜明,如其德也,许为枕赠之。及琢磨将成,炎暑已谢。俗曰犹班女之扇,可退也。君子曰不然,此真毕公之佳赏也。故珍而赋之。"①便是一证。不过,需要指出的是,揆诸情理,钱起此作当日必会投赠毕耀,题序中的"毕公耀",实际应作"毕公_耀"。

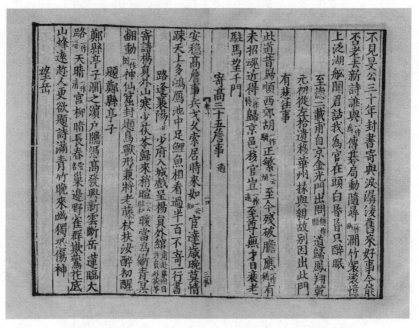

图9-9　杜甫《杜工部集》卷十,上海图书馆藏北宋二王本

---

① 钱起:《钱考功集》卷一,景明铜活字《唐五十家诗集》,上海:上海古籍出版社,2012年,第313页。

准上举之例证,再看卷十《送许八拾遗归江宁觐省甫昔时常客游此县于许生处乞瓦棺寺维摩图样志诸篇末》,按题中出现"甫"字自称,准前例当为题注,今例校复原如下:《送许八拾遗归江宁觐省_{甫昔时常客游此县于许生处乞瓦棺寺维摩图样志诸篇末}》。

(八) 分韵得某字,例皆为题注

《全唐诗》卷二七四录戴叔伦《同兖州张秀才过王侍御参谋宅赋十韵_{柳字}》,蒋寅《戴叔伦诗集校注》校语曰:"唐人聚会赋诗常分题拈韵,诗题下以小字注所得韵。"①其说甚确。戴叔伦诗题尚多有其例,《全唐诗》卷二七三《和李相公勉晦日蓬池游宴_{同字}》《酬别刘九郎评事传经_{同泉字}》是其证②。又如与杜甫同时代的岑参《送狄员外巡按西山军》,题注:"得霁字。"③又《石上藤》,题注:"得上字。"④又《送韦侍御先归京》,题注:"得宽字。"⑤诸如此类,岑参集中尚有 38 例,分韵字皆作小字题注。但随着文本的辗转传抄,此类题注极容易混入诗题之中,羼作大字。类似的混淆现象出现多了,反而容易使学人误解为唐诗制题本就有这样一种文本形态,实则不然。

今考二王本杜集,多处分韵得字的标注仍保留题注原貌,例如卷五《山寺》,题注:"得开字。章留后同游。"卷九《与鄠县源大少府宴渼陂》,题注:"得寒字。"同卷《白水明府舅宅喜雨》,题注:"得过字。"卷十《留别贾严二阁老两院补阙》,题注:"得云字。贾至、严武。"卷十一《题新津北桥楼》,题注:"得郊字。"卷十二《严公仲夏枉驾草堂兼携酒馔》,题注:"得寒字。"后一首《严公厅宴同咏蜀道画图》,题注"得空字"。同卷《送严侍郎到绵州同登杜使君江楼》,题注:"得心字"。卷十二《涪江泛舟送韦班归京》,题注:"得山字"。同卷《台上》,题注:"得凉字"。另外,在卷十三杜甫与严武等酬唱之作中,比较密集地出现了四首分韵之作,得某韵无一例外地都归入题注,分别是《严郑公阶下新松》,题注:"得沾字。"《严郑公宅同咏竹》,题注:"得香字。"《奉观严郑公厅事岷山沱江画图十韵》,题注:"得忘字。"《晚秋陪严郑公摩诃池泛舟》,题注:"得溪字。"

分韵字作小字题注之体例规律既明,再看二王本杜集卷四《阆州东楼筵

---

① 蒋寅:《戴叔伦诗集校注》卷一,第 38 页。
② 按:"勉""传经"皆应斠理作小字注。
③ 岑参撰,廖立笺注:《岑嘉州诗笺注》卷一,北京:中华书局,2004 年,第 78 页。
④ 岑参撰,廖立笺注:《岑嘉州诗笺注》卷一,第 302 页。
⑤ 岑参撰,廖立笺注:《岑嘉州诗笺注》卷三,第 454 页。

奉送十一舅往青城县得昏字》《将适吴楚留别章使君留后兼幕府诸公得柳字》(图 9-10),宋刻诸本及钱笺同,实则“得昏字”“得柳字”应为题注。卷十一《王竟携酒高亦同过共用寒字》,“共用寒字”应为题注。

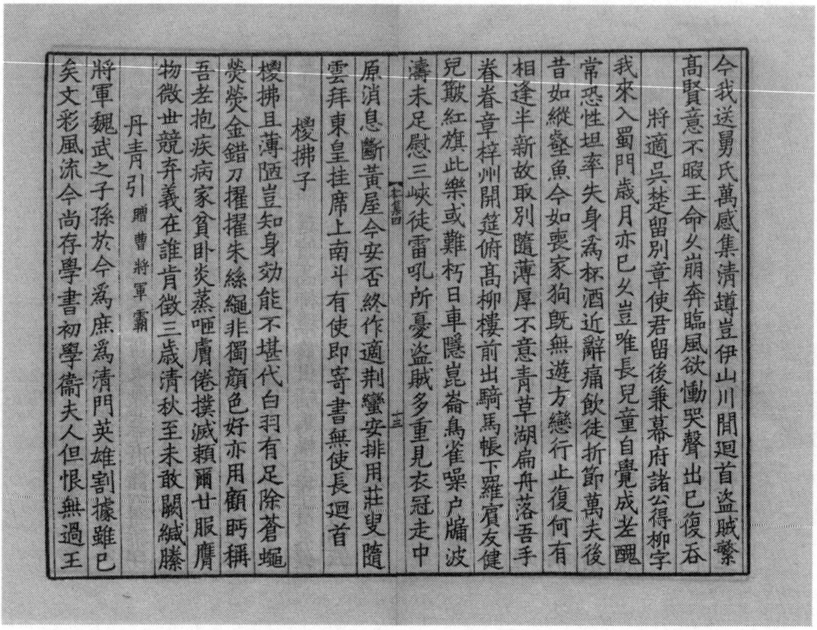
今我送舅氏萬感集清罇豈伊山川間迴首盜賊繁
高賢意不暇王命久崩奔臨風欲慟哭聲出已復吞
將適吳楚留別章使君留後兼幕府諸公得柳字
我來入蜀門歲月亦已久豈唯長兒童自覺成老醜
常恐性坦率失身為杯酒近辭痛飲徒折節萬夫後
昔如縱壑魚今如喪家狗既無遊方戀行止復何有
相逢半新故取別隨薄厚不意青草湖扁舟落吾手
眷眷章梓州開筵俯高柳樓前出騎馬帳下羅賓友健
兒歠紅旗此樂或難朽日車隱崑崙鳥雀噪戶牖波
濤未足慰三峽徒雷吼所憂盜賊多重見衣冠走中
杜集四　十三
原消息斷黃屋今安否終作適荊蠻安排用莊叟隨
雲拜東皇挂席上南斗有使即寄書無使長迴首
棲拂子
棲拂且薄陋豈知身効能不堪代白羽有足除蒼蠅
熒熒金錯刀擢擢朱絲繩非獨顏色好亦用顧眄稱
吾老抱疾病家貧臥炎蒸咂膚倦撲滅賴爾甘服膺
物微世競棄義在誰肯徵三歲清秋至未敢闕緘縢
丹青引　贈曹將軍霸
將軍魏武之子孫於今為庶為清門英雄割據雖已
矣文彩風流今尚存學書初學衛夫人但恨無過王

图 9-10　杜甫《杜工部集》卷四,上海图书馆藏北宋二王本

其实不止分韵,唐人诗凡标注诗作性质者,多于诗题下作小注,岑参有诗曰《送郭乂杂言》,岑集诸本及《全唐诗》皆同①。然“杂言”显然是注释《送郭乂》之诗体属性,故当为题注。今考王安石编选《唐百家诗选》卷三即题作《送郭乂》(图 9-11),可见王安石也不认为“杂言”二字为此诗之正题的一部分。又如丘为有《冬至下寄舍弟时应赴入京杂言》诗,可为佐证。准本章归纳,“时应赴入京”亦当为题注。

(九) 凡相邻标题齐整者,例皆杜甫有意为之

在斠理杜诗时,采用本证的方法,辅之以版本的比勘,可以对很多歧义之处下判断。例如杜甫《义鹘》诗(图 9-12),唯二王本、吴若本作此,其他诸

① 岑参撰,廖立笺注:《岑嘉州诗笺注》卷二,第 352 页。

第九章　杜甫集诗题、题注之"例校"

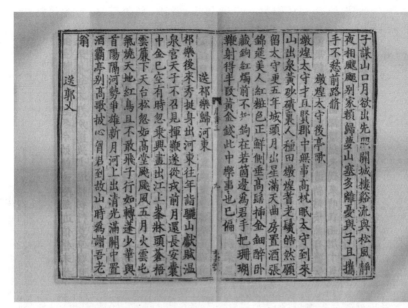

图 9-11　王安石《唐百家诗选》卷三，上海图书馆藏宋刻本

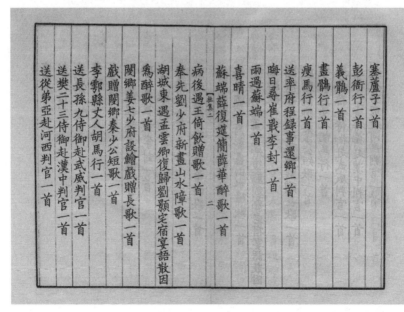

图 9-12　杜甫《杜工部集》卷二目录，上海图书馆藏北宋二王本

本以及《文苑英华》《太平御览》《事文类聚》皆作《义鹘行》。考此诗在二王本杜集卷二的排布,前为《彭衙行》,后为《画鹘行》《瘦马行》,故可推诗题作《义鹘行》更为妥当。

二王本《杜工部集》卷十后半部分,连续出现 27 个二字标题,显然是杜甫有意模仿《诗经》的拟题形式。唯独其中《天末怀李白》(图 9-13)一首为五字诗题:

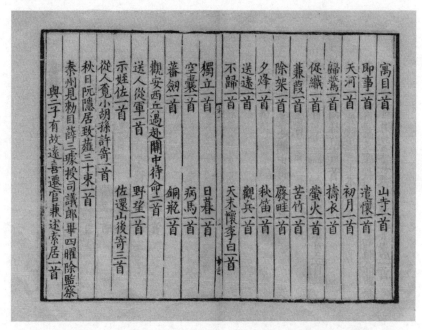

图 9-13　杜甫《杜工部集》卷十目录,上海图书馆藏北宋二王本

考《天末怀李白》一诗,首句曰"凉风起天末",则杜甫即取"天末"二字以标其目,合于《诗经》"首句标其目"①的称名传统,故可推断"怀李白"三字很可能是题注。清人乔亿先于笔者提出了这个看法,他认为"《天末怀李白》当属:'天末'名篇,旁注'怀李白',犹夫《不见李生久》以《不见》名篇,旁注'近无李白消息'也。而诸刻本五字悉居中,直传写之讹,校阅未加察详耳。"②

---

① 白居易《新乐府·并序》曰:"首句标其目,卒章显其志,《诗》三百之义也。"白居易撰,谢思炜校注:《白居易诗集校注》卷三,第 267 页。

② 乔亿:《剑溪说诗》卷下,《续修四库全书》第 1701 册,第 229 页。

与本诗制题颇为相似的便是《客至》一首(图 9-14),此诗前后也有 20 个两字标题,检《客至》正文题后有注曰"喜崔明府相过",作为对"客至"的解释,并没有羼入诗题之中。

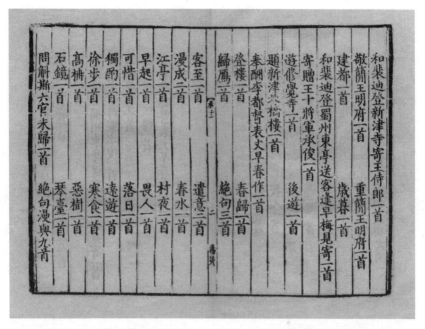

图 9-14　杜甫《杜工部集》卷十一目录,上海图书馆藏北宋二王本

类似的两字题及题注形式,还见于卷十二《所思》题注"得台州郑司户虔消息"、《不见》题注"近无李白消息",顾炎武尝论曰:"杜子美诗多取篇中字名之,如'不见李生久',则以《不见》名篇;'近闻犬戎远遁逃',则以《近闻》名篇;'往在西京时',则以《往在》名篇;'历历开元事',则以《历历》名篇;'自平宫中吕太一',则以《自平》名篇;'客从南溟来',则以《客从》名篇。皆取首二字为题,全无意义,颇得古人之体。"①故而,笔者推测《天末怀李白》一诗,唐写本原貌很可能作《天末怀李白》。

---

①　顾炎武撰,黄汝成集释:《日知录集释》卷二一"诗题",上海:上海古籍出版社,2006 年,第 1170 页。

三、余论

当我们讨论唐集题注问题时,应当注意其功能及体例的渊源。不过,由于经历了写本卷轴装文集到刻版册装文集的形制变化,我们今天所能看到的唐集,大都不复写本的原貌,其中很重要的一个变貌便是题注羼入了标题之中,从而催生了后世长标题的发展。另外需要指出的是,中古文献流传中的错乱,并非只存在于《杜工部集》。实际上,杜甫诗集尽管亡佚了很大一部分,但传世的二十卷在中古文上的别集中,已经是属于保存较为完好的了。基于唐集体例的问题意识,我们可以发现中古诗人的诗题中触目多有羼乱问题,以下两章仍就唐代的大集进行"例校"。

第十章　刘禹锡集诗题、题注之"例校"

一、问题的提出

瞿蜕园《刘禹锡集笺证》卷二八《将赴汝州途出浚下留辞李相公》诗题后，瞿氏校勘曰：

> 崇本"李相公"下有"表臣"二字。按，此必禹锡原本如是，非后人所能加，盖以别于李逢吉，特著其为李程也。诸本删去，知失去本来面目如此类者多矣。禹锡与程故交相狎，故常称其字。①

所论清通雅洁，颇中肯綮。瞿氏敢于下断言曰"此必禹锡原本如是"，足见前辈学人对于学问真知的底气。倘株守版本比勘，缺乏一种通贯的体例眼光，以通行本如《嘉业堂丛书》本《刘宾客文集》（图10-1）诗题为是，则很难在别集校笺之余作出更深度斟理。

不无遗憾的是，瞿氏不过随宜点出，并没有将这一视角贯彻始终，因此也未能使得《笺证》达到"定则定矣"的学术追求，宋版以降《刘禹锡集》中的不少淆讹之处一仍其旧。其他的刘集整理本如卞孝萱校订《刘禹锡集》②、陶敏、陶红雨《刘禹锡全集编年校注》③，也未通贯这方面的问题意识。以瞿氏所论"失去本来面目如此类者多矣"而言，他并没有进一步解释"如此类"到底是什么。其实，瞿氏可能已经关注到了刘禹锡在诗题中如何注出名讳的问题。唐人重讳名，对于达官或前辈，自然不可能在诗题中直呼其名讳。上文之诗题中，李程与刘禹锡属于平辈"故交相狎"，刘氏尚不称名而称字，更不用说称尊长的名讳了。他人如白居易《寄李十一》，题下自注："建。"④

---

① 瞿蜕园：《刘禹锡集笺证》卷二八，上海：上海古籍出版社，1989年，第599页。
② 刘禹锡撰，卞孝萱校订：《刘禹锡集》，北京：中华书局，1990年。
③ 陶敏、陶红雨：《刘禹锡全集编年校注》，长沙：岳麓书社，2003年。
④ 谢思炜：《白居易诗集校注》卷五，北京：中华书局，2006年，第483页。

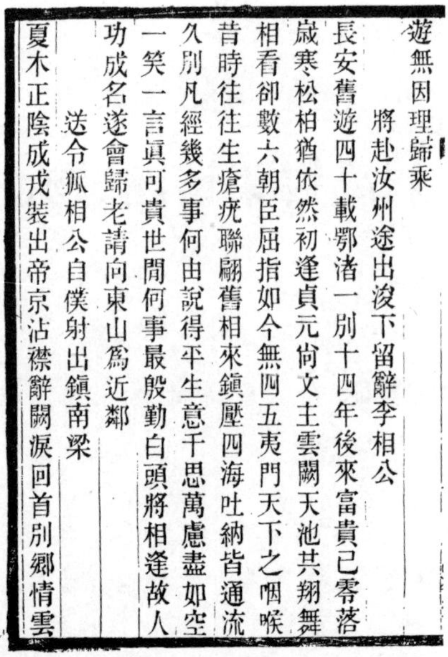
遊無因理歸乘
將赴汝州途出浚下留辭李相公
長安舊遊四十載鄂渚一別十四年後來富貴已零落
歲寒松柏猶依然初逢貞元尚文主雲闕天池共翔舞
相看卻數六朝臣屈指如今無四五夷門天下之咽喉
昔時往往生瘡疣聯翩舊相來鎮壓四海吐納皆通流
久別凡經幾多事何由說得平生意千思萬慮盡如空
一笑一言眞可貴世間何事最殷勤白頭將相逢故人
功成名遂會歸老請向東山爲近鄰
送令狐相公自僕射出鎮南梁
夏木正陰成戎裝出帝京沾襟辭闕淚回首別鄉情雲

图 10-1 刘禹锡《刘宾客文集》卷二八，清华大学图书馆藏《嘉业堂丛书》本

《赠能七》，题下自注："伦。"[1]也是这一传统的体现。本章拟在文本体例抽绎的基础上，对唐代写卷时期的刘禹锡集文本原貌进行尝试复原。

二、刘禹锡诗题、题注体例考

要探究刘禹锡诗题是否在唐写卷传写乃至宋版以降的别集系统中发生过文本变貌，首先需要通过文献本证抽绎出刘禹锡诗题的某些规律。经过这一项工作可以发现，刘禹锡的诗题的确有不少淆乱的情况，而引起这一淆乱的主要原因是刘集中一些诗题之下的小字自注混进了大字诗题里，被连排作长题，下举例以作推证。

（一）诗题讳名例

唐人讳名的传统，本应是学术常识，但并未被学界深度关注。明了这一传统以后，我们重新审视刘禹锡的诗题，便会有新的发现。刘禹锡在诗题中，凡遇到酬赠之作，大抵称呼"姓＋官爵（地望）"，下文引证多有其例。即

① 谢思炜：《白居易诗集校注》卷五，第 491 页。

使在撰文时,也不称名,比如刘禹锡有《答道州薛郎中论书仪书》《答道州薛郎中论方书书》,而在《传信方述》中则谓"江华守河东薛景晦以所著《古今集验方》十通为赠"①。卞孝萱考证薛景晦名伯高,并指出古人"在书信、序言、游记等类文章中,一般是称人的字,以表示尊敬","在碑板等类文章中,一般是称人的名,以表示庄重"②。从这里引申出来,可知凡是唐人诗题中出现交游者(尊、长)的名讳,是很需要注意的。当然,这不包括对平辈或晚辈,杜甫诗题中有《赠李白》《春日忆李白》《天末怀李白》《梦李白二首》等等,尽管李白长杜甫十岁,但二人是平辈之交,故不必讳名。白居易集中也有《赠元稹》等诗题③,亦是此例——当然,大部分情况下白诗也都是称作"元九"的,比如《禁中作书与元九》《同李十一醉忆元九》等皆是其证。

详检刘禹锡诸诗题,只有在不标名讳容易使人不知为谁的情况下,方才在题注中注出其名。宋蜀本卷十《哭王仆射相公》,原存题注曰:"名播,时兼盐铁、暴薨。"恰是体现了题下小注标识名讳的体例。这一体例在唐人集中在在多有,尤以二王本《杜工部集》所存例证最多。有意味的是,宋蜀本《刘梦得文集》紧接《哭王仆射相公》诗后一首收录了《伤韦宾客缜》,题注曰:"自工部尚书除宾客。"《全唐诗》卷三五七录作《伤韦宾客》,题注曰:"自工部尚书除宾客。一作《伤韦宾客缜》。"《全唐诗》不取《伤韦宾客缜》之题是有道理的,纂辑者当是对唐人诗题不出现尊长名讳的传统还能熟稔。但此处异文却也显示出在宋人版刻那里,《伤韦宾客缜》的诗题已经出现窜乱了。笔者认为,准前引《哭王仆射相公》诗题及题注之例,此处唐写本刘禹锡集的原貌当是《伤韦宾客_{缜自工部尚书除宾客}》。

(二)题下自注羼入诗题例

刘禹锡曾整理过自己的诗文集,并曾在诗文题下及正文中多处添加了自注,此为学界所共知,不烦赘述。《刘禹锡集》中有的题注与诗题有重文,一望而知诗题与注的对文互补关系,比如宋蜀本《刘梦得文集》卷一《登司马错故城_{秦昭王命错征五溪蛮城在武陵沉江南}》,题注的"错"即诗题中的"司马错","城"即诗题中的"故城",此首诗题、题注分工明确,不易混淆。又如宋蜀本卷三《奉和淮南李相公早秋即事寄成都武相公_{李中书自扬州见示诗本因命仰和}》,题注

---

① 刘禹锡:《刘梦得文集·外集》卷九,《四部丛刊》景印宋蜀刻本。
② 卞孝萱:《〈刘禹锡集〉中疑难问题初探》,《徐州师范学院学报》1978年第1期。
③ 谢思炜:《白居易诗集校注》卷一,第37页。

"李中书"与诗题"李相公"对文,"扬州"与"淮南"对文。宋蜀本卷三《闻董评事疾因以诗赠_{董生奉内典}》,题注"董生"与诗题"董评事"对文。

另外,题注还往往起着解释补充诗题的作用。宋蜀本卷三《许给事见示哭工部刘尚书诗因命同作_{从叔自渭北节度以疾归朝比及拜尚书竟不中谢}》[1],许给事即许孟容,刘尚书即刘公济[2],题注内容简述刘公济履历,是对许孟容及自作挽诗背景的说明。宋蜀本卷一《善卷坛下作_{在枉山上}》,题注显然是对善卷坛所处地理位置的说明。很多情况下,刘集题注既有"时"字等追述标识词,也存在着与诗题的对文互补关系,例如宋蜀本卷四《秋日题窦员外崇德里新居_{窦时判度支案}》,这一体例在唐集诗题中是很常见的通例。

不过,刘禹锡集所有的传世版本系统中,确实有题下"时"字自注羼入诗题之中的现象,这类淆乱通过版本校勘是难以为役的,但可以通过体例归纳抉发出来。其中,淆乱最明显的是很多追述自注与诗题连排成了大字,而实际上,《刘禹锡集》中凡有"时"字表追述者,例皆为题注,这也与曹植、曹丕、杜甫之用"时"字一脉相承,兹举例如下。

宋蜀本刘集卷三《初至长安_{时自外郡再授郎官}》

卷三后一首《早秋集贤院即事_{时为学士}》

卷四《逢王二十学士入翰林因以诗赠_{时贞元二十年王以蓝田尉充学士}》

卷四《酬淮南廖参谋秋夕见过之作_{公昔为扬州从事参谋从释子反初服}》

卷五《赠致仕滕庶子先辈_{时及第人中最长}》

卷五《寄陕州姚中丞_{时分司东都}》

卷六《送工部张侍郎入蕃吊祭_{时张兼御史}》

卷六《送太常萧博士弃官归养赴东都_{时元兄罢相为少师仲兄为郎官并分司洛邑}》

卷六《奉送浙西李仆射相公赴镇_{奉送至临泉驿书札见征拙诗时在汝州}》

卷六《送前进士蔡京赴学究科_{时崔相公杨尚书掌选}》

如上诸例,"时"表"当时"之义,刘禹锡整理诗文集时,各个事件的发生情境皆已成为往事,故用"时"字引出自注之文,来说明各诗作的本事。也就是说,题下自注以"时"字领起,乃是刘集的一大通例。如果推宕而考察的话,"时"字引领自注也是唐代诗人诗题自注的一大通例,比如岑参《行军二首_{时扈从在凤翔}》[3],《虢州郡斋南池幽兴因与阎二侍御道别_{时任虢州长史}》[4],《冀州

---

[1] 瞿蜕园《笺证》脱落此自注,见瞿蜕园:《刘禹锡集笺证》卷二二,第598页。
[2] 瞿蜕园:《刘禹锡集笺证》卷二二,第599页。
[3] 廖立:《岑嘉州诗笺注》卷一,北京:中华书局,2004年,第277页。
[4] 廖立:《岑嘉州诗笺注》卷一,第49页。

客舍酒酣贻王绮寄题南楼_{时王子应制举欲西上}》①,《阻戎泸间群盗_{戊申岁余罢官东归州属断江路时淹泊戎作}》②,《送张都尉东归_{时封大夫初得罪}》③;再比如白居易《松斋自题_{时为翰林学士}》④,《自题写真_{时为翰林学士}》⑤,《秋日怀杓直_{时杓直出牧澧州}》⑥,《思归_{时初为校书郎}》⑦,其体例皆与刘禹锡诗题下"时"字引起题注若合符契。

以这一体例通则为标尺,反观宋蜀本卷四有诗题作《闻韩宾擢第归觐以诗美之兼贺韩十五曹长时韩牧永州》,可推断"时韩牧永州"必为题注,作《闻韩宾擢第归觐以诗美之兼贺韩十五曹长_{时韩牧永州}》,宋本以降皆混入诗题之中。类似的现象见于同卷《酬朗州崔员外与任十四兄侍御同过鄙人旧居见怀之什时守吴郡》以及卷十《哭吕衡州时余方谪居》,"时守吴郡""时余方谪居"也必是小字题注羼入了诗题之中。"时守吴郡"省略了主语,指"时(余)守吴郡"。另外,从刘禹锡诗作制题的习惯而言,"酬……之什(之作)"形成了一个封闭且完整的结构,凡出现"什(作)",便标志着诗题的完结。例如卷三《许给事见示哭工部刘尚书诗因命同作》,卷四《后梁宣明二帝碑堂下作》《江陵严司空见示与成都武相公唱和因命同作》《酬淮南廖参谋秋夕见过之作》,卷五《晚岁登武陵城顾望水陆怅然有作》,从这一体例规律上也可以推证《酬朗州崔员外与任十四兄侍御同过鄙人旧居见怀之什时守吴郡》的唐写本面貌应当是《酬朗州崔员外与任十四兄侍御同过鄙人旧居见怀之什_{时守吴郡}》,另题《哭吕衡州时余方谪居》唐卷原貌自然应是《哭吕衡州_{时余方谪居}》。

当然,有的时候羼入标题中的追述性自注未必皆置于标题全文之后,例如宋蜀本《刘梦得文集》卷四《和苏十郎中谢病闲居时严常侍萧给事同访叹初有二毛之作》,标题混乱,语义不通,各家斠理本也未给出解释。根据其中的"时"字标识词,可发现此题目也有题注羼入,其原貌当为《和苏十郎中谢病闲居_{时严常侍萧给事同访}叹初有二毛之作》。也就是说,刘禹锡当时与严休复、萧俛之弟一同拜访苏十郎中⑧,见苏氏作"谢病闲居叹初有二毛"这一题

---

① 廖立:《岑嘉州诗笺注》卷一,第132页。
② 廖立:《岑嘉州诗笺注》卷一,第269页。
③ 廖立:《岑嘉州诗笺注》卷三,第440页。
④ 谢思炜:《白居易诗集校注》卷五,第468页。
⑤ 谢思炜:《白居易诗集校注》卷六,第519页。
⑥ 谢思炜:《白居易诗集校注》卷七,第638页。
⑦ 谢思炜:《白居易诗集校注》卷九,第756页。
⑧ 瞿蜕园:《刘禹锡集笺证》卷二四,第740页。

目或者类似主题的诗,遂有和作。倘不如此斟理,则"叹初有二毛"显然只能理解作严常侍、萧给事同访时所发出的感叹;只是这样一来,"之作"二字又没有了着落。故知"叹初有二毛之作"乃是苏十郎中所叹。实际上,刘禹锡的唱和之作每喜在诗题中引用他人原作的诗题或主旨,如果将引用部分标出来的话,则更能明晰各处诗题与《和苏十郎中谢病闲居 时严常侍萧给事同访 叹初有二毛之作》的同构性,比如卷一《裴祭酒尚书见示'春归城南青松坞别墅寄王左丞高侍郎'之什命同作》,同卷《和河南裴尹侍郎'宿斋大平寺诣九龙祠祈雨'二十韵》,卷三《奉和淮南李相公'早秋即事寄成都武相公'》,卷四《酬端州吴大夫'夜泊湘川'见寄一绝》。准此,前揭刘氏原诗恰可标作《和苏十郎中'谢病闲居 时严常侍萧给事同访 叹初有二毛'之作》。附带而言,笔者认为此题之所以题注羼乱而入诗题中间位置,很有可能是由于唐写卷刘集中"时严常侍萧给事同访"为小字旁注①。

  刘禹锡集中另有一时间标识词,即"顷"字,表示"不久前"之义,见于宋蜀本卷六《送华阴尉张苕赴邕府使幕 张即燕公之孙顷坐事除名》。准此题注之例,我们再来观察此诗前一首《重送浙西李相公顷尝镇江南已经七载后历滑台剑南两镇遂入相今复领旧地新加旌旄》,此句出现了"顷""今"两个时间标识词,而"顷"字隔断了"重送浙西李相公"与下文的语义,于是可推出刘禹锡此诗在唐写本原貌应当作《重送浙西李相公 顷尝镇江南已经七载后历滑台剑南两镇遂入相今复领旧地新加旌旄》。此外,此诗题曰"重送",而第一次送别诗也保存在本卷,题注方式是《奉送浙西李仆射相公赴镇 奉送至临泉驿书札见征拙诗时在汝州》,由此《奉送》诗的诗题模式以及诗题、题注并存的状态,也可内证后一首"重送"诗的诗题大字只可能是《重送浙西李相公》。

  考证《刘禹锡集》中时间标识词区分诗题、题注的文本体例规律,可以推广开来,从而考察传世唐人自注诗集中是否也存在着类似的讹误。今按岑参《梁州对雨怀麹二秀才便呈麹大判官时疾赠余新诗》一首,宋版以降皆如此,②然唐写本很有可能作《梁州对雨怀麹二秀才便呈麹大判官 时疾赠余新诗》。"时疾",是指当时麹大判官在病中;"赠余新诗"恰与"呈麹大判官"对文,说明先是麹大判官以新诗赠岑参,然后岑参才有此作。又岑参《入剑门作寄杜杨二郎中时二公并为杜元帅判官》③,唐写本应作《入剑门作寄杜杨二郎中 时

---

① 笔者另撰《"旁注"考》讨论写本小字旁注问题,此不赘述。
② 廖立:《岑嘉州诗笺注》卷一,第 92 页。
③ 廖立:《岑嘉州诗笺注》卷一,第 264 页。

二公并为杜元帅判官》。又岑参《宿关西客舍寄东山严许二山人时天宝初七月初三日在内学见有高道举征》①，唐写本应作《宿关西客舍寄东山严许二山人时天宝初七月初三日在内学见有高道举征》。诸例皆是“时”字引出的题下小字注羼入大字诗题造成的文本变貌，这类变貌在宋刻唐集以后的版本中广泛存在，亟待斠理。

（三）序引题注易讹例

影宋蜀本《刘梦得文集》卷九《插田歌并引》有大字引言曰：

> 连州城下，俯接村墟。偶登郡楼，适有所感，遂书其事为俚歌，以俟采诗者。（图 10-2）

而宋蜀本卷八《采菱行》下却有小字题注曰：

> 武陵俗嗜芰菱，岁秋矣，有女郎盛游于白马湖，薄言采之，归以御客。古有《采菱曲》，罕传其词，故赋之，以俟采诗者。（图 10-3）

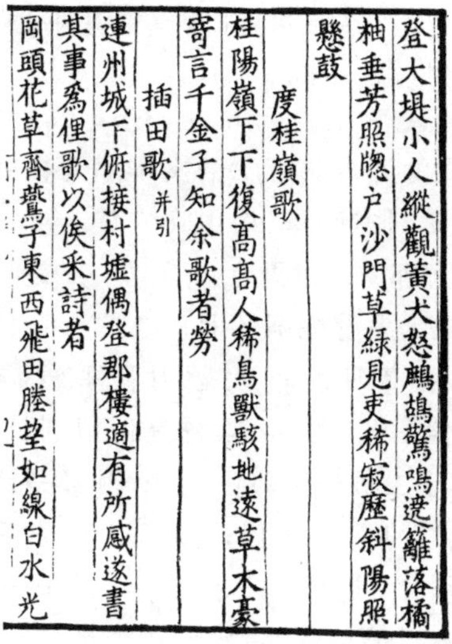
登大堤小人縱觀黃犬怒鷗鵲驚鳴遶籬落橘
柚垂芳照牕户沙門草綠見吏稀寂歷斜陽照
懸鼓
度桂嶺歌
桂陽嶺下下復高高人稀鳥獸駭地遠草木豪
寄言千金子知余歌者勞
插田歌并引
連州城下俯接村墟偶登郡樓適有所感遂書
其事爲俚歌以俟采詩者
岡頭花草齊鷰子東西飛田塍望如綫白水光

图 10-2　刘禹锡《刘梦得文集》卷九，《四部丛刊初编》景董氏景宋本

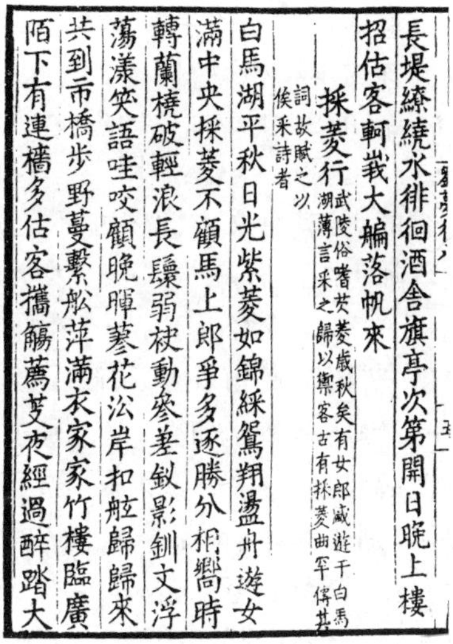
長堤繚繞水徘徊酒舍旗亭次第開日晩上樓
招估客軻峩大艑落帆來
採菱行武陵俗嗜芰菱歲秋矣有女郎盛遊于白馬湖薄言采之歸以槳客古有採菱曲罕傳其詞故賦之以俟采詩者
白馬湖平秋日光紫菱如錦綵鴛翔盪舟遊女
滿中央採菱不顧馬上郎爭多逐勝紛相嚮時
轉蘭橈破輕浪長鬟弱袂動參差釵影釧文浮
蕩漾笑語哇咬顧晚暉蓼花浛岸扣舷歸歸來
共到市橋步野蔓繫船萍滿衣家家竹樓臨廣
陌下有連檣多估客攜觴薦芰夜經過醉踏大

图 10-3　刘禹锡《刘梦得文集》卷八，《四部丛刊初编》景董氏景宋本

① 廖立：《岑嘉州诗笺注》卷三，第 495 页。

《插田歌》之引与《采菱行》之题注,无论文体结构还是行文组织上,都形成了完整的段落,并且结句"以俟采诗者"也相同。但是,《刘禹锡集》唐写本"本来面目"是否会一作大字之引,一作小字之题注呢?今考宋蜀本卷八、卷九刘集所收歌行,凡有序引者,段末皆有表结穴的语句,可以作为这一体式之本证。例如卷八《淮阴行五首并引》曰:"余尝阻风淮阴,作《淮阴行》以裨乐府。"《九华山歌并引》曰:"惜其地偏且远,不为世所称,故歌以大之。"卷九《泰娘歌并引》曰:"客闻之,为歌其事,以足于乐府云尔。"《踏潮歌并引》曰:"因歌之,附于《南越志》。"《竹枝词并引》曰:"故余亦作《竹枝词》九篇。"其实不止这两卷,刘集中的这一序引结穴方式通贯始终,例如宋蜀本卷二《养鸷词并引》曰:"予感之,作《养鸷词》。"同卷《武夫词并引》曰:"予惕然作是词。"同卷《贾客词并引》曰:"予感之作是词。"同卷《调瑟词并引》曰:"予感之,作《调瑟词》。"同卷《吊张曲江并引》曰:"予读其文,因为诗以吊。"全部如此,无一例外。因此,从情理而言,《插田歌》之引有"遂书其事为俚歌,以俟采诗者",《采菱行》之题注有"故赋之,以俟采诗者",皆与宋蜀本卷八、卷九之引中那些表结穴的语句有着同构模式,故而可推断,《采菱行》之小字题注,唐写本原貌当是大字之序引。

但中古时期的手写文本,总会有个案的存在。岳珂《宝真斋法书赞》卷六录许浑手书《乌丝栏诗》有《送从兄别驾归蜀一首从兄彦昭与桂阳令书伯达贞元中俱为千牛伯达官至楚王长史亦以艺文自任长庆初非罪受谴前年会赦复故秩诏未及而身已殁从兄自蜀而南发旅观归葬灞上既而西还因抒十韵既别》(图10-4),这与许浑的许多《并序》的文本书写模式是一贯的,但其余文本皆作大字序引,如宋蜀刻本许浑《许用晦文集》卷一《题勤尊师历阳山居并序》:"……因赠是诗。"《送郭秀才游天台并序》:"……题诗赠别焉。"《赠李伊阙并序》:"……因而有赠焉。"《重游练湖怀旧并序》:"……因赋是诗。"《和人贺杨仆射致政并序》:"……书事因和呈。"《题卫将军庙并序》:"……因题是诗于庙壁。"《访别韦隐居不值并序》:"……因题是诗留别。"《听歌鹧鸪辞并序》:"……因题是诗。"《酬邢杜二员外并序》:"……因寄是诗以酬。"《别张秀才并序》:"……遂赋诗以别。"《别表兄军倅并序》:"……别后却寄是诗。"《留别赵端公并序》:"……因留别。"《下第有怀亲友并序》:"……因杼长句。"《贺少师相公致政并序》:"……窃杼长句寄献。"《燕饯李员外并序》:"……阻风却回因赠。"卷二《和李相国并序》:"……因赠五言六韵攀和。"《赠萧炼师二十韵并序》:"……因赋是诗题于院壁。"皆可参证。但岳珂所录,却为许浑手书真迹,当如何解释呢?第一种可能的解释是,许浑手书真迹确实如此,岳珂忠实按照题注的文本模式过录,《永乐大典》忠实传抄,四库馆臣辑录《宝真斋法书赞》忠实辑出。第二种可能的解释是，许浑之手书"从兄彦昭与桂阳令韦伯达"云云为大字诗序，在岳珂著述到《永乐大典》再到《四库》辑本的文本传递过程中的某一个环节出现了错乱，遂导致诗序讹为诗题下小字注，至于羼乱出现在何时，因年湮世远，殊难遽断。

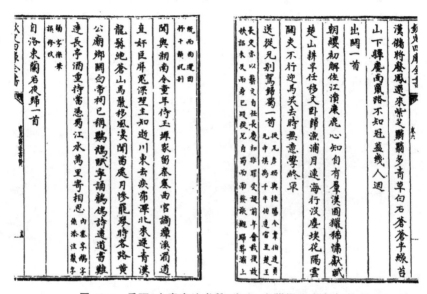

图10-4　岳珂《宝真斋法书赞》卷六，文渊阁四库全书本

当然，"以俟采诗者"之自述作诗之模式，在其他唐代诗人处也有采用，晚于刘禹锡四十年的温庭筠有《张静婉采莲曲并序》大字序引曰："静婉，羊偘妓也，其容绝世。偘自为《采莲》二曲，今乐府所存，失其故意。因歌以俟采诗者，事载具梁史。"①恰可援引以作为上文推论的旁证。

三、余论

通过以上分析可证，即便是最接近唐写本原貌的宋蜀刻本、绍兴本《刘梦得文集》，也并非尽可为据的。现当代学者在整理刘禹锡诗文集的过程中，仍主要用力于宋刻以降诸本的校勘整理，在唐集写本原貌之文本复原层面尚没有可观的进展。比如本章开篇所引瞿蜕园《刘禹锡集笺证》之例证，

---

① 温庭筠：《温庭筠诗集》卷一，《四部丛刊》景印清述古堂钞本。

校笺颇见功力①,然全书也没有将诗题、题注体例归纳的方法一以贯之地进行下去。宋人董棻在整理《刘宾客外集》时便曾说:"世传韩柳文,多善本,又比岁诸郡竞以刻印。独是书旧传于世者,率皆脱略谬误,殆无完篇。"②尽管宋人尽力将"其脱逸及可疑者"存之,但一旦世间再无刘禹锡手集本以及传抄的唐写本存世,很多脱逸、可疑之处便永远无法取得绝对的文献证据。学人的努力,也只能是尽可能一点一点地去求证文献的"本来面目",结论或有可商榷之处,但在传世文献信息量已经固化的当下,唐集文本复原的努力有待于校勘笺证基础上的更深层的斠理,而这种斠理最核心的方法论便是中古写卷别集文本体例的抽绎。

---

① 有关书评可参陈尚君:《瞿蜕园解读刘禹锡的人际维度——细读瞿蜕园〈刘禹锡集笺证〉》,《东方早报》2016年2月21日。
② 董棻:《刘宾客文集跋》,见陶敏、陶红雨:《刘禹锡全集编年校注》附录,第1509页。

第十一章　元白集诗题、题注之"应然"与"例校"

一、问题的提出

王国维尝论"凡一代有一代之文学"①，实际上，一代也有一代之文学的文本体制、书写体例与存录传统。无论是公文书之草拟抑或是碑传之叙写，在同一时代都有约定俗成的规律，这类规律固化下来，即称作"式"②；"不如式"者，则会受到驳议以及纠正。在当下，古籍整理的理论与实践如有意因应学界有关文本生成、文本层次的探讨，那么一个天然的联通点便是"式"——整理古籍而能"存古书旧式"③，是一个既基础又高远的标准。

唐宋嬗递，四部典籍的物质性载体也发生了深刻变革。唐宋文本变革的重要环节有二：其一是写卷从唐到宋的递相传抄，其二是从卷轴写本向册装印本的演变，学界亦称作"抄印转换"④。在这两个变革环节中，许多唐人写卷诗集的通行体制和义例都出现了羼乱和变貌，于是导致从唐末五代写卷、北宋刻本开始，诸多唐集渐次不复唐卷古集之本来面目。当代学人在斠订唐人诗集时，往往选取精善的宋刻本为底本，力图忠实地呈现宋刻本编序及文本体制，这已经是颇为谨严的做法。不过，学人可能未曾深加检视的是，即便宋刻唐集，也已经是唐人诗集迭经众抄又经版刻后的"固化"之集，

---

① 王国维撰，叶长海导读：《宋元戏曲史》卷首《自序》，上海：上海古籍出版社，1998年，第1页。
② 参见邢义田：《汉至三国公文书中的签署》，邢义田：《今尘集：秦汉时代的简牍、画像与文化流播》上册，上海：中西书局，2019年，第255页；邢义田：《汉代简牍公文书的正本、副本、草稿和签署问题》，《"中央研究院"历史语言研究所集刊》2011年第82本第4分，第601—678页。
③ 潘祖荫著，余彦焱标点：《滂喜斋藏书记》卷二，上海：上海古籍出版社，2007年，第70页。
④ 参见查屏球：《〈抄本、印本与大集、小集〉序》，查屏球主编：《抄本、印本与小集、大集——抄印转换与文学演变工坊论集》，上海：复旦大学出版社，2021年，第1—6页；查屏球：《缮写、模勒、板印——由〈白氏文集〉流传看抄印转换与文学发展的关系》，《北京大学学报》2021年第3期。

其文本面相很可能已经远离了唐集作者的"手集"体制和编次体例①。而这其中,尤其以诗题的变貌最为严重;究其原因,似与古人在抄诗、读诗时对诗题不甚留意有很大关系,诚如朱熹所说:"人有欲速之病。旧尝与一人读诗集,每略过题一行。不看题目,却成甚读诗也!"②对诗题有意无意的忽视,在古今学人处皆有不同程度的存在,由此遂导致相关的学术问题迄今未得到透彻的检视。

1944年,陈寅恪移教席至成都华西坝,于燕京大学讲授唐史课。在第一节《应参考的材料》中,陈氏论《全唐诗》曰:

  古诗的题目颇重要,混淆后乃难以分辨,明末人所著《唐音统签》曾加以考证校订。③

"混淆后乃难以分辨"的问题,直到当今的唐集整理诸作也未能系统、有效地解决。唐集在写卷本传抄以至宋代据写卷刻版的衍变过程中,比较显著的文本变貌便是唐诗题目和题下子注的交相羼乱。在唐集写卷的传抄以及宋人对唐集重新编刻的过程中,唐人诗卷中常见的题下子注、旁注或被有意刊落,或被无意遗漏,或被误抄、误刻而同诗题联为一体,致使后世翻刻传抄之本沿承其误,习非成是。在大部分唐集写卷原本已不可见的情况下,运用本证、旁证并举的方法,总结唐集体制、义例规律,仍能够有逻辑、有按断地对部分羼乱的唐人诗题进行"例校"。所谓"例校",系据唐写卷文集之体例斠理文本变貌,与涉及文字本身正误的"理校"取径同而旨归异④。有关这一学术思路具体展开,笔者已在前章李白、杜甫的诗题研究中进行了申说与论证。因应这一思路,兹以唐人文集中以传本近古著称的白居易《白氏文集》为研究对象,辅以元稹集及唐人诗集之参证,对元白诗的诗题、题注进行系统"例校",庶几可以寻绎出中唐文集文本体制、书写义例的某些通例,从而

---

① "手集"一般指作者诗文集之稿本,参见李阳冰《草堂集序》:"公又疾亟,草稿万卷,手集未修。枕上授简,俾予为序。"李白著,王琦注:《李太白全集》卷三一"附录",北京:中华书局,1977年,第1446页。
② 黎靖德编,王星贤点校:《朱子语类》卷十一,北京:中华书局,1986年,第187页。
③ 石泉、李涵:《听寅恪师唐史课笔记一则》,陈寅恪:《陈寅恪集·讲义及杂稿》,北京:生活·读书·新知三联书店,2009年,第491页。
④ "例校"术语,系笔者最早于2018年10月13日在中国人民大学文学院主办的"'古籍研究青年同仁联谊群'第七次沙龙'古籍整理:路径、实践与前瞻'"上提出;此处有关"例校"和"理校"异同的讨论,承谢思炜师批注教示。

与李白、杜甫集诗题"例校"形成互证，且为元白集的文本斠理再进一解。

二、变貌的"手集"

在唐诗史上，元稹、白居易生逢同时，且为好友，"元白"并称，久为士林所称赏。有意味的是，元稹生前自编《元氏长庆集》，且为白居易编《白氏长庆集》，而白居易对自己诗文的重视，也在文学史上留下了"藏集于寺"的佳话①。如学界所悉知，元白二家诗集，尤其是白集的日本古抄本，已经是保存相对完好、比较接近唐卷"手集"原貌了。但细细追究便可发现，传世《白氏文集》的中土本如南宋绍兴本《白氏文集》②以及日本传写、传刻系统白集，也包括元稹集的宋本系统，皆已经出现了体制与义例层面的文本变貌③。

实际上，学界前贤已经有人关注到元白集的类似问题，比如陈寅恪曾撰《元微之遣悲怀诗之原题及其次序》一文，通过考证宋本元稹集《遣悲怀三首》为不同时期之作品，进而论证三诗原当皆有诗题，宋本第一首题《三遣悲怀》犹存唐写卷旧貌：

> 后人编写集合，不免先后混乱，既列"谢公最小偏怜"为第一首，故"三遣悲怀"之原题独存，而原来第一第二两首之旧题因以脱略，致成今本三首之排列次序。④

---

① 载籍可考者，白居易先后编撰有《白氏文集》《因继集》《刘白唱和集》《白氏洛中集》，单《白氏文集》就经过了太和二年（828）、太和九年（835，藏东林寺）、开成元年（836，藏圣善寺）、开成四年（839，藏苏州南禅院）、会昌五年（845）五次编集，且开成五年（840）白居易也曾将小集《洛中集》藏于香山寺。

② 杜晓勤曾指出南宋绍兴本《白氏文集》编排方式改为前诗后笔，"将白氏手定本的前、后、续集的编撰顺序完全打乱"。杜晓勤：《日藏旧钞本〈白氏文集·前集〉编撰体例论考》，《唐代文学研究》第 15 辑，桂林：广西师范大学出版社，2014 年，第 574—587 页。

③ 《白氏文集》以金泽文库本、宋绍兴本较为接近白集唐写卷原貌，那波本则整体删注，岑仲勉以为不足侪于善本之列。陈翀教授亦函示，日本那波本刻版时除保留部分重要题注（诗题、题注空一格）外，其他子注均删削。有关《白氏文集》古抄本之研究，已有花房英树《白氏文集的批判的研究》（汇文堂书店，1960）、太田次男、小林芳规《神田本白氏文集の研究》（勉诚社，1982）、太田次男《旧钞本を中心とする白氏文集本文の研究》（勉诚社，1997）、陈翀《白居易の文学と白氏文集の成立：庐山から东アジアへ》（勉诚社，2011）、陈翀《日宋汉籍交流史の诸相——文选と史记，そして白氏文集》（大樟树出版社，2019）、神鹰德治《白氏文集诸本の系谱》（大樟树出版社，2019）等著作，然对于本章所论及的元白诗之题下子注羼入诗题的文本变貌，似未见有专门抉发者。

④ 陈寅恪：《元微之遣悲怀诗之原题及其次序》，《清华学报》1935 年第 3 期。

洵为有见。元稹集在北宋大部分时间皆以抄卷形式流传,直至宣和甲辰(1124)方由刘麟镂版刊行,题《元微之文集》,"已出宋人改编,非微之十体原第"①;至于后出之明松江马元调重刊《元氏长庆集》,也是"卷帙与旧说不符,即标目亦与自叙迥异"②,可以想见元稹集在元明以后久已无复唐写卷的原貌了。从文本校勘层面来看,传世元白诗更是多有文字之讹,单通过对校、他校便可发现不少问题③。况且,白居易晚年曾对其诗作进行过整理比次,对诗题也多有润改,比较典型的证据便是《秦中吟》十首,集本系统与《才调集》所载有较大歧异④。

详绎文集成立的滥觞阶段,便在诗文题目、正文之外,衍生出多种纪事存史性质的副文本⑤,正如章学诚所论:

> 故凡立言之士,必著撰述岁月,以备后人之考证;而刊传前达文字,慎勿轻削题注与夫题跋评论之附见者,以使后人得而考镜焉。⑥

从史学视角表达了对古人文集附著文本的重视。学界在讨论先唐经典文本

---

① 张元济:《元氏长庆集校跋》,元稹撰,冀勤点校:《元稹集》"附录",北京:中华书局,2010年,第864—865页。
② 永瑢等:《四库全书总目》卷一五一,北京:中华书局,1965年,第1295页。
③ 例如,元稹《梦成之》诗题,历代相承,并无异文,然周相录通过韩愈《监察御史元君妻京兆韦氏夫人墓志铭》考得韦丛字"茂之"(元稹著,周相录校注:《元稹集校注》卷九,上海:上海古籍出版社,2011年,第263页),故可推定传世文本"成"字乃"茂"字之讹。至于白居易诗,有的情况是宋绍兴本讹误,可根据他本斠理,如宋绍兴本《白氏文集》卷三六《送王卿使君赴任苏州因思花迎新使感旧游寄题郡中木兰西院一别》,考此诗首句即"一别苏州十八载",诗题末"一别"二字当是全诗首句衍入,汪本遂删之(谢思炜:《白居易诗集校注》卷三六,北京:中华书局,2006年,第2765页)。之所以产生此类讹误,是由于卷轴写本唐集诗题之后往往不提行,而是空两格便径自抄录诗歌正文,传抄日久,诗题和诗歌正文很容易联为一体。又如白诗《宿醒》一题,绍兴本等"宿醒"二字前有《和杨同州寒食乾坑会后闻杨工部欲到知予与工部有》二十二字,"盖因脱落误与前题相连"(《白居易诗集校注》卷三二,第2467页),唯金泽文库本《宿醒》犹存旧貌。另一种情况是宋绍兴本不误,他本讹误,如白诗《自罢河南已换七尹每一入府怅然旧游因宿内厅偶题西壁兼呈韦尹常侍》诗后继以《赠张处士韦山人》诗,那波本佚去前诗正文,而合两题为一曰《自罢河南已换七尹每一入府怅然旧游因宿内厅偶题西壁兼呈韦尹常侍并赠张处士韦山人》(《白居易诗集校注》卷三四,第2617页);宋绍兴本之《闲多》,金泽文库本等作《闲夕》(《白居易诗集校注》卷二二,第1789页);宋绍兴本之《勸病鹤》,《唐音统签》等讹作《欺病鹤》(《白居易诗集校注》卷二七,第2141页),皆是其证。
④ 白居易撰,谢思炜校注:《白居易诗集校注》卷二,第154—181页。
⑤ 参本书第一章《篇序与并载例》。
⑥ 章学诚:《韩柳二先生年谱书后》,章学诚撰,刘公纯标点:《文史通义·外篇二》,北京:古籍出版社,1956年,第254页。

的复杂性时也曾指出,经传注疏、义疏等大小字间错出现的体式,迁移到集部,就出现了正文、注文不同的文本层次,"复杂的、多层次的注文文本,在提高正文文本经典性的同时,还部分程度上割裂了正文文本的完整性"①。实际上,也可进一步按断,作为副文本的题注,不仅可能割裂诗题、诗歌正文文本,甚且可能羼乱诗题文本,导致诗题在传写、传刻的过程中发生变貌。要探究元白集诗题是否在抄印转换的别集系统中发生过变貌,首先需要通过文献本证、旁证抽绎出元白诗题在体制、义例层面的某些"实然"规律,进而对已经变貌的元白诗题进行基于"应然"逻辑的"例校"。经由这项工作可以发现,元白集诗题的确有不少淆乱的情况,而引起这一淆乱的主要原因是元白集中的一些诗题之下的题注在唐宋之间传写时羼入到了诗题之内,被连排作一体;而宋人又通过雕版印刷的方式将这种羼乱予以固化,"习非成是",下文即起例以作推证。为行文明晰起见,元白集各本如宋本、金泽文库本等原有的题下小字子注,本章呈现为小字宋体下标;经例校,认为各本写刻羼入诗题实际应为题注者,则复原其"应然"之原貌,本章呈现为小字仿宋体下标。

三、元白诗题结穴之文本体制

唐诗诗题,尤其那些具有社交、纪事功能的题目,拥有着程式性很强的制题模式,其体制和义例兼具内在的规律性和外在的约束性;而这种规律,在诗题结穴处体现得最为明显。兹抽绎三种通例,进而就元白诗题的"违例"之处进行例校。

(一)"酬……见寄"例

唐人诗章酬唱,往往于诗题处标识缘起,且习惯于"ㄙㄙ韵""见寄""寄ㄙㄙ"等字样处结穴;尤其是"酬……见寄",实际是一个典型的"闭合式"唐诗制题模式。唐集诗题如李白《酬裴侍御留岫师弹琴见寄》、杜甫《追酬故高蜀州人日见寄并序》、刘长卿《酬张夏别后道中见寄》、钱起《酬刘员外雨中见寄》、刘禹锡《酬乐天偶题酒瓮见寄》、杜牧《酬王秀才桃花园见寄》等等,都具有同构的文本体例。单就元白集而论,二人集中诗题也多有类似的制题模式,如宋绍兴本《白氏文集》之《酬元九对新栽竹有怀见寄》《酬钱员外雪中见寄》《酬令狐相公春日寻花见寄六韵》,同构例证有十余则;明嘉靖董氏翻宋本《元氏长庆集》之《酬乐天三月三日见寄》《酬乐天雪中见寄》,同构例证也

---

① 孙少华:《文学史观的局限性与经典文本的复杂性》,《求是学刊》2014年第5期。

有十则以上①。明乎此例,再来看明董氏翻宋本《元氏长庆集》,卷十三有长诗题曰(图11-1):

> 酬乐天早春闲游西湖颇多野趣恨不得与微之同赏因思在越官重事殷镜湖之游或恐未暇因成十八韵见寄乐天前篇到时适会予亦宴镜湖南亭因述目前所睹以成酬答末章亦示暇诚则势使之然亦欲粗为恬养之赠耳浙东时作②

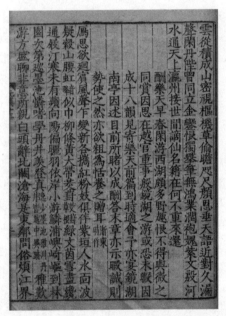

图 11-1　元稹《元氏长庆集》卷十三,日本内阁文库藏明嘉靖董氏翻宋本

传世各本文本体制皆同③。检《白氏文集》,白居易原唱为《早春西湖闲游怅然兴怀忆与微之同赏因思在越官重事殷镜湖之游或恐未暇偶成十八韵

---

① 与元白知交的刘禹锡,诗题也习用此例,宋蜀本《刘梦得文集》中有《酬乐天衫酒见寄》《酬令狐相公新蝉见寄》《酬乐天偶题酒瓮见寄》,类似制题则多达二十六则。
② 元稹:《元氏长庆集》卷一三,日本内阁文库藏明嘉靖三十一年(1552)东吴董氏茭门别墅刊本。
③ 元稹著,周相录校注:《元稹集校注》卷十三,第404页。

第十一章　元白集诗题、题注之"应然"与"例校"　　243

寄微之》[①]，元稹诗题"酬……见寄"恰对应白居易诗题"寄微之"。因此，元稹诗题"见寄"可作为推证唐写卷元稹集此处诗题与题注分界的标识词，而"乐天前篇"云云，恰为题注之引端，故可例校此题在唐卷古本《元氏长庆集》中的原貌应作：

酬乐天早春闲游西湖颇多野趣恨不得与微之同赏因思在越官重事殷镜湖之游或恐未暇因成十八韵见寄 乐天前篇到时适会予亦宴镜湖南亭因述目前所睹以成酬答末章亦示暇诚则势使之然亦欲粗为恬养之赠耳浙东时作

按明董氏翻宋本《元氏长庆集》另有诗题《酬乐天书怀见寄 本题云初与微之别后忽梦见之及寤而微之书至兼览桐花之什怅然书怀此后五章并次用本韵》（图11-2），元稹集各本无异

图11-2　元稹《元氏长庆集》卷六，日本内阁文库藏明嘉靖董氏翻宋本

---

① 白居易撰，谢思炜校注：《白居易诗集校注》卷二三，第1808页。

文①。此题与《酬乐天早春闲游……》诗题、题注文本模式如出一辙,"本题云初与微之别后忽梦见之及寤而微之书至兼览桐花之什怅然书怀此后五章并次用本韵"在元稹集各版本中仍是以小字的形式加注,并未羼乱,是为有力的证据。

(二)"ㅿㅿ韵""ㅿㅿ首"例

唐诗诗题,常于诗题之末言多少韵、多少首,此为唐集制题最常见的文本体制;如有自注,则多以小字副文本标识于"ㅿㅿ韵""ㅿㅿ首"之后,从而起到纪事、本事的功能。就元白诗来看,宋绍兴本《白氏文集》卷十七《送客春游岭南二十韵_{因叙南方物以谕之并拟微之送崔二十一之作}》②,卷三三《奉酬淮南牛相公思黯见寄二十四韵_{每对双关分叙两意}》,卷三四《和东川杨慕巢尚书府中独坐感戚在怀见寄十四韵_{慕巢感戚虔州弟丧逝感己之荣盛有归洛之意故叙而和之也}》;明董氏翻宋本《元氏长庆集》卷十三《江边四十韵_{官为修宅率然有作因招李六侍御此后并江陵时作}》,皆足为证。

援此体例来斟理元白诗,即能在"实然"的诸本样貌之外别有"应然"之例校。元稹诗题《酬孝甫见赠十首各酬本意次用旧韵》,据周相录校注,谓"各酬本意次用旧韵"八字"杨本、董本、卢校作小字注"③,正合唐集体例,故当例校该诗题之唐卷古本原貌作《酬孝甫见赠十首_{各酬本意次用旧韵}》,《全唐诗》存录此题即同此体制④。再考白居易诗题《郡斋暇日忆庐山草堂兼寄二林僧社三十韵多叙贬官已来出处之意》,传世诸本及《文苑英华》体制皆同,唯文字偶异⑤,准"ㅿㅿ韵""ㅿㅿ首"界分诗题、题注例,可例校唐卷原貌作《郡斋暇日忆庐山草堂兼寄二林僧社三十韵_{多叙贬官已来出处之意}》。又白诗《开成大行皇帝挽歌词四首奉敕撰进》,传世诸本"奉敕撰进"皆羼入诗题⑥,唐卷原貌应例校作《开成大行皇帝挽歌词四首_{奉敕撰进}》。考宋绍兴本《白氏文集》另有《赠悼怀太子挽歌辞二首_{奉诏撰进}》(图 11-3)、《太平乐词二首_{已下七首在翰林院时}

---

① 元稹著,周相录校注:《元稹集校注》卷六,第 160 页。
② "春游",金泽文库本作"游";"南"字,金泽文库本同,而马元调本、《全唐诗》本作"岭南",参白居易撰,顾学颉校点:《白居易集》卷十七,北京:中华书局,1979 年,第 353 页。
③ 元稹著,周相录校注:《元稹集校注》卷十八,第 563 页。
④ 彭定求等编:《全唐诗》卷四一三,北京:中华书局,1960 年,第 4575 页。
⑤ 白居易撰,谢思炜校注:《白居易诗集校注》卷十八,第 1433—1434 页。
⑥ 白居易撰,谢思炜校注:《白居易诗集校注》卷三五,第 2662 页。

第十一章　元白集诗题、题注之"应然"与"例校"　　245

奉勅撰进》，白居易文章亦有《为宰相贺赦表长庆元年正月就南郊撰进》①，而《文苑英华》存录柳文亦有《为宰相贺赦表就南郊撰进》②，"奉诏撰进""奉敕撰进""就南郊撰进"皆为小字题注，犹存唐卷旧貌，更可证《开成大行皇帝挽歌词四首奉敕撰进》"奉敕撰进"四字系小字题注羼乱为大字诗题，故宜例校。

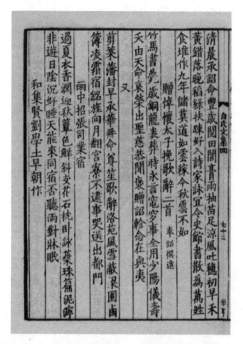

图 11-3　白居易《白氏文集》卷二六，中国国家图书馆藏南宋绍兴刻本

（三）歌、引等体式标识例

宋绍兴本《白氏文集》卷二一有诗题曰《霓裳羽衣歌和微之》（图 11-4），那波本等《白氏文集》本皆同，较接近宋刻原貌的明抄本《文苑英华》却作《霓裳羽衣舞歌答微之》③（图 11-5）。如果从文献的历时序列来看，《文苑英华》的编纂要早于绍兴本《白氏文集》，那么，究竟哪一种文本体制才是白诗此题的唐集旧貌呢？

---

① 白居易撰，谢思炜校注：《白居易文集校注》卷二四，第 1317 页。
② 李昉等编：《文苑英华》卷五五八，北京：中华书局，1966 年，第 2853 页。
③ 李昉等编：《文苑英华》卷三三五，中国国家图书馆藏明抄本（善本书号：06659）。

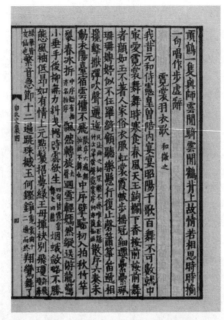

图 11-4　白居易《白氏文集》卷二六，中国国家图书馆藏南宋绍兴刻本

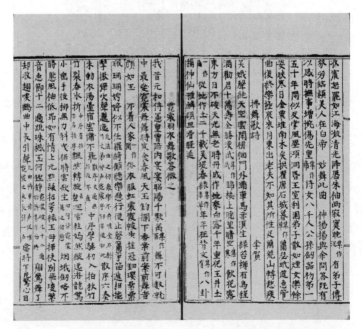

图 11-5　李昉《文苑英华》卷三三五，中国国家图书馆藏明抄本

实际上，元白诗制题，特别注重以诗歌体式标识词来析分诗题与题注，比如宋绍兴本《白氏文集》卷十二《醉歌_{示妓人商玲珑}》、卷十八《残春曲_{禁中口号}》、卷二一《小童薛阳陶吹觱栗歌_{和浙西李大夫作}》、卷二二《知足吟_{和崔十八未贫作}》、卷三五《山中五绝句_{游嵩阳见五物各有所感感兴不同随兴而吟因成五绝}》《自戏三绝句_{闲卧独吟无人酬和聊假身心相戏往复偶成三章}》，以及明董氏翻宋本《元氏长庆集》卷二六《琵琶歌_{寄管儿兼诲铁山此后并新题乐府}》《小胡笳引_{桂府王推官出蜀匠雷氏金徽琴请姜宣弹}》《何满子歌_{张湖南座为唐有熊作}》[①]等篇，皆具有明显同构的制题模式。究其情实，如笔者在第九章所已讨论的，"此类以'歌''行'为诗题的诗作，同赋文对赋题的限制一样，规定着题目本身的雅洁，容不下太多的诗歌本事信息，因此也就天然地要求题注或诗序等副文本进行补充"。先于元稹、白居易的唐人诗题如杜甫《醉时歌_{赠广文馆博士郑虔}》《戏题画山水图歌_{王宰画宰丹青绝伦}》《骢马行_{太常梁卿勅赐马也李邓公爱而有之命甫制诗}》《丹青引_{赠曹将军霸}》《桃竹杖引_{赠章留后}》，皆具有一致的诗题、题注界分规律，足资勘正。

综上唐人诗题体制可以推考，《文苑英华》所录《霓裳羽衣舞歌答微之》属于题注羼入诗题后的文本变貌，应以集本《霓裳羽衣歌_{和微之}》为正，《文苑英华》所录之题，也宜例校作《霓裳羽衣舞歌_{答微之}》。

四、元白诗题下子注之文本体制

文学文本皆有其体制，并且文本的体制遵从于文本的义例。这种体制、义例具有稳定性，并不随物质性载体（卷轴、雕版、石刻）、呈现形式（手写、印刷）的改变而轻易嬗变。文学文本以篇章为单元，集合诗题、诗歌正文、诗注各个文本层次，具有完整自洽的结构形式。任何文本单元内部，都存在着最小文本单位之间的相互关系类型，"可为我们充当在其间区分出多种文本结构的标准"[②]。在法国学者茨维坦·托多罗夫（Tzvetan Todorov）的观点里，文本秩序可被析分为时间与逻辑顺序、空间顺序两类，我们以此关照唐诗的文本单元，可发现正文本诗歌内部合于逻辑顺序，而副文本诗题、诗注与正文本诗歌之间，则更合于空间顺序。这种空间顺序，诚如罗曼·雅各布森（Roman Jakobson）所论述的那样，"可以以对称、递进、对照、平行等方式进入一种复杂的组织机制之中，它们一起构成一种真正的空间结构。"[③]具

---

① "熊"，冀勤校记曰："宋蜀本、《唐诗纪事》卷三七、《全唐诗》卷四二一作'态'。"元稹撰，冀勤点校：《元稹集》卷二六，第356页。
② 茨维坦·托多罗夫：《诗学》第二章《文学文本的分析》，北京：商务印书馆，2016年，第53页。
③ 茨维坦·托多罗夫：《诗学》第二章《文学文本的分析》，第62页。

体到唐诗篇章的问题上,在这种不同文本单位区隔正、副文本的秩序里,会有特定的文字充当标识词,将这类标识词发现并提取出来,即可以梳理出唐人视野中副文本诗题、诗注与正文本诗歌之间约定俗成的"应然"体例。唐诗文本体制、义例既明,则可反过来依例检视一篇唐诗的正副文本中是否存在因文本羼乱而导致的变貌,进而予以例校。实际上,在唐写到宋刻的物质性载体变革中,这种变貌在唐诗文本中是多有存在的,号称"近古"的《白氏文集》以及有宋本依据的《元氏长庆集》也概莫能外。

(一)"时"字引起题注例

唐人诗题,每以"时"字引起题下自注,用来对诗作本事背景进行补充诠解。通考宋绍兴本《白氏文集》,可将存留诗题原貌的"时"字引起题注之例列表如下(表11-1):

表11-1 宋绍兴本《白氏文集》"时"字题注表

卷数	诗题
卷一	观刈麦时为盩厔县尉、京兆府新栽莲时为盩厔尉趋府作
卷五	松斋自题时为翰林学士
卷六	自题写真时为翰林学士
卷七	秋日怀杓直时杓直出牧澧州
卷九	思归时初为校书郎、祗役骆口驿喜萧侍御书至兼睹新诗吟讽通宵因寄八韵时为盩厔尉
卷十	忆洛下故园时淮汝寇戎未灭
卷十一	宿溪翁时初除郎官赴朝
卷十二	东墟晚歇时退居渭村
卷十三	早春独游曲江时为校书郎、江楼望归时避难在越中、戏题新栽蔷薇时尉盩厔、江南送北客因凭寄徐州兄弟书时年十五、冬夜示敏巢时在东都宅
卷十四	独酌忆微之时对所赠盏、王昭君二首时年十七、重题西明寺牡丹时元九在江陵
卷十五	酬卢秘书二十韵时初奉诏除赞善大夫、重过秘书旧房因题长句时为赞善大夫、和元八侍御升平新居四绝句时方与元八卜邻
卷十六	寄蕲州簟与元九因题六韵时元九鳏居、醉中戏赠郑使君时使君先归留妓乐重饮
卷十七	送韦侍御量移金州司马时予官独未出、刘十九同宿时淮寇初破
卷十八	寄微之时微之为虢州司马、奉酬李相公见示绝句时初闻国哀

续表

卷数	诗题
卷十九	七言十二句赠驾部吴郎中七兄_{时早夏朝归闲斋独处偶题此什}、寄山僧_{时年五十}、慈恩寺有感_{时杓直初逝居敬方病}
卷二一	六年春赠分司东都诸公_{时为河南尹}
卷二二	游坊口悬泉偶题石上_{时为河南尹}
卷二三	答微之见寄_{时在郡楼对雪}
卷二六	戏答皇甫监_{时皇甫监初丧偶}
卷二七	题崔常侍济上别墅_{时常侍以长告罢归今故先报泉石}
卷二八	府斋感怀酬梦得_{时初丧崔儿梦得以诗相安云从此期君比琼树一枝吹折一枝生故有此落句以报之}
卷三十	酬牛相公宫城早秋寓言见示兼呈梦得_{时梦得有疾}
卷三一	六年冬暮赠崔常侍晦叔_{时为河南尹}
卷三二	寄杨六侍郎_{时杨初授户部予不赴同州}
卷三三	同梦得酬牛相公初到洛中小饮见赠_{时牛相公辞罢扬州节度就拜东都留守}
卷三五	岁暮病怀赠梦得_{时与梦得同患足疾}
卷三六	喜入新年自咏_{时年七十一}、和敏中洛下即事_{时敏中为殿中分司}、梦上山_{时足疾未平}

如此文本模式，竟达44条之多①。另外，金泽文库本白居易《醉后狂言酬赠萧殷二协律_{时为杭州刺史}》（图11-6）②，也保留了这一题注旧貌，而宋绍兴本等皆已脱落（图11-7）。此类题下注，大部分是白居易自注，用来与诗作本事相照应，如卷三六《梦上山_{时足疾未平}》："夜梦上嵩山，独携藜杖出。千岩与万壑，游览皆周毕。梦中足不病，健似少年日。"③题注与诗句"梦中足不病"具有明显的关联性。另有个别题下子注系元稹为白居易编集时添加，如白居易《和寄问刘白_{时梦得与乐天方舟西上}》④，按此诗乃《和微之诗二十三首》之一，题注有"乐天"字样，显非白居易手笔，当是元稹为白居易编集时所注。

---

① 白居易的弟弟白行简也有类似的诗题，如《在巴南望郡南山呈乐天》，题注："时从乐天忠州。"（彭定求等编：《全唐诗》卷四六六，第5306页）白诗有的诗题中出现"时"字，但文本功能不同，不可混淆，如白居易《和王十八蔷薇涧花时有怀萧侍御兼见赠》《华阳观桃花时招李六拾遗饮》《杏园花落时招钱员外同醉》三题。
② 白居易：《白氏文集》卷十二，影印金泽文库藏抄本，东京：勉诚社，1983年，第219页。
③ 白居易撰，谢思炜校注：《白居易诗集校注》卷三六，第2736页。
④ 白居易撰，谢思炜校注：《白居易诗集校注》卷二二，第1740页。

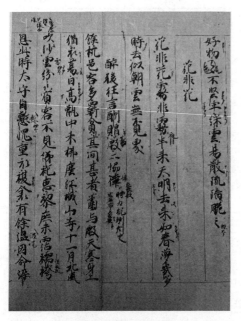

图 11-6　白居易《白氏文集》卷十二，日本金泽文库藏抄本

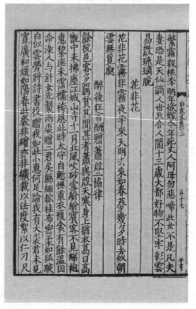

图 11-7　白居易《白氏文集》卷十二，中国国家图书馆藏南宋绍兴刻本

再来看明董氏翻宋本《元氏长庆集》，存留诗题原貌的"时"字引起题注例列表如下（表 11-2）：

表 11-2　明董氏翻宋本《元氏长庆集》"时"字题注表

卷　　数	诗　　题
卷五	酬乐天时乐天摄尉予为拾遗、春晚寄杨十二兼呈赵八时杨生馆于赵氏
卷十三	酬乐天待漏入阁见赠时乐天为中书舍人予任翰林学士
卷十四	归田时三十七
卷二一	内状诗寄杨白二员外时知制诰

如上诸例，"时"表"当时"之义，可证元稹、白居易在整理诗集时，诸诗的情境皆已成为往事，故用"时"字引出子注之文，来追述各篇诗作的本事。也就是说，题下注以"时"字领起，乃是唐集的一大通例。李白、杜甫以及与元白知交的刘禹锡，其本集亦多存"时"字引起题注之体例——诸例共同印证

着唐诗“时”字引起题注的文本体制已然成为唐集律令般的“应然”体例。这一唐集诗题文本体制彰明的同时，我们便可留意到，明董氏翻宋本《元氏长庆集》卷十九诗题《鄂州寓馆严涧宅涧不在》，而马元调本、《全唐诗》本作《鄂州寓馆严涧宅时涧不在》①，是否马元调所据底本即已有“时”字？抑或马元调在刊刻元集时根据唐集诗题、题注的“应然”规律而予以增补“时”字呢？

在唐诗传写、传刻的过程中，“时”字引起的题注很容易羼乱而进入大字诗题，比如白居易著名的《观刈麦时为盩厔县尉》诗（图 11-8），南宋绍兴本《白氏文集》载“时为盩厔县尉”为小字题注，尚存唐卷旧貌；而《四部丛刊》影日本古活字本则作《观刈麦诗　时为盩厔县》②（图 11-9）。像“时为盩厔县”这样抄作大字（漏抄“尉”字）但实际文本性质属于题注的例证，在传世唐写卷、诗刻中尚有其佐证。一个字符的空格，也向世人昭示着此后五字并不联属于诗题这一正文本单元。

觀刈麥　時爲盩厔縣尉
田家少閑月五月人倍忙夜來南風起小麥覆隴黃婦姑荷簞
食童稚攜壺漿相隨餉田去丁壯在南岡足蒸暑土氣背
灼炎天光力盡不知熱但惜夏日長復有貧婦人抱子在其
傍右手秉遺穗左臂懸弊筐聽其相顧言聞者爲悲傷
家田輸稅盡拾此充飢腸今我何功德曾不事農桑吏祿
三百石歲晏有餘糧念此私自愧盡日不能忘
題海圖屏風　元和己丑年作
海水無風時波濤安悠悠鱗介無小大遂性各沉浮突兀海底
鼇首冠三神丘釣網不能制其來非一秋或者不量力謂茲
鼇可求贔屭牽不動綸絕沉其鉤一鼇既頓頷諸鼇齊
掉頭白濤與黑浪呼吸繞咽喉噴風激飛廉鼓波怒陽侯
鯨鯢得其便張口欲吞舟万里無活鱗百川多倒流遂使江
漢水朝宗意亦休蒼然屏風上此畫良有由

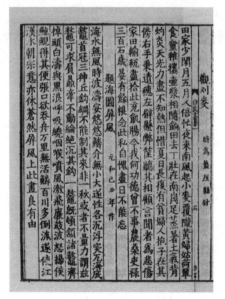

图 11-8　白居易《白氏文集》卷一，中国国家图书馆藏南宋绍兴刻本

叢扃恩愛捨骨肉飲食斷羶腥朝飡雲母
散夜吸沆瀣精空山三十載日望輜軿迎
前期過已久鸞鶴無來聲齒髮日衰白耳
目減聰明一朝同物化身與糞壤幷神仙
信有之俗力非可營苟無金骨相不列丹
臺名徒傳辟穀法虛受燒丹經只自取勤
苦百年終不成悲哉夢仙人一夢誤一生
觀刈麥詩　時爲盩厔縣
田家少閑月五月人倍忙夜來南風起小

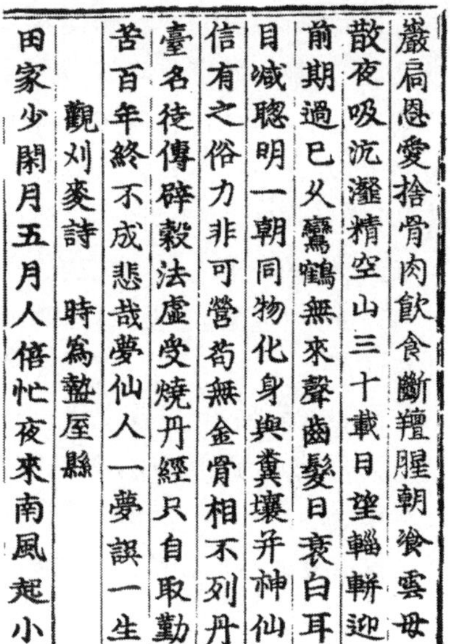

图 11-9　白居易《白氏文集》卷一，《四部丛刊》影日本古活字本

① 元稹撰，冀勤点校：《元稹集》卷十九，第 248 页；《全唐诗》卷四一四，第 4581 页。
② 白居易撰，谢思炜校注：《白居易诗集校注》卷一，第 22 页。

准此体例,我们便可根据"应然"的体制规律展开例校。元白诗的个别诗题,尽管迭经整理,学界迄今仍未发现其中存在着题注羼入诗题的变貌情况。比如,明董氏翻宋本《元氏长庆集》卷十八《早春登龙山静胜寺时非休浣司空特许是行因赠幕中诸公》,例校可推知唐卷原貌作《早春登龙山静胜寺》<small>时非休浣司空特许是行因赠幕中诸公</small>;同书卷十八《游三寺回呈上府主严司空时因寻寺道出当阳县奉命覆视县囚牵于游衍不暇详究故以诗自诮尔》,唐卷原貌应作《游三寺回呈上府主严司空》<small>时因寻寺道出当阳县奉命覆视县囚牵于游衍不暇详究故以诗自诮尔</small>。两处诗题、题注相羼,冀勤点校《元稹集》、周相录《元稹集校注》皆未加按断,亦未从文本体制、义例上予以深究。

复次,宋绍兴本《白氏文集》卷十八《重寄荔枝与杨使君时闻杨使君欲种植故有落句戏之》,传世各本体制均同,唯"戏之"马本、汪本作"之戏"①,唐卷原貌应作《重寄荔枝与杨使君》<small>时闻杨使君欲种植故有落句戏之</small>。"时闻杨使君欲种植故有落句戏之"是对尾联"闻道万州方欲种,愁君得吃是何年"的补充说明。再者原诗题中两见"杨使君",在唐诗制题中也没有如此繁复冗沓之例;相反,凡是官称姓字重出者,皆合诗题、题注歧称对举之例,如北京大学图书馆藏宋小字本孟浩然《孟东野诗集》卷十《览崔爽遗文因纾幽怀<small>崔君没于南方</small>》;宋洪迈《万首唐人绝句》卷七五刘言史《岁暮题杨录事江亭<small>杨牛蜀客</small>》;宋王安石《唐百家诗选》卷八司空曙《哭苗员外呈张参军<small>苗公即参军舅氏</small>》;双鉴楼影宋本皎然《吴兴昼上人集》卷三《五言题郑谷江畔桐斋<small>郑生好琴性达兼寡欲</small>》;明抄北宋本齐己《白莲集》卷九《过陆鸿渐旧居<small>陆生自有传于井石又云行坐诵佛书故有此句</small>》;皆是其证。

再如宋绍兴本《白氏文集》卷三六《和思黯居守独饮偶醉见示六韵时梦得和篇先成颇为丽绝因添两韵继而美之》,传世各本体制均同,唯"独饮"那波本作"独吟"②,察"六韵"二字为诗题结穴标识词,而"时"字引起题注,故可例校唐卷原貌应作《和思黯居守独饮偶醉见示六韵》<small>时梦得和篇先成颇为丽绝因添两韵继而美之</small>。

考证元白诗之"时"字界分诗题、题注的规律,可以推广开来,从而考察传世唐人诗集中是否也存在着类似题下注羼入诗题的变貌。今按岑参《梁州对雨怀麹二秀才便呈麹大判官时疾赠余新诗》一首,宋本以降皆如此③,

---

① 白居易撰,谢思炜校注:《白居易诗集校注》卷十八,第1452页。
② 白居易撰,谢思炜校注:《白居易诗集校注》卷三六,第2717页。
③ 岑参撰,廖立笺注:《岑嘉州诗笺注》卷一,北京:中华书局,2004年,第92页。

然例校可推断唐写本原貌应作《梁州对雨怀麹二秀才便呈麹大判官时疾赠余新诗》。"时疾",是指当时麹大判官在病中;"赠余新诗"恰与"呈麹大判官"对文,说明先是麹大判官以新诗赠岑参,然后岑参才有此回寄之作。又岑参《入剑门作寄杜杨二郎中时二公并为杜元帅判官》[1],例校唐写本应作《入剑门作寄杜杨二郎中时二公并为杜元帅判官》。同理,岑参《宿关西客舍寄东山严许二山人时天宝初七月初三日在内学见有高道举徵》[2],例校唐写本应作《宿关西客舍寄东山严许二山人时天宝初七月初三日在内学见有高道举徵》。当然,有的时候羼入诗题中的追述性自注未必皆置于诗题全部文字之后,因为唐人写本还广泛存在着"旁注"这一书写传统。宋蜀本《刘梦得文集》卷四《和苏十郎中谢病闲居时严常侍萧给事同访叹初有二毛之作》,标题混乱,语义不通。根据其中的"时"字标识词,可发现此诗题实际也有题注羼入,唐卷原貌当例校作《和苏十郎中谢病闲居时严常侍萧给事同访叹初有二毛之作》[3]。至于为什么题注阑入进了诗题的中间位置,笔者认为"时严常侍萧给事同访"九字在刘禹锡唐卷手墨中当是旁注,这一体制笔者有另文《"旁注"考》专论,兹不枝蔓。

(二) 名讳字入题注例

德国文学批评家姚斯(Hans Robert Jauss)认为:"文学的形式类型既不是作家主观的创造,也不仅是反思性的有序概念,而主要是一种社会现象。类型与形式的存在依赖于它们在现实世界中的功能。"[4]由此可以推论,古典文集的呈现样貌,因应了社会文化的现实需求,举凡避讳、敬语、赠答等文化风气,都在文集的体制、义例中有所呈现。实际上,唐诗诗题、题注这两重文本究竟如何安顿名讳,这一问题学界迄今尚未有系统的解答。并且,传世唐集的诗题,或避名讳,或径称名讳,也是大有不可究诘之势。例如,殷璠《河岳英灵集》录李颀诗题《听董大弹胡笳声兼语弄寄房给事》[5],而《文苑英华》却录作《听董庭兰弹琴兼寄房给事》[6],究竟李颀自书诗题时是作"董大"还是"董庭兰",单从文献对校、他校层面,其实很难得出确定性的

---

[1] 岑参撰,廖立笺注:《岑嘉州诗笺注》卷一,第264页。
[2] 岑参撰,廖立笺注:《岑嘉州诗笺注》卷三,第495页。
[3] 参本书第十章《刘禹锡诗题、题注之"例校"》。
[4] 姚斯:《走向接受美学》,转引自徐贲:《清末民初公共说理的发轫》,《读书》2015年第9期。
[5] 殷璠编,傅璇琮、陈尚君、徐俊整理:《河岳英灵集》卷上,北京:中华书局,2014年,第207页。
[6] 李颀著,王锡九校注:《李颀诗歌校注》卷二,北京:中华书局,2018年,第506页。

结论,是故《全唐诗》于诗题两存作《听董大弹胡笳声兼寄语弄房给事——本题作听董庭兰弹琴兼寄房给事》①。

唐人重讳名,对于达官或前辈,自然不可能在诗题中直呼其名讳。元稹《酬东川李相公十六韵次用本韵并启》谓其"又赐诗一十韵,并首序一百二十三言,废名位之常数,比朋友以字之"②,更可见在唐人的文化心理中,只有赠诗时"比朋友"才会称字。元白交游、酬赠类诗题称字的例子很多,如白居易《招王质夫自此后诗为盩厔尉时作》,周绍良《唐传奇笺证》、岑仲勉《唐人行第录》皆谓"质夫"乃字,岑氏且考出其名曰"全素"③。它如宋绍兴本《白氏文集》卷三三《新亭病后独坐招李侍郎公垂》、卷三六《哭刘尚书梦得二首》,"公垂"乃李绅之字,"梦得"乃刘禹锡之字,亦可为证。白居易《感旧并序》曰:

> 故李侍郎杓直,长庆元年春薨。元相公微之,大和六年秋薨。崔常侍晦叔,大和七年夏薨。刘尚书梦得,会昌二年秋薨。四君子,予之执友也。二十年间,凋零共尽。唯予衰病,至今独存。因咏悲怀,题为《感旧》。④

诗序中亦称字而不称名。《元氏长庆集》中,元稹《和乐天折剑头》《酬别致用》《送林复梦赴韦令辟》等诗题,也是称字。

白居易诗题遇名讳,往往附入题注之中,这也是唐诗制题之通例。宋绍兴本《白氏文集》卷五《寄李十一建》《赠能七伦》、卷二四《答刘和州禹锡》、卷二八《哭皇甫七郎中湜》;明董氏翻宋本《元氏长庆集》卷十八《送友封二首黔府窦巩字友封》,皆是这一体例传统的体现。明了唐人这一于题注存留名讳的传统,我们再来看元白集,在诗题中凡遇到酬赠之作,大抵称呼"姓+官爵(地望)",白居易《雪暮偶与梦得同致仕裴宾客王尚书饮》《雪朝乘兴欲诣李司徒留守先以五韵戏之》、元稹《哭吕衡州六首》,皆是其证;甚至白居易在《感逝寄远》的题注中也循此习惯而不称名:"寄通州元侍御、果州崔员外、澧州李舍人、凤州李郎中。"⑤

具有讳名体制的诗题在抄印转换过程中产生的文本变貌,也存在于元

---

① 彭定求等编:《全唐诗》卷一三三,第 1357 页。
② 元稹撰,冀勤点校:《元稹集》卷八,第 97 页。
③ 白居易撰,谢思炜校注:《白居易诗集校注》卷五,第 459 页。
④ 白居易撰,谢思炜校注:《白居易诗集校注》卷三六,第 2742 页。
⑤ 白居易撰,谢思炜校注:《白居易诗集校注》卷九,第 773 页。

白集中。白居易《赠元稹》,诸本诗题皆同,唯那波本、文集抄本题末有"诗"字;然《文苑英华》却引作《寄赠元九》[①]。按白集通例,诗题于元稹皆称元九、微之,《赠元稹》之题恐非出乐天手墨。又宋绍兴本《白氏文集》载《村中留李三宿固言》,金泽文库本则作《村中留李三顾言宿》[②],绍兴本作"固言"乃"顾言"之讹,而其存留小字题注的体制则比金泽文库本更为合于唐集体例。又宋绍兴本白集《问韦山人山甫》,金泽文库本、马本、汪本"山甫"皆作大字[③],与题相连。由此可以想见,元白集乃至整个唐集之中,类似的名讳字阑入诗题的情况应是很多的。

（三）题注说明来诗之梗概例

白居易赠答诗的题下自注,常常注明来诗梗概,有时会用"来诗云""来篇云""来句云""厶诗云"等字样引出,宋绍兴本《白氏文集》许多诗题仍留存了这一诗题、题注体例井然的结构秩序,列表如下（表11-3）:

表11-3　宋绍兴本《白氏文集》题注来诗梗概表

卷数	诗　　题
卷十四	酬和元九东川路诗十二首十二篇皆因新境追忆旧事不能一一曲叙但随而和之唯予与元知之耳、禁中九日对菊花酒忆元九元九云不是花中唯爱菊此花开尽更无花
卷十七	答微之微之于阆州西寺手题予诗又以微之百篇此屏上各以绝句相报答之
卷二一	答崔宾客晦叔十二月四日见寄来篇云共相呼唤醉归来[④]
卷二二	酬微之微之题云郡务稍简因得整集旧诗并连缀删削封章谏草繁委箱笥仅逾百轴偶成自叹兼寄乐天
卷二四	答次休上人来篇云闻有余霞千万首何方一句乞闲人[⑤]
卷二五	寄答周协律来诗多叙苏州旧游、酬严给事闻玉蕊花下有游仙绝句
卷三一	和梦得来诗云漫读图书四十年年年为郡老天涯一生不得文章力百口空为饱煖家[⑥]
卷三二	闲园独赏因梦得所寄蜂鹤之咏引成此篇以和之

---

① 白居易撰,谢思炜校注:《白居易诗集校注》卷一,第37页。
② 白居易撰,谢思炜校注:《白居易诗集校注》卷六,第557页。
③ 白居易撰,谢思炜校注:《白居易诗集校注》卷十七,第1396页。
④ 题注照应尾联"早晚相从归醉乡,醉乡去此无多地"。
⑤ 宋绍兴本、马本作"何方",误,金泽文库本、《唐音统签》、汪本作"何妨"。白居易撰,谢思炜校注:《白居易诗集校注》卷二四,第1947页。
⑥ 题注照应颔联"岂惟不得清文力,但恐空传冗吏名"。

续表

卷数	诗　　题
卷三三	和裴令公南庄一绝裴诗云野人不识中书令唤作陶家与谢家①、偶于维阳牛相公处觅得筝筝未到先寄诗来走笔戏答来诗云但愁封寄去魔物或惊禅②、宿香山寺酬广陵牛相公见寄来诗云唯羡东都白居士月明香积问禅师时牛相三表乞退有诏不许
卷三四	酬梦得比萱草见赠来篇云唯君比萱草相见可忘忧、又戏答绝句来句云不是道公狂不得恨公逢我不教狂③、酬裴令公赠马相戏裴诗云君若有心求逸足我还留意在名姝盖引妾换马戏意亦有所属也④
卷三五	赠思黯前以履道新小滩诗寄思黯报章云请向归仁砌下看思黯归仁宅亦有小滩

明乎其例,再看宋绍兴本白居易诗题《同梦得和思黯见赠来诗中先叙三人同宴之欢次有叹鬓发渐衰嫌孙子催老之意因继妍唱兼吟鄙怀》(图11-10),诸本皆同作大字诗题⑤,从文本体制与义例的角度观察,"见赠"乃诗题之结穴,而"来诗"则为题下注的引端,与上文表3所揭《宿香山寺酬广陵牛相公见寄来诗云唯羡东都白居士月明香积问禅师时牛相三表乞退有诏不许》具有同构的文本体制,故可例校唐卷原貌应作《同梦得和思黯见赠来诗中先叙三人同宴之欢次有叹鬓发渐衰嫌孙子催老之意因继妍唱兼吟鄙怀》。考《御定骈字类编》卷一三七引白居易诗题作"白居易《同梦得和思黯见赠》诗"⑥,尽管可以解释为节引,但很明显古人也很精准地把握住了整个诗题的文本罅隙。又元稹《酬乐天秋兴见赠本句云莫怪独吟秋兴苦比君校近二毛年》,传世诸本皆无异文⑦,准题下注来诗梗概之体例,例校唐卷原貌应作《酬乐天秋兴见赠本句云莫怪独吟秋兴苦比君校近二毛年》;且可进一步斠理"本句"为"来句"⑧,"本""来"形近而讹。

不止于此,我们根据这一体例规律也可以对元白诗周边文献展开例校,例如前揭表3《白氏文集》卷三二《闲园独赏因梦得所寄蜂鹤之咏引成此篇以和之》,对应

---

① 题注照应首两句"陶庐僻陋那堪比,谢墅幽微不足攀"。
② 题注照应尾联"会教魔女弄,不动是禅心"。
③ 题注照应照应开篇"狂夫与我世相忘"。
④ 题注照应开篇"安石风流无奈何,欲将赤骥换青娥"。
⑤ 白居易撰,顾学颉校点:《白居易集》卷三四,第780页;白居易撰,谢思炜校注:《白居易诗集校注》卷三四,第2614页。
⑥ 吴士玉、沈敬宗:《御定骈字类编》卷一三七,《影印文渊阁四库全书》,台北:商务印书馆,1986年,第1000册,第241页。
⑦ 元稹著,周相录校注:《元稹集校注》卷十六,第522页。
⑧ 洪迈《万首唐人绝句》录作"末句"(洪迈:《万首唐人绝句》卷九,中国国家图书馆藏明嘉靖十九年陈敬学德星堂刻本),亦属形近而讹,且不合于唐人诗题、题注通例。

第十一章　元白集诗题、题注之"应然"与"例校"　　257

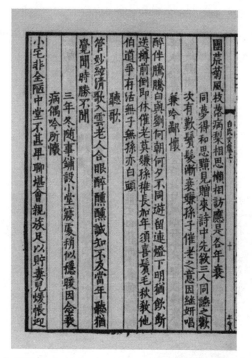

图 11-10　白居易《白氏文集》卷三四,中国国家图书馆藏南宋绍兴刻本

于刘禹锡《刘梦得文集》便是卷三四《和乐天闲园独赏八韵前以蜂鹤拙句寄呈今辱蜗蚁妍词见答因成小巧以取大哈》,诸版文本皆同①,准白居易赠诗之诗题体制,则例校刘禹锡此处诗题的唐写卷原貌必为《和乐天闲园独赏八韵_{前以蜂鹤拙句寄呈今辱蜗蚁妍词见答因成小巧以取大哈}》,题下注羼入诗题而已。复考陶敏、陶红雨之《刘禹锡全集编年校注》谓"自'前以'以下二十四字疑当为题下注"②,本章之例校恰与之合符。

（四）诗作体制诠解入题注例

宋绍兴本《白氏文集》卷三十有诗题曰《雪中晏起偶咏所怀兼呈张常侍

---

① 刘禹锡撰,《刘禹锡集》整理组点校,卞孝萱校订:《刘禹锡集》卷三四,北京:中华书局,1990年,第480页。
② 刘禹锡撰,陶敏、陶红雨校注:《刘禹锡全集编年校注》卷九,北京:中华书局,2019年,第1054页。

韦庶子皇甫郎中杂言》(图11-11)。按题中"杂言"二字,唐集诗题例皆标为题下注,法藏敦煌写卷 P. 2567《唐人选唐诗》中《送娄参军杂言》即是一例①(图11-12)。传世唐集如北大图书馆藏宋小字本《孟东野诗集》卷十《悼亡杂言》;国图藏宋蜀刻本《孟东野文集》卷一《婵娟篇杂言》等,皆是其例。况且,宋绍兴本白诗《奉和裴令公三月上巳日游太原龙泉忆去岁禊洛见示之作依来体杂言》②,金泽文库本白诗《朱藤杖紫骢吟杂言》、《吟四虽杂言》③,"杂言"二字也入题下注。故可例校宋绍兴本《白氏文集》卷三十之诗题的"应然"体制作《雪中晏起偶咏所怀兼呈张常侍韦庶子皇甫郎中杂言》,实际上,金泽文库本、汪本"杂言"二字正为题下小字注④。

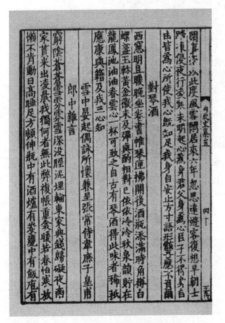 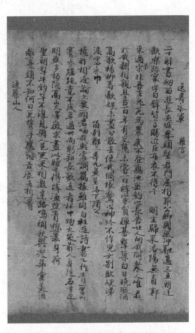

图11-11　白居易《白氏文集》卷三十,中国国家图书馆藏南宋绍兴刻本

图11-12　法国国家图书馆藏敦煌 P. 2567《唐人选唐诗》(局部)

---

① 中华古籍资源库——法藏敦煌遗书：http://read.nlc.cn/allSearch/searchDetail?searchType=10022&showType=1&indexName=data_892&fid=BNF04392.
② 白居易撰,谢思炜校注：《白居易诗集校注》卷三四,第2590页。
③ 白居易撰,谢思炜校注：《白居易诗集校注》卷八、卷二九,第663、2281页。
④ 白居易撰,谢思炜校注：《白居易诗集校注》卷三十,第2312页。

复次,宋绍兴本《白氏文集》卷十八有诗题曰《长乐坡<small>送人赋得愁</small>》。此题那波本等诗题皆同,唯《全唐诗》录诗题作《长乐坡送人赋得愁》,编注:"一下有'字'字。"①准唐集诗题体制与义例,赋得分韵字应皆入题注,法藏敦煌写卷 P. 2567 录高适《同李司仓早春宴睢阳东亭<small>得花</small>》②(图 11-13),正可见唐代卷轴装文集之本来面貌。元白集中也多存留这一体制的旧貌,比如宋绍兴本《白氏文集》卷十五《和武相公感韦令公旧池孔雀<small>同用深字</small>》、卷十六《听李士良琵琶<small>人各赋二十八字</small>》、卷二六《酬郑侍御多雨春空过诗三十韵<small>次用本韵</small>》、卷二八《戏和微之答窦七行军之作<small>依本韵</small>》、卷三四《酬思黯戏赠<small>同用狂字</small>》、卷三七《窗中列远岫诗<small>题中以平声为韵</small>》《和李相公留守题漕上新桥六韵<small>同用黎字</small>》,元稹《元氏长庆集》卷四《赋得鱼登龙门<small>用登字</small>》、卷七《和东川李相公慈竹十二韵<small>次本韵</small>》、

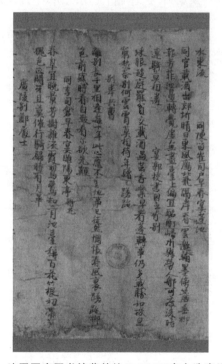

图 11-13　法国国家图书馆藏敦煌 P. 2567《唐人选唐诗》(局部)

---

① 彭定求:《全唐诗》卷四四一,第 4929 页。
② 中华古籍资源库——法藏敦煌遗书：http://read.nlc.cn/allSearch/searchDetail?searchType=10022&showType=1&indexName=data_892&fid=BNF04392。

卷十一《酬许五康佐次用本韵》,皆循通例。平行比勘,可知白诗唐卷诗题原貌之"应然"体制即为《长乐坡送人赋得愁》,《全唐诗》误。

五、人物名物类诗题、题注之厘分

检视唐人文集,我们还可发现唐集中人物类、名物类诗题及题下注的通例性规律。题下注与诗题往往有重文,一望而知诗题与题下注具有对文互补关系。比如,宋蜀本《刘梦得文集》卷一《登司马错故城秦昭王命错征五溪蛮城在武陵沅江南》,题注的"错"即诗题中的"司马错","城"即诗题中的"故城"。此外,唐集诗题的题注还往往起着解释补充诗题的作用,例如宋绍兴本《白氏文集》卷三四《闲吟赠皇甫郎中亲家翁新与皇甫结姻》,"皇甫"重出,且题注"新与皇甫结姻"正用来诠解"亲家翁"。体制、义例既明,据以反观元白诗题,便会有别样的发现。

(一) 人物诠释入题注例

唐集有关人事的诗题、题注具有一通例,即题注在解说人物、本事时,往往称号、文字重出,这其实可以作为厘分诗题、题下注"应然"规律的一条重要线索。比较典型的是宋绍兴本《白氏文集》卷二七《赠僧五首》:《钵塔院如大师师年八十三登坛秉律凡六十年每岁于师处授八关戒者九度》《神照上人照以说坛为佛事》《自远禅师远以无事为佛事》《宗实上人实即樊司空之子舍官位妻子出家》《清闲上人自蜀人洛于长寿寺说法度人》,每首题下皆注僧人史实,且前四题"师""照""远""实"字样在诗题、题注重出。《白氏文集》中同构的题注文本尚多,比如卷一《燕诗示刘叟叟有爱子背叟逃去叟甚悲念之叟少年时亦尝如是故作燕诗以谕之矣》,"叟"重出;卷五《题赠郑秘书徵君石沟溪隐居郑生尝隐天台徵起而仕今复谢病隐于此溪中》,"郑"重出;卷八《过骆山人野居小池骆生奔官居此二十余年》,"骆"重出;卷十《寄杨六杨摄万年县尉予为赞善大夫》,"杨"重出;卷十三《与诸同年贺座主侍郎新拜太常同宴萧尚书亭子座主于萧尚书下及第得群字韵》《酬哥舒大见赠去年与哥舒等八人同共登科第今叙会散之愁意》《送武士曹归蜀士曹即武中丞兄》,"萧尚书""哥舒""士曹"暨"武"重出;卷十五《赠杨秘书巨源杨尝有赠卢洺州诗云三刀梦益州一箭取辽城由是知名》,"杨"重出;卷十六《忆微之伤仲远李三仲远去年春丧》,"仲远"重出;卷十九《龙花寺主家小尼郭代公爱姬薛氏幼尝为尼小名仙人子》,"尼"重出;卷二十《题别遗爱草堂兼呈李十使君李亦庐山常隐白鹿洞》[①],"李"

---

① 谢思炜校记:"题下注绍兴本脱'人'字。"白居易撰,谢思炜校注:《白居易诗集校注》卷二十,第1593页。

第十一章 元白集诗题、题注之"应然"与"例校"

重出;卷二三《闻歌妓唱严郎中诗因以绝句寄之_{严前为郡守}》,"严"重出;卷二六《送陕州王司马建赴任_{建善诗者}》①,"建"重出;卷三二《和韦庶子远坊赴宴未夜先归之作兼呈裴员外_{员外亦爱先逃归}》《哭崔二十四常侍_{崔好酒放歌忘怀生死知疾不起自为志文}》,"员外""崔"重出;卷三五《过裴令公宅二绝句_{裴令公在日常同听杨柳枝歌每遇雪天无非招宴二物以故因成感情}》《赠举之仆射_{今春与仆射三为寒食之会}》《偶吟自慰兼呈梦得_{予与梦得甲子同今俱七十}》,"裴令公""仆射""梦得"重出;卷三六《开成二年夏闻新蝉赠梦得_{十年来常与梦得索居同在洛下每闻蝉多有寄答今喜以此篇唱之}》《以诗代书酬慕巢尚书见寄_{慕巢书中颇切归休结侣之意故以此答}》,"梦得""慕巢"重出。就元稹集而言,明董氏翻宋本《元氏长庆集》卷八《酬杨司业十二兄早秋述情见寄_{今春与杨兄会于冯翊数日而别此诗同州作}》,"杨兄"重出;卷十九《赠童子郎_{严司空孙字照郎十岁能赋诗往往有奇句书题有成人风}》,"郎"重出。准此体例规律,可基于"应然"原则对发生变貌的元白集诗题进行例校复原:

宋绍兴本《白氏文集》卷十五《广宣上人以应制诗见示因以赠之诏许上人居安国寺红楼院以诗供奉》,"上人"二字重出,且"诏许上人居安国寺红楼院以诗供奉"是对广宣上人以应制诗出示白居易的背景诠释,"赠之"又与后文语意断为两截,故可例校白居易此题唐写卷原貌作《广宣上人以应制诗见示因以赠之_{诏许上人居安国寺红楼院以诗供奉}》。复检清杜诏、杜庭珠编《中晚唐诗叩弹集》卷二,即已刊作《广宣上人以应制诗见示因以赠之_{诏许上人居安国寺红楼院以诗供奉}》②,当是杜氏有见于唐人诗题"应然"之规律,故刊版时予以斠理。

复次,明董氏翻宋本《元氏长庆集》尚有三题有待例校:

其一,卷十七《贬江陵途中寄乐天杓直[杓直]以员外郎判盐铁乐天以拾遗在翰林_{此后并在江陵士曹时诗李建字杓直}》。按诗题方括号中"杓直"二字据《全唐诗》补脱文③,"杓直以员外郎判盐铁,乐天以拾遗在翰林"显然是对二人身份的诠解,故可推断元稹诗题仅"贬江陵途中寄乐天杓直"十字,"杓直以员外郎判盐铁,乐天以拾遗在翰林"则系元稹自注,而刻版原有题注"此后并在江陵士曹时诗李建字杓直"或系宋以后人编刻元稹集时添注,元稹自不会注"李建字杓直"等字样。综上推考,例校唐卷原貌应作《贬江陵途中寄乐天杓直[杓直]_{以员外郎判盐铁乐天以拾遗在翰林}》。尤其有意味的是,两"杓直"作为诗题、题

---

① 明抄、刻系统之《文苑英华》载诗题皆作《送陕州王司马赴任》,当已脱落题注,复可证诗题中"建"字本为旁注而阑入诗题。白居易撰,谢思炜校注:《白居易诗集校注》卷二六,第 2033 页。

② 杜诏、杜庭珠编:《中晚唐诗叩弹集》卷二,辽宁大学图书馆藏清康熙四十三年(1704)采山亭刻本。

③ 彭定求等编:《全唐诗》卷四一二,第 4571 页。

注而顶真,与明董氏翻宋本《元氏长庆集》卷十六《送刘太白_{太白居从善坊}》以及宋绍兴本《白氏文集》卷十三《临江送夏瞻_{瞻年七十余}》、卷十四《禁中九日对菊花酒忆元九_{元九云不是花中唯爱菊此花开尽更无花}》、卷十七《答微之_{微之于阆州西寺手题予诗予又以微之百篇题此屏上各以绝句相报答}》、卷二六《忆梦得_{梦得能唱竹枝听者愁绝}》、卷三四《戏答思黯_{思黯有能筝者以此戏之}》文本体制、义例全同,其顶真模式在下节"名物诠释入题注例"中还会论及。需要注意的是,这类顶真很容易传讹羼乱,联为诗题。文渊阁《四库全书》本元稹《元氏长庆集》之《初寒夜寄卢子蒙子蒙近亦丧妻》诗题,"子蒙近亦丧妻"宋蜀本、卢本、董氏翻宋本皆作小字题下注①,卢文弨《群书拾补》亦谓"下六字是小注"②。考元稹另一诗题也具有同构体制规律,即《独夜伤怀赠呈张侍御_{张生近丧妻}》③,诸本皆以"张生近丧妻"为题下注,故可证文渊阁本"子蒙"顶真处已经发生了文本变貌。

其二,卷十八《陪诸公游故江西韦大夫通德湖旧居有感题四韵兼呈李六侍御即韦大夫旧寮也》,诸本诗题同④。"韦大夫"重出,且"即韦大夫旧寮也"显然是对"李六侍御"的诠解,且唐集诗题多有以"即"字引出题注之例,如白居易《偶题邓公_{公即给事中斑之子也饥穷老病退居此村}》《客有说_{客即李浙东也所说不能具录其事}》两诗题,就具有这一文本体制规律。因此,可例校此题之唐卷原貌作《陪诸公游故江西韦大夫通德湖旧居有感题四韵兼呈李六侍御_{即韦大夫旧寮也}》。

其三,卷十九《陪张湖南宴望岳楼稹为监察御史张中丞知杂事》,元集诸本皆同⑤,唐卷原貌当例校作《陪张湖南宴望岳楼_{稹为监察御史张中丞知杂事}》。据周相录校记,"稹"至"事"十二字,《唐诗类苑》即作小字题下注⑥,尤可佐证。又元稹集同卷《题漫天岭智藏师兰若僧云住此二十八年》,诸本皆同⑦,唐卷原貌当例校作《题漫天岭智藏师兰若_{僧云住此二十八年}》。

最后需要着重提及的是,前文曾引及之白居易《和韦庶子远坊赴宴未夜先归之作兼呈裴员外_{员外亦爱先逃归}》诗题,日本藤原行成写《白氏诗卷》并无题

---

① 元稹著,周相录校注:《元稹集校注》卷九,第246页。
② 卢文弨:《群书拾补初编》之《元微之文集》,清《抱经堂丛书》本。
③ 元稹著,周相录校注:《元稹集校注》卷九,第259页。
④ 元稹著,周相录校注:《元稹集校注》卷十八,第549页。
⑤ 元稹著,周相录校注:《元稹集校注》卷十九,第578页。
⑥ 元稹著,周相录校注:《元稹集校注》卷十九,第578页。
⑦ 元稹著,周相录校注:《元稹集校注》卷十九,第601页。

第十一章 元白集诗题、题注之"应然"与"例校"

下子注①(图 11-14),盖以其为注释性子注副文本略而不写②。这样的书写传统,实际上是很多唐诗题下子注剥离、遗落的根源。

图 11-14　日本藤原行成书《白氏诗卷》,二玄社 1985 年影印本(见文前彩图)
(原迹藏日本东京国立博物馆)

(二) 名物诠释入题注例

明董氏翻宋本《元氏长庆集》卷十八有两则诗题曰:

> 过襄阳楼呈上府主严司空楼在江陵节度使宅北隅
> 八月六日与僧如展前松滋主簿韦戴同游碧涧寺赋得扉字韵寺临蜀江内有碧涧穿注两廊又有龙女洞能兴云雨诗中喷字以平声韵

周相录《元稹集校注》所校诸本文字皆同③,冀勤点校本《元稹集》前一诗题同,后一诗题则作《八月六日与僧如展前松滋主簿韦戴同游碧涧寺赋得扉字韵寺临蜀江内有碧涧穿注_{两廊又有龙女洞能兴云雨诗中喷字以平声韵}》④。按两诗题,第一题前有"襄阳楼",后又重出"楼"字;第二题前有"碧涧寺",后又重出"寺"

---

① 藤原行成:《白氏诗卷》,东京:日本二玄社,1985 年。
② 比如,日本那波本《白氏文集》写卷整体省略了白居易自注,陈翀曾以慧萼钞南禅院本《白氏文集》卷十三为研究对象,"以天海本为底本、并参校宫内厅藏新宫校那波本钞'和本'诗注、管见抄、要文抄等相关诸本,将天海据梶原性全钞慧萼本所施校语并录入本文,以便还原出慧萼本之原貌。"陈翀:《慧萼钞南禅院本〈白氏文集〉卷十三复原稿》,《域外汉籍研究集刊》2014 年第 1 期。
③ 元稹著,周相录校注:《元稹集校注》卷十八,第 571、572 页。
④ 元稹撰,冀勤点校:《元稹集》卷十八,第 242 页。

字，故其文本之稳定性颇为可疑。考元白集中，多有类似诠解名物之制题模式，例皆可析分诗题、题注。比如，宋绍兴本《白氏文集》卷五《听弹古渌水琴曲名》，卷九《寄题盩厔厅前双松两松自仙游山移植县厅》《惜楮李花花细而繁色艳而黯亦花中之有思者速衰易落故惜之耳》，卷十八《喜山石榴花开去年自庐山移来》，卷二十《紫阳花招贤寺有山花一树无人知名色紫气香芳丽可爱颇类仙物因以紫阳花名之》，卷二二《和祝苍华苍华发神名》，卷三六《池鹤八绝句池上有鹤介然不群乌鸢鸡鹅次第嘲噪诸禽似有所诮鹤亦时复一鸣予非冶长不通其意因戏与赠答以意斟酌之聊亦自取笑耳》；明董氏翻宋本《元氏长庆集》卷六《月临花林檎花》，卷十四《山竹枝自化感寺携来至清源投之辋川耳》《戴光弓韦评事见赠也》，皆是题注诠解名物之例。宋绍兴本《白氏文集》卷二十《初到郡斋寄钱湖州李苏州聊取二郡一哂故有落句之戏》，卷二三《题新居寄宣州崔相公所居南邻即崔家池》，卷二四《武丘寺路去年重开寺路桃李莲荷约种数千株》，卷二五《思子台有感二首凡题思子台者皆罪江充予观祸胎不独在此偶以二也辨之》，卷三二《代林园戏赠裴侍中新修集贤宅成池馆甚盛数往游宴醉归自戏耳》，卷三六《宴后题府中水堂赠卢尹中丞昔予为尹日创造之》；明董氏翻宋本《元氏长庆集》卷三《竹部石首县界》，卷十四《褒城驿军大夫严秦修》《东台去仆每为崔白二学士话陶先生喜不遇之事且曰仆得分司东台即足以买山家》，卷十六《奉诚园马司徒旧宅》，皆是诠解地名之例。

值得注意的是，宋绍兴本《白氏文集》卷二四《齐云楼晚望偶题十韵兼呈冯侍御周殷二协律楼在苏州》，题注"楼在苏州"诠解诗题之"齐云楼"，与本节开篇所引元稹诗题《过襄阳楼呈上府主严司空楼在江陵节度使宅北隅》文本体制极为类似。更有意味的是，白诗题注诠解地名时，与诗题之题末结穴常常形成顶真结构，如宋绍兴本《白氏文集》卷七《题元十八溪亭亭在庐山东南五老峰下》，卷八《感旧纱帽帽即故李侍郎所赠》，卷十二《真娘墓墓在虎丘寺》，卷十三《题故曹王宅宅在檀溪》《春题华阳观观即华阳公主故宅有旧内人存焉》，卷二一《题灵岩寺寺即吴馆娃宫呜屐廊砚池采香径遗迹在焉》，卷二五《题喷玉泉泉在寿安山下高百余尺直写潭中》。这类顶真结构，也可见于他种诗题，比如宋绍兴本《白氏文集》卷十五《蓝桥驿见元九诗诗中云江酸归时逢春雪》，卷二十《题别遗爱草堂兼呈李十使君李亦庐山人常隐白鹿洞》，而明董氏翻宋本《元氏长庆集》卷七《感梦梦故兵部裴尚书相公》也具有近似的顶真结构。

综上考述，可证本小节引首所举元稹二诗题，皆是诗题下本有题注，后来在唐卷到宋册的传写传刻之际，羼入诗题，例校唐卷原貌应为：《过襄阳楼呈上府主严司空楼在江陵节度使宅北隅》《八月六日与僧如展前松滋主簿韦戴同游碧涧寺赋得廧字韵寺临蜀江内有碧涧穿注两廊又有龙女洞能兴云雨诗中喷字以平声韵》。

六、余论

本章以元白诗题从唐写到宋椠的抄刻衍变为中心,抽绎了唐集诗题的文本体制与义例,并循例反观元白诗集的传世文本,予以"例校",随宜讨论了唐集写卷的变貌问题。需要阐明的是,此前四章所抽绎的体制与义例,很可能是从唐写到宋刻演变过程中的理想化的"应然",而无意论其乃持之以恒之定律在发挥作用的"必然"。在北宋及之前的文献传抄的时代,文献流布方式既复杂,又随机,抄写者在处理具有特殊体制、义例的文本时,往往会有多种呈现形式①。即以诗题、题注而论,不外乎两大类,要么会在传写过程中将题注删落②,要么保留题注但呈现为多样的体制状貌。保留题注者又分为两种情况,或抄为双行/单行小字注如 P.2762 纸背《赠阴端公子侄逆遠成分别因赠此咏》③(图 11-15),或抄为旁注,或抄为前揭所涉及的诗题与题注文字大小一致、中间仅以空格区分的形式。

具体到唐宋时代的唐集写卷,可能也存在上举情况,即所谓题下注并不一定是小字,而是与诗题相同的字号,仅空一格或两格,这样传抄到宋代,宋人所见写卷,题注与诗题很可能已经联为一体。从这个意义上说,本书四章基于体制、义例的例校,更关注的是对诗题、题注厘分之"应然"规律的提取,而不是主张对已不存世的唐集写卷进行"实然"的复原。也就是说,这一研究的终极目标是揭橥唐集诗题例校的某些规律,并进而指出传世唐集中的诗题中有哪些是本不属于大字诗题而是属于小字题注的文字④。通过前揭例校,可证即便是最接近唐写本原貌的日本写卷、宋绍兴本《白氏文集》以及出自宋本系统的《元氏长庆集》,也并非尽可为据。现当代学者在整理元稹、白居易诗集的过程中,仍主要用力于宋刻以降诸本的校勘整理,在唐集写本原貌复原层面尚有阙如。

---

① 甚至有时作者名与诗题亦羼乱联结而难究诘,参见邵文实:《敦煌遗书 P3812 号中所见高适诗考辨》,《文献》1997 年第 1 期。

② 例如唐人刘幽求《书怀》诗,传世文本并无题注,而日本所藏书写于宝龟元年(770,唐大历五年)的《奉写一切经所食口帐》纸背即书刘幽求此诗,且存留题下注"山静林泉丽,骨然独坐,被寻老子"十三字。参见陈翀:《正仓院古文书所见汉籍书录及唐逸诗汇考》,《中国文学研究(辑刊)》2017 年第 1 期。

③ 邵文实:《敦煌 P2762 等卷诗集试探》,《文献》2000 年第 1 期。

④ 制题方式应是文士在一定时期内的约定俗成,后代据写本刊刻时也会有某种习惯的处理。题下注与诗题相混的情况,有可能是写卷传抄时就有的,也有可能是刊刻时出现的,有时确实很难判断。

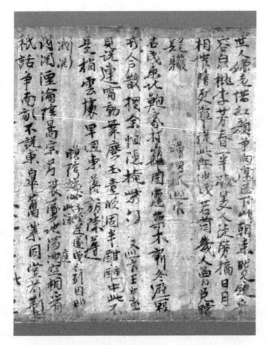

图 11-15　法国国家图书馆藏敦煌写卷 P.2762 纸背"唐诗抄"（局部）

梁启超论《史记》曾说："现存古书，十有九非本来面目，非加一番别择整理工夫而贸然轻信，殊足以误人。"①实际上，不止周汉古书如此，经历了唐写卷到宋刻本抄印转换的唐集，又何尝没有存在近似的问题呢？宋人董弅在整理《刘宾客外集》时称：

>世传韩柳文多善本，又比岁诸郡竞以刻印，独此书旧传于世者率皆脱略谬误，殆无全篇。②

尽管宋人尽力将"其脱逸及可疑者"存之，但一旦世间再无刘禹锡手墨写卷以及传抄的唐写本存世，很多脱逸、可疑之处便永远无法取得绝对的文献证

---

① 梁启超：《要籍解题及其读法》，北京：北平清华学校清华周刊丛书社，1925年，第40页。
② 董弅：《刘宾客文集跋》，刘禹锡撰，陶敏、陶红雨校注：《刘禹锡全集编年校注》附录，第2517页。

据。学人的努力,也只能是尽可能一点点地去求证唐集的"本来面目"——结论或有可商榷之处,但在传世文献已经固化的当下,文献复原的努力有待于校勘笺证基础上的更深层的斠理,而这种斠理最核心的方法论便是写本别集"应然"规律的抽绎,进而返归唐集,予以"例校"。需要申明的是,本篇"例校"的成果,在实际唐集整理时,可通过校记说明,不宜径改底本。

通过本篇的实践,我们或可意识到,元白诗无论是宋本以来的传世版本系统还是日藏古抄本系统,确实存在着题下子注羼入诗题的变貌,并且这种变貌甚且可以用"惊心"二字来形容。唐集诗题、题注的羼乱,随着年湮世远,反而"积非成是",明清诗人在制题时有意模仿唐诗的文本体制、义例,并没有悟出所模仿的文本模式可能并非唐集诗题原貌,比如汤鹏《寄李碧珊观察时碧珊遭劾去官屏居鄂渚》①、查慎行《虎林与同年许莘垫话旧时初自蜀归四首》(图11-16)②,实则唐诗制题例皆以"时"字引起题下注。汤、查之所以如此制题,显然是沿袭了宋刻本唐人诗集经过羼乱的诗题"传统"——这其实是文学文本流变史上的一重公案,也是文学文献传承脉络里的一大"误会"。

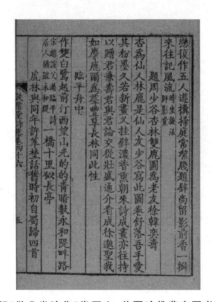

图 11-16　查慎行《敬业堂诗集》卷四六,美国哈佛燕京图书馆藏清乾隆刻本

---

① 汤鹏:《海秋诗集》卷十九,《清代诗文集汇编》,上海:上海古籍出版社,2010年,第607册,第428页。

② 查慎行著,范道济点校:《敬业堂诗集》卷四六,北京:中华书局,2017年,第1388页。

第十二章　词题之通例与变例

一、问题的提出

提起词题,学人似有着共通的潜在认知,那便是纯粹以词牌为题,或如"念奴娇+赤壁怀古"这样的"词牌题+纪事题"的形式。不过,"赤壁怀古"四字究竟应如何呈现,目前学界至少有《念奴娇·赤壁怀古》《念奴娇(赤壁怀古)》《念奴娇 赤壁怀古》(图12-1)三种不同的征引体式,且三种体式皆于古有据。不过,当我们翻开明代的许多别集,可能会满怀疑惑地看到明人如秦夔《五峰遗稿》中的词作皆不标词牌,而是制题如同诗题:

送章方伯入觐
云山采药图为葛元兆作(图12-2)
途中风雨凄然兼滩水险悍舟行甚滞拨闷偶书寄时旸少参[1]

倘欲了解秦夔各首作品的词牌,须得覆按词律方能查明,比如《云山采药图为葛元兆作》一首,填词所依词牌实为《满庭芳》。由此便产生一个问题:为什么在明代的诸多文献中,词作在某种意义上"必不可缺"的词牌,却被整体刊落了呢?

上揭明别集的特殊状貌也启示我们,作为词作"眼目"的词题,在唐宋以迄明清的词史中,很可能不是以一种稳定、一律的姿态出现。在通代视域下纵览词题流变时,我们又可能注意到如下现象:在唐五代敦煌曲子词中,并非仅有词牌这一种标目方式;在宋词中,词牌下的纪事性文字或作小字、或作大字,有时还有会增衍而成长段的序引;到了元代,吴镇《梅花道人遗墨》中的词题,皆是以大字标识纪事性词题,而词牌却降格为小字题下注;到了明代,多种明别集中的词牌直接消隐,只有纪事性词题保留了下来,其文本

---

[1]　秦夔:《五峰遗稿》卷一三,《明别集丛刊》第一辑第54册,合肥:黄山书社,2013年,第94—95页。

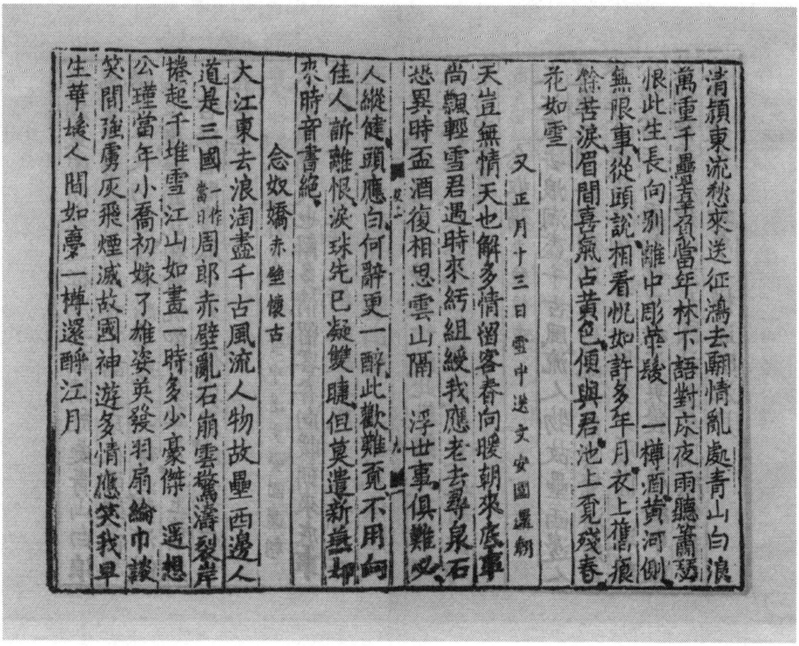

第十二章　词题之通例与变例

图 12-1　苏轼《东坡乐府》卷上，中国国家图书馆藏元延祐七年叶辰南阜书堂刻本

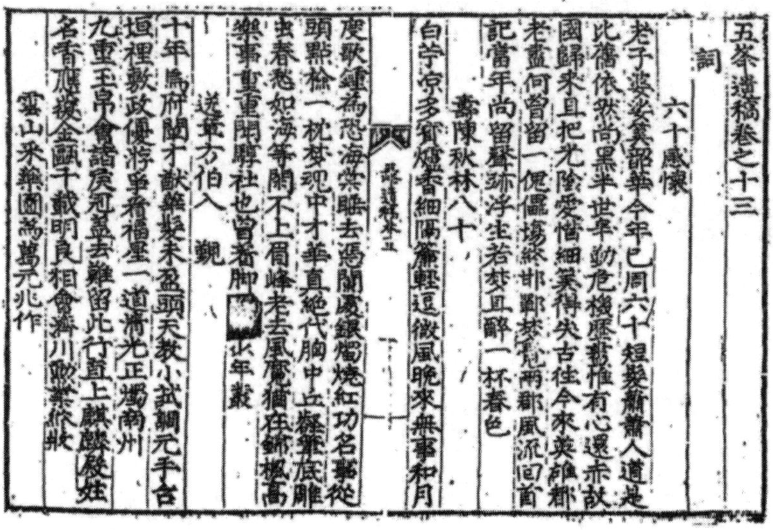

图 12-2　秦夔《五峰遗稿》卷十三，《明别集丛刊》影印明嘉靖刻本

体制与唐宋以来成熟的诗题一般无二。有意思的是,这一词牌题、纪事题的消长变迁,到了清代并没有踵事增华——清词的词题仍守持着唐宋经典词题文本体制的本位。基于以上观察,我们也许可以将问题意识进一步明确:词牌题降格、纪事性词题升格的体制变迁脉络究竟是怎样的?其背后的动因又是什么呢?

为便于讨论,兹先对本章所涉及之术语和研究立场进行界定:

1. 本章明确标识古籍原本中词作的大小字。凡古籍中的双行小字,均录为小字宋体下标,如敦煌写卷 Pel. chin. 3137《南歌子奖美人》等。

2. 本章称词牌为"词牌题"。学界或将词牌当作一首词的题目,或以为非。实际上,古人即称词牌为词题。例如,《四库全书总目》于《懒窟词》提要曰:"《眼儿媚》词题下注曰:效易安体。"①

3. 凡词牌下之大字词题,称为"大字纪事题"。如敦煌写卷《云谣集杂曲子》第一首《凤归云遍》②,"凤归云"称为"词牌题","遍"称为"大字纪事题"。

4. 凡词牌下之双行小字词题,称为"小字纪事题",如苏轼《念奴娇赤壁怀古》,"念奴娇"称为"词牌题","赤壁怀古"称为"小字纪事题"。其依据可见于梁启超手批《稼轩词》:"稼轩居士花下与郑使君惜别醉赋,侍者飞卿奉命书。甲集本题如右。因此,可考知稼轩有侍妾名飞卿能书。"③王国维《人间词话》曰:"自《花庵》、《草堂》每调立题,并古人无题之词亦为之作题。"④《花庵词选》与《草堂诗余》每调所立之题,文本体制皆为小字注,是知王国维也将此类双行小字注认作词题。

5. 凡词牌后附缀或提行单列之长叙引,称为"词序"⑤。

6. 循学界通例,于词史二字作两重指称:凡不加引号,意谓一般意义上词文类之发展演化史;凡加引号之"词史",则与"诗史"对文,意谓词有"存史与补史的意义"⑥。

---

① 永瑢等:《四库全书总目》卷一九八,第1815页。
② 此字自朱孝臧《彊村遗书》、刘复《敦煌掇琐》等,释文多歧,罗振玉迻录作"遍",王重民谓为近是。参见王重民:《敦煌曲子词集》卷中,上海:商务印书馆,1950年,第37页。
③ 李剑亮:《梁启超手批〈稼轩词〉的文献价值及批评特色》,《词学》2015年第2期。
④ 王国维撰,彭玉平疏证:《人间词话疏证》卷中,北京:中华书局,2011年,第201页。
⑤ 张墨林、武桂霞指出,确定词牌下纪事性文字究为词题还是词序,不能以字数多少来确定,"关键看是对词内容的高度概括,还是词的引子、序幕"。张墨林、武桂霞:《词题问题管见》,《文史知识》1995年第9期。
⑥ 张宏生:《清初"词史"观念的确立与建构》,《南京大学学报》2008年第1期。

本章重点关注通代词史中词题的文本体制之变迁及其内在理路。学界有关词史之研究,大抵以作家作品分析为主线,对词作文本体制的原貌与变貌不太关注。并且,既往有关诗词纪事性的研究,往往是从诗词正文入手加以探研,如吴世昌论周邦彦《瑞龙吟》(章台路)"是写具体的故事",且认为"五代和北宋的小令,常常每一首包含一个故事"①;张海鸥、董乃斌亦有《论词的叙事性》《古典诗词研究的叙事视角》之作②。相比较而言,笔者重点研究的,则是词题自身的"纪事"属性。此处的"事",不仅仅是现代意义上的"事情""事件",更是古典语境下"用事""事文类聚"之"事",故而本章关键词不用"叙事性"而用"纪事性"。

二、敦煌写卷、唐五代词集所见词题最初之文本体制

如果要寻绎文本体制的变迁历程,第一步似应复归于"文献现场",研究某个时空环境下文学文本的体制、状貌及其背后动因。在这个意义上,存留词作早期文本状貌的敦煌写卷以及唐宋人所编撰的唐五代词作总集,自然应是首先探考的对象。查英藏、法藏敦煌写卷中的曲子词书影,通检两种《全唐五代词》③,并与王重民《敦煌曲子词集》比勘,可勾稽敦煌写卷所录词作有以下文本体制特点:

首先,唐五代词文本,大部分纯粹以词牌题标目,无纪事题,如敦煌曲子词、宋本《花间集》④等皆可为证。考英藏敦煌写卷《云谣集杂曲子》(图12-3),词题依次为《凤归云遍》《又怨⑤》(图12-4)《又》《又》《天仙子》《又》《竹枝子》《又》《洞仙歌》《又》《破阵子》《又》《又》《又》《浣沙溪》《又》《柳青娘》《倾杯乐》⑥。可以说,这是唐五代词集对词牌最为经典的存录体制。此外,敦煌写卷或于词牌名后加"词"字,如S.6537V《词集》之词题作《龙州词》《水调词》《郑郎子词》《斗百草词》《乐世词》《阿曹婆词》《何满子词》等(图12-5);

---

① 吴世昌:《论词的读法》,《吴世昌全集》第4册,石家庄:河北教育出版社,2003年,第27、32页。
② 张海鸥:《论词的叙事性》,《中国社会科学》2004年第2期;董乃斌:《古典诗词研究的叙事视角》,《文学评论》2010年第1期。
③ 张璋、黄畬编:《全唐五代词》,上海:上海古籍出版社,1986年;曾昭岷等编著:《全唐五代词》,北京:中华书局,1999年。本章所引《全唐五代词》皆为后者。
④ 赵崇祚:《花间集》,南宋绍兴十八年(1148)建康郡斋刻本。
⑤ 伦敦本、巴黎本"怨"字皆在词牌名之下,文本功能实为题注。
⑥ 中国社会科学院历史研究所等合编:《英藏敦煌文献》(汉文佛经以外部分),成都:四川人民出版社,1990年,第3卷,第47—50页。

或于词牌名前标"曲子""曲子词"字样,如 S. 5643《曲子送征衣》、Pel. chin. 3128V⁰《曲子菩萨蛮》《曲子浣溪沙》等皆是①。通观处在词文本"初长成"阶段的唐五代曲子词,对题目的存录充分显现了写本阶段的随意性,不但基本没有小字、大字的纪事性词题,反而有词牌题阙如的情况,如敦煌写卷 Pel. chin. 2809V⁰《曲子词三首》。

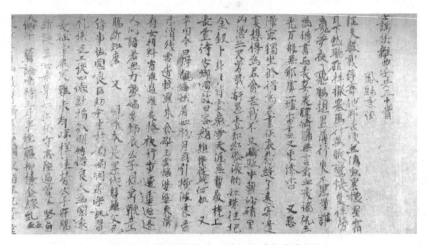

图 12-3　敦煌写卷 S. 1441《云谣集杂曲子》

图 12-4　敦煌写卷 Pel. chin. 2838V⁰《云谣集杂曲子》

---

① 上海古籍出版社、法国国家图书馆编:《法藏敦煌西域文献》第 21 册,上海:上海古籍出版社,2002 年,第 351—352 页。

第十二章　词题之通例与变例　　　　　　　　　　273

图 12-5　敦煌写卷 S.6537V《词集》

其次，词牌题通常独立一行，空两格书写，词作提行，典型者如 Pel. chin. 3994《更漏长》《菩萨蛮》《鱼美人》（图 12-6）以及 S.5540《山花子词》、Pel. chin. 3333《词三首》、Pel. chin. 2506V⁰《词四阕》；也有的词牌与词作不提行析分，仅前后空格，如 S.2607《曲子词抄》（图 12-7）、Pel. chin. 3093V⁰《定风波三首》等；同一词牌下有多首词作，词牌不重出，用"又""同前"字样标识，如 Pel. chin. 3128V⁰《曲子词》（图 12-8）以及 Pel. chin. 3911《望江南》等；另有几首词仅题第一首词牌名，第二首以下的词牌名以添注的形式呈现，如 S.4332《别仙子》（图 12-9）。

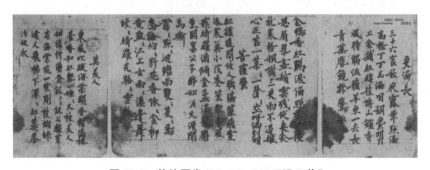

图 12-6　敦煌写卷 Pel. chin. 3994"词三首"

图 12-7　敦煌写卷 S. 2607《曲子词抄》

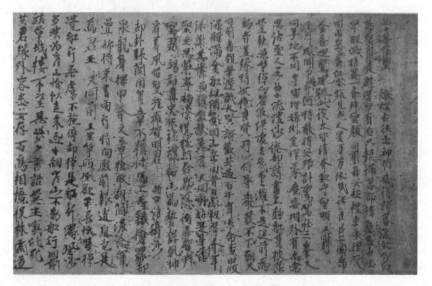

图 12-8　敦煌写卷法 Pel. chin. 3128V⁰《曲子词》

再次,词作大多联写,偶有每句空格之例,如前揭 Pel. chin. 3333《词三首》;亦有每句加句点之例,如前揭 Pel. chin. 2506V⁰《词四阕》。

尽管如上文所说,唐五代曲子词整体的纪事性并不突出,但仍有少量敦煌写卷,无论是有意为之还是无意耦合,对文本体制的变换皆在客观上增强了词作的纪事性。一方面,敦煌写卷中已经零星出现了小字纪事题的文本案例。日本桥川时雄所藏敦煌卷子中有无名氏词二首,傅惜华于 1930 年刊布摄影照片,且撰写《敦煌唐人写本曲子记》予以释读[①]。其中,两阕词题分别作《鱼歌子月》《南歌子月》(图 12-10)。Pel. chin. 3137 也有近似的制题之

---

① 傅惜华:《敦煌唐人写本曲子记》,《北京画报》1930 年第 3 卷总第 101 期。

第十二章　词题之通例与变例　　275

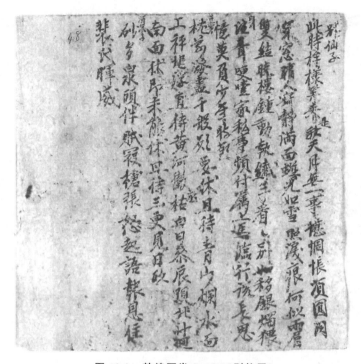

图 12-9　敦煌写卷 S.4332《别仙子》

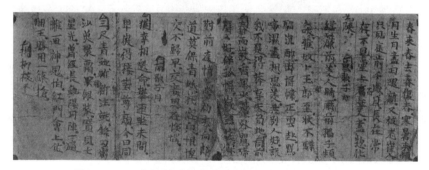

图 12-10　日本桥川时雄藏敦煌写卷,《北京画报》1930 年
　　　　　第 3 卷第 101 期（见文前彩图）

例《同前奖美人》(图 12-11),"同前"指承前一首词牌名《南歌子》,"奖美人"三字实际即是小字纪事题。当然,在敦煌写卷中,这类双行小注的体制并未广泛应用于词作的纪事性标识,更未形成具有普适性的体例;同样的文本功

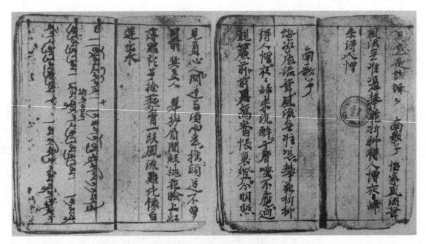

图 12-11　敦煌写卷 Pel. chin. 3137《南歌子》

能,在敦煌写卷中反而由其他文本体制来实现。罗振玉《贞松堂藏西陲秘籍丛残》影印敦煌曲子词中有《鱼歌子》词,文本体制如下:

鱼歌子
　　春雨微,香风少。帘外莺啼声声好。伴孤屏,微语笑。寂对前庭悄悄。○当初去,向郎道。莫保青娥花容貌。恨狂夫,不归早。交妾实在懊恼。
　　上王次郎①

"上王次郎"四字,纯为纪事之需要而设。因当时未形成固定的词牌题下标识纪事题的文本模式,故而敦煌写卷将此四字抄录在词作正文之后。尤其值得重视的是,敦煌写卷中也出现了几种词题之特例,S. 4578V 径抄词作四首,而于卷后题《咏月婆罗门曲子四首》(图 12-12);Pel. chin. 3360 首行作《大唐五台曲子五首寄在苏幕遮》(图 12-13)②,皆是纪事题置于词牌题之前的例证。

---

①　曾昭岷等编著:《全唐五代词》正编卷四,第 938 页。
②　《全唐五代词》录敦煌曲子词《婆罗门(题注:咏月曲子)》,写卷实际题作《咏月婆罗门曲子四首》,改变题注的做法,实际也改变了敦煌曲子词的文本体制。曾昭岷等编著:《全唐五代词》正编卷四,第 863 页。

第十二章　词题之通例与变例　277

图 12-12　敦煌写卷 S. 4578V《咏月婆罗门曲子四首》

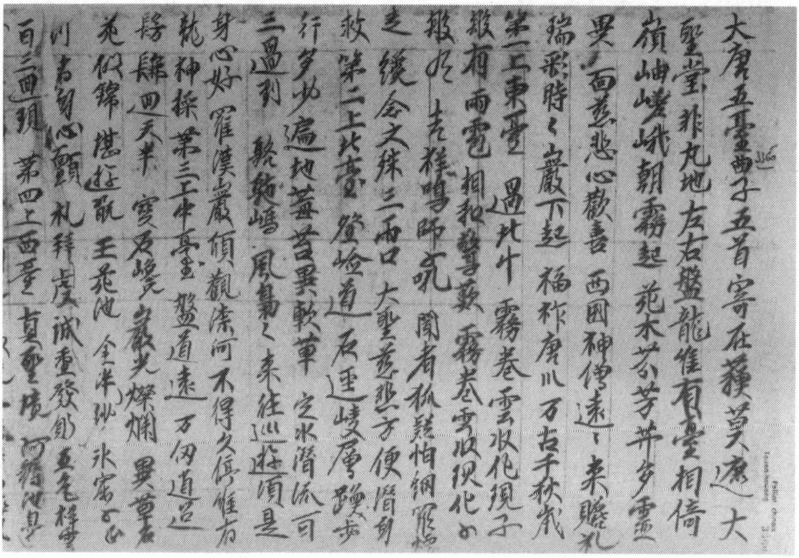

图 12-13　敦煌写卷 Pel. chin. 3360《大唐五台曲子五首寄在苏幕遮》

以上是敦煌写卷所见唐五代词题比较原生态的文本体制,至于唐五代的士大夫词,只能尽量依据唐宋编撰的总集如《花间集》《尊前集》《金奁集》等较为接近原貌的文献去推考。今见唐五代词,名家之作如韦庄、南唐二主、冯延巳等,词作文本的标记皆纯粹为词牌。通检两种《全唐五代词》,出现词序类纪事性文本的情况既罕见又并非文本原貌,而出现词牌下双行小注的情况则皆是标记曲调或如孙光宪《竹枝》那样标记"竹枝""女儿"交错的歌唱方式①,与纪事性无关。可再进一步按断的是,唐五代词中偶见小字纪事注之例,实际大抵为后世文本层累添加之附益,并非纪事题的蘖萌,如《尊前集》昭宗李晔有《巫山一段云_{上幸蜀宫人留题宝鸡驿壁}》②,词牌题下的小字纪事题中有"上幸蜀"三字,显然不是李晔的口吻。

唐五代词的纪事性词题之所以不发达,与当时词牌的"缘题"本位颇有关系。不少词牌的命名,本身便寓含纪事性质,所谓"早期词调与题合"③。宋黄升《唐宋诸贤绝妙词选》尝论曰:"唐词多缘题所赋,《临江仙》则言仙事,《女冠子》则述道情,《河渎神》则咏祠庙,大概不失本题之意。尔后渐变,去题远矣。"④早期的词牌名,皆缘事而定,实际就是题目,例如黄升语境里也称词牌为"题";也就是说,词牌本身就寓含了点题、纪事等要素:"缘事创调,调名即题目,正文则缘题而赋本事。"⑤不过,随着时异世殊,后来的词人倘采用这一词牌,就会出现"尔后渐变,去题远矣"的情况——这时候,词牌题之外承担纪事功能的新词题、词注、词序,便呼之欲出了。

三、纪事需求动因下宋元词纪事题的"大字化"与"独立化"

班固论汉乐府"感于哀乐,缘事而发"⑥,揭示出包含词文类在内的诗歌的双重质素,那就是情与事。无论是纪事题还是词序,都会涉及词作的缘起、本事、背景等"事"由。不过,既往的论者倘不是着眼于词题纪事功能的

---

① 《全唐五代词》正编卷三,第633页。
② 《全唐五代词》正编卷一,第183页。
③ 彭玉平:《唐宋词举要》,北京:商务印书馆,2014年,第4页。
④ 黄升:《花庵词评》,葛渭君编:《词话丛编补编》第1册,北京:中华书局,2013年,第145—146页。沈括《梦溪笔谈》也说:"今声词相从,唯里巷间歌谣及《阳关》、《捣练》之类稍类旧俗。然唐人填曲,多咏其曲名,所以哀乐与声尚相谐会,今人则不复知有声矣,哀声而歌乐词,乐声而歌怨词,故语虽切而不能感动人情,由声与意不相谐故也。"沈括撰,金良年点校:《梦溪笔谈》卷五,北京:中华书局,2015年,第45页。
⑤ 张海鸥:《论词的叙事性》,《中国社会科学》2004年第2期。
⑥ 班固撰,颜师古注:《汉书》卷三十,北京:中华书局,1962年,第1756页。

第十二章 词题之通例与变例

效用,往往会对词题的"纪事化"趋势提出批评。朱彝尊《词综发凡》谓:"宋人词集,大约无题,自《花庵》《草堂》,增入闺情、闺思、四时景等题,深为可憎。"①陈廷焯《白雨斋词话》论宋人词选增入纪事性词题"全失古人托兴之旨"②,而王国维《人间词话》卷中亦曰:

> 诗之《三百篇》、《十九首》,词之五代、北宋,皆无题也。非无题也,诗词中之意,不独能以题尽之也。自《花庵》、《草堂》每调立题,并古人无题之词亦为之作题。其可笑孰甚。诗有题而诗亡,词有题而词亡,然中材之士,鲜能知此而自振拔者矣。③

观堂所论"词有题而词亡",主要是针对词之本色当行而言,认为纪事性词题弱化了词"深美闳约"之本色。在王国维看来,为词牌别立纪事题,"如观一幅佳山水,而即曰此某山某河"④,坐实的过程也即是抹去词作多种理解阐释之可能的过程。值得辨析的是,从朱彝尊到王国维,他们所批评的,大抵是宋人词选随意代拟纪事题的行为,并未将矛头指向北宋文士词集中的自制纪事性词题的现象。从文学文本体制的衍生来看,作者别集的自定文本更能体现文本体制的自发变迁,而词选类总集则更多经过了编选者的斧凿削补,故本章探讨词题的体制变迁,主要以作者自定的词文本为依据。当然,从另一个维度却可以说,纪事性词题强化了词之纪事存史的"词史"功能,并且宋词对于"声意相谐"的叛逆"造成了词与音乐关系的相对背离,出现这种背离后必然会出现词以意感人而非像最初以声感人的现象"⑤——相对地背离音乐,走向文士案头,这也许是词体创作在宋代达到巅峰的原因之一。因此,观堂所说"《花庵》、《草堂》每调立题,并古人无题之词亦为之作题"背后的体制变迁理路,同样值得我们追索。

陈寅恪曾说:"中国诗与外国诗不同之处,是它多具备时、地、人等特点,有很大的史料价值,可用来研究历史并补历史书籍之缺。"⑥词在广义上

---

① 朱彝尊、汪森:《词综》,上海:上海古籍出版社,2014年,第7页。
② 陈廷焯撰,孙克强主编:《白雨斋词话全编·白雨斋词话》卷九,北京:中华书局,2013年,第1305页。
③ 彭玉平:《人间词话疏证》卷中,第201页。
④ 彭玉平:《人间词话疏证》附录《人间词话(初刊本)》,第422页。
⑤ 张墨林、武桂霞:《词题问题管见》,《文史知识》1995年第9期。
⑥ 黄萱:《怀念陈寅恪教授》,纪念陈寅恪教授国际学术讨论会秘书组编:《纪念陈寅恪教授国际学术讨论会文集》,广州:中山大学出版社,1989年,第70页。

也属于诗的范畴。即便回归到词的最初阶段,作者(尤其是士大夫)依然有着创作此词时独特的心曲、遭际、背景等"事"的内容需要记录——"词牌+词作"的极简文本模式是难以荷当此任的。

在词牌题之外别立纪事题,当然也有着作为诗歌"面目"之诗题的深厚传统可以借鉴①。尽管论者也可举汉魏古诗同样存在着缺乏纪事性诗题的状况,"往往藉单个场景或事件的一个片段"②来表现纪事功能,但汉魏诗赋小序的大量出现,又无可否认是受到纪事需求的内在驱动。在词体蕃衍成熟的唐宋时期,诗歌体制中的长诗题、小字题注、题序等纪事性文本体制已经相当成熟。影响所至,便是词文本突破既有的体制传统,凝炼成雅洁的纪事性词题、词序。词牌下标记纪事题,哪怕只有一两个字,也能起到对词作本事的框定作用;若无此类纪事题,阅读者就会陷入郢书燕说、莫衷一是的局面。

通过对唐宋成帙词集的系统查检③,可以坐实一个可能早已是共识的印象,那就是早期宋词沿承了唐词所奠定的基本的文本体制,主要是以纯粹的词牌为题。随着宋代文人词的大量创作,词牌题因重复过多,并不具备很好的识别度与区分度;要确指某一首作品,就需要从其他方面寻找此词独具的"排他性"标目文本——在宋人那里,他们寻找到了两种:一种是词的首句,另一种则是词作大旨。俞文豹《吹剑续录》所载幕士谓苏词"须关西大汉,执铁板,唱'大江东去'"④,即以"大江东去"标识《念奴娇·赤壁怀古》。述词作大旨之例,如宋陈鹄自记:"余尝登门,出近作《赠别》长短句以示公,其末句云:'莫待柳吹绵,吹绵时杜鹃。'公赏诵久之。"⑤"赠别"二字,便是对此词纪事性大旨的临时撮拟。

---

① 吴承学认为,诗题成熟于西晋,"诗人完全有意识地利用诗题来阐释其创作宗旨、创作缘起、歌咏对象,标明作诗的场合、对象",而到了盛唐,"古诗制题已经完全规范化,诗题成为诗歌内容的准确而高度的概括,成为诗歌的面目"。吴承学:《论古诗制题制序史》,《文学遗产》1996年第5期。
② 葛晓音:《论汉魏五言的"古意"》,《北京大学学报》2009年第2期。
③ 笔者根据饶宗颐《词集考》(港版原题《词籍考》)的著录线索,查检了传世唐宋金元词集三百六十九种中的二百余种,尤其注重遴选最大程度存留古籍原貌的本子,具有代表性的词集皆曾寓目。参见饶宗颐:《词集考》,北京:中华书局,1992年。
④ 苏轼著,邹同庆、王宗堂校注:《苏轼词编年校注》正编卷一,北京:中华书局,2007年,第402页。
⑤ 陈鹄撰,孙菊园、郑世刚点校:《西塘集耆旧续闻》(与韩淲撰,孙菊园、郑世刚点校《涧泉日记》合刊)卷二,上海:上海古籍出版社,1993年,第9页。

第十二章 词题之通例与变例

北宋时期词作者的主体,已经转移到士大夫群体,他们天然具有的"史"的精神,使得他们更加关注词作背后的史事,甚至"自述本事"①。而在词的写作上,他们也"以诗为词",同时将诗这种文类已经非常成熟的标目体制借鉴过来,"以诗济词"。从作者层面看,宋代文人士大夫希望在诗词中寄寓身世与个人心史;从读者层面看,"知人论世"是一种长久以来的阅读期待。在面对仅仅由"词牌题+词作"这两种文本组合而成的一首看似"完整"的词作时,无论是作者还是读者,可能都会有一种"不完整"的反差感。"不完整"的主要表现,便是纪事、说明性文字的缺失。为弥补此阙典,宋人便开始绍续诗歌的"诗史""本事"传统,为词作补足具有"纪事性"的词题、词序。

宋词纪事性词题升格的第一个表现,也是其初始表现,是小字纪事题的撰拟。吴熊和尝论宋词纪事题衍生之大端曰:"自《花间集》、《尊前集》以至晏殊《珠玉词》,词皆无题。王安石、张先,稍具词题。"②吴氏所论"词题",即为"纪事题",但实际上在北宋时此类纪事性文本大都以双行小注的形式置于词牌题之下。从吴熊和的判断来看,他也只是大略的印象之言,实际上在张先之前,已经有二十多首词别拟了小字纪事题。这一时期的小字纪事题,皆寥寥数字,比较简略。张先卒后的一段时间,纪事题仍处于苗萌状态。岳珂《宝真斋法书赞》载《米元晖阳春词帖》一卷③,系米友仁"书自作词十八篇",其中对词题的著录,有十四篇是纯粹的词牌题,其余四篇特例如下:

和晏元献渔家傲韵
念奴娇○村居九日
念奴娇○裁成渊明归去来辞
诉衷情○渊明诗④

词牌题下有自书的大字纪事题,可证北宋词题有纯粹"词牌题"或"词牌题+

---

① 例如贺铸的《青玉案》(凌波不过横塘路)词,深得黄庭坚之青睐。黄庭坚曾经手抄一过,置于几研间,且作小诗纪其本事。参见魏庆之著,王仲闻点校:《诗人玉屑》卷二一,北京:中华书局,2007年,第679页。关于宋词的"自述本事",宋学达有专文考论。参见宋学达:《宋词"自述本事"的演进与词史意义》,《文学遗产》2020年第3期。
② 吴熊和:《唐宋词通论》"附录",上海:上海古籍出版社,2010年,第422页。
③ 此卷又经清鲍廷博犹见之,鲍氏且作《阳春集跋》。参见孙克强编著:《唐宋人词话》(增订本),天津:南开大学出版社,2012年,第554页。
④ 岳珂:《宝真斋法书赞》(与米芾《海岳名言》、赵构《翰墨志》合刊)卷二四,《丛书集成初编》第3册,北京:中华书局,1985年,第364—366页。

大/小字纪事题"这两种通行且稳定的制题体制。至于词人的词集文本分属哪种体制,则因人而异,并无一定之规。例如,贺铸《贺方回词》一集之中,仅有《琴调相思引送范殿监赴黄冈》《定情曲春愁》二例有小字纪事题①。同时代的晁补之《晁氏琴趣外篇》六卷中,"词牌题+小字纪事题"的文本模式却占了大多数②。稍后的朱敦儒词集《樵歌》中也有接近一半的篇目有小字纪事题,如《水调歌头淮阴作》《水调歌头和董弥大中秋》等③。南渡以后的词家,有的词集几乎篇篇都有小字纪事题,如京镗《松坡居士词》等皆可印证。南宋词集的传世宋本,如加州伯克利分校藏《后村居士集》等,则是纪事题有无参半。这类文本体制的定型化趋势会在一定的历史时段内持续着,影响到宋词总集,使其也一律采用"大字词牌题+小字纪事题"的模式,如宋本《中兴以来绝妙词选》卷三"辛幼安"前四题(图 12-14):

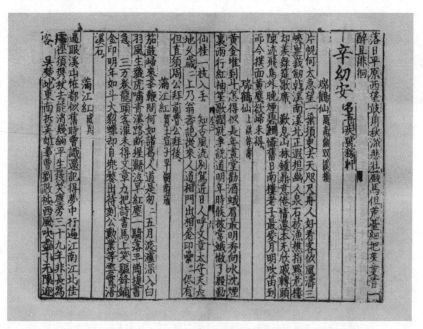

图 12-14　黄昇《中兴以来绝妙词选》卷三,中国国家图书馆藏宋淳祐九年刘诚甫刻本

---

① 贺铸:《贺方回词》,国家图书馆藏清吴氏双照楼抄本,第 14a、17b 页。
② 晁补之:《晁氏琴趣外篇》"目录",国家图书馆藏景宋抄本,第 1a—8b 页。
③ 朱敦儒:《樵歌》,国家图书馆藏清抄本,第 2a—2b 页。

瑞鹤仙_{题南剑双溪楼}

瑞鹤仙_{上洪倅寿}

满江红_{贺王宣子平湖南寇}

满江红_{感异}①

第二个表现,是词序从苏轼时代开始大量出现。相比较而言,苏轼、黄庭坚、晁补之等人属于比较注重为词作存留本事的作者群体。作为空诸依傍的词作大家,苏轼在词文本的纪事性呈现上做出了很大的推动。不过,苏轼的推动主要落实在拉长词牌题下小字纪事注为词序的层面(后世传刻过程中也有人重新将其离析为大字词序)。吴熊和曰:"苏轼词,则始作词序,有斐然长言者。此后姜夔、周密等,词序还能独立成篇,与本词相发明。"②诚如吴氏所论,词序之能蔚成大国者,当属苏、黄。苏轼《水调歌头》《洞仙歌》等词皆有长序(图12-15)③,黄庭坚《醉落魄》词序更是长达一百三十三字④。其他词家,有时因为某词的特殊创作因缘,也会通过词序的形式详加说明,例如晁元礼《闲斋琴趣外篇》所载《庆寿光》之序,系为叔祖母黄氏九十一岁寿典而作⑤。南宋词家则踵事增华,为了满足词作的纪事需求,他们会在一首

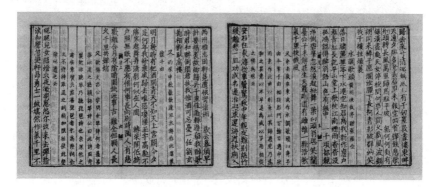

图12-15 苏轼《东坡乐府》卷一,中国国家图书馆藏元刻本

---

① 黄升:《中兴以来绝妙词选》卷三,宋淳祐九年[1249]刘诚甫刻本,第6a—6b页。
② 吴熊和:《唐宋词通论》"附录",第422页。
③ 苏轼:《东坡乐府》卷上,元延祐七年(1320)叶辰南阜书堂刻本,第5b、13a页。
④ 黄庭坚:《山谷词》,明毛氏汲古阁刻本,第26b—27a页。
⑤ 晁元礼:《闲斋琴趣外篇》卷三,国家图书馆藏清抄本,第2a—2b页。

词的词牌题下同时存录小字纪事题和词序,刘克庄《后村居士集》之《水调歌头游蒲涧追和崔菊坡韵》(图 12-16)①、京镗《松坡居士词》之《念奴娇次字父总领游北湖韵并引》②等皆属此类。

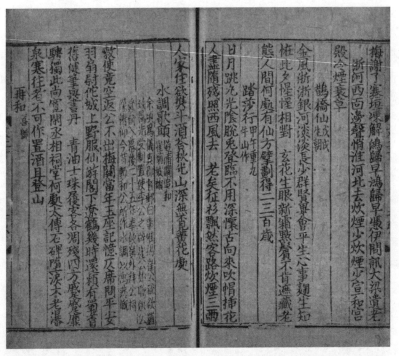

图 12-16　刘克庄《后村居士集》卷二十,美国加州大学伯克利分校藏宋刊本

总括而言,在早期的一首词的完整文本中,往往仅有词牌和词作两部分文本结构,其存留人事、心曲的"纪事"属性是天然匮乏的。随着词文类这一文本体制的内在演进,也基于在词文本周边进行扩容的可能性,宋代逐渐形成了一首词的理想化文本体制模型,亦即:词牌题＋小/大字纪事题＋题注＋词序＋词作正文＋附跋。

就元刻本宋元文集来看,词文本一方面仍沿承着"大字词牌题＋小字纪事题"的经典文本模式,如元刘因《静修先生文集》卷一五"乐府",同此体制;另一方面,宋元之际,词文本别有一显著变化便是小字纪事题大字化、大字

---

①　刘克庄:《后村居士集》卷二十,宋刊本,第 16a 页。
②　京镗:《松坡居士词》,国家图书馆藏明抄宋本,第 5b 页。

纪事题独立化。宋末元初周密的词集《蘋洲渔笛谱》，系据其手书稿本刻版①，应当可以说基本保留了宋末元初人对于词作体制的习惯性认知和文本存录模式。《蘋洲渔笛谱》于词牌题、纪事题兼有的词题，皆统一作大字，并且联排，如：

> 东风第一枝早春赋
> 探春慢修门度岁和友人韵②

这是小字纪事题大字化的一大表征。元刻本虞集《道园遗稿》卷六有词题《风入松为莆田寿》③，元刻本曹伯启《汉泉曹文贞公诗集》卷一〇"乐府"类词题例皆如《酹江月用子周金司咏雪韵》《满江红次白君举州倅所寄韵君举三十年前友屡示佳制读之令人起敬比以簿书倥偬不遑酬答闻改除天台恐因得簪盍于惠泉之侧用以叙怀》④，可证此种词题文本体制在元代似乎已成通例。

在诸多宋金元词集如《遗山先生新乐府》《藏春诗集》中⑤，同一词牌多首词作是常见现象；一个具有共通性的处理模式是像敦煌曲子词那样第一首词题标词牌名，其后诸首皆标"二""三""四"等字样。汉字标序的存在颇具有象征意味，一方面彰显着词牌作为词题的价值不足，似是"食之无味"；另一方面却仍顽固地占据着题目的要冲位置，大有"弃之可惜"之意。这一文本标识传统在元代也发生了变化。在元刻本《稼轩长短句》中（图12-17），凡词牌相同的词，仅初见时标识词牌题，第二首以后不再出现汉字标序，而是直接录大字纪事题，例如卷二起始四首词的词题：

> 念奴娇
> 书东流村壁
> 登建康赏心亭呈史留守致道
> 西湖和人韵

---

① 参见李鼎芳：《宋人选编的宋词总集》，《文学遗产》1980年第3期。
② 周密：《蘋洲渔笛谱》卷一，清乾隆间刻本，第11a、15b页。
③ 虞集：《道园遗稿》卷六，元至正十四年(1354)金伯祥刻本，第2a页。
④ 曹伯启：《汉泉曹文贞公诗集》卷一〇，元后至元四年(1338)曹复亨刻本，第3a—3b页。
⑤ 参见元好问：《遗山先生新乐府》卷一，国家图书馆藏清瞿镛校跋本，第1a—5a页；刘秉忠：《藏春诗集》卷五"乐府"，明刻本，第1a—2a页。

和韩南涧载酒见过雪楼观雪①

元庐陵凤林书院所辑《精选名儒草堂诗余》、元延祐刻本《知常先生云山集》等同此体制,至明别集则更是流为风气。

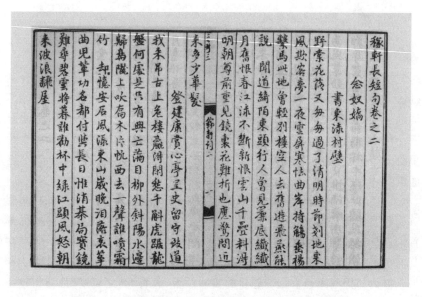

图12-17　辛弃疾《稼轩长短句》卷二,中国国家图书馆藏元大德三年广信书院刻本

有意思的是,当词牌题下小字纪事题升格为大字词题后,又会进一步对纪事性小字注产生需求,像元曹伯启《沁园春和复初省郎韵纪仲春陪诸名胜游西山同行都掾元明善复初行省掾尉迟亨亨甫福建同提举毛吉甫》②这样的文本案例,可以说是近似于经学典籍中的"注下有疏"。在这个过程中,纪事性文本不断扩张自身在整首词作中的功能,甚至还会衍生出多级纪事题。

四、词牌"告退"与明词之"缘事立题"

明词文本对纪事功能的需求仍是有增无减。有明一代,词文类"别是一家"之本色与词体革新皆未见大功。因此,明词的本色特征越来越弱化,变

---

① 辛弃疾:《稼轩长短句》卷二,元大德三年(1299)广信书院刻本,第1a—2b页。
② 曹伯启:《汉泉曹文贞公诗集》卷一〇,第8b页。

成了仅具长短句形式的一种"诗"体;甚至有的诗人别集如程敏政《篁墩程先生文集》,干脆将词作混编入诗卷之中①。在这种局面下,明人实际上在词文本的诸多质素上都致力于凸显纪事性词题的地位。

通过词集卷首目录的著录,可勾勒宋明间纪事题、词牌题具有规律性的升降现象:宋人词卷之目录,往往仅载词牌题而删落纪事题;明人词卷之目录,则往往仅载纪事题而删落词牌题。此类词牌题、纪事题地位升降的内在动因,便是文集对于纪事功能需求增强的表征。宋人词集之例勿庸多举,明人词集往往附明别集而行,如崔桐《崔东洲集》目录"词三十二首"(图12-18)②,全录纪事题,不录词牌题;张治《张龙湖先生文集》目录"诗余"部分唯录《送刘春冈总宪留台兼补怡椿赋》《送郑于野银台之金陵》等纪事

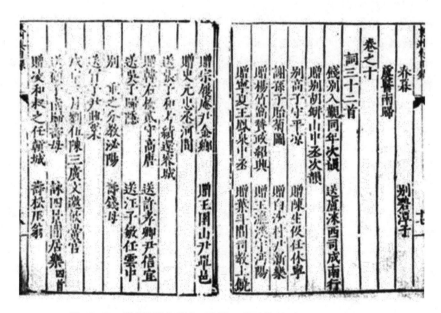

图12-18　崔桐《崔东洲集》目录,《明别集丛刊》影印明嘉靖本

---

① 例如程敏政《金缕曲月正元旦寿董都督》词编次于《听诏》诗、《斋夜与江伯谐庶子陆鼎仪张启昭谕德联句》诗之间。参见程敏政:《篁墩程先生文集》卷七四,明正德间刻本,第1a—1b页。从文献真确性角度来看,《惜阴堂丛书》本《明词汇刊》收代词集二百八十种,尽管是刻本,但已经对所有词集的文本体制进行了统一的标准化处理,并不能反映明词文本体制的原生状貌,故本节文献查检,主要依据五辑《明别集丛刊》和国家图书馆所藏明刻词集等资料。

② 崔桐:《崔东洲集》"目录",《明别集丛刊》第二辑第4册,第127—128页。

题①；史褒善《沱村先生集》卷六"词类"载录《闻雁过》《又观行省三顾屏》词题②，也是省略了词牌题。不止于此，在明陈儒《芹山集》目录中，也出现了纪事题统摄词牌题的文本体例，以《和总制杨南涧先生行边十首》为总题，统摄《鹧鸪天》至《临江仙》十阕词牌题③。明杨爵《斛山杨先生遗稿》卷四录词作，在"有感"二字统摄之下，分别录《踏莎行》《沁园春》《满江红》《踏莎行》词牌题④。明霍与瑕《霍勉斋集》卷一○为词集，唯于"词"字下小字注词牌名，而后每首词作皆标大字纪事题⑤。

论者或谓以上所举皆是颇具个性化色彩的文本案例，但一例例个案集聚到一起，实际便昭示出明代词题的文本体制可能已经在明别集中发生了系统性的变迁。如果用一句话加以概括的话，那便是词牌在明别集中的弱化、降格，甚至消隐。

为了呈现纪事功能，宋词偶尔会突破以词牌为题的惯例，而像汉乐府那样"缘事立题"，也可以称之为宋词纪事题的"诗题化"。"缘事立题"的重要性得以凸显，自然会产生影响传导，使得词牌地位逐渐弱化。朱敦儒《樵歌》卷上有小字纪事题《约友中秋游长桥魏倅邦式不预作〈念奴娇〉和其韵》⑥，此一词题的显著特点便是词牌被嵌入整个词题之中，融合为一个完整小字纪事题的组成部分。到了明代，词文本继续出现各个组成板块的移位现象，主要表现在词牌题与纪事题前后交织的不稳定性，词牌题嵌入到纪事题之中的现象更是多见，并且由小字纪事题升格为大字纪事题。明人毛伯温南征时，大学士夏言赋词赠别，词题载录为《送大司马中丞东塘毛公〈沁园春〉词》⑦。从这一送别词文本的生成缘由来看，本事无疑是更重要的。赵重道《文南赵先生三余馆集》所载词题，有《余匍匐南归江荇牵愁橘柯攒笑殆无复为容而盆鞠一枝猩红数蕊似解沉郁者寄〈满庭芳〉一阕以见志》⑧；徐阶《世经堂集》书尾为词集，用《阮郎归》词调的三首分别题作《阮郎归赠张生还雪川》《中秋无月作阮郎归》《十六夜对月用前调》⑨。这类词牌题与纪事题交

---

① 张治：《张龙湖先生文集》"目录"，《明别集丛刊》第二辑第36册，第26页。
② 史褒善：《沱村先生集》卷六，《明别集丛刊》第二辑第52册，第605页。
③ 陈儒：《芹山集》卷一九，《明别集丛刊》第二辑第29册，第320页。
④ 杨爵：《斛山杨先生遗稿》卷四，《明别集丛刊》第二辑第40册，第649页。
⑤ 霍与瑕：《霍勉斋集》卷一○，《明别集丛刊》第三辑第18册，第92页。
⑥ 朱敦儒：《樵歌》卷上，第6a页。
⑦ 毛伯温：《毛襄懋先生文集·别集》卷三，《明别集丛刊》第二辑第25册，第41页。
⑧ 赵重道：《文南赵先生三余馆集》卷五，《明别集丛刊》第三辑第62册，第671页。
⑨ 徐阶：《世经堂集》卷二六，《明别集丛刊》第二辑第43册，第639页。

织与流动的不稳定性,恰恰也提示我们,两者都是不可或缺的——词牌题宣示词作的文体属性,纪事题标识词作的纪事功能。同时,这种不稳定性也彰显出,从宋代以降,只要是对纪事功能的需求仍然存在,那么词牌题在整首词的第一顺位,便有不保之虞——词人们完全可以全卷词题都仿照朱敦儒《约友中秋游长桥魏倅邦式不预作〈念奴娇〉和其韵》这样的制题模式。

除了上文所勾勒的词牌题嵌入纪事题这种词牌降格的文本现象之外,当词牌题、纪事题各自独立地呈现于词作中时,纪事题升格、词牌题降格的趋势也在词文本演进脉络中占有一席之地:明词文本最显著的变化,便是词牌题从第一顺位降格、消隐,让位于承载纪事功能的纪事题。

明代词牌题降格的第一种文本模式,是纪事题升格为独立的大字词题,而词牌题则降格为第二顺位的大字或小字注。这一变化早在元词中便已见端倪,比如元萨都剌《雁门集》附卷"词章"词题文本状貌为《金陵怀古 念奴娇》①,元吴镇《梅花道人遗墨》卷下开卷收录的词作,词题文本状貌为《题画骷髅调寄沁园春》(图 12-19)②。明吴宽《匏翁家藏集》卷三〇载"诗余三十四首"③,词题格式统一作上截纪事题,下截词牌题,而在卷首目录著录时,则删略词牌题,仅留纪事题。其他明集如苏志皋《寒邨集》卷二④、陈鎏《己宽堂集》目录⑤,同此体制。这一体制进一步演进,便表现为词牌仅在词序中被程式化地提及,倘非有意寻检,甚至很难注意到词牌在整个词文本中的存在,典型案例如明蔡道宪《蔡忠烈公遗集》所录词题《己卯孟春九日亲友集于龙卧处长者出绢征书因调南乡子》⑥。"因调南乡子"类同于唐人诗序里的"因作是诗",在行文上发挥收束结穴的功能,主观上无意、客观上也无法对词牌加以强调。

第二种词牌题降格的文本模式,便是幛词(或称"帐词")。据叶晔研究,宋人包荣父的《西江月·寿游侍郎》已具备后来幛词的一切要素,而具有典型文本特征的幛词首见于宣德年间张彻的作品,其结构为"词牌题+纪事题+序引+词作正文"⑦。明正统以后,随着幛词文本体制的愈加成熟,骈序

---

① 萨都剌:《雁门集》卷八《词章附》,明成化间刻本,第 12a 页。
② 吴镇:《梅花道人遗墨》卷下,美国加利福尼亚大学伯克利分校藏清乾隆间抄本,第 1a 页。
③ 吴宽:《匏翁家藏集》卷三十,《明别集丛刊》第一辑第 55 册,第 421 页。
④ 苏志皋:《寒邨集》卷二,《明别集丛刊》第二辑第 60 册,第 474—475 页。
⑤ 陈鎏:《己宽堂集》"目录",《明别集丛刊》第二辑第 80 册,第 9 页。
⑥ 蔡道宪:《蔡忠烈公遗集》卷五,《明别集丛刊》第五辑第 89 册,合肥:黄山书社,2013 年,第 118 页。
⑦ 叶晔:《论明幛词的起源与演变》,《词学》2013 年第 2 期。

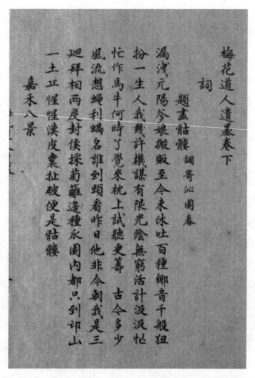

图 12-19　元吴镇《梅花道人遗墨》卷下,清乾隆抄本

的内容加长且更加注重纪事性,于是便推动了纪事性词题升格,转而将词牌题降格为词作正文之末的小字注。这一新的体制变迁也见于明隆庆刻本陈儒《芹山集》卷一九等①,尤以任环《山海漫谈》卷三所载词作体制最为典型,每首文本状貌一律为"纪事题+序引+词作正文+右调词牌名(小字注)":

　　代人寿岳翁八十冠带_{有引}+词作正文_{右调千秋岁}
　　代人贺周指挥称号晋野_{有引}+词作正文_{右调菩萨蛮}
　　道中+词作正文_{右调减字木兰花}
　　别浦杨子+词作正文_{右调长相思}②

---

① 参见《明别集丛刊》第二辑第 29 册,第 464 页。
② 任环:《山海漫谈》卷三,《明别集丛刊》第三辑第 6 册,第 35—37 页。

幛词的序引也称致语,其功能主要在于铺陈事迹、颂扬功德,与之相匹配的词作则属于押韵化的"颂扬",其词体之特征与词文学之本色,都是颇为微弱的,也就难怪明人会"心照不宣"地将词牌以小字注的形式附缀于幛词之末。更极端的情况便是连幛词之末的小字注词牌的体制也略去不存,《皇明文范》所载杨慎的几首幛词便是如此[①]。

词牌题的降格与弱化,再退一步,就是第三种文本模式——词牌题直接从词集中消隐。明人在处理词牌降格的问题上,心理表现颇为微妙,比如僧人妙声曾为沈东林题画,赋山林高情,实际是依《忆秦娥》律填词。不过,在写定词题时,他没有标出《忆秦娥》的词牌,反而是别拟"山中乐"三字,词题作《山中乐 为沈东林题画》[②]。从某种意义上说,僧人妙声实际是将纪事性词题"山中乐"放置到词牌题的位置——一方面否认词牌存在的必要,另一方面却存留体制,未将词牌所处的文本位置彻底抹去。到了本章开篇所引及的明嘉靖刻本秦夔的《五峰遗稿》,则完成了纪事性词题的终极升格,词牌彻底"告退"。该书卷一三全部为词作,但全卷仅仅著录纪事题,词牌题悉数忽略不刻:

六十感怀
寿陈秋林八十
送章方伯入觐
云山采药图为葛元兆作
郡斋雪夜写怀
途中风雨凄然兼滩水险悍舟行甚滞拨闷偶书寄时旸少参[③]

《云山采药图为葛元兆作》词牌即为《满庭芳》,其他词牌亦皆可考。明人类似的文本现象多有,如顾鼎臣有《小园》《感世》两题[④];李兆先有《题美人》词题;杨育秀有《金川晓行》词题;王烨有《代庠友赠戴侯》《赠司训王先生》词题[⑤];符观《送张太守应朝词》、邵宝《钓鱼词》、郑晓《送沈龙山词》、刘如松

---

① 参见周明初、叶晔编:《全明词补编》上册,杭州:浙江大学出版社,2007年,第275页。
② 周明初、叶晔:《全明词补编》上册,第2页。
③ 秦夔:《五峰遗稿》卷一三,第94—95页。
④ 顾鼎臣:《顾文康公诗草》卷六,《明别集丛刊》第一辑第91册,第468页。
⑤ 周明初、叶晔:《全明词补编》上册,第198、338、396页。

《秋词》①，则皆于纪事题下加一"词"字以充词题。至程敏政《寿叶文庄公夫人耿清惠公女上舍晨母也》②、侯一元《悼鹤小词四阕鹤起舞下触护花竹伤焉》③，无论是词题还是题下小字注，都是在词作纪事性层面的踵事增华，同样未给词牌题留下安放的位置。词牌题与纪事题的消长升降，至此可以说完成了最大限度的体制变化——词牌题从词文本中彻底"告退"。有两点原因颇可留意：一是明人大抵不像宋人那样以词名家，他们偶然作词，多因应酬，故而对人事交游加以记录的分量实际会远大于他们对词作艺术性、音乐性的重视度；二是明别集中几首、几十首词往往并不单独分卷，而是附缀于诗卷之末，在这种情况下，以"诗题化"的纪事题作为词题，在卷目的观感上会显得更加整饬。基于此，我们也能理解，为何张綖的词作会散在《南湖诗集》各卷之中，并且有的以词牌标题，有的则词牌隐退，纪事题俨然如诗题一般，例如《舟中有黄蝶，去而复来，戏作一词以赠之》，不标词牌，其实即是《木兰花》④。

不过，以上所举，仅就纪事性增强这一条具有规律性的脉络而言，并不是说所有明词文本皆合于此规律。明人文集中的词卷，自然也多有恪守唐宋词制题传统的例证，比较典型者如词总集，皆循经典制题体制，他如明代文学大家刘基《刘伯温集》"诗余"、高启《青丘高季迪先生扣舷集》、杨慎《升庵长短句》、王世贞《弇州山人四部稿》"词九十三首"，皆沿用"大字词牌题＋小字纪事题"的词题模式；李东阳《怀麓堂集》"词曲"则沿用"大字词牌题＋大字纪事题"联排的词题模式。于是又产生一个问题，在明代，不书词牌者并非名家，而名家却基本恪遵宋人词题体制之传统，这说明什么呢？一种可能的解释是，名家由于浸润之深、体察之切，对诗词、文章之体制传统有着自觉的尊重；其对文艺进境的追求，无论是出新还是复古，都是建立在文学体制"于古有征"的基础之上。至于小家或不以诗文为职志的士人则不然，他们作词或出于社交应酬的目的，或是为了以词"记历"，并未措意于词牌所标识的词文类之当行本色，故而也就不太会关心词牌之有无。可以比类合观的是，正是杜甫那样深于诗道的名家，才会更加自觉地在诗律的体制传统中追求"诗律细"，反倒是不入门之率尔操觚者，往往敢于宣称不论拗救、不计工拙。有意味的是，倘操觚者众，其作品实际上也能够体现出某种风气的变

---

① 周明初、叶晔：《全明词补编》上册，第118、148、319、413页。
② 程敏政：《篁墩程先生文集》卷八〇，第13b页。
③ 侯一元：《二谷山人近稿》卷一〇，《明别集丛刊》第二辑第91册，第645页。
④ 周明初、叶晔：《全明词补编》上册，第273页。

第十二章　词题之通例与变例　　293

迁。也正是在这层意义上,我们才可以总结说,明别集中明词"因事立题"从而导致词牌弱化甚至"告退"的趋势,实为明词文本的一大变貌。可惜的是,历来无论是批评明词"中衰""中绝"者,还是通代词学史的写作者,都未太留意从纪事性词题与词牌题的升降角度探寻词题演变的内在理路,故颇有发覆之必要。

五、清代词题文本体制的经典化本位

一如顾炎武《又酬傅处士次韵》"老树春深更着花"①之句,无论从质量还是体量来看,清词皆迎来了词学史上的中兴高峰。前代所探索的纪事题升格文本模式,在清代文献中仍有承续,唐英《陶人心语》"附诗余"制题曰《春夜对署中海棠调寄满庭芳》《九日登紫云岩小憩圆通庵题壁调寄西江月》②,徐达源《黎里志》卷一四录杨复吉、洪亮吉两词题《题珊珊夫人写韵楼诗集调清平乐》《题子佩夫人写韵楼遗诗调罗敷媚》③;陈世英《丹霞山志》卷一〇"词"部《锦石岩调金缕曲》《紫台爽气调青玉案》《螺顶浮图调菩萨蛮》等词题体制与之相同④,皆是对前揭吴镇《梅花道人遗墨》的遥相呼应。并且,清人在征引词题时,也喜欢先纪事题而后词牌题,比如褚人获《坚瓠集》"陈眉公"条谓陈"又有《初夏·减字浣溪沙》云"⑤。他书如汪瑔《随山馆稿》、丁绍仪《听秋声馆词话》、金武祥《粟香随笔》等,也是一律用此体制。不过可以确认的是,清词的词题,整体在向唐宋间经典的"词牌题+小/大字纪事题"文本模式复归⑥,并未让纪事性词题在整个文献体系中占据词题的第一顺位,这也就为通代词史上纪事性词题的升格现象画上了休止符。

由此产生一个问题,清词词题复归唐宋体制的原因究竟何在?

---

① 顾炎武撰,华忱之点校:《顾亭林诗文集·亭林诗集》卷四,北京:中华书局,1983年,第360页。
② 唐英:《陶人心语》卷四,清乾隆间刻本,第12b—13a页。
③ 徐达源:《黎里志》卷一四,清嘉庆十年(1805)禊湖书院刊本,第17b页。
④ 陈世英:《丹霞山志》卷一〇,《四库禁毁书丛刊》史部第51册,北京:北京出版社,1997年,第182—183页。
⑤ 褚人获辑撰,李梦生校点:《坚瓠集》乙集卷三,上海:上海古籍出版社,2012年,第136页。
⑥ 清词文本,《全清词》收录作者逾万家,然多半并无单行词集;吴熊和等《清词别集知见目录汇编》著录清词别集2382家,冯乾《清词序跋汇编》录有1560余种词集的序跋。笔者在调查文献时,查阅了《国朝词综》等十余部词选以及自龚鼎孳、王士禛至朱彝尊、纳兰性德以迄况周颐、王国维逾百家词集。

首先,清词的"词学中兴",是对唐宋词经典传统的复归与超越①,"其实质乃是词的抒情功能的再次得到充分发挥的一次复兴"②。清初论词,有意向经典化宋词复归,如王士禛对卓人月《词统》"去宋人门庑尚远"感到遗憾,但又不弃其"廓清之力"③。在各家声应气求的理论建构的推动下,清人清醒地意识到他们中兴词学的立场与宋明之际词文类对纪事需求的持续提升颇有不同,于是转而对词文类抒情本位功能进行重新挖掘,同时对词文类的文本体制的"应然"态度和标准也越来越明晰。沈松勤曾指出,"推尊词体是明清之际词人在救弊振衰中所共同承担的要务,也是词的中兴在观念上的保障"④。要推尊词体,不但要以"委曲为体",从词文类内部复归五代北宋"正声",还应重视词文类外部的体制、义例,从文本呈现的直观层面来复原唐宋词的形式美。

从文本效能来看,明词柔弱香艳的风格与明清之际的世事变局是不相称的。实际上,明末清初之词多变徵之音,衷怀郁结,又不便和盘托出,便打并进词牌名之中,茹而不吐。他们想要记载的"事"既重大又敏感,无法明言直书,反而在一定程度上让他们隐藏了"词史"所需要的纪事性文字,小/大字纪事题也相应地被压缩到极致,如陈子龙《丑奴儿令_{春潮}》《谒金门_{五月雨}》《清平乐_{春绣}》等⑤。

其次,明代的词牌"告退"与纪事词题的诗题化,也引起文士对词文类体制模糊化的焦虑。他们回应这种焦虑的做法之一,便是研究词文类的体制并在填词时自觉恪守。张綖《诗余图谱》"于词学失传之日,创为谱系"⑥,并且与程明善《诗余谱》共同推动了万树《词律》、王奕清《钦定词谱》的后出转精,进而促进了清前期遵依宫调、寻声按谱的词学自觉。士人注意到明词不遵词体之"法律""鹄式",转而珍视"以平仄之黑白析图于前,随以先代名辞

---

① 据叶恭绰所述,文廷式曾论断"词的境界,到清朝方始开拓",而朱祖谋则谓"清词独到之处,虽宋人也未能及"。叶恭绰:《全清词钞》"序",北京:中华书局,1982年,第1页。
② 严迪昌:《清词史》"绪论",南京:江苏古籍出版社,1990年,第4页。
③ 王士禛撰,袁世硕主编:《王士禛全集·杂著·花草蒙拾》,济南:齐鲁书社,2007年,第2489页。
④ 沈松勤:《明清之际词的中兴及其词史意义》,《中国社会科学》2011年第2期。
⑤ 陈子龙著,施蛰存、马祖熙标校:《陈子龙诗集》卷一八,上海:上海古籍出版社,1983年,第599页。
⑥ 徐釚撰,唐圭璋校注:《词苑丛谈》卷一,北京:中华书局,2008年,第27页。

附录于后"①的严整体制。因此,总的来说,明末清初处在词体体制意识的"自觉期"。在这样一种风气观念之下,词人填词和整理词集,便会主动地向唐宋词的经典文本体制、义例靠拢,助推格律声韵、章句格式的"严格定型"②,词牌题在词文本中的第一顺位便不可撼动了。

  最后,明末毛晋、毛扆父子所开启的词籍校勘事业,也对清词文献与文本颇有影响。嗣后朱彝尊《词综》则详订以救其失,戈载、万树等则正韵考律、详究体制,至晚清更是掀起了大规模校勘词籍之风,使之骎骎而成显学。就文献调研所见,东坡词、稼轩词、梦窗词等宋词名集在清代都得到精善的校勘整理,"通过校勘的手段使得某个词家的别集有一个善本,从而呼唤学词者对该家词的注意,这样不但可以一方面实现词学家自己的理论主张,另一方面也可以推动词坛创作风气的演进"③。可以想见,清代词人的书架上多有精校精刻的两宋词籍,当他们在填词时,自然会步趋俨然成为经典的宋人词作的体制、义例,这未尝不可说是清词之词牌题稳固在第一顺位的又一重要因素。

  陈廷焯《白雨斋词话》开篇曰:"词兴于唐,盛于宋,衰于元,亡于明,而再振于我国初,大畅厥旨于乾嘉以还也。"④一种文体的发展演进,当然不会是一贯的地位提升、文类延展,而其中衰、停滞也仅仅是就某一个层面而言。甚至,当我们转换研究的范式和视角时,可能会从原本评价较低的某个低谷中,看到其自发自足的具有规律性的现象乃至脉络,"从琐碎的材料中发现普遍性或某种具有稳定性的命题"⑤。可以说,从宋词到明词的演进过程,都伴随着对词体"别是一家"藩篱的突破:宋人如苏、辛之突破,以诗为词、以文为词,淡化了词可歌谐律的音乐性以及幽微隐约、比兴寄托的当行本色;明代诸作者对于词这一文类的创作突破,则在于以词为应酬之工具、填韵字之模套,进一步消解了词的当行本色——词牌文本地位的弱化,其实是词体在明代地位式微的表现之一。严迪昌曾将通代视域下词的抒情性的回归历程比作"马鞍形"⑥,那么我们也可以发现,与之对应的则是词的纪事性

---

① 游元泾:《增正诗余图谱引》,转引自沈松勤:《明清之际词坛中兴史论》,上海:上海古籍出版社,2018年,第73页。
② 严迪昌:《清词史》"绪论",第4页。
③ 沙先一、张晖:《清词的传承与开拓》,上海:上海古籍出版社,2008年,第267页。
④ 陈廷焯:《白雨斋词话全编·白雨斋词话》卷一,第1163页。
⑤ 张剑:《日常生活史与中国古典文学研究》,《苏州大学学报》2018年第1期,第119页。
⑥ 严迪昌:《清词史》"绪论",第1页。

演进其实恰恰可以被描述为"反向马鞍形"。

六、余论

刘勰《文心雕龙·明诗》曰:"宋初文咏,体有因革,庄老告退,而山水方滋。"[①]从某种意义上也可以说,宋明之间,词题亦有因革,词牌"告退",而纪事方滋。中国士大夫意识中所具有的"史"的精神,在各类文学文献中皆有着或隐或显的体现,历代相接,从而促使文本体制的成熟与演进形成一定的纪事性脉络。换句话说,我们目阅所见的具有不同物质性的文学文献如手稿、抄本、书帖、刻本等,其载录的文本状貌具有偶然性与必然性并存、随机性与普适性同在的特点。词题标目的体制、词牌的顺位,彰明了作者乃至其所处的时代对于词文类文体特性、纪事性功能的认识;体制变迁的发生,也与词本身的音乐性强弱存在密切关联。唐宋词因其可歌,故词牌一直占据第一顺位;明词音乐性的式微[②],使得词文本渐成长短句的"诗",故词牌的地位也随之弱化,让位于存事存史的纪事性词题。

通过对敦煌词、唐五代宫廷词、宋元明清词文本的比勘可知,后世几乎所有的词题体制变革,在词文类的手抄写卷时代,都可能已有先例,只不过这种先例是自由书写意识下的产物,而不是有意加以整饬化的结果。另外,通检宋元明清词史文献,也可注意到,凡是词总集,如《花庵词选》《绝妙好词》《草堂诗余》《花草粹编》《词综》等,其词题之词牌题、纪事题均更趋向于唐宋经典文本体制,通代而观,皆很稳定;反而是历代别集所载词作,因更具文本自由,故而衍生出一条词牌题降格、纪事题升格的变迁脉络。

任何一个时代的文学文本,都有其外在之体制与内在之义例,体制、义例本身就隐含着丰富的文学史内涵。历代对前代文学文本的抄刻、当代对古代文学文本的龢理,皆应以存留这种体制、义例原貌为前提。倘若当代对唐宋至明清的词文献整理,一律用"词牌题+小字纪事题"的经典词题文本

---

① 刘勰著,黄叔琳注,李详补注,杨明照校注拾遗:《增订文心雕龙校注》卷二,北京:中华书局,2012年,第65页。

② 朱惠国、刘明玉认为:"明人在探讨明词衰弱的原因时,也将词乐、词调的失传视为重要的一条。如王世贞在指出'词兴而乐府亡矣,曲兴而词亡矣'的现象后补充道:'非乐府与词之亡,其调亡也。'"朱惠国、刘明玉:《明清词研究史稿》,济南:齐鲁书社,2006年,第16页。

模式去框套的话①,必然会抹掉历代词文本体制的变迁痕迹,变立体为平面。至于学人在从事词史研究的时候,更宜"将词籍阅读的对象从《全宋词》等大型整理类总集,返回至古代词籍的实体文献",尤宜"重视现存词籍的实物年代而非成书年代"②,从而手持两"本",一为古籍整理本,一为古籍原书或影印本,以确保自己在开启研究之初,便以坚实的多层级文献为根基。词学研究如是,大到文史之学亦复如是。

---

① 如《全明词》"凡例"曰:"本编一律以词牌为正题,词意标题为副题。"饶宗颐初纂,张璋总纂:《全明词》"凡例",北京:中华书局,2004年,第1页。《全明词补编》"凡例"曰:"本编依《全明词》成例,统一以词调为正题;词意标题为副题,列于正题之后。"周明初、叶晔编:《全明词补编》,2007年,第2页。《全清词·顺康卷》"凡例"也明确说:"本书统一以词调为正题,词意标题为副题。词意副题或小序均以小字单行列于正题之下。"南京大学中国语言文学系《全清词》编纂研究室编:《全清词·顺康卷》"凡例",北京:中华书局,2002年,第2页。

② 本条录自叶晔书面评议,载兰州大学文学院编:《第五次明代文学研究青年学者论坛暨明代文学与中国古典传记文学专题学术研讨会论文集》,2021年,第137页。

结语　承守"集部之学"的故有传统

李白《下终南山过斛斯山人宿置酒》诗曰:"却顾所来径,苍苍横翠微。"①近年,在"五四"百年、共和国学术研究七十年等时间节点的触发下,学界老中青三代学者,都开始有意识地检视古代文学研究的"所来径",同时也运思于古代文学研究的未来可能性。无论是一位学者,还是一个学术共同体,当研究达到一定的进境之后,必要也必需的,便是对既往学术之路进行冷静近乎冷峻的省思。

通览了多篇评议、笔谈之后,笔者认为仍有一重公案未被诸家论及,有待提出而共参之,那就是,在现代学术分科治学之前,我们故有的"集部之学"的研究传统,究竟还能不能在当下的学术研究中焕发出新的生命力?可以说,"集部之学"依托于传统社会自然、人文、社群、观念的整块的土壤。我们在过去百年的疾风骤雨中匆遽变身,因之也未曾顾及对传统学术进行和风细雨般的现代转化。随着时间线的延长,根植于传统社会一些共识性以至"日用而不知"的学术思想,在后来所面对的已不是"不解",而是"误解",甚且是"不知有汉,无论魏晋"。钱基博是近代明确标举"集部之学"的学者,并自评他与钱锺书"父子集部之学,当继嘉定钱氏之史学以后先照映"②。潜庐的这一提法也是渊源有自的,古人很早便意识到集部研究也有着自洽的体系,明人祝允明便曾说:"凡典册不越经、史、子、集,集亦学也。或以为为文尔,集固独文,其间用有与经、史同焉,又乌可以不博。"③在一个多元的学术生态中,学术共同体应有宽容与自由的雅量:我们既乐见"趋新"者将科技手段引入文史研究;也宜尊重"返本"者接引四部学问旧有的家法,"独抱遗经究终始"④。概而言之,承守"集部之学"的传统以从事古代文学研

---

① 李白著,王琦注:《李太白全集》卷二十,第930页。
② 钱基博:《读清人集别录》,《中国文学史》附录,北京:中华书局,1993年,第948页。
③ 祝允明:《答张天赋秀才书》,黄宗羲辑:《明文海》卷一九三,清涵芬楼钞本。
④ 韩愈:《寄卢同》,韩愈著,方世举编年笺注,郝润华、丁俊丽整理:《韩昌黎诗集编年笺注》卷七,北京:中华书局,2012年,第397页。

究,似可关注以下几个角度。

一、重视大经大典

翻检古代学者的读书目录,可注意到这样一个现象,他们于集部所批读的别集、总集,皆是文学史上最重要的几部书。如黄震《黄氏日钞》读"韩、柳、欧阳、苏、曾南丰、王荆公、黄涪翁、汪浮溪、范石湖、叶水心"之文集;何焯《义门读书记》载"昌黎集、河东集、欧阳文忠公文、元丰类稿、文选、陶靖节诗、杜工部集"之札记。钱锺书有一则掌故,众所习知,有一次他对李慎之说:"西方的大经大典,我算是都读过了。"[①]从《管锥编》中,我们也能发现,他集中讨论的也是中土四部典籍中的"大经大典",很多杂书,不过取来作为经典某处的注脚。随着学界对前二十年研究兴味下移、琐碎的猛省,多位学者都在不同场合表达了古代文学回归经典研究的呼吁。比如,刘跃进便曾说:"今天研究唐代和唐代以前的文学历史,必须重新回到经典,回到中国立场。经典本身就是一个历史选择。"[②]对经典的研究水准,既是学者个人学术境界的体现,也是学者所处时代学术水平的标杆。

二、稔知集部文献的文本原貌

一个众所周知但又容易被忽视的事实是,我们现在所读到的集部经典,是历经传刻、整理、校注之后的文本。每一次的传刻、整理、校注,都使得这部经典获得"续命",不过同时也会或多或少地剥离经典的本来面貌。陈尚君在校订、新编《全唐诗》的过程中,已经对唐集的变貌有了颇多重要揭示,如《李白诗歌文本多歧状态之分析》。笔者在本书九至十二章指出,传世的唐集文本,诗题、题下注、题序之间,实际存在着颇多错乱,其产生的原因即是唐写本在后世传抄乃至衍变为宋刻本的过程中,作为题下注释的小字渐渐被抄刻作大字,并最终被羼入大字诗题。以杜诗为例,可以列表如下:

---

① 李慎之:《千秋万岁名 寂寞身后事——送别钱锺书先生》,《东方文化》1999年第2期。
② 刘跃进、傅刚、詹福瑞:《中古诗学研究三人谈》,《中国诗学研究》第十八辑,芜湖:安徽师范大学出版社,2020年。

唐写本原题	上卿翁请修武侯庙遗像缺落时崔卿权夔州
写本讹变	上卿翁请修武侯庙 遗像缺落时崔卿权夔州
宋二王本《杜工部集》	上卿翁请修武侯庙遗像缺落时崔卿权夔州

这类问题,在李白、杜甫、元稹、白居易、刘禹锡等著名唐集中以近乎"惊人"的程度存在着,然而历来研究者皆未系统地揭示这一问题。加之由于唐集宋刻本的权威性影响力,使得历代学者尊信宋刻本便是唐集的文本原貌,而不会去质疑宋刻本很可能只是将已经讹变的唐集抄卷加以"定型化"而已。此义既明,则文学史上很多问题比如"诗-事"关系、诗歌长题的衍变等,都值得重新思考。

三、辨体例,明流别

在《〈读清人集别录〉小序》中,钱基博对"集部之学"的几个特性有所涉及,分别是"昭流别""写有提要""以章氏文史之义,抉前贤著述之隐,发凡起例"。钱氏举了几个例子以说明问题,比如桐城派古文于古人文章得失离合的缘故,阳湖派恽、张何以与桐城三家不同等问题。要解答这些问题,需要抓住传统文本分析的两个关键词:体例和流别。单篇文有单篇文的体例;汇次成一部文集后,又会赋得文集之体例(如集名例、以别集为子书例、压卷例等等)。周裕锴认为,"阅读古代文本须知其'义例',这是中国古代学术研究的一个良好传统"①。知义例是基础性的第一步,并可进而通过一些基本的义例通则,发明形而上的义理。中国传统的经、史之学,已经积累厚重的"义例学"成果,完全可以移用于集部文献体例(外在体制、内在义例)的研究,而不是如孔子所比喻的匏瓜那样,"系而不食"。复次,黄庭坚尝论陈后山曰:"读书如禹之治水,知天下之脉络。"②对文学史流别承变的透彻把握,也是传统"集部之学"的重要关切。从挚虞的《文章流别论》、钟嵘《诗品》到唐人集序的"述文变"、宋人的"主客图",其内在文艺心理与汉民族重视源流、谱系的文化心理究竟有何关联,在当下仍有值得横向推阐、纵向深入的问题空间。

---

① 周裕锴:《通读细读、义例义理与唐宋文学会通研究》,《文学遗产》2017年第6期。
② 王云:《后山陈先生集序》,祝尚书编:《宋集序跋汇编》卷十八,北京:中华书局,2010年,第827页。

四、激活传统的集部之学著述体式

"集部之学"故有的著述体式是颇为丰富的,但很大一部分在当代的学术环境中已渐销匿。在很长一段时间里,学术评价机制对"著作"的界定具有排他性,书名冠以别集、总集的"研究"便是著作,而某一别集、总集的"校注"便不算著作,而被归于古籍整理。回顾百年之前,尤其是学问征实的清代,集部研究成果的大宗便是历代文集的整理校笺,如王琦《李太白诗集注》、仇兆鳌《杜诗详注》、赵殿成《王右丞集笺注》等等。在这一方面,几代学人踵继接力,不断有着别集整理的精到之作问世。

集部专门著述,在四部分类中大都收入"诗文评"一门之中。《文心雕龙》《诗品》之子书体,《本事诗》《唐诗纪事》之杂史体,《六一诗话》之诗话体,最具有代表性。这类著述直到民国,尚多有经典著述之产出,如王国维《人间词话》、钱锺书《谈艺录》、唐圭璋《宋词纪事》等。在共和国初期的几十年,也有多位从晚清民国走来的老辈学人勉力承续,如钱仲联《清诗纪事》,但囿于学风转移、学人根柢不继,此类著述渐渐便成空谷足音了。另外,研究集部,并不一定只是援用集部的单篇文本或整部著述的体式(如文论、诗话、评点、序跋),史部的笔记杂著类的札记之体,实际上颇便于记录心得,存留见解。很多时候,古人在"集部之学"的单种著述,完全可能推阐而发扬之,成为当下集部研究的新疆域。傅璇琮主持《唐才子传校笺》完成后,推延体例,又邀约学人撰写《魏晋才子传笺证》《宋才子传笺证》《明清才子传笺证》一个系列。元人辛文房《唐才子传》的著述体式有别于正史《文苑传》,是专为诗人作传的,循其体例,自然可以扩展到前后朝代而勒为专书。历代"才子传"系列正是在当代学术生态中以编撰呈现研究进境的范例。顾炎武曾论著书说:"必古人之所未及就,后世之所不可无,而后为之。"①在古代文学研究领域,古人未就、后世不可无的著述,其实是在在多有的;循集部之学故有的著述体式而从事著作,既可摆脱"论文→论文集"这种"弥望皆黄茅白苇"②的枯燥的成果产出模式,也能站在另一维度提出有价值的问题。

---

① 顾炎武撰,华东师范大学古籍研究所整理:《日知录》卷十九,《顾炎武全集》,上海:上海古籍出版社,2011年,第741页。
② 苏轼:《答张文潜县丞书》,苏轼撰,茅维编,孔凡礼点校:《苏轼文集》卷四九,北京:中华书局,1986年,第1427页。

五、提笔能写

这里所说的"提笔能写",指的是研究古代文学的学人,应该能够写出工稳、合规的旧体诗文。这在当下看似门槛很高,实际应是文史学者该有的基本功训练。内具文学感悟力,外具文言驾驭力,大约才可称得上是古代文学研究层面的"知行合一"。集部之学,无处不浸润礼义风规,而今世学人在文墨日用时,撰联不避合掌,律绝不通拗救,尺牍不遵书仪,骈散不明义法,遂贻士林以口实。当然,也有学人在学术写作时延续古法,瞥观所及,比如杜泽逊《书林丛谈》中就有多篇文言学术写作,文气颇为从容:《〈天津文献集成〉序》缕述地方文献的流别,恰得书序文体之旨;《长伴蠹鱼老布衣——记藏书家张景栻先生》一文,以行状体为藏书家张景栻立传,文末且曰"焉得皇甫士安复为立传乎"①,正反映出当下学术的另一现状——有关当代的学术史,史料以纪念随笔为主,大都率简,而像前代那样的系统的、经典化的学术史书写,其实是很少见了。文言书写相比较而言,更耐时间的磨蚀。俞国林《吕留良诗笺释》著成,属郁震宏制序,仅千字而得尺幅千里之势,其中如"昔者新知,尚少陆士衡作赋之岁;今兹旧雨,已逾曹子桓老翁之年"②,能把汉文言的独步之处淋漓发挥,更重要的是,这样的文字更能够让读其书者体会到一种学术的沉静与庄严。

总言之,近百年来,我们之于传统,隔膜日甚,"所遇无故物,焉得不速老"③。旧的传统,又焉知不能"其命维新"呢?陈寅恪所言"守伧僧之旧义"④,也可断章取义,从这一维度去寻得一"了解之同情"。

---

① 杜泽逊:《书林丛谈》,杭州:浙江大学出版社,2018年,第189页。
② 吕留良撰,俞国林笺释:《吕留良诗笺释·序》,北京:中华书局,2015年,第2页。
③ 逯钦立辑校:《先秦汉魏晋南北朝诗·汉诗》卷十二,第331—332页。
④ 陈寅恪:《先君致邓子竹丈手札二通书后》,《陈寅恪集·金明馆丛稿二编》,北京:生活·读书·新知三联书店,2001年,第286页。

后　　记

　　遵循学界学术养成之"体例",我也将博士学位论文作为志学以来的第一本专著;如果从开笔撰文算起,这本书已与我偕行十年了。雨窗秋夜,翻看书稿,有时会蓦然回想起和某些章节有关的情境。

　　2013年冬,借着去浸会大学交流的机会,我顺路去中山大学康乐园寻访了陈寅恪先生故居。在二楼的阳台上,陈先生晚年授课的讲桌犹在,桌上放着一枚打钟点的铜铃。坐在讲桌对面的写字椅上,我就在想,是不是可以沿承陈先生的方法,做一部有关唐人文集的研究呢?

　　2014年夏,小女仁卿出生。之后的日子里,抱着仁卿哄睡便成为既幸福又劳乏的日常。一个午后,仁卿淘觉不睡,我抱着她在客厅走来走去哼儿歌,偶然从茶几上拿起一包茶叶,包装上印着皇甫曾的一首诗,《送陆鸿渐山人采茶回》:"千峰待逋客,香茗复丛生。采摘知深处,烟霞羡独行。幽期山寺远,野饭石泉清。寂寂燃灯夜,相思一磬声。"我对尚不能言的仁卿说:"送陆鸿渐山人去采茶,为什么要说'回'呢?"仁卿很配合地咯咯笑了起来。我便给她读起了这首诗,一遍一遍,扭头一看时仁卿已经趴在我肩上睡着了。

　　2015年夏,参加博士暑期社会实践。实践项目是可以选的,我于是带着对"无梦下徽州"的憧憬,前往黟县文物局为古碧阳书院藏书编目。满架的线装书中,有一部清刻本《杜诗镜铨》一下吸引了我:书前有一帧《杜子美戴笠像》,让人联想到李白的"饭颗山头逢杜甫,顶戴笠子日卓午"。展开卷帙,偶尔会有蠹鱼爬出,这是我平生第一次亲见古人所说的书虫。

　　2016年春,一个周四下午,业师谢思炜先生在新斋的研究室与我们交流近期的读书心得。我把正在斠理北宋二王本《杜工部集》诗题、题注的一些收获倾箧倒出。当天晚上,谢老师便将他刚刚完成的《杜甫集校注》word清稿给我发来,并说"书还没出,可以先用着"。还记得文档名是"杜集正文",当打开文档时,我对着1501491的字符数出神良久。

　　2017年春,参加浙江大学高研院主办的"集部文献整理的经验与困惑"

工作坊。在会上,我汇报了有关《文选》李善注引"文帝集序"的研究。薄暮,随几位敬重有年的师长游九溪,过钱塘江,在路边小馆夜宵。这是我第一次参加学术工作坊,从此对人与人因学术而相遇抱有了纯粹的期待。

2017年秋,小子传之出生。家务之余,我把书桌搬到了阳台,继续修改李白集诗题、题注的"例校"。微信里还存着一条当时的朋友圈:"把书桌搬到阳台,关门开窗,空间虽狭,近对秋树,却也宁静。仁卿隔段时间就来敲门,巡视一番。渐渐地,对敲门声形成一种期待:仁儿在干吗呢,怎么还不来敲门?"

2018年春,刚分到博士后宿舍,家人还在山东老家。我一方面为了躲避圆柏的花粉,另一方面也懒下楼,便闭关校读唐人文集。一个春天,通读、略览的唐集有逾百种,而逐日记录的笔记,也构成了书稿《唐集诗题校证》的主体部分。梧桐花开的时候,圆柏花期已过,我便收拾了一下满屋子的古籍书影,回老家接仁卿、传之来京上学了。

2019年秋,11月2日,我博士后所在的清华国学研究院主办了一场颇为庄重的"清华大学国学研究院复建十周年暨陈寅恪先生逝世五十周年纪念会"。会后不久的时日里,国学研究院刘东、刘迎胜、姚大力三位导师离清华而南,谢老师也退休。有一天独自走在园子里,忽然想起了厉樊榭的对联:"相见亦无事,不来忽忆君。"

2020年夏,大疫。偶然看了华人数学家张益唐先生的访谈视频,他夫人说"如果不能做自己喜欢的事,老了,他会后悔的"。听到这句话,瞬间被击中,在当晚的日记里写下了八个字:"唐诗《文选》,两毋相忘。"三年后,当和一位师长同行时,他说,我们也都是从青年求索阶段走过来的,年轻时如果没有专心做学问的环境,断断续续,就太可惜了。

2021年冬,又一次搬家。搬书箱时扭伤腰椎,躺倒半月。在养伤的半月中,意外获得了宁静的读书时间,于是将《宋蜀刻本唐人集丛刊》48册翻览一遍。翻读的过程中也决定,书稿已成的《唐集诗题校证》不再寻求出版,而是将其中最有代表性的李、杜、刘、元、白部分收入博论中,合为一书,这也就形成了现在这部专著的架构。当然,即便是这五种文集的"例校",仍是在方法论上自我重复,但合为一文势必要刊落大量例证,那就很难呈现出"例校"方法的普适性——这一"两难",一直延续到当下也没能很好地解决,只好将其原样存录于书中。

2022年秋,有幸成为北大文研院第十三期邀访学者。在静园二院的四个月里,我集中研究了一个问题,那就是"家集讳其名"之外,唐宋文集还有着怎样的"家集"属性。在期末的主题报告中，我专门用一页PPT陈述了一个看法：研究文集的生成，镜子的另一面其实是惋惜于文集传统的消逝。

2023年春，承蒙北大学术共同体的高义，我调入了北大中文系，有了沉潜学问的条件和足以容纳所有藏书的研究室。研究室北窗外，常有小猫或雀鸟来访。一场雨后，一茎络石爬上纱窗，其叶嫩红；自此每天开门开窗后，先惊叹一声"又长了这么多"。待到深秋书稿校定，络石已爬满半个纱窗。

本书的初稿是我的博士学位论文《唐代别集义例考论》，提交答辩时，得诸位师长奖掖，论文获评当年度的清华"优博"，因而也有机会被纳入到"清华大学优秀博士学位论文丛书"的出版计划之中。博士毕业后的当月，我就茫茫然走入了南行北归的尘劳中，书稿的修订迁延六年有余。六年里，小女仁卿随我转学了三个幼儿园，父母、妻儿也随我搬家五次，这是每一思及都深觉愧对的。

同样深觉愧对的，还有本书的责编梁斐老师和高翔飞老师。2017年签订出版合同时，梁老师刚刚从北大博士毕业入职清华大学出版社，她可能未曾料到我当时说的好好打磨最终变成了慢慢拖稿。最近几年，或偶遇或聚餐时，梁老师甚至已经不再问我何时交稿——我们当然还有其他的共同话题，那就是如何引导孩子成长为一位独立自由、有情有义的知识人。在进入出版流程后，梁老师从大小学术问题到装帧插图，都耗费了大量心力，襄助之谊，无以言谢。校样先后蒙赵法山、方圆、郑凌峰、孙紫涵诸友人审订，匡益良多，夤夕笔谈，尤慰襟怀。

无论是博士论文到书稿的运思，还是析出单篇论文的发表，整个过程中我谬承多位前辈师长的提携奖掖，也得到了诸多同侪畏友的砥砺勖勉。2022年末，阅世多感，曾填《鹧鸪天》一阕，庶几稍寓师友风义之感铭：

风义平生感子衿，燕园葭月此登临。分甘夜话仝新旧，指点椠书自古今。曾寄问，已听琴，河汾一脉有清音。汉唐旧籍思无尽，犹眷南窗草木心。

李成晴
二〇二三年中秋后六日记于北大中文系研究室